COLLECTION FOLIO

Carole Martinez

Le cœur cousu

Gallimard

L'auteur remercie le Centre national du livre
de l'aide dont il a bénéficié pour l'écriture de ce livre.

Carole Martinez est née en 1966. *Le cœur cousu* est son premier roman, il a été récompensé par neuf prix littéraires : Bourse de la découverte Prince Pierre de Monaco, Bourse Thyde Monnier, Coup de cœur des lycéens de Monaco, prix Emmanuel Roblès, prix Ouest France Étonnants Voyageurs, prix du Premier Roman de Draveil, prix Renaudot des lycéens, prix Ulysse du premier roman, prix des Lucioles des lycéens.

À Françoise Martinez
et Laurent Amiot

PROLOGUE

Mon nom est Soledad.

Je suis née, dans ce pays où les corps sèchent, avec des bras morts incapables d'enlacer et de grandes mains inutiles.

Ma mère a avalé tant de sable, avant de trouver un mur derrière lequel accoucher, qu'il m'est passé dans le sang.

Ma peau masque un long sablier impuissant à se tarir.

Nue sous le soleil peut-être verrait-on par transparence l'écoulement sableux qui me traverse.

LA TRAVERSÉE

Il faudra bien que tout ce sable retourne un jour au désert.

À ma naissance, ma mère a lu ma solitude à venir.

Ni donner, ni recevoir, je ne saurais pas, jamais.

C'était inscrit, dans la paume de mes mains, dans mon refus obstiné de respirer, de m'ouvrir à l'air vicié du dehors, dans cette volonté de résister au monde qui cherchait à s'engouffrer par tous mes trous, furetant autour de moi comme un jeune chien.

L'air est entré malgré moi et j'ai hurlé.

Jusque-là, rien n'était parvenu à ralentir la marche de ma mère. Rien n'était venu à bout de son entêtement de femme jouée. Jouée et perdue. Rien, ni la fatigue, ni la mer, ni les sables.

Personne ne nous dira jamais combien de temps aura duré notre traversée, combien de nuits ces enfants qui suivaient leur mère ont dû dormir en marchant !

J'ai poussé sans qu'elle y prît garde, accrochée à ses entrailles, pour ne pas partir avec toute cette eau qu'elle perdait sur les chemins. J'ai lutté pour être du voyage et ne pas l'interrompre.

La vieille Mauresque qui a arrêté ma mère en lui touchant le ventre, celle qui a murmuré « Ahabpsi ! » comme on élève un mur, et qui, armée d'une main et d'une parole, s'est dressée seule face à la volonté furieuse de cette femme grosse d'une enfant arrivée à terme depuis longtemps déjà et qui voulait poursuivre sa route et qui voulait marcher encore, bien qu'elle eût déjà marché plus qu'il n'était possible et qu'elle se sentît incapable de marcher davantage, la vieille Arabe aux mains rousses de henné plus fortes que le désert, celle qui est devenue pour nous le bout du monde, la fin du voyage, l'abri, cette femme a lu, elle aussi, ma solitude dans mes paumes, elle qui ne savait pas lire.

Son regard est entré d'un coup dans les viscères de ma mère et ses mains sont venues m'y chercher. Elle m'a cueillie au fond de la chair où j'étais terrée, au fond de cette chair qui m'avait oubliée pour continuer de marcher, et, après m'en avoir libérée, elle a senti que mes mains ne me serviraient de rien, que j'y avais comme renoncé en naissant.

Sans se comprendre, elles m'ont donné, chacune dans sa langue, le même prénom. « Soledad » a dit ma mère sans même me regarder. Et la vieille en écho lui a répondu « Wahida ».

Et aucune de ces deux femmes ne savait lire.

Ma sœur aînée, Anita, s'est longtemps refusée à l'évidence inscrite dans mes mains, inscrite dans mon nom. Et elle a attendu. Elle a attendu qu'un homme me débaptise et que mes doigts s'attendrissent.

Je me souviens d'un temps où les jeunes gens du quartier Marabout traînaient autour de chez nous dans l'espoir de me voir passer.

Nonchalamment adossés aux maisons, seuls ou parfois en groupes, ils me guettaient dans les ruelles et se taisaient à mon approche.

Je n'étais pas vraiment belle, du moins pas comme ma sœur Clara l'était, mais j'avais, paraît-il, une grâce singulière qui les clouait aux murs.

Mes sœurs me répétaient en riant les confidences des jeunes gens qui les suppliaient de plaider leur cause, ce qu'elles faisaient avec un brin de dérision, me décrivant les ridicules symptômes de leur amour, leurs bégaiements, leurs regards mous. Et nous riions.

Mais moi, je songeais à leur membre dressé, soudain à l'étroit dans leur culotte, et j'oscillais entre rire et dégoût.

J'avais le choix, je n'avais pas de père pour m'imposer un mariage. Seule Anita, l'aînée, aurait pu exercer son autorité sur moi.

Elle ne l'a jamais fait.

Elle attendait, différant sans cesse sa propre nuit de noces.

Liée par une promesse qui éloignait depuis quinze ans son mari de sa couche : « Nous les marierons d'abord, toutes les quatre... »

Ne pouvant me décider à appartenir à l'un ou à l'autre de ces passe-muraille, j'ai laissé tomber un jour le vieux châle noir que m'avait légué ma mère, en me promettant de prendre pour mari celui qui le ramasserait, quel qu'il soit.

C'était l'automne.

Un temps, j'ai fixé cette tache sombre sur la terre ocre, cette flaque de tissu noir, tranquille à mes pieds.

Ils sont venus s'y coller en grappes.

Immobile, sous le soleil de midi, j'ai attendu que la poussière soulevée retombât et qu'une main se dégageât de cet enchevêtrement d'amoureux. Mais une fois le nuage dissipé, il ne restait de mes prétendants que quelques cheveux, quelques dents et de longs lambeaux de tissu noir oubliés dans la bataille.

La place était vide et le châle déchiré.

Mes mains ont alors raclé la poussière du désert rouge à la recherche du morceau d'étoffe où le nom de ma mère était brodé.

Frasquita Carasco.

Maman n'a jamais su écrire qu'à l'aiguille. Chaque ouvrage de sa main portait un mot d'amour inscrit dans l'épaisseur du tissu.

Le nom était intact. Je l'ai glissé sous ma jupe et j'ai rejoint Anita, ma sœur aînée, qui siégeait à l'assemblée des femmes, parmi les draps mouillés.

Dans l'ombre du lavoir, la chaleur faisait un somme.

Je suis restée un moment derrière ma sœur, regardant ses belles mains de conteuse s'agiter contre la planche en bois, se gercer dans l'eau savonneuse. Soudain, elle s'est tournée vers moi, sans doute gênée par le poids de mon regard posé sur son dos, et elle m'a souri en s'essuyant machinalement le revers des mains sur le tablier clair, tout moucheté d'eau et de lumière, qu'elle avait drapé autour de sa taille.

Ses compagnes de lavoir ont dressé l'oreille au-dessus de leurs bassines de bois. Les coups de battoir se sont assourdis, et même, on a fait mine de sortir les brosses qui ont frôlé la toile dans un long murmure étouffé, remuant une mousse à peine salie.

« Je ne me marierai jamais, j'ai fait fuir mes amoureux, lui ai-je avoué.

— Et comment est-ce que tu t'y es prise ? m'a-t-elle demandé en riant.

— J'ai laissé tomber mon châle. Ils se sont battus et l'ont déchiré.

— Ton affreux châle de deuil ! Ils t'en offriront un autre, plus gai. À eux tous, ils trouveront bien l'argent qu'il faut. À moins qu'ils n'en volent un à l'une de leurs sœurs.

— Mon fils, il te traînait derrière aussi ? a braillé la Maria en tordant le cou à une chemise d'homme dont le jus laiteux dégoulinait le long de ses épais avant-bras nus.

— Je ne sais pas, je n'ai vu que la poussière du combat. »

Mon indifférence avait froissé les femmes. Les coups de battoir ont repris en cadence, les draps ont été frappés plus violemment dans l'eau et le rythme s'est accéléré jusqu'à ce que les bras se fatiguent et que la cadence soit rompue.

« Regardez-la, celle-là ! Encore une qu'a hérité de la couturière ! s'époumonait Manuela. Mais marie-la donc ta sœur, Anita ! Elle ne remuera plus tant son derrière devant tout ce qui porte culotte quand elle aura un homme à la maison pour l'en empêcher !

— Sûr que c'est pas ton mari, Anita, qui va lui donner la raclée qu'elle mérite à cette traînée ! a enchaîné la Maria. Un pauvre gars qu'est si peu homme qu'il n'a pas réussi à te faire un petit en quinze ans de mariage !

— La garce n'a même pas de père et elle fait la difficile ! » a continué une troisième voix

Ma sœur riait de bon cœur. Rien ne pouvait ébrécher cette joie qui lui tenait au corps depuis ses noces.

Les femmes se fâchaient et m'accusaient d'envoûter leurs fils, leurs frères, leurs pères...

Anita s'amusait de leur jalousie. Parmi les maris, elle en savait certains qui sûrement étaient du nombre des combattants : « Prenez garde aux bleus, aux marques sur le corps de vos hommes ! Ils rentreront à la nuit tout honteux d'avoir reçu leur trempe, mais serrant contre leur cœur un morceau de tissu noir ! »

Maria, la bossue, s'est alors campée face à ma sœur, mains sur les hanches. Elle l'a regardée du fond des puits sombres qui lui crevaient le visage. Très loin, dans les profondeurs, quelque chose d'éteint essayait de briller.

« Votre mère est crevée et c'est tant mieux ! Il vous reste les robes, mais on vous les brûlera un jour, ces robes, ces châles qu'elle vous a légués et qui sont pleins de maléfices ! On vous les arrachera du corps et si on ne le peut pas, on vous brûlera avec ! Le diable ne vous protégera pas cette fois !

— Tu l'as oubliée cette robe de mariée que ma mère t'a faite pour cacher ta bosse et que tu n'as même pas payée ? lui a répondu ma sœur. Sans cette robe, tu n'aurais jamais pu l'avoir, ton fils. Parce que le soir des noces, c'est bien la seule fois que ton mari t'a montée, hein ?

— Robe du diable, elle a été dévorée par les mites le jour de la mort de ta sorcière de mère. Dévorée ! J'ai dû la jeter au feu, elle était pleine de larves !

— Bêtises ! Croyances de bonne femme ! Et toi, Manuela, tu étais sacrément grosse à l'église quand Juan t'a épousée. Sans ma mère, vous n'auriez pas réussi, toi et ton homme, à empêcher les gens de jaser ! Ça faisait bien deux mois que tu ne sortais plus de chez toi pour pas qu'on remarque ce qui te poussait dans le ventre et il n'y a eu que ma mère pour arriver à faire croire que tu étais encore pucelle ! Sans la belle robe de noces qu'elle s'était usé les yeux à te faire avec les bouts de chiffon qui traînaient chez vous, tu n'aurais pas pu empêcher le scandale !

— J'étais coquette alors, je me suis pas méfiée. Mais c'était pas chrétien d'arriver comme ça à tirer une chose pareille de petits morceaux de tissu. J'ai bien pleuré quatre ans après, quand mon gosse est mort. Et alors, j'ai sorti la robe pour voir... et j'ai pris peur. Toute décousue qu'elle était ! Et le brillant de la toile qu'on aurait pu prendre pour du satin, il avait disparu ! Ce n'était plus que des torchons souillés accrochés les uns aux autres ! »

Alors les femmes se sont mises à hurler toutes ensemble.

Au milieu des remous de l'eau, des éclats de voix, des coups de battoir et des claquements des draps, au cœur de cette hystérie sonnante où l'espagnol teinté d'arabe et d'italien se mêlait au français, j'ai réussi à murmurer à ma sœur la phrase que je m'étais répétée inlassablement sur le chemin du lavoir :

« Anita, je veux rester fille. Tu n'as plus à attendre le mariage de la dernière de tes sœurs. Va, fais tes propres enfants ! Je veux assumer ce prénom de solitude que ma mère m'a donné. Je te libère de ta promesse car jamais je ne me marierai. »

Anita a compris et dès lors je n'ai plus eu d'amoureux.

Ma jeunesse a péri ce jour-là dans un râle d'étoffe déchirée.

C'était l'automne.

Les marques sont venues d'un coup.

Le soir même, je me suis asséchée. Ma peau s'est sillonnée, s'est craquelée. Mes traits se sont effondrés et j'ai su que je n'avais plus rien à redouter du temps.

Mon visage a été déchiqueté en une nuit par les ombres des années à venir. Mon corps s'est racorni comme du vieux papier abandonné au soleil. Je me suis endormie avec une peau lisse et tendre de vingt ans et éveillée dans un corps de vieille femme. Je suis devenue la mère de mes sœurs aînées, la grand-mère de mes neveux, de mes nièces.

C'est presque attendrissant, ce visage ravagé qui vous vient soudain, cette lourde fatigue, ces tranchées sous les yeux, ces traces d'un combat perdu en votre absence, durant votre sommeil.

J'étais rompue au sortir de la nuit. Je me suis reconnue pourtant, j'ai reconnu cette petite vieille qui me faisait face dans le miroir et qui me souriait.

Sans doute m'a-t-on ainsi épargné la longue agonie des tissus, les petites morts quotidiennes, cette patine, cette luminosité qui doucement s'éteint, la lente caresse du temps.

J'ai pleuré ma beauté flambée, j'ai pleuré la couleur passée de mes yeux. Il y avait de l'eau encore dans ce grand corps sec. Les larmes se sont glissées dans mes creux. Le sel et la saison ont rougi tous les plis.

On s'habitue à vivre enfermée dans un corps de « vieillarde ».

J'aurais tant aimé qu'il y eût plus d'arbres !

L'automne ici ensanglante ce qu'il peut.

Le monde a avancé sans moi. J'ai vu naître et grandir tous les enfants de cette sœur aînée dont j'encombre aujourd'hui encore la maison. J'ai vécu seule et souriante au milieu d'une grande cohue de neveux, dans un splendide chahut cerclé de désert.

J'ai patiemment attendu sachant qu'il n'y avait plus rien à attendre.

J'ai peur toujours de cette solitude qui m'est venue en même temps que la vie, de ce vide qui me creuse, m'use du dedans, enfle, progresse comme le désert et où résonnent les voix mortes.

Ma mère a fait de moi son vivant tombeau. Je la contiens comme elle m'a contenue et rien ne fleurira jamais dans mon ventre que son aiguille.

Il me faut descendre dans la fosse, là où le temps s'entortille, se pelotonne, là où reposent les fils coupés.

Ce matin, j'ai enfin ouvert la boîte que chacune de mes sœurs a ouverte avant moi et j'y ai trouvé un grand cahier, de l'encre et une plume.

Alors, j'ai encore attendu, j'ai attendu la nuit, j'ai attendu la maison vide et noire. J'ai attendu qu'il soit l'heure d'écrire enfin.

Je me suis assise dans l'ombre de la cuisine, j'ai allumé le quinquet au-dessus de la grande table en bois. Il a éclairé les carcasses de casseroles, les vieux torchons, il a peu à peu réchauffé les odeurs du repas. Je me suis installée à cette table, j'ai ouvert mon cahier, lissant ses grandes pages blanches, un peu rugueuses, et les mots sont arrivés.

Cela m'a pris ce soir d'écrire.

Me voilà donc attablée, face à mon écriture nocturne, et je sais que cette écriture noircira le temps qu'il me reste, que j'éclipserai ce grand soleil de papier dans un crissement de plume. L'encre m'est venue quand il n'y a plus eu de larmes. Plus rien d'autre à pleurer. Plus rien à espérer que le bout du cahier. Plus rien à vivre que ces nuits de papier dans une cuisine déserte.

J'ai glissé entre deux feuilles le morceau du châle dont j'ornais mes épaules du temps où j'avais des amoureux.

Le parfum de ma mère s'échappe du nom brodé.

Après toutes ces années, il erre encore dans la trame du tissu.

De la traversée, elle n'avait gardé que cela, cette cicatrice dans le parfum : l'empreinte des champs parcourus, des oliviers la nuit, des orangers en fleur et des narcisses tapissant la montagne de sucre blanc. Fragrances de pierres, de terre sèche, de sel, de sable. Ma mère était faite de tant d'essences mêlées... Enfant, dès qu'elle me laissait l'approcher, je voyageais clandestinement dans sa chevelure, tentant d'imaginer les lieux contenus dans les mèches bleues.

Un parfum et l'éclair d'une aiguille dans la continuité des doigts : voilà ce qu'ils ont retenu de toi.

Cette odeur imprégnait les tissus qui passaient par tes mains. Les jeunes mariées conservaient ton parfum sur le corps jusqu'au matin de leur nuit de noces.

Très vite, le bruit avait couru que les robes de Frasquita Carasco, la couturière du faubourg Marabout, agissaient sur les hommes comme des philtres d'amour.

Tu as mêlé ton parfum à toutes les lunes de miel du pays. Des centaines de robes blanches en tombant ont inondé les chambres nuptiales de merles, de brigands, de cavernes, de forêts, de sables et de vagues arrachés à notre voyage. En ton temps, la mer battait contre le bois des lits tandis que les amants secoués par le courant laissaient des nœuds dans leurs draps pour tout sillage.

Il me semble que nous sommes toutes issues de ton corps de bois. Des branches nées de toi seule. Parfois, j'aime à penser que tes longues mains se sont contentées d'attraper au vol quelques graines de pissenlit et que mon père ne fut que semence soumise au vent, souffle tiède dans le creux de ta paume.

Il me faut t'écrire pour que tu disparaisses, pour que tout puisse se fondre au désert, pour que nous dormions enfin, immobiles et sereins, sans craindre de perdre de vue ta silhouette déchirée par le vent, le soleil et les pierres du chemin.

Ô mère, il me faut ramener des profondeurs un monde enseveli pour y glisser ton nom, ton visage, ton parfum, pour y perdre l'aiguille et oublier ce baiser, tant espéré, que jamais tu ne m'as donné !

Il me faut te tuer pour parvenir à mourir... enfin.

Mon lumineux cahier sera la grande fenêtre par où s'échapperont un à un les monstres qui nous hantent.

Au désert !

PREMIER LIVRE

UNE RIVE

LE PREMIER SANG

Dans le patio, Francisca, la vieille, frottait la chemise et le drap de sa fille dans la bassine en bois.

Frasquita Carasco, ma mère, alors toute jeune fille, attendait nue, debout dans cette nuit de plein été, tentant, avec un lange, d'arrêter le sang qui lui ravinait les cuisses.

L'eau rougie clapotait autour des paroles de la vieille.

« Désormais, tu saigneras tous les mois. Quand viendra la Semaine sainte, je t'initierai. Va te recoucher et ne gâte pas ton autre chemise ! »

Frasquita couvrit son matelas de paille de la toile de jute que lui avait confiée sa mère et s'allongea dans le silence de la nuit.

Le sang coulait sans qu'elle éprouvât la moindre douleur. Saignerait-elle encore au réveil ? N'allait-elle pas se vider pendant son sommeil comme une cruche fêlée ? Ses cuisses lui paraissaient si blanches déjà... Elle préférait ne pas dormir, se sentir mourir...

L'aube la secoua. Ainsi, elle vivait encore !

Dans l'encadrement de sa petite fenêtre, elle distinguait déjà les autres maisons de Santavela en contrebas légèrement rosies par la timide caresse d'un soleil tout neuf qui peu à peu prendrait de l'assurance. Il faudrait bientôt retenir son souffle, vivre sur ses réserves de fraîcheur, et rester terré derrière la pierre blanchie jusqu'en fin d'après-midi. Alors seulement, on pourrait jouir de la lumière crachée par l'astre moribond, on pourrait le regarder s'empaler sur l'horizon sec et tranchant comme une lame et disparaître lentement derrière le grand couteau des montagnes ensanglantées dans un énorme râle de couleurs. Puis la nuit coulisserait d'est en ouest, noire, toute mitée par endroits, et un souffle viendrait peut-être agiter l'air brûlant, un souffle chargé de parfums salés, mouillés. Le village entier se prendrait à rêver de cette immense étendue d'eau, bleue de tous les ciels venus s'y mirer, et dont les quelques voyageurs qui s'étaient égarés sur les chemins tortueux jusqu'à Santavela avaient raconté les sursauts, les colères, la beauté.

Frasquita, ma mère, regarda la forêt de caillasses et d'arbres secs qui encerclait son monde en songeant qu'il faisait bon vivre, même là, et son sang continua de couler sans qu'elle eût désormais d'autre inquiétude que celle de se tacher.

« Ne mange pas de figues, ni de mûres, pendant tes règles, cela te marquerait au visage. » « Prends garde à ne pas goûter de viande cette semaine de peur que les poils ne te poussent au menton ! » Ne bois pas ci, ne touche pas ça : les recommandations ne tarissaient pas.

Certes, on n'en mourait pas, mais la vie était plus simple avant.

Durant les huit mois qui précédèrent le carême, Frasquita ne parvint pas, malgré tous ses efforts, à échapper à la perspicacité de sa mère qui sentait venir le sang avant même que la première goutte ne perlât et qui accourait aussitôt en brandissant les nouveaux interdits glanés pendant trois semaines auprès de toutes les vieilles biques du village.

Ce que la jeune fille appréhendait par-dessus tout, c'était le premier soir des règles. Là, immanquablement, sa mère entrait dans sa chambre au beau milieu de la nuit, lui jetait une couverture sur les épaules et la menait dans un champ de cailloux où, quelle que soit la saison, elle la lavait en murmurant d'énigmatiques prières.

Et le lendemain, il fallait faire sa part comme si de rien n'était : se réveiller à l'aube pour traire les chèvres, livrer le lait aux voisins, faire le pain, le ménage, puis partir par les collines avec les bêtes et leur trouver quelque chose à brouter au milieu de toutes ces pierres. Tout cela en évitant bien sûr de manger soi-même ce que la nature pouvait receler de meilleur puisque tout ce qui semblait bon en temps normal devenait soudain fatal lorsque le sang coulait.

Contrairement aux autres filles avec lesquelles elle discutait sur les collines et qui annonçaient à qui voulait l'entendre qu'elles étaient des femmes désormais, Frasquita détestait son nouvel état, elle n'y voyait que des inconvénients et serait volontiers restée une enfant.

Mais personne ne parlait jamais de prières nocturnes ou d'initiation lors de la Semaine sainte. Frasquita n'avait pas oublié les mots de sa mère le soir du premier sang et elle sentait que de cela elle ne devait rien dire.

À qui aurait-elle pu se confier ?

Elle était fille unique. Sa famille maternelle avait été décimée par un mal mystérieux en même temps que la moitié du village et, à quarante-cinq ans, Francisca, sa mère, qui s'était faite à l'idée de ne jamais avoir d'enfants, avait vu soudain, contre toute attente, son ventre s'arrondir.

Mère et fille semblaient inséparables, comme soudées par le miracle de cette naissance tardive. Longtemps, elles avaient avancé côte à côte au même rythme sur les chemins. D'abord, le pas de la mère s'était réglé sur celui de l'enfant, puis les foulées s'étaient allongées démesurément jusqu'à ce que la mère n'en pût plus et que la jeune fille se soumît aux limites du corps fatigué marchant à ses côtés. Petite, Frasquita se savait trop fragile pour résister seule au regard du village, quant à la mère, il lui fallait garder son enfant à ses côtés pour ne jamais douter de son existence.

Leurs corps s'agitaient, animés par un même courant, sans qu'il fût possible de surprendre lequel des deux imprimait son mouvement à l'autre.

Frasquita ne trahit pas les excentricités de sa mère et les questions restèrent en elle, s'accumulèrent.

Dès le premier jour du carême, la future initiée fut nourrie exclusivement de pain non levé, de lait et de fruits. Elle ne sortit plus que pour assister à l'office du dimanche. La minuscule croix taillée dans un bois d'olivier qu'elle serrait dans sa main droite sitôt passé la porte de chez elle et les petits cailloux anguleux dont sa mère garnissait ses chaussures lui donnaient un visage de sainte.

À force de rituel et de mystère, Frasquita finit par se prendre au jeu. Peu lui importait que la plante de ses pieds lui fît mal, peu lui importaient les volets fermés de sa chambre, et l'ombre, et le silence où sa mère la cloîtrait, elle était tendue vers ce but ultime, vers cette initiation qui ferait d'elle une femme. Elle y touchait presque et priait Dieu et la Vierge avec une ferveur décuplée par le jeûne et la solitude. Elle eut même, certains jours, la certitude que Marie et son Fils étaient présents à ses côtés. Gagnée par une sorte d'extase, elle se jetait alors à genoux, les yeux égarés. En ces moments bénis où sa chambre vide lui paraissait soudain emplie de leur présence, Frasquita disparaissait dans les prières qu'elle leur présentait avec la ferveur d'une enfant de douze ans qu'on affame depuis plusieurs semaines. Tout entière contenue dans ces mots qu'elle avait appris, dans ces poèmes récités et offerts, elle n'était plus que lèvres tendues vers l'insondable.

Alors son cœur battait au même rythme que le monde qui soudain emplissait sa petite chambre obscure. Il entrait en cortège par les fentes des volets, par les failles des murs. Il se déversait dans l'espace clos de sa chambre, s'y concentrait, il la pressait de toutes parts. Elle le sentait battre dans sa cage thoracique, frémir derrière ses paupières. Le ciel s'engouffrait d'abord, avec vents et nuages, puis les montagnes défilaient, enchaînées les unes aux autres, comme les perles d'un même collier qu'on aurait tiré sous sa porte, venait ensuite la pleine mer, et les murs gondolaient comme des buvards. La création entière se rassemblait autour d'elle, en elle, et la jeune fille devenait le ciel, les montagnes et la mer. Elle venait au monde et le monde venait à elle.

Mais sa mère ouvrait alors la porte et tout disparaissait.

Le soir du Mardi saint, Frasquita, épuisée d'avoir trop attendu, dort.

La mère se tient bien droite dans la nuit face au lit de sa fille. Elle jette du gros sel en psalmodiant. Ça sent l'ail à plein nez. Les mains osseuses s'agitent au-dessus du jeune visage déjà gonflé de sommeil. Les rêves s'enfuient. Les doigts blancs parcourent ses traits. La voix crisse soudain sur la noire sécheresse du soir.

Un cri mort-né.

Ne pas réveiller le père. Silence.

La pantomime de la mère s'accélère.

Frasquita hésite entre le rire et la peur. Elle ne rit pas et suit la petite silhouette de sa mère dans la nuit. Pieds nus, pas alourdis par le silence. Les ombres suivent, légères.

Toutes deux marchent sur le chemin qui mène au cimetière. Comme elles arrivent au milieu des tombes, la mère recommence à prier. La voix sort d'elle telle de l'eau. Elle jaillit par saccades. La voix déborde, monte à la bouche. Il y en a toujours plus à cracher.

On entend un cri de femme et un couple à moitié débraillé, venu là pour éviter les oreilles des vivants et jouir du silence des morts, s'enfuit à toutes jambes. Frasquita frissonne face à cette femme qui s'adresse à ses aïeules et dont elle ne reconnaît plus ni la voix ni la langue.

Deux bandeaux noirs surgissent dans les mains vides de la mère.

« Il faut maintenant que je nous bande les yeux. Toutes les prières que tu vas entendre, tu devras les retenir. Elles viennent d'avant le premier livre et nous en héritons de mère en fille, de bouche à oreille. Elles ne peuvent être enseignées que durant la Semaine sainte. Tu devras les apprendre toutes et, à ton tour, tu les légueras à celles de tes filles qui s'en montreront dignes. Ces prières ne peuvent être ni écrites ni pensées. Elles se disent à voix haute. Tel est le secret. Tu accompagneras certaines d'entre elles de gestes que je t'enseignerai, plus tard. »

Les yeux sont bandés.

La mère la fait tourner sur elle-même, plusieurs fois. Plus de repères. Le sol se dérobe. Vertige. Les yeux cherchent, cherchent la lumière. S'échapper.

Alors une voix s'élève dans la nuit. Pas celle de la mère. Une voix qui semble venir du cœur de la terre, une voix d'outre-tombe et la voix, énorme, murmure, à la fois proche et lointaine, à la fois hors de Frasquita et sous sa peau, à la fois claire et sourde. La jeune fille devra tout répéter. Tout retenir. Elle n'a que quatre nuits pour engranger un savoir millénaire.

Frasquita terrifiée s'exécute. Elle répète dans le noir ce qui lui est soufflé et les mots lourds frappent avec force et se gravent en elle à mesure qu'elle les dit.

Lors de cette première nuit, ma mère apprit par cœur des prières pour enlever le soleil de la tête, pour les chairs coupées, pour les chairs brûlées, pour les yeux malades, des prières pour les verrues, pour le sommeil... Pour chaque petite misère humaine, il y avait une prière.

Les prières du deuxième soir, moins nombreuses, lui parurent plus difficiles à comprendre, à prononcer et à retenir. C'étaient celles qui guérissent du mauvais œil et protègent des esprits forts, de la dame blanche, des créatures de la nuit.

Le troisième soir, la voix lui enseigna deux prières si compliquées, si hermétiques, que Frasquita ne saisit même pas à qui elles étaient adressées. Elle s'appliqua à prononcer des sons désarticulés, presque indicibles. Un langage mystérieux emplit sa bouche, il avait l'épaisseur d'une matière qu'elle mâcha longuement. À mesure qu'elle disait les mots, il lui semblait que des saveurs étranges envahissaient son palais, chatouillaient ses papilles.

C'étaient les incantations qui font lever les damnés comme des gâteaux et permettent de jeter des ponts entre les mondes, d'ouvrir les grilles des tombeaux, de faire jaillir l'achevé.

Enfin, le dernier soir, cette voix sortie de l'ombre mais désormais familière lui fit un don.

« Tu sais maintenant guérir les petits maux des corps avec l'aide des saints, tu sais libérer les âmes avec l'aide de celle qu'on nomme Marie ici, mais qui a bien d'autres noms, et je t'ai appris à entendre les plaintes et les leçons des morts. Mais attention ! Tu devras user de ton pouvoir avec parcimonie : tu pourras utiliser les prières du premier soir quand bon te semblera, mais celles du deuxième soir, si tu ne veux pas les perdre, tu ne devras les dire que quand un étranger te demandera de l'aide et tu ne pourras en faire profiter tes proches. Quant aux invocations du troisième soir, celles qui convoquent les esprits, elles ne peuvent être utilisées qu'une seule fois tous les cent ans : sitôt que tu en prononceras une, tu l'oublieras. Mais prends garde, solliciter l'au-delà n'est pas sans danger : les morts ne sont pas tous bienveillants et ces dernières incantations ont leur volonté propre. Souviens-toi qu'il est des mots vivants qui brûlent les esprits qu'ils possèdent. Je te confie cette boîte. Tu ne l'ouvriras que dans neuf mois jour pour jour, pas avant. Si tu ne résistes pas à la tentation, tu perdras tout ce que je t'ai appris jusque-là, tout comme ta mère l'a perdu avant toi. Adieu. »

LA BOÎTE

Tout enfant déjà, Frasquita s'isolait pour coudre. Très vite, la mère avait remarqué l'habileté de sa fille, l'étonnante impulsion qu'elle donnait à son aiguille. Elle riait de voir son enfant remplacer un bouton ou recoudre un revers avec cette extrême minutie.

Frasquita fit ses armes en recousant des fonds de culotte et, de culotte en culotte, la trajectoire du fil devint plus sûre, les points plus fins, le mouvement de la main plus rapide et l'œil plus remarquable.

Durant le carême de son initiation, elle avait été privée de couture. Ce sacrifice seul lui avait coûté. Aussi, tout de suite après Pâques, la jeune fille reprit ses travaux avec une ardeur décuplée.

En reprisant, Frasquita avait jusque-là cherché à imiter la trame de l'étoffe, à la recomposer, et elle y parvenait si bien que son travail devenait invisible. Le père cherchait vainement quelque trace d'usure aux genoux ou à l'entrejambe de ses pantalons, il lui semblait qu'il était vêtu de neuf. Mais après cette Semaine sainte, lassée par tant d'humilité, elle laissa de plus en plus souvent transparaître son art. De minuscules fleurs blanches émaillèrent alors les draps et quelques discrets oiseaux s'ébattirent sur les cicatrices, fermant les lèvres déchirées des tissus.

Blanc sur blanc, noir sur noir, ses raccommodages lui permirent de s'initier à la broderie et les rosaces se multiplièrent sur les châles de sa mère.

Seul son ouvrage aidait Frasquita à résister à la terrible tentation que représentait la boîte posée à même le sol dans un coin de sa chambre.

Le cube noir et massif, taillé dans un bois brut dont la surface, patinée par le temps, était douce au toucher, attendait.

Les siècles avaient certes arrondi ses angles, mais aucun ver, aucun ronge-bois ne s'était jamais permis de goûter à cette chair obscure.

Les premiers temps, Frasquita s'asseyait face à la boîte et l'observait des heures durant. Elle tentait de se fondre dans cette matière sombre qu'elle scrutait. Elle en connut bientôt chaque nœud. Elle se concentrait si fort sur cet objet que la tête lui tournait.

Mais la boîte résistait. La boîte ne livrait rien de son secret.

Frasquita pouvait désormais sortir de sa chambre quand bon lui semblait. Elle courait la région avec son petit troupeau et, sitôt rentrée, aidait sa mère au ménage, puis reprisait, reprisait avec passion pour oublier le coffret.

Elle crut d'abord qu'elle ne pourrait jamais résister neuf mois à cette envie de l'ouvrir qui l'obsédait. Plusieurs fois, elle fut sur le point de soulever ce couvercle qu'aucune serrure ne gardait. Mais elle songeait alors à sa mère qui avait commis cette erreur avant elle et elle retenait sa main.

Francisca commença à lui enseigner les gestes dans la cuisine, le dixième dimanche après Pâques.

« Tu vois, je connais la musique mais j'ai oublié les paroles : je ne peux te réciter les prières, mais chacune de celles qu'on t'a enseignées doit être accompagnée de ces gestes que je vais t'apprendre. Aujourd'hui, nous ferons *carne cortada*. Pour soigner les chairs coupées, il te suffira de prononcer tes incantations en reproduisant ces gestes que tu vas me voir exécuter. »

Elle prit alors deux beaux œufs blancs qu'elle cassa contre le bord d'un bol, elle les brouilla, puis les versa dans une marmite en fonte.

« Mais retire-les du feu, ils vont brûler ! s'inquiéta Frasquita.

— Il faut qu'ils brûlent, tu vois, et une fois qu'ils sont bien noirs, tu imprègnes un chiffon d'huile d'olive et tu le noircis avec ce qui reste des œufs. Tu dois alors dessiner trois croix comme ça sur la plaie du blessé pour que la cicatrisation soit plus rapide. »

Frasquita qui observait sa mère avec attention remarqua alors combien ses cheveux avaient blanchi depuis quelque temps, combien ses mains s'étaient flétries. Elle découvrit que sa mère était devenue une vieille femme.

« Maman, comment as-tu perdu le don ?

— J'ai reçu à ton âge cette même boîte qui t'a été donnée. Mais trois mois avant la fin de l'épreuve, je l'ai ouverte, pensant que personne n'en saurait jamais rien. La boîte était vide et j'ai aussitôt oublié toutes les prières qu'on m'avait confiées.

— Mais si tu les as oubliées, qui est venu me les enseigner ? Cette voix que j'ai entendue parmi les tombes n'était donc pas la tienne ?

— Non. En ouvrant la boîte, il m'a semblé que j'ouvrais mon propre crâne. Tous les mots qui y avaient été enfermés quelques mois auparavant se sont échappés d'un coup. J'ai aussitôt refermé le couvercle. Il ne me restait en tête qu'une seule prière, l'une de celles du troisième soir. Tu m'as entendue la réciter dans le cimetière. Nous l'avons perdue pour cent ans.

— Qui t'a initiée ?

— Ma mère. Je voudrais te demander une faveur. Cache dans un lieu sûr cette boîte qui t'a été remise !

— Où faut-il que je la mette ?

— Je n'en sais rien, mais cache-la ! J'ai bien peur de moi, mon enfant. Il faut que tu éloignes ton secret, que tu le mettes à l'abri de ta mère ! Et prends garde que je ne te suive pas ! »

Un homme nommé Heredia régnait sur le pays. La moindre pierre était sienne. Nul ne savait depuis quand, ni dans quelles circonstances, sa famille avait pris possession de cette contrée en marge des chemins des hommes et des lumières divines. À Dieu, Heredia n'avait laissé que les cieux d'un bleu lointain. Perchées sur leur colline, les petites coquilles blanches de Santavela étaient prises en tenailles entre l'azur et les cailloux. Le ciel appartenait à Dieu, les cailloux au señor Heredia qui faisait vivre les villageois. Il arrivait que les gens ne sachent plus auquel des deux adresser leurs prières.

Le soir même, Frasquita alla à regret enterrer sa boîte dans l'oliveraie de ce seigneur.

Pour la première fois, elle se retrouva seule dans la campagne nocturne. Elle ne reconnut pas ces chemins qu'elle parcourait depuis toujours. Les objets les plus familiers prenaient dans l'obscurité un relief singulier. Elle trébuchait sur chaque pierre, butait contre les marches, bringuebalant ses grands bras dans l'ombre cahoteuse. Elle perdait ses repères, s'étonnait de la taille des maisons, de la forme des arbres. Tout paraissait se dissoudre, se délayer lentement dans la nuit : les feuilles se mêlaient les unes aux autres, les fenêtres trouaient la masse informe des façades, le contour des choses s'estompait, se dissipait dans la pénombre, la terre mangeait les pierres et le ciel mangeait la terre. Le monde s'était couvert de vagues taches sombres comme des trous. Et les franges d'un ciel tout éclaboussé de lumière et déchiré par la scie des montagnes descendaient jusqu'au sol. Certains figuiers déjà hérissés de gros fruits verts, ronds comme des globes, la regardaient passer à l'ombre de leur mur.

Elle tenait dans sa main droite la pelle de son père et portait un panier en osier à bout de bras. Elle avait bien peur et avançait, minuscule, suivant une sente étroite à moitié dévorée par la nuit et dont des morceaux lui semblaient avoir été arrachés à coups de dents. Une lune énorme se leva. Elle versa sur les oliviers qui craquaient comme des doigts sa belle et vaporeuse lumière blanche.

Frasquita s'étonna que la nuit fût si bruyante. Elle s'arrêta sous le plus gros arbre qu'elle trouva et se mit à creuser. Elle enfouit la boîte assez profond, puis referma le trou et tassa bien la terre sèche avec ses mains. Elle commençait à apprivoiser la nuit. Elle regarda attentivement pour s'en souvenir l'olivier auquel elle avait confié son trésor. Son tronc, dédoublé à sa base, se fondait en un, tels deux arbres qui auraient poussé quelques années côte à côte avant de s'enlacer.

Alors qu'absorbée par la contemplation de ce couple de bois, elle oubliait peu à peu sa peur, elle entendit une voix d'homme dire un chiffre dans son dos. Elle eut à peine le temps de se cacher derrière le tronc qu'elle observait. Une ombre venait droit sur elle.

L'ombre avait un ravissant visage de jeune homme.

L'adolescent s'arrêta face aux oliviers jumeaux à l'endroit exact où Frasquita venait d'ensevelir sa boîte et cria à tue-tête : « Cent quatre vingt-dix-huit ! »

Frasquita suivit du regard ce beau garçon aux traits fins qui lui avait fait si peur, tandis qu'il s'éloignait à grands pas. Elle le vit se mettre au garde-à-vous devant l'arbre suivant et hurler un retentissant « cent quatre-vingt-dix-neuf ! » puis il s'en alla à vive allure compter les autres oliviers. Dès qu'il fut hors de vue, la jeune fille détala avec pelle et panier.

Elle courut jusqu'au village sans se retourner.

Arrivée à la hauteur des premières maisons, elle croisa les yeux brillants de quelque diable déguisé en chat pour agacer le petit peuple des mulots et, pétrifiée, s'arrêta net. Le regard jaune pétillait entre terre et ciel, il la fixa quelques secondes, l'épingla sur le paysage nocturne comme un vulgaire papillon de nuit, puis les yeux fauves se détournèrent, la forme souple sauta de l'arbre où elle s'était perchée et disparut dans l'ombre. Frasquita reprit ses esprits, sans toutefois parvenir totalement à se convaincre qu'il ne s'agissait là que du chat de ses voisins, et elle recommença à courir. Haletante, elle poussa la petite porte de chez elle, traversa la salle à tâtons et se jeta sur son lit.

Les jours, les semaines passèrent. Frasquita, terrifiée par son escapade nocturne, ne chercha pas à retrouver les oliviers siamois à l'ombre desquels elle avait enfoui son trésor.

Sa mère, en revanche, se trouvait constamment toutes sortes d'excuses pour retourner la petite maison de fond en comble ou remuer les vieilles pierres dans le patio. Sa curiosité ne la laissait pas en repos. Elle perdait presque la tête tant devenait vive en elle la volonté de percer le mystère du coffret.

« J'espère que tu n'as pas égaré ce qui t'a été confié mais que tu l'as caché en lieu sûr. Si quelqu'un trouvait cette boîte et l'ouvrait avant nous, Dieu seul sait ce qu'il pourrait advenir. Est-ce qu'elle est encore dans la maison ? finit-elle par demander à Frasquita.

— Non, elle n'y est plus depuis longtemps. Nous irons la chercher dans trois mois à l'endroit où elle se trouve et personne ne l'ouvrira avant nous, sois sans inquiétude !

— Tu l'as enterrée dans la cour ?

— Ni dans la cour ni dans le village. Elle est trop loin pour que tu puisses jamais la découvrir sans mon aide.

— Dis-moi donc où tu l'as mise ! J'irai la dissimuler dans un lieu que je connais où l'on ne pourra jamais nous la prendre.

— Elle est très bien là où elle est.

— Comment peux-tu te méfier ainsi de ta vieille mère ?

— Maman, ce qui sera à l'intérieur de cette boîte à la fin du délai fixé par la voix n'y est pas encore, comprends-tu ? Si tu l'ouvres aujourd'hui, elle sera aussi vide qu'il y a quarante ans quand tu as commis la même erreur. Le don qui m'a été promis y pousse dans l'ombre. Laisse-lui le temps qu'il lui faut ! »

La mère fondit en larmes et se confondit en excuses, mais, à peine trois jours plus tard, elle renouvelait sa question.

Après les questions, vinrent les ordres et, après les ordres, les coups.

Frasquita se laissa battre un mois durant. Elle résista : aucun chantage, aucune gâterie, aucun sévice ne la fléchit. Elle resta aussi silencieuse et impénétrable que la boîte elle-même. Elle devint ce coffret et, chaque jour, la mère tenta vainement d'en forcer le couvercle. Son père qui se mêlait si peu des histoires de femmes dut même intervenir plusieurs fois pour empêcher sa mère de la tuer.

Au bout de trente jours de violence, la mère changea totalement d'attitude. Elle se tut et passa ses journées à entortiller ses longs cheveux grisonnants autour de son index. Elle ne mangeait plus, ne se coiffait plus, ne sortait plus, elle se laissait mourir.

Cette seconde phase dura aussi longtemps que la première.

Enfin, un beau matin, cette femme considérablement amaigrie eut comme un sursaut qui la jeta sur les chemins. En causant toute seule à mi-voix, elle commença à creuser des trous n'importe où tout autour du village.

Le curé vint alors trouver la jeune Frasquita.

Originaire de la ville, il était hermétique à toutes ces croyances de bonne femme. Il ne supportait pas les sabbats, la superstition, toute cette basse cuisine que certaines de ses paroissiennes, très pieuses pourtant, pratiquaient.

C'était un drôle de curé peu enclin à punir. Il ne croyait pas au diable.

« Si ma prière est sèche, c'est que j'ai mal mangé à midi, c'est qu'il fait froid dans l'église, je n'accuserai jamais quelque diablotin à sabots d'être responsable de mes manquements d'homme. Pierre a renié Jésus parce qu'il avait peur. Le diable n'a rien à voir là-dedans ! Si diable il y a, c'est dans la tête des hommes. » Ainsi aimait-il à parler.

En chaire, il ne lisait jamais le passage des possédés et aucun de ses sermons ne faisait référence au Malin, car il redoutait plus que tout de déclencher une épidémie de possessions. Même si ses ouailles ne comprenaient pas un mot de latin, il était inutile de jeter de l'huile sur le feu. Pour ne pas réveiller le diable, le mieux était encore de n'en point parler du tout.

Il avait longtemps combattu ces croyances occultes séculaires qui faisaient vibrer les âmes dont il avait la charge, mais il n'était pas parvenu à ramener ses brebis sur le chemin de la lumière. Il les avait seulement fait taire : on ne lui parlait plus des sorts jetés et des têtes de poulets agitées, toutes sanglantes, autour du lit des enfants malades. On ne lui en disait plus rien par peur de ses colères d'homme rationnel.

Après avoir entendu les confessions de Frasquita et de sa mère au lendemain de Pâques, il avait eu un long soupir et les deux femmes en avaient été quittes pour deux ou trois heures de prières à genoux au fond de la petite église. Mais quand il vit cette petite vieille décharnée passer ses journées à creuser des trous à mains nues — son mari lui ayant confisqué sa pelle —, il devina que cette soudaine folie avait été suscitée par l'histoire ridicule qu'elles lui avaient confessée quelques mois auparavant et il alla trouver Frasquita.

« Frasquita, qu'est-ce que ta mère cherche ? lui demanda-t-il.

— Une boîte, répondit sans détour la toute jeune fille.

— Et qu'y a-t-il dans cette boîte ? insista le *padre*.

— Nous ne le savons pas.

— Ta mère ne sait donc pas ce qu'elle cherche avec une telle rage que c'est pitié de la voir arracher les cailloux à toute heure du jour. Ses vieilles mains s'écorchent à gratter la terre.

— C'est cela justement, oui, elle cherche quelque chose qu'elle ne connaît pas et qui n'existe même pas encore.

— Parce que en plus cette fameuse boîte qui l'obsède n'existe pas ?

— Si, la boîte existe, mais pour l'instant elle est vide. Enfin, c'est ce que j'imagine.

— Écoute, je ne comprends rien à ton histoire.

Mais tu vas aller chercher ce coffret et le remettre à ta mère avant qu'elle ne nous crève de fatigue au beau milieu d'un champ de cailloux.

— Non.

— Au nom de Dieu, je te le demande ! »

Frasquita regarda l'homme en secouant lentement la tête de droite à gauche.

« Tu es têtue, ma fille. Tu ne vois donc pas que ta mère n'est pas la seule à être menacée ? Comme je connais les gens d'ici, nous n'aurons pas à attendre longtemps encore avant qu'une autre femme ne se mette à faire des trous un peu partout à son tour et puis les hommes cesseront d'appeler ta mère "la fada" et ils lui inventeront quelque bonne raison de creuser. Ils croiront qu'elle a vu un trésor en rêve ou je ne sais quoi et plus personne ne travaillera à l'oliveraie et les pelles retourneront cette colline jusqu'à ce qu'elle s'écroule.

— Il ne reste plus longtemps à attendre. Dans vingt jours, nous pourrons ouvrir la boîte et alors ma mère retrouvera la paix.

— Mais dans une semaine, il sera déjà trop tard ! Les esprits imaginatifs auront inventé quelque histoire sans queue ni tête. Dans sept jours, on ne pourra plus rien pour tous ces êtres qui se seront lancés dans une quête sans objet. Prends garde, Frasquita, tu es trop entêtée ! »

Et le curé furieux sortit sans rien ajouter.

Il avait vu juste, dès le lendemain la mère ne fut plus seule à creuser. De jour en jour, ceux qui creusaient furent plus nombreux et la jeune fille eut beau leur répéter à tous qu'il n'y avait rien dans cette boîte qu'ils cherchaient, personne ne l'entendit. Les pelles mordaient une terre glacée, dure comme de la carne.

Heredia tenta en vain d'arrêter cette armée

d'hommes, de femmes et d'enfants qui ravinait son domaine à la recherche d'un hypothétique trésor. Ni son autorité, ni celle de ses fils, ni même leurs chiens ne furent de taille à lutter contre ce rêve. La fièvre ravageait les esprits et les olives se gâtaient puisque personne n'était là pour les cueillir.

Certains forèrent la terre si profondément qu'ils passèrent plusieurs jours pris au piège au fond de la fosse qu'ils s'étaient creusée avant qu'on ne les retrouvât et qu'on ne les arrachât à leur prison de caillasses.

Il y eut des éboulis, des bagarres, des gelures. Les femmes et les enfants remontèrent des milliers de paniers remplis de terre, de poussière, de pierrailles.

Après une semaine de grands travaux, on ne pouvait plus faire un pas dans le pays sans manquer de se fouler une cheville ou de disparaître dans un trou. Pourtant, on n'avait rien trouvé que quelques cruches cassées, quelques fossiles et un magnifique visage de bronze. Ce masque très ancien représentait un jeune homme d'une inquiétante beauté dont les yeux avaient été rageusement martelés. On se soucia fort peu de ce chef-d'œuvre antique. On le fit fondre. Celui qui l'avait découvert en fit des bijoux pour son épouse et sa fille. Le beau jeune homme fut métamorphosé en parure de femme.

On commença alors à se demander ce qu'on cherchait ainsi depuis plus de huit jours. On se rendit compte que personne n'en savait rien et on se dit que cette femme qui continuait de creuser en silence avait décidément un regard bien étrange.

Peu à peu, le village revint à la raison et suivit les conseils du curé. Hommes et femmes retournèrent au travail et seule la mère de Frasquita persévéra.

Enfin, le délai fixé par la voix arriva à échéance.

Frasquita attendit la nuit noire pour entraîner sa mère dans l'oliveraie blanche de givre des Heredia.

Elle retrouva sans trop de difficulté l'olivier dédoublé. Le terrain avait été percé à la pelle de-ci, de-là, au petit bonheur la chance, et ces cratères que personne n'avait encore rebouchés donnaient au paysage un relief lunaire.

Frasquita, qui n'était pas parvenue à dénicher la pelle de son père, creusa avec une pierre, sans impatience. Elle atteignit bientôt le couvercle de la boîte et put extraire le coffret de sa gangue de terre froide.

La mère souriait de toutes ses dents, elle manifestait une joie tout enfantine et ses yeux cerclés de rides brillaient comme deux billes noires.

« Ouvre, ouvre donc ! »

Les doigts gourds de Frasquita soulevèrent le couvercle.

La boîte était pleine de bobines de fil de toutes les couleurs et des centaines d'épingles étaient plantées sur un de ces petits coussinets que les couturières portent au poignet en guise de bijou. Fixée au couvercle par de fines lanières de cuir, une paire de ciseaux finement ouvragés dans un petit étui en velours rouge, un dé à coudre tout simple et, soigneusement alignées le long d'un large ruban bleu, quelques aiguilles de toutes tailles.

« Ce n'est qu'une boîte à couture, murmura la mère. Rien qu'une boîte à couture !

— Regarde ces couleurs ! Comme notre monde paraît fade comparé à ces fils ! Tout chez nous est gâté par la poussière et les couleurs sont mangées par l'éclat du soleil. Quelle merveille ! Même dans la lumière grise ces bobines resplendissent ! Il doit exister des pays de pleines couleurs, des pays bariolés, aussi joyeux que le contenu de ce coffret.

— J'ai creusé des jours entiers à la recherche d'une vulgaire boîte à couture ! »

La vieille mère laissa glisser le fichu de laine noué autour de sa tête, et ses cheveux d'argent qu'elle n'avait pas coiffés depuis si longtemps tombèrent en cascade sur son châle sombre. Elle rit alors d'un bon rire franc et libérateur, elle rit longtemps et resplendit soudain dans la nuit comme une autre lune. Elle riait et sa fille riait à ses côtés et toutes deux se roulaient dans la terre sans craindre de salir leurs habits.

Enfin Francisca se redressa et s'assit à côté de l'olivier. Ses yeux avaient perdu leur vernis malsain, la pupille n'inondait plus l'iris, les cils ne frémissaient plus autour du blanc de l'œil comme les naseaux de quelque bête inquiète. Son regard s'était apaisé. Frasquita reconnut le gris calme et velouté des yeux que le désir ne venait plus troubler. Elle sentit que sa mère était libre de nouveau.

« Il est tard. Rentrons, maintenant ! »

LE PAPILLON

Commença alors pour ma mère la période des fils de couleurs.

Ils avaient fait irruption dans sa vie, modifiant le regard qu'elle portait sur le monde.

Elle fit le compte : le laurier-rose, la fleur de la passion, la chair des figues, les oranges, les citrons, la terre ocre de l'oliveraie, le bleu du ciel, les crépuscules, l'étole du curé, la robe de la Madone, les images pieuses, les verts poussiéreux des arbres du pays et quelques insaisissables papillons avaient été jusque-là les seuls ingrédients colorés de son quotidien. Il y avait tant de petites bobines, tant de couleurs dans cette boîte qu'il lui semblait impossible qu'il existât assez de mots pour les qualifier. De nombreuses teintes lui étaient totalement inconnues comme ce fil si brillant qu'il lui paraissait fait de lumière. Elle s'étonnait de voir le bleu devenir vert sans qu'elle y prît garde, l'orange tourner au rouge, le rose au violet.

Bleu, certes, mais quel bleu ? Le bleu d'un ciel d'été à midi, le bleu sourd de ce même ciel quelques heures plus tard, le bleu sombre de la nuit avant qu'elle ne soit noire, le bleu passé, si doux, de la robe de la Madone, et tous ces bleus inconnus, étrangers au monde, métissés, plus ou moins mêlés de vert ou de rouge.

Qu'attendait-on d'elle ? Que devait-elle faire de cette nouvelle palette qu'une voix mystérieuse lui avait offerte dans la nuit ?

Bombarder de couleurs le village étouffé par l'hiver. Broder à même la terre gelée des fleurs multicolores. Inonder le ciel vide d'oiseaux bigarrés. Barioler les maisons, rosir les joues olivâtres de la mère et ses lèvres tannées. Elle n'aurait jamais assez de fil, assez de vie, pour mener à bien un tel projet.

Elle se rabattit donc sur l'intérieur de la maison.

Pas de nappe sur la table, pas de rideaux aux fenêtres, pas de tapis au sol, ni napperons ni rien. Pas de tissu à broder.

Des draps et encore si peu.

« Les draps doivent rester blancs », dit la mère.

Deux châles et deux mantilles.

« Tout cela doit rester noir », dit la mère.

Du linge de corps.

« Le blanc, c'est plus propre, dit la mère.

— Et mes jupes, mes corsages ? »

Deux tenues en tout et pour tout qu'elle portait en alternance.

Elle s'imaginait qu'ils la laisseraient faire, qu'on pouvait fouler aux pieds les manies de tout un pays ? La couleur, ça ne se faisait pas ici ! Ailleurs, dans d'autres villages, pour les fêtes, les filles paradaient, disait-on, mais pas à Santavela ! De ce côté du monde, les femmes n'avaient ni rubans ni œillets !

« Parce que personne ne vient leur en vendre, argumenta Frasquita. Et si je ne revêtais mes couleurs que chez nous ? »

Elle n'aurait plus alors qu'un seul corsage pour sortir et elle l'userait deux fois plus vite.

« Je sortirai moins ! »

Et durant tout ce temps qu'elle passerait à broder, elle resterait nue peut-être ? Nue, dans sa chambre, son aiguille à la main ?

« Je porterai une chemise ! »

Passe encore pour les fleurs et les oiseaux en noir et blanc qu'elle avait multipliés ces derniers temps en guise de raccommodages. On ne pouvait remarquer ces fantaisies qu'en y regardant de si près que le père n'avait pas encore vu le bestiaire fabuleux qui peuplait ses fonds de culotte. Mais quel caprice que cette envie de couleurs ! Elles vivaient très bien sans !

« Moi, non ! »

La mère pleura.

« Donne-moi un vieux sac ! » insista Frasquita.

La mère lui en trouva un, fort usé. Il était si abîmé que la jeune couturière n'en tira qu'une bande de tissu de quelques centimètres de large.

Une araignée tissait sa toile dans un coin de la pièce, suspendue à son fil.

« Bientôt, j'apprendrai à filer, à tisser. »

En attendant, la jeune obstinée regardait son petit bout de toile de jute posé sur ses genoux, se demandant ce qu'elle allait pouvoir en faire.

Elle le regarda longtemps.

Ce fut vers cette époque que la nièce d'Heredia débarqua dans le pays. On n'y avait pas vu de femme élégante depuis la mort de la señora.

Le dimanche suivant, elle serait à l'office.

On y vint plus nombreux qu'à l'ordinaire, les hommes surtout.

Le printemps était précoce, il entra dans l'église avec force.

Frasquita guetta la robe de la nièce, avide de couleurs.

Mais la grisaille des tissus s'effaça devant une soie blanche, immaculée. Le blanc terrassa la couturière. La robe s'avança profondément dans l'ombre de la nef.

Le blanc, ma mère y reviendrait plus tard.

Le bois du premier banc fit de larges plis dans l'étoffe.

Pour comprendre le blanc, il fallait maîtriser les couleurs, toutes les couleurs.

Soudain, quelque chose s'agita entre les doigts gainés de fine dentelle et une aile écarlate se déplia. L'aile battait, rapide, rouge, énorme dans cette main si menue. Cet objet qui n'en finissait pas de s'ébrouer, de se déployer, de se replier comme le gosier d'un dindon fascina Frasquita. Occupée à saisir le motif brodé sur le tissu rouge, elle n'entendit pas un mot du sermon.

Un éventail ! Elle ferait un éventail !

L'après-midi même, elle sortit son morceau de jute et se mit à l'ouvrage. Prudente, elle utilisa d'abord une chute de tissu pour inventer de nouveaux points et s'essayer à la couleur. Et tandis que son fil virevoltait, un papillon venu d'on ne sait où vint s'empaler sur la pointe de son aiguille.

Il arrive qu'on interrompe une promenade, oubliant même ce vers quoi l'on marchait, pour s'arrêter sur le bord de la route et se laisser absorber totalement par un détail. Un grain du paysage. Une tache sur la page. Un rien accroche notre regard et nous disperse soudain aux quatre vents, nous brise avant de nous reconstruire peu à peu. Alors la promenade se poursuit, le temps reprend son cours. Mais quelque chose est arrivé. Un papillon nous ébranle, nous fait chanceler, puis il repart. Peut-être emporte-t-il dans son vol une infime partie de nous, notre long regard posé sur ses ailes déployées. Alors, à la fois plus lourds et plus légers, nous reprenons notre chemin.

Un rayon de soleil traversa les vitraux organiques dessinés sur ses ailes, réchauffant les orangés, intensifiant l'indigo. Frasquita étudia longuement par transparence les arabesques en forme d'yeux. Elle crucifia délicatement l'insecte sur le couvercle de sa boîte à couture en prenant bien soin de ne pas abîmer la fine couche de pigments dont les ailes étaient couvertes.

Quand elle était enfant, sa mère lui avait expliqué la magie de leur vol. « Si tu attrapes un papillon par les ailes, tu garderas sur les doigts ce qui lui permet de voler et il sera alors cloué au sol. »

Peut-être recueillerait-elle un jour suffisamment de cette poudre pour en couvrir ses propres ailes, celles qu'elle se tisserait et qui lui permettraient de plonger de ces montagnes. Mais combien de papillons lui faudrait-il tuer et épingler en bouquet sur la boîte à couture ?

Un éventail, c'était déjà une petite aile. Cette même aiguille qui avait arrêté le mouvement de l'insecte, suspendant son vol, s'attacha à reconstituer ce qu'elle avait terrassé. La jeune fille choisit alors les teintes de ses fils et, durant plusieurs semaines, travailla à la reproduction exacte des arabesques de son papillon.

Quand l'aile fut achevée, elle la fixa à des baguettes de bois blanc. Puis elle agita l'éventail et dans ce courant d'air et de couleurs, ce qui n'avait été qu'une simple fantaisie, qu'une pensée filante, revint l'obséder. L'envol.

Elle décida alors de réaliser une deuxième aile, identique à la première, et de créer ainsi un papillon entier, un papillon de tissu. Elle mit moins de temps à broder ce second éventail. Elle déplia les deux ailes, les cousit côte à côte, ouvrit la fenêtre de sa chambre et attendit. Elle attendit que l'énorme papillon de tissu, posé à plat sur le sol de la pièce, agitât ses membres colorés et s'échappât. Dans ce but, elle avait saupoudré son œuvre de poudre à voler. Le papillon qui lui avait servi de modèle avait été réduit en poussière par ses soins, ses restes devant animer sa copie.

Plusieurs jours de suite, la fenêtre resta ainsi ouverte sur les champs de pierres. Frasquita gardait espoir, naïvement. Sa créature irait où elle-même ne pouvait aller !

La mère ne parla jamais à Frasquita de cette chose magnifique que la fantaisie de sa fille avait clouée au sol. Elle lui avait affirmé que la couleur était trop honteuse pour vivre au grand jour et ne pouvait plus revenir sur ce qui avait été dit. Pourtant les broderies étaient si belles qu'elle ne put s'empêcher de profiter des absences de Frasquita pour montrer la chose à quelques voisines. Elles s'extasièrent, mais ne pipèrent mot. Une vieille fille surtout, tordue et noueuse, une vieille fille à la peau plus sillonnée qu'un vieux tronc et aux cheveux blancs demandait souvent à voir l'objet. La mère ne pouvait lui refuser cette faveur et tous les jours la vieille se précipitait chez Frasquita dès qu'elle la savait dehors.

Un dimanche, en rentrant de la messe, la couturière trouva sa chambre vide.

Sa première œuvre voltigeait par-delà les montagnes.

LA VIERGE NUE

Frasquita observait la dentellière — ainsi nommait-elle l'araignée qui avait élu domicile dans sa chambre — en se demandant si elle-même serait un jour capable de sécréter sa propre toile.

« La beauté vient de ces espaces vides délimités par les fils ! Révéler, cacher. Désépaissir le monde. Ce qui est somptueux, c'est de voir au travers ! La transparence... La finesse de la toile voile et encadre un morceau d'univers et ce faisant le révèle... Exposer la beauté d'un être en le couvrant de dentelle... »

Elle sentit tout ce qu'il lui faudrait encore comprendre et maîtriser : la couleur, le blanc, les tissus, la transparence. Du temps passa...

La Semaine sainte approchait. Bientôt, on sortirait le Christ des Douleurs ; bientôt, la Vierge bleue de las Penas reparaîtrait dans les ruelles du village ; bientôt, elle grimperait sur son socle de fleurs et avancerait au-dessus de la petite foule de Santavela. Sa robe bleutée, d'une pâleur renversante, ferait pleurer, pleurer d'amour et de tendresse, les villageois qui l'accompagneraient dans sa longue promenade menant au calvaire de son fils.

Chaque année, le même groupe de femmes s'occupait de la Vierge bleue dans la plus grande discrétion. Ces femmes, au nombre de six, jouissaient d'un grand crédit au village et entretenaient à plaisir un épais mystère autour de leur tâche. Dès que l'une d'entre elles mourait, les membres restants élisaient sa remplaçante, non sans débats.

La Vierge n'apparaissait que deux fois l'an, pour l'Assomption et durant la Semaine sainte. Le reste du temps l'immense sainte demeurait introuvable. Cinq jours avant le dimanche des Rameaux, le prêtre devait remettre les clefs de son église aux six femmes qui en prenaient possession pendant toutes les festivités. Alors, commençaient les préparatifs et plus personne ne pouvait pénétrer dans la pièce attenante à la nef. Les Six de las Penas, maîtresses des lieux, s'affairaient dans la fraîcheur de la petite église. Marie était à sa toilette, on l'apprêtait pour les fêtes. Les villageois assistaient aux offices et venaient prier à certaines heures de la journée, mais nul n'aurait osé entrer là sans crier gare de peur de surprendre la Vierge nue.

Les Six n'étaient pas les seules à préparer activement la Semaine sainte, les porteurs de la Vierge, les *costaleros*, dix hommes choisis parmi les plus solides de Santavela, avaient repris leur entraînement accompagnés des pénitents de leur confrérie. Chaque nuit, à une heure où le village était censé dormir, ils se retrouvaient dans l'atelier du cordonnier, puis parcouraient les rues, s'exerçant à soulever et à promener sans secousses le *paso* vide de la Vierge. Aveugles sous l'épais rideau qui les cachait, avançant à petits pas, les *costaleros* le faisaient tourner dans les étroites ruelles, le maintenaient droit dans les escaliers aux marches chaotiques semées çà et là, obéissant au heurtoir et à la voix de ceux qui voyaient les obstacles, et se remémorant, chaque printemps, chaque été, la chanson des tambours qui rythmerait leurs longues marches par le pays.

À l'autre bout de Santavela, une vingtaine d'hommes de tous âges, ceux du Christ des Douleurs, tenait salon chez un charpentier nommé Luis. Depuis des siècles, cette confrérie servait la statue de bois qui trônait toute l'année derrière l'autel, crucifiée, et que l'on menait, elle aussi, au grand air pendant la Semaine sainte. Il fallait beaucoup de cran et de pratique pour parvenir à stabiliser la grande croix alors qu'elle se balançait au-dessus des têtes dans les rues étroites, menaçant à tout moment de s'effondrer sur ses porteurs et sur ceux qui se pressaient autour en hurlant. Pour se préparer à la fête, ces hommes, réputés forts en gueule, passaient eux aussi les quelques nuits précédant les processions à déambuler dans les ruelles en habit ordinaire soutenant une immense croix vide, grossièrement taillée, de même poids et de mêmes dimensions que celle qu'ils arboreraient durant la Semaine sainte.

Une rivalité incompréhensible agitait ces deux confréries depuis la nuit des temps. Ceux de la Vierge méprisaient les porteurs du Christ et réciproquement. Les querelles étaient fréquentes tout au long de l'année entre les deux clans et cette tension s'exacerbait durant les préparatifs de Pâques. Le moindre détail devenant alors sujet à conflit.

Pour limiter les points d'achoppement, le village avait imposé aux chefs des deux groupes de se rencontrer chaque matin pour négocier les itinéraires des processions d'entraînement du soir. Ainsi pouvait-on désormais dormir tranquille, ces hommes ne risquant plus de se croiser au détour d'un chemin et de se fracasser le crâne à coups de croix. Et toutes les nuits, seuls les pas lents et le souffle bruyant des porteurs hantaient le silence des ruelles de Santavela. Toutes les nuits ou presque...

Au village, on admirait le Christ et sa douleur, mais chacun entretenait une intimité plus forte avec la Madone bleue. Ses brèves apparitions la rendaient plus précieuse aux yeux des fidèles. La Vierge pleurait des larmes de verre sous son dais brodé, souffrante et douce parmi les fleurs, dans le léger balancement du *paso*, elle semblait avancer seule à petits pas au-dessus des femmes qui lui murmuraient des mots tendres, des mots d'amour, quant aux hommes, habituellement si peu nombreux à l'office du dimanche, ils faisaient soudain preuve d'une rare dévotion et acclamaient sa beauté. Sa douleur de mère, son visage de jeune fille et tout le bleu qui la drapait mettaient Santavela en émoi.

Frasquita souhaitait plus que tout assister un jour les Six de la Vierge bleue, mais ne savait comment aborder ces femmes murées dans le silence de leur dévotion. À l'aube et au crépuscule, elles avançaient sans un mot, rayonnantes, les unes derrière les autres, vêtues de blanc jusqu'au premier jour des processions, auréolées de sacré, comme séparées, coupées du monde prosaïque par cette intimité avec le corps céleste de la Vierge. Durant tout le temps des préparations et des festivités, ces quelques femmes dormaient ensemble dans une vieille habitation troglodyte située un peu en retrait du village. Les villageoises se relayaient pour leur apporter leurs repas.

Frasquita tenta sans doute de forcer le destin la nuit où elle se laissa enfermer avec sa boîte à couture dans la petite église vide.

Elle surprit alors la nudité de la Vierge et pleura longtemps.

À quoi s'attendait-elle exactement ? À quelque

chose de tendre, de doux, à mi-chemin entre le corps d'une vierge et celui d'une mère. La couturière ne connaissait que sa propre nudité. Sa peau fine de très jeune fille, ses seins à peine éclos qu'elle humectait chaque soir du bout des doigts pour les faire pousser, cette broussaille brune qui envahissait progressivement ses aisselles et son pubis.

Voir la Vierge nue se devait d'être un éblouissement.

Les parents de Frasquita furent conviés à une veillée chez des voisins, la petite en profita pour s'échapper. Elle se glissa dans l'église avant que les Six n'en sortent. Puis attendit, le cœur battant, cachée derrière l'autel. Les servantes de la Madone avaient quitté les lieux depuis longtemps quand elle osa sortir de sa cachette. La jeune fille s'empara d'un cierge que les femmes avaient laissé se consumer et s'avança jusqu'à la pièce où les Six s'activaient depuis deux jours déjà. Avec le cierge qu'elle tenait à la main, elle en alluma d'autres, et il y eut bientôt assez de lumière pour qu'elle pût La contempler.

Il faisait déjà nuit noire dehors, Frasquita commença à s'approcher du socle de la Madone, les yeux baissés, à la fois apeurée et impatiente, puis l'enfant s'agenouilla et, en prière, leva lentement la tête vers Elle.

Elle entendit alors les pas cadencés des porteurs du *paso*. Ils descendaient du haut village et s'apprêtaient à s'engager dans la ruelle qui longeait le côté droit de l'église.

Arrêtée dans son élan, Frasquita baissa la tête avant d'avoir rien vu, elle se concentra une nouvelle fois sur sa prière afin que son geste fût le plus beau et le plus pur possible. Rien ne devait gâcher ce merveilleux moment d'intimité, elle n'en était pas à son coup d'essai : elle avait soigneusement réglé son mouvement dans sa chambre et, lors de chaque répétition, elle avait ressenti un surprenant éblouissement en levant les yeux sur sa Vierge imaginaire.

Mais un souffle longea le flanc gauche de l'église, celui des hommes chargés du Christ des Douleurs. Les deux processions allaient se croiser dans la sente étroite qui sinuait jusqu'au cimetière. Frasquita guetta leur rencontre, les bruits cessèrent et dans le silence un murmure s'éleva :

« Le Christ est en retard sur son itinéraire, il devait passer derrière l'église plus tôt. »

La voix de Luis répondit aussitôt sur le même ton :

« Pas du tout, tu nous as demandé de ralentir notre marche au sortir de la place de la Fontaine afin de vous permettre de descendre les marches de Santísima sans faux pas. C'est vous qui avez de l'avance. Vous avez dû les bâcler, vos génuflexions, pour être déjà là !

— C'est ça, vas-y ! Continue de nous provoquer mais à distance, veux-tu, parce que tu pues le vin à plein nez ! Vous avez encore une fois bien bu avant de vous mettre en route. Chaque année vous déréglez les répétitions. Maintenant que nous sommes face à face, le Fils doit céder la place à sa Mère !

— Ben tiens, et pourquoi ça ? Pour le plaisir de Monsieur de la savate ? Le Fils arrive au cimetière avant la Mère, tout le monde sait ça. Pas vrai, les gars ?

— Vous n'aviez qu'à pas tant traîner en chemin ! Maintenant c'est trop tard, ils sont face à face et la Madone doit passer ! »

Le ton montait peu à peu, une voix relaya celle de Luis :

« Et elle est où votre Madone ? T'as pas les yeux en face des trous ou quoi ? Ton *paso*, il est vide et, sans Madone à bord, priorité à la croix ! Allez, poussez-vous de là ! On n'a pas que ça à faire et les gens du quartier vont bientôt se mettre aux fenêtres avec vos foutaises.

— Nous, on se sent propres, la Vierge est dans nos cœurs.

— Ouais, et la croix, elle est sur nos épaules, alors laissez-nous passer !

— Si vous ne reculez pas, nous forcerons le passage ! »

Soudain la croix et le *paso* furent jetés au sol et Frasquita entendit les hommes se ruer les uns contre les autres.

Malgré toutes les précautions, cette scène se reproduisait chaque année et les deux confréries se bagarraient si fort avant la Semaine sainte que les mauvaises langues expliquaient ainsi qu'aucun des pénitents ne montrât son visage à nu durant les festivités et que seules les espadrilles des *costaleros* fussent visibles sous le tissu qui tombait du *paso*. La tradition voulait en effet que les hommes de la Madone portant les cierges et le livre des règles se cachent sous de hautes cagoules pointues, rouges et trouées face aux yeux, et que ceux du Christ laissent la longue pointe de leurs capuches noires retomber dans leur dos sur leurs larges tuniques blanches. Seuls les musiciens, tambours et cuivres, qui accompagnaient les processions, et les Six de las Penas, vêtues de noir pour l'occasion et coiffées de hauts peignes, avançaient à visage découvert.

Frasquita fronça les sourcils très fort pour ne pas entendre le tapage.

Une fois les combattants bien épuisés, ils repartirent chacun dans un sens en traînant les pieds. Quand les dernières malédictions se furent dissoutes dans la nuit, tout fut calme de nouveau.

Alors la jeune fille reprit sa prière et leva ses grands yeux noirs d'enfant.

Pas de corps ! La Madone n'avait pas de corps !

La Vierge n'avait pas de chair, son beau visage blanc dominait une sorte de coque vide que cachait le bleu de la robe.

Son buste, son tronc, le bas de son corps n'étaient qu'un vulgaire enchevêtrement de bois et de fer, une pauvre armature creuse.

Frasquita resta un moment face au squelette immobile de cette Vierge dérisoire, à ce visage empalé au-dessus d'une structure en ferraille et à ces avant-bras blancs maintenus au reste du corps par quelques fils d'acier.

Tel était donc le secret si soigneusement gardé par les Six : la Madone bleue n'était rien qu'une robe et un masque de porcelaine. Son mystère tenait au vide, à l'absence, et non, comme tous le croyaient, à la force intolérable que dégageait la nudité d'un corps de vierge, de mère et de sainte. Pour les habitants de Santavela, la Madone bleue était bien plus qu'une simple image, cette Madone était la chair sauvée de la décomposition par la puissance de l'amour divin et de l'amour filial. Ce corps intact redescendait chaque année de son trône céleste pour encourager les vivants, pour leur donner la force d'adorer un Père sans visage.

Le Fils n'avait pas ce pouvoir-là, son corps de bois, de pain, de vin était soumis à mille métamorphoses et à mille maux.

Que la Madone n'eût pas même un cœur pour aimer ses enfants, voilà ce que Frasquita ne pouvait accepter.

« Il n'y a rien sous ses habits de couleur. Alors que le Christ est de pain, la Vierge est de fer ! » s'indigna la petite, abattue par cette révélation.

Enfermée dans l'église avec cette Vierge nue, Frasquita pria jusqu'au matin, se refusant à douter et cherchant dans sa longue nuit de veille la réponse à ce non-sens. Quand les femmes ouvrirent la porte de la petite église aux premiers rayons du soleil, elle s'enfuit sans qu'aucune d'elles ne remarquât sa présence.

Elle avait décidé de réparer l'erreur, d'offrir un cœur à la Madone.

Elle parvint à arracher à son vieux sac en toile de jute de quoi réaliser un petit coussin en forme de cœur et, utilisant les fils les plus soyeux, en broda à tout petits points les deux faces. Elle travailla longuement un fond d'un rouge éclatant, puis, au centre de ce cœur sanglant, tatoua à l'aiguille — avec ce fil brillant dont elle ne savait pas le nom — une croix resplendissante.

Elle broda en priant jusqu'à la veille du dimanche des Rameaux où la Vierge devait paraître devant ses fidèles pour la première fois de l'année et alors elle se fit enfermer de nouveau dans l'église toute une nuit.

Mais cette fois quelqu'un la vit entrer et remarqua qu'elle ne ressortait pas.

Le *padre* avait souri en songeant à la curiosité de cette petite jeune fille. Il souhaita que personne d'autre que lui ne la surprît et alla se coucher aussitôt car la semaine promettait d'être longue.

Il était partagé sur ces festivités : son cœur se gonflait à la vue de tous ces préparatifs, il aimait le faste de la fête, les cierges illuminant la nuit, les tambours dans les rues, la ferveur redoublée de ses paroissiens, les yeux écarquillés des enfants et toutes ces prières qu'il entendait monter en chœur vers le ciel. Il aimait même les « *¡ Guapa ! ¡ guapa ! ¡ guapa !* » hurlés par la foule à cette Vierge que tous admiraient tant. Pourtant, il redoutait les vœux déraisonnables de certains qu'il voyait se traîner à genoux sur les chemins pierreux et suivre ainsi la procession des douleurs, il souffrait quand d'autres se flagellaient jusqu'au sang et rouvraient les blessures qu'ils s'étaient déjà infligées la veille. Les dos, les genoux suppurants, les mains transpercées et les cris de douleur lui semblaient vains. Il craignait les affrontements entre confréries et l'hystérie qui gagnait le village. Ces quelques jours étaient pour lui les plus longs de l'année. Il veillait sur ces corps prêts à toutes les violences, plus encore que sur les âmes, et était constamment sur le qui-vive.

Cette fois encore, la Semaine sainte se déroula comme à l'accoutumée avec son lot de folie, de prières, d'espoirs, de pleurs, d'hystérie collective. Le Christ fut mené à la mort, le bois de la croix sécha et craqua si fort sous le soleil du vendredi que les fidèles prirent peur et s'enfuirent en tous sens. Le samedi, décrété jour de silence, se passa sans que personne, pas même le plus athée du village, ne prononçât une parole. Et le dimanche, le Christ et la Vierge reparurent dans les rues, fêtés, ovationnés. La résurrection s'accompagna d'une telle allégresse que tout Santavela, village mort, parut renaître à la vie. La nature, elle-même, semblait revivre, s'ébrouant une dernière fois sous quelque bourrasque pour se débarrasser des dernières scories de l'hiver.

La Vierge bleue et son Fils rentrèrent dans l'église à la nuit tombée après avoir sillonné les terres environnantes. On les raccompagna jusque chez eux. La croix regagna sa place derrière l'autel et le prêtre rendit en soufflant ses clefs à la confrérie des Six qui dès le lendemain déshabilleraient la Vierge et la prépareraient à retourner au ciel.

Les femmes pénétrèrent dans la nef à l'aube du lundi.

Huit heures plus tard, une grande clameur traversa le village de part en part.

Un miracle avait eu lieu.

La foule se pressait sur le parvis d'où l'une des six femmes chargées de la Vierge bleue avait jailli quelques minutes plus tôt, appelant le *padre* et criant au miracle.

Un cœur avait poussé dans les entrailles de la Madone durant cette dernière Semaine sainte, un cœur de sang et de lumière !

Pourtant, personne n'étant en droit de voir la Vierge nue, nul ne fut autorisé à contempler ce cœur. Le *padre* lui-même dut longuement négocier avant que les gardiennes ne le laissent entrer dans l'église.

On le mena dans la salle où trônait la carcasse de la sainte et, dès le seuil, il vit, de ses propres yeux, au centre même du pantin de paille et de métal, comme suspendu dans le vide, un magnifique cœur rouge et or palpiter.

Le père Pablo n'était pas enclin à croire aux miracles, mais il resta un instant sans voix face à cette vision. Avec respect, il s'approcha de la Madone, tout doucement, comme s'il craignait de dissoudre le mirage. Arrivé à portée de main de l'apparition, il constata qu'attaché au squelette à l'aide d'un réseau de fils de couleurs un cœur brodé vibrait, sensible au moindre souffle.

Le visage de la Madone semblait s'éclairer d'une joie nouvelle, il s'animait presque sous les feux de ce qui s'agitait en son sein.

Les femmes autour de lui scandaient leurs prières et le petit cœur paraissait battre au même rythme.

Le *padre* se souvint alors de Frasquita, il chancela légèrement et parvint à s'arracher à la contemplation de cette Vierge vibrante. Il ne dit rien aux six femmes en prière, allongées à plat ventre sur la pierre froide, et sortit. Il garda le silence face à la foule des villageois qu'il trouva agenouillés tête nue sous le soleil tout autour de son église et il se rendit sur-le-champ chez Frasquita.

Tous deux firent quelques pas côte à côte sur le sentier vers l'oliveraie des Heredia et le prêtre finit par rompre le silence.

« Frasquita, je t'ai vue entrer dans l'église le soir du dimanche des Rameaux, mais je ne t'ai pas vue en ressortir », lui dit-il avec douceur.

Frasquita, prise en faute, rougit et hésita un instant avant d'avouer dans un murmure :

« J'y ai passé la nuit.

— As-tu vu la Vierge nue ? »

La jeune fille leva ses grands yeux noirs et regarda le prêtre avec tant de candeur qu'elle lui parut soudain beaucoup plus jeune. Il voulait s'expliquer ce mystère, savoir où cette enfant avait trouvé le cœur.

« Oui, j'ai vu la Vierge nue, mais pas ce soir-là. Les Six l'avaient déjà habillée. Ce n'était pas la première nuit que je passais à ses côtés. »

Le prêtre se fit le plus doux possible pour lui demander :

« As-tu quelque chose à voir avec ce qui lui est attaché dans le corps ?

— Le cœur ? Oui, il est joli, vous ne trouvez pas ? Vous croyez que cela lui fait plaisir que je l'aie brodé pour elle ?

— C'est toi qui as brodé ce cœur ?

— Oui, je ne comprends pas pourquoi personne ne l'a fait avant moi. Elle était si vide. Est-ce les hommes qui lui ont arraché le cœur ? »

Le père resta un moment sans voix face à la naïveté et au talent de Frasquita, puis, cédant à la panique, il se fâcha :

« Mais te rends-tu compte que tout le village est en train de crier au miracle ? »

La petite ne dit rien, elle avait baissé les yeux et le *padre* sentait bien qu'elle pleurait. Il continua pourtant :

« Les Six, ces pauvres femmes, sont au bord de l'évanouissement, à plat ventre autour de ton œuvre. Voilà la deuxième fois que tu rends le village fou. Mais comment fais-tu pour tromper ainsi les gens ?

— Je ne voulais tromper personne, sanglota Frasquita. J'ai juste cherché à lui faire un cadeau. »

Le père se ressaisit, il aspira quelques bouffées d'air et fit une dizaine de pas sur le sentier avant de revenir vers cette grande fille en larmes.

« Tu m'as mis dans l'embarras. Je ne sais moi-même quel parti prendre. »

Le cœur brodé lui traversa l'esprit, éblouissant. Il regarda alors cette gamine aux yeux rougis, lui caressa la tête et la serra contre lui.

« Ton présent à la Vierge est somptueux, comment pourrions-nous lui refuser une telle merveille ? »

Frasquita sanglota de plus belle tandis que le prêtre la berçait doucement pour l'apaiser. Quand la crise fut passée, il risqua une dernière question :

« D'où tires-tu ce fil d'or ? »

Et comme la petite ne comprenait pas, il précisa :

« Ce fil qui brille tant, d'où vient-il ?

— De ma boîte à couture, celle que cherchait ma mère, vous vous en souvenez ?

— Si je m'en souviens ? Je ne peux toujours pas me promener en priant sans manquer de me fouler une cheville dans un de ces satanés trous. Eh bien, petite, nous ne dirons donc rien, nous les laisserons croire ce qu'ils veulent, mais promets-moi de tenir ta langue et de ne jamais te vanter de ton travail d'aiguille ! »

Frasquita promit en souriant et le prêtre s'éloigna, certain que la petite couturière ne parlerait de son œuvre à personne.

Après tout, cette histoire avait quelque chose de tout à fait miraculeux. Les villageois n'avaient pas vraiment tort de croire au merveilleux. Le bon père voulut revoir le petit cœur de la Madone une dernière fois, mais les six femmes lui claquèrent la porte au nez.

Qu'il était doux de s'aveugler un instant et de croire aux miracles !

Mais cet aveuglement ne pouvait résister longtemps aux assauts de sa raison ! Sa foi était d'une autre trempe ! Cette foi qui l'abandonnait parfois et qu'il devait reconquérir par la prière. Non ! Les signes de Dieu n'étaient pas si simples, si facilement déchiffrables ! Il ne s'agissait là que d'un enfantillage, que du caprice d'une jeune âme spécialement sensible et talentueuse. Peut-être pourrait-il lui donner sa vieille étole râpée à reprendre ? Sans doute serait-elle capable de lui rendre son lustre perdu, de faire un autre petit miracle.

Finalement, le *padre* se promit de rapporter à Frasquita quelques-uns des vers qui sécrétaient ce fil si brillant, qu'on nommait soie, la prochaine fois qu'il descendrait à la ville.

Le petit cœur brodé le hanta toute sa vie, il s'imposait à lui dans les moments d'angoisse. Dès que son âme était en proie au doute, le corps transparent de la Madone veiné de fils de couleurs et son cœur offert lui traversaient l'esprit et l'évidente beauté de ce tableau le rassurait.

LA ROBE DE MARIÉE

Bientôt, ma mère fut bonne à marier.

Elle devait avoir seize ans quand on lui parla du fils du charron.

Depuis la mort de son père, il avait repris l'affaire à son compte. Un bon travailleur tout dévoué à sa mère et qui sortait peu. Un bon fils, ça fait souvent un bon époux !

On lui dit son nom : José Carasco.

On lui montra discrètement son visage à l'église : un beau visage de lune tout brûlé par le feu de sa forge.

On se rendit chez lui pour rencontrer sa mère qui porterait jusqu'à sa propre mort le deuil de son mari.

La demeure des Carasco était grande et sombre, portes et fenêtres avaient été murées après la disparition du père. Depuis presque dix ans, le vent n'était pas entré dans la bâtisse.

On se fraya une place dans l'air épais où stagnaient les vieilles peines, on s'assit dans la pénombre autour de la table de la cuisine et, peu à peu, la fille et la mère parvinrent à oublier la puanteur des souvenirs et des dix années de graillon qu'on tenait enfermé là.

José ne parut pas, mais on parla... ou plus exactement la mère de Frasquita parla. La Carasco, presque muette, se contenta de cracher un son par-ci, par-là, quant à la jeune fille, elle resta sagement en retrait : son mariage ne l'intéressait pas...

Mais, tandis que, les yeux blessés par la lumière du dehors, les deux femmes s'éloignaient après l'entrevue, Frasquita entendit de violents coups de marteau.

Ils jaillissaient de l'atelier contigu à la demeure des Carasco. Elle imagina le bras au bout du marteau et l'homme au bout du bras et quelque chose se noya en elle.

Dès lors, son corps la pressa de se marier.

Les négociations furent longues : certes la belle était sans le sou, mais fille unique, et le peu de biens de ses parents lui reviendraient à leur mort. En attendant, la dot était bien maigre au goût de la vieille Carasco.

À l'église, bien que José fût assis loin derrière elle, Frasquita sentait son souffle sur sa nuque. Leurs regards se croisèrent une dizaine de fois avant les fiançailles, toujours alors qu'elle revenait s'agenouiller à sa place la bouche pleine d'un Christ à moitié fondu.

Un dimanche, la mère surprit ces œillades et, de retour chez elle, la jeune fille fut giflée.

« Tes yeux ne doivent voir que le *padre* ! hurla Francisca.

— Pourquoi ? lui demanda la future fiancée.

— Parce qu'il porte des jupes, continua sa mère en larmes. Si quelqu'un surprend ton manège, on te prendra pour une fille perdue, on ira raconter que tu te donnes, que tu écartes les jambes quand on te paye et alors plus personne ne voudra de toi. Pense à la grande Lucia qu'on couche dans tous les buissons, qu'elle le veuille ou non, tout ça parce qu'on l'a vue se retourner pendant la messe vers celui auquel on l'avait promise. Tu crois qu'il lui a pardonné, son joli cœur, il la renverse quand il la croise, mais il en a marié une autre. »

Frasquita aurait aimé que sa mère lui en dise plus sur la belle Lucia que le village avait détruite, sur ce qu'elle faisait dans les buissons avec les hommes, sur sa future nuit de noces. Mais elle savait que sa mère ne répondrait à aucune de ses questions.

Comme les femmes mariées ne venaient plus sur les collines démêler le vrai du faux dans les fables des bergères et comme on ne parlait plus aux filles perdues, le sexe d'un homme prenait toutes les formes dans l'esprit des jeunettes.

On en parlait beaucoup et souvent Frasquita, assise sur ses talons dans un coin, écoutait en silence.

« J'ai quelque chose entre les jambes que je ne connais pas et que seul mon mari me permettra de découvrir, finit-elle par conclure. De toute façon, il n'y a qu'à observer les bêtes. »

Quand le vent du sud soufflait, les coups de marteau venaient la surprendre dans sa chambre, la frapper en pleine poitrine. Elle imaginait alors ce grand corps d'homme qu'on lui avait promis. Elle sentait des mains brûlantes tordre le bois humide, arc-bouter son corps, le plier sous leur joug, l'obliger à se faire cercle, à devenir une roue bientôt parfaite qui ne se briserait sur aucune pierre. Elle s'agitait d'abord sous l'emprise de ces paumes si fermes, puis s'abandonnait à leur pouvoir et sa chair humide s'ouvrait.

Il lui fallut s'occuper pour ne pas disparaître, pour que son désir ne l'absorbât pas totalement. C'est alors qu'on lui confia la vieille robe que ses tantes paternelles avaient portée le jour de leurs noces.

Un matin sans vent, un de ces matins où, même en tendant l'oreille et en retenant son souffle, Frasquita ne parvenait pas à entendre l'homme au travail dans sa forge, alors qu'elle s'égarait dans le silence du patio, tentant de recréer en elle ce battement qu'elle confondait désormais avec celui de son propre cœur, une cousine lui rendit visite.

Sur ses avant-bras, une petite robe était posée, immobile et pliée.

Frasquita serait la dernière à la porter.

Cette robe étriquée avait ligoté le corps de toutes les femmes de sa famille au moment même où il avait cessé de leur appartenir.

Certes, elle symbolisait la virginité depuis si longtemps que les couleurs s'étaient fanées, la toile s'était usée... Mais on ne pouvait lui offrir davantage. Cette robe était sienne désormais. Elle pourrait prendre son temps : la date du mariage n'était pas encore fixée. José la voulait et si la vieille Carasco résistait encore ce n'était que pour le garder un peu plus longtemps sous sa coupe et tirer tout ce qu'elle pouvait des parents de la jeune fille. Elle leur avait déjà fait rendre tout leur jus. Il faudrait bien qu'elle se décide. Frasquita les quitterait dans cette robe.

Cela dit, la cousine déplia — non sans ce rien de solennité qui donne leur poids aux choses — la petite robe fade et la plaça devant le long corps de la jeune fille. La jupe était trop courte, cassée par les faux plis, raidie par les années. La visiteuse poussa un léger soupir et, soudain pressée de s'en débarrasser, elle tendit brutalement la chose grisâtre à Frasquita :

« Tiens, débrouille-toi, tu seras splendide, j'en suis certaine ! »

La future mariée remercia sincèrement sa cousine et disparut aussitôt, emportant l'horrible petit chiffon dans sa chambre. On l'entendit hurler sa joie de la salle.

« C'est son futur mariage qui la met tant en joie ? s'étonna la visiteuse. Pourtant les Carasco ne sont pas des tendres. Le garçon est travailleur, certes, mais je ne l'ai jamais vu sourire. Quant à sa vieille chouette de mère, elle me fait froid dans le dos ! Toujours à vouloir tout régenter, je ne suis pas sûre que votre pauvre petite se fera sa place dans une telle famille, du moins pas avant que la vieille ne crève. Et elle a l'air de s'accrocher, la garce !

— Ils ont des biens et ils veulent notre fille, répondit la mère, penaude.

— C'est votre affaire, mais tout cela ne me dit rien qui vaille, Frasquita est trop jeune, trop tendre, pour se défendre contre un vieux dragon.

— Nous vieillissons nous aussi et cela rassure le père de la savoir mariée », conclut Francisca que cette conversation gênait.

Dès que la cousine l'eut quittée, elle alla rejoindre sa fille dans sa chambre. La jeune couturière avait étalé la robe sur son galetas et elle en lissait les plis du plat de la main, comme on caresse un corps aimé.

« Tu es bien joyeuse, remarqua la mère.

— C'est que, bientôt, je me marierai dans la plus belle robe qu'on ait vue.

— Nous ne t'avons pas laissé le choix parce que nous ne l'avions pas. Mais nous pouvons attendre encore, remettre ces noces à plus tard, si tu le désires.

— Oh ! non, je suis si pressée ! Je me sens prête à appartenir à José, prête à lui faire des petits !

— Alors me voilà rassurée », souffla Francisca avant de sortir de la chambre.

Frasquita prit son temps. Elle observa longuement cette petite robe salie par les noces d'aïeules oubliées et que tant de jeunes femmes avaient allongée, raccourcie, élargie afin d'y glisser leurs rondeurs virginales.

Après plusieurs jours, elle se décida à bouger, à s'attaquer à la toile jaunie par des années de coffre. Elle la porta dehors et la trempa dans des bains d'herbes et de sel. Elle l'étendit au soleil, lui fit passer des nuits sous les étoiles, l'inonda, l'imprégna de lune et de rosée et finit par obtenir un tissu d'une grande douceur qu'elle travailla ensuite des jours entiers à l'aiguille.

Nul ne sut jamais comment elle s'y prit exactement. Certains dirent qu'elle réussit, au mépris des interdits bibliques, au mépris des lois de la nature, à réunir ce que l'Éternel avait séparé ; d'autres, qu'elle éleva des vers à soie que le *padre* lui avait rapportés de Grenade avec cette plante dont ils se nourrissent.

Frasquita se défit de sa mère comme un fruit mûr tombe de l'arbre. Elle parcourut seule les chemins aux alentours du village à la recherche des beautés qu'ils pouvaient receler. Elle en débusqua dans les lieux les plus saugrenus et les arracha afin de les incorporer à sa robe.

Elle tenta de tirer du fil de tout ce qu'elle croisa. Si elle avait dû attendre ses noces plus longtemps, le monde entier se serait dévidé entre ses doigts. Elle aurait tout détrempé pour en tirer le suc, la substance filable. Le paysage et ses collines, ce lumineux printemps, les ailes des papillons et toutes les fleurs qui vivent entre les pierres, et les cailloux, et l'oliveraie des Heredia, tout aurait été réduit en fil. Dieu lui-même se serait agité, empalé au bout de sa quenouille.

Tout serait passé dans sa robe : les sentiers, les villes qu'elle n'avait jamais vues et la mer lointaine, tous les moutons d'Espagne, tous les livres, tous les mots et les gens qui les lisent, les chats, les ânes, tout aurait succombé à sa folie tisserande.

Rien ne lui parut trop vil, trop fou, trop abject, rien ne fut à ses yeux indigne d'être filé. Elle arracha des orties, d'énormes feuilles de figuier, des branches d'olivier, elle les tint au fond d'un bac plein d'eau grâce à des poids, jusqu'à ce que les fibres se détachassent les unes des autres, puis elle les assouplit en les battant mouillées contre une pierre. Elle explora tous les métissages, tissa des étoffes mixtes, mêlant les fils de soie qu'elle tirait habilement de ses cocons à des fils plus ordinaires pour en rehausser l'éclat par contraste. Elle parvint à extraire le meilleur de la matière. Sa quenouille en main à toute heure, elle créa des fils étranges plus ou moins solides, plus ou moins brillants, plus ou moins fins, tandis que sa chambre se transformait en « papillonnière », pleine de battements d'ailes et de feuilles de mûrier blanc — elle ne pouvait se résoudre à ébouillanter tous les cocons avant que les papillons ne s'en échappent. Elle rouissait, puis passait au four tout ce que les environs du village lui offraient comme végétaux. Elle finit par créer des fibres qui dégagèrent une telle odeur en séchant que le boulanger ne voulut plus qu'elle utilisât son four à pain.

Ses parents, tout à leurs tâches, ne prêtèrent que peu d'attention à ces prodiges. Ils la laissèrent rouir, sécher, battre, filer, tisser, découper, coudre et broder à sa guise. Ils ne lui posèrent aucune question et ne refusèrent rien. Ils se lassèrent pourtant un peu des papillons et des tissus battant, toujours battant, derrière la maison. Ils avaient décidé qu'en matière d'aiguilles et de vêtements elle aurait désormais toute liberté.

Frasquita finit par maîtriser les points coupés, les fils tirés, le lacis, la dentelle, elle joua avec les vides et les pleins, travailla les jours, feuilleta les matières. Elle parvint à faire apparaître en crevé, sous des bandes complètement couvertes de broderies blanches, des doublures de satin aux blancheurs nouvelles.

Frasquita fit jaillir une splendide corolle de drap blanc de la petite robe grise. La découpe, les broderies, les ajouts de tissu transcendèrent ce torchon, témoin d'un siècle d'épousailles consommées.

Quand sa robe fut prête, les parents n'avaient pas encore fixé la date des noces.

L'attente lui parut vite insupportable et elle se décida à interroger son père auquel elle ne parlait jamais directement.

« Tu n'as pas à me questionner ! tonna-t-il avec la gravité du paysan qui ne peut prononcer le nom de Dieu sans l'accompagner d'un geste solennel. Et, grand Dieu, quand tu seras mariée, tu n'auras pas davantage à questionner ton mari. Tu ne devras parler que s'il le désire et ne le regarder que s'il te regarde. »

Mais la question sembla porter ses fruits puisque, quelques jours plus tard, la mère confia à Frasquita cinq pièces de fil en lui disant :

« Fais-en des draps avec des rabats ! »

Ses noces allaient enfin avoir lieu et elle consuma les quelques semaines de fille qui lui restaient à broder ses rêves sur son maigre trousseau.

Le jour du mariage, la jeune fille partit avant l'aube en quête de fleurs blanches et pilla la roseraie des Heredia. Elle y croisa la grande Lucia qui dansait, dans sa robe à paillettes, guillerette, cheveux lâchés, au son de son accordéon. Frasquita la salua avec une sincérité qui surprit la belle prostituée, puis elle s'enfuit jambes nues, les jupes relevées lourdes de centaines de fleurs encore ensommeillées qu'une fois dans sa chambre elle piqua sur son corsage.

Sa mère ne fut pas autorisée à l'aider à s'habiller.

Celle-ci resta assise sur un banc dans la salle, attendant la robe de sa fille, convaincue par avance de sa beauté, certaine qu'elle assisterait une nouvelle fois à quelque prodige. Ses yeux métalliques crépitaient comme si on venait de les plonger tout brûlants dans l'eau froide. Mais, à l'exception de ses yeux et du coq rouge brodé sur l'éventail que sa fille lui avait offert pour l'occasion, le reste de son corps se tenait tranquille.

Frasquita n'avait jamais essayé sa robe avant ce jour. Elle se prépara seule et l'enfila comme une nouvelle peau. Elle se regarda alors dans le morceau de miroir qu'on lui avait prêté. Elle n'y vit que des miettes d'elle-même. Mais chacun des fragments qu'elle découvrait lui paraissait plus splendide que le précédent. Elle releva ses cheveux sombres, les tressa avec des fils de soie blancs et ocre et accrocha au haut peigne planté dans son chignon un voile somptueux d'une dentelle éclatante, aussi fine qu'une toile d'araignée. Le voile se déversait au sol en cascade, fluide et vivant, animé par les jeux d'ombre et de lumière. Dans le miroir, chaque boucle, chaque élément du chef-d'œuvre trouva sa place. Elle vit un regard profond, tellement noir dans tout ce blanc, elle vit ses lèvres ourlées pour la première fois. Elle surprit même un sourire délicieux qu'elle ne se connaissait pas. Elle eut peur d'abord, tant cette image lui était étrangère, et il lui fallut un temps pour se familiariser avec cette femme en partance pour ses noces. Elle fit plusieurs fois le tour de la pièce et s'adopta.

Quand elle ouvrit la porte de sa chambre, sa mère ne fut pas surprise, elle n'osa pourtant pas l'embrasser de peur de la froisser. Ses yeux se promenèrent, tâchant de refréner leur ardeur pour ne pas abîmer le magnifique ouvrage blanc, s'attachant tranquillement à chaque fleur, à chaque point, se retenant de courir du voile de soie aux broderies du décolleté, mais détaillant chaque pli avec soin.

Enfin, Frasquita traversa le patio et parut sur le seuil : le cortège de femmes qui l'attendait pour l'escorter par les rues jusqu'à la petite église se glaça. Il n'y eut plus que le bruit du vent dans les voiles. Frasquita surpassait en lumière la Vierge bleue de las Penas.

Le village sentit aussitôt que cette femme prenait corps dans ces volutes de tissu blanc. Il perçut à sa démarche, à cette façon qu'elle avait d'onduler dans la lumière, à l'ampleur de son mouvement, à cette singulière pureté du geste, que cette chair prenait conscience de sa pleine mesure. Le pays s'offusqua de la voir s'avancer ainsi et étendre ses frontières, il la sentit battre tambour au cœur même de ses murs.

La splendeur venait de l'exacte adéquation de la robe aux formes de cette jeune femme qui soudain remplissait le vide dans lequel elle s'était jusque-là recroquevillée.

Les regards ne suffirent pas à détruire ce nouvel être qui paraissait en pleine lumière pour la première fois. Son assurance tint bon d'abord, elle ne sembla pas affectée par tous ces yeux en orbite autour d'elle, par le mouvement de la foule qui instinctivement se tassait, se regroupait, s'amassait face à elle. Elle la trancha sans ralentir. Coupée en deux, l'énorme masse se rétractait en silence de part et d'autre de sa trajectoire, puis se reconstituait derrière elle dans une affreuse rumeur. Son sillage était plein de remous, de désordre, de violence.

Son sillage s'enflait comme une vague.

Elle traversa le village montant et descendant les escaliers de pierre, repoussant les ombres jusque dans les maisons quand l'étroitesse des ruelles ne permettait pas à sa robe de donner toute sa mesure, de se répandre. Les pans de tissu léchaient alors les murs pour que fondent les digues. Les pierres gondolaient comme du buvard.

C'était une eau folle déversée dans les rues. Et sous la caresse de l'habit parfaitement blanc et doux, un soleil vibrait entre ses longues cuisses nues.

Dans un trou d'ombre, quelques paillettes brillaient. La belle Lucia qui ne manquait jamais une noce était de la fête, elle seule se réjouissait de la scène, rien ne lui échappait.

Les parents qui marchaient derrière la mariée vers la petite église furent peu à peu dévorés par le flot.

On les déchira à belles dents.

On cherchait une issue, une façon de faire cesser ce scandale, on se torturait en suppositions, on grimaçait de colère. Les visages furent plus laids, plus crispés que jamais. Les bras, les jambes en tremblaient. Ça s'agitait dans la poussière. Ça remuait. Ça grouillait dans les bouches. Ça vomissait sa bile. Ce n'était pas beau à voir cette monstrueuse traîne collée derrière la belle. Dans les frôlements du tissu, le duvet de la jeune fille se hérissait.

La belle-mère fut prise à partie :

« Tu disais que ton fils ne gagnait rien à épouser la petite Frasquita ? Comment peut-on ne pas avoir de dot quand on porte une telle robe ? L'affaire a été mal négociée. Vous avez droit à une princesse sans le sou, tout l'argent du ménage est passé en coquetteries. Son père a dû vendre le vin des Heredia en contrebande pendant des années pour lui offrir une telle toilette. »

Ça gueulait sec dans l'ombre, ça parlait de beauté de tissu qui serait bientôt chiffonnée. Ça jasait, ça critiquait le manque d'humilité de la famille.

Et puis soudain, ça sortit de sous les porches et ça cracha en plein soleil, à la face de la mariée.

Personne ne voulait croire que cette merveille avait été gagnée à coups d'aiguille par la mariée elle-même et les noces faillirent être gâchées.

Alors Frasquita renonça.

Elle ne s'était pas retournée encore, toute grisée qu'elle était par le mouvement du tissu, les autres avaient été un instant éclipsés par sa splendeur de soie, mais au premier crachat, elle comprit que toute la beauté de cette partie du monde s'était déversée dans sa robe. Elle sut qu'elle avait dépouillé son pays de ses petites splendeurs éparses pour les concentrer dans le tissu. L'équilibre du monde était faussé. La laideur vibrait tout autour d'elle, le village était triste et nu, la colline grise, pas une couleur ne jouait sur les joues des femmes, pas un blanc d'œil ne brillait, le soleil ne s'arrêtait que sur elle.

Le *padre*, qui l'attendait dans l'ombre de la nef, avait lui-même un regard sévère : ne lui aurait-elle pas volé un morceau de l'étole qu'il lui avait confiée ?

Elle entendit la Carasco exiger une dot plus importante, elle sut que son vieux père allait se battre sur les marches de l'église.

Alors, elle donna prise aux regards, elle les laissa altérer sa beauté et, peu à peu, elle se tint moins droite, se ternit, s'écailla.

Tout son être se replia dans ses petits poings fermés. Les turbulents battements de son cœur se retirèrent là, dans cet écrin de doigts. Elle serra ses poings si fort, qu'elle crut d'abord ne plus jamais pouvoir les rouvrir. Plus de doigts, plus de mains, plus d'aiguille, ni d'anneau, plus jamais. Cachées dans les plis de la robe, les mains s'étaient définitivement refermées après avoir attendu que tout ce qui tremblait en elle s'y fût réfugié.

La belle Lucia s'éclipsa, plus rien ne souriait dans l'ombre.

Frasquita comprit ce jour-là que sa virtuosité ne pouvait lui servir de parure et les roses piquées sur son corsage se fanèrent une à une. La ligne de sa robe en fut affreusement affectée.

Dans cette défloraison, la mariée fut moins belle, les familles se réconcilièrent et l'on put entrer dans l'église, prier, boire et danser.

Ma mère ne tenta pas de cueillir les petites têtes baissées, les pétales brunirent, elle les laissa attrister son chef-d'œuvre.

Personne ne sut, cette fois, que sous chacune des fleurs flétries était une somptueuse rose brodée.

La mariée flotta toute la journée dans un parfum de fleurs mortes, minuit avait sonné quelque part et la robe s'était fanée.

« Voyez ! La mariée a l'air d'une fleur fanée ! » hurla un enfant.

L'assemblée se tourna vers cette mariée qu'on s'était empressé d'oublier au centre de la fête et un rire énorme, un rire splendide, puissant et collectif, un rire comme le village n'en avait jamais connu jusque-là, vint s'abattre contre le corps de ma mère.

Plus de sillage, plus d'eau vive, plus rien qu'un énorme grondement, qu'une grosse vague de flotte sale.

Ma mère tomba à la renverse, chavirée.

On accompagna en riant le jeune couple jusqu'à la chambre nuptiale et l'on repartit en titubant finir le vin et la nuit.

Le rire mit des années à mourir. Il réapparaissait de loin en loin comme un incendie mal éteint. On le reconnaissait entre tous, il pouvait naître à tout moment dans le gosier d'une vieille femme qui soudain, sans raison, découvrait ses dents déchaussées. Il trouvait toujours un écho dans les gosiers voisins. On attrapait ce rire comme on attrape certaines coliques, et des plus graves, par contact, et les visages éclataient, s'ouvraient comme des grenades. Il en restait toujours dans l'air quelques graines, prêtes à germer dans une bouche. Sporadiquement, le village était secoué par ses éclats, on riait de bon cœur de la femme qui s'était mariée en blanc et s'était fanée le jour de ses noces.

On en fit une chanson.

LUNE DE MIEL

Ma mère regarda la lourde robe blanche s'abattre à ses pieds, elle s'accroupit pour rassembler tout ce tissu répandu.

De l'autre côté du paravent, l'homme attendait, le corps alangui dans la chaleur nocturne de la chambre.

Elle frissonna derrière son mince rempart de bois et de tissu. Un long tremblement agita les fleurs peintes.

Un air d'accordéon qui venait de la nuit, cadeau de noce d'une fille perdue, lui secoua les sens.

Elle parut enfin en chemise. Ses cheveux épais et souples encadraient d'ébène son visage attentif. L'homme allongé sur le lit lui fit signe...

Il entra en elle d'un coup, sans rien dire, sans attendre.

Ses fesses nues s'irritaient sur le drap rêche qu'elle avait brodé à leurs initiales en songeant à cette première nuit. Il enflammait sa peau alors que l'homme au-dessus d'elle l'écrasait en l'agitant. Un vif mouvement de va-et-vient. Il s'accrochait à elle avec fureur, lui écartait violemment les cuisses, lui serrait les seins si fort qu'elle dut se mordre la langue pour ne pas crier. Il lui devint plus étranger qu'il ne l'était avant leurs fiançailles, quand il l'observait pendant la messe et qu'elle s'empêchait par pudeur de répondre à ses regards, sentant leur poids accroché à ses lèvres, à ses seins, à ses hanches.

Il s'enfonçait en elle et ne la regardait plus.

Ce ne fut pas long. Il s'affaissa dans un dernier grincement, puis sortit, se sépara du corps qu'il avait ouvert par le milieu.

Les jambes écartées, la chemise remontée jusqu'aux épaules, ma mère resta immobile, exposée, attendant qu'il se passât autre chose. Elle épia chacune de ses fibres nerveuses, explora le champ écorché de sa peau pour y dénicher quelque chose de la jouissance que son corps s'était promis en s'offrant par contrat. L'homme, vif et loquace pendant la fête, était silencieusement allongé à ses côtés, sans qu'aucune parcelle de sa peau ne touchât plus son corps à elle. La lourde masse des cheveux de ma mère, répandue sous leurs deux corps, nappait un tiers du lit de ténèbres bleutées.

Elle n'osait dégager ses longues mèches soyeuses.

L'accordéon s'était tu.

Elle pensa qu'il lui faudrait apprendre à goûter les gestes d'amour de son mari ; qu'étant novice à ces jeux, elle n'était pas en droit d'attendre davantage de cette première nuit. Alors, elle repoussa tendrement le corps de l'homme assoupi, ramena sa chevelure vers elle et la natta comme elle le faisait chaque soir. Après tout son mari l'avait honorée, le mince filet de sang lové entre ses cuisses en témoignait.

Elle vida le broc d'eau fraîche dans la cuvette de faïence, jouant à écouter le bruit de cette chute dans le silence de sa nuit de noces, et se lava plus tendrement qu'elle ne l'avait jamais fait.

Le lendemain à l'aube, son mari se leva sans la voir. Frasquita resta seule.

Elle se savait étrangère au bois du lit. Les objets, les meubles, tout en ce lieu la dévisageait. Elle se ramassa dans le mou de la couche à la recherche de l'empreinte de son corps. Mais elle ne trouva dans les draps tachés que le grand corps de son mari dessiné en creux et la marque d'autres sommeils, d'autres ébats, plus étrangers encore. Le trou qu'elle venait combler n'était pas à sa taille. Trop petit, trop tordu. Une nuit de noces, cela n'a pas assez de poids pour marquer les choses. Les objets résistaient à sa présence, refusaient de se plier à ses formes. Frasquita comprit qu'à terme ce serait le trou du lit qui la modèlerait.

José avait déjà gagné son atelier. Les coups de marteau scandaient le temps du lieu. Le vent n'y était plus pour rien maintenant, la bâtisse entière battait sous le bras du charron tandis que ma mère faisait ses premiers pas dans l'antre Carasco.

Sa belle-mère l'attendait. Sans un mot, elle lui indiqua la place des choses, les deux grandes armoires où étaient pliés les draps, la réserve de chandelles, la table où l'on prenait les repas et où le corps de son défunt beau-père avait été exposé, la chaise où elle pourrait s'asseoir quand sa journée lui en laisserait le temps, s'asseoir et repriser, sa chaise, sa place.

Peu à peu, le silence de la vieille bâillonna ce qui avait pleuré au matin du premier jour et les femmes se mirent à l'ouvrage.

La Carasco ne parlait pas ou si peu.

Grognements inaudibles, mots dévorés, mis en pièces, mots éviscérés, longuement mastiqués, puis recrachés comme de vieilles chiques. Noirs, pleins de salive, à moitié digérés. La vieille parlait comme on crache. Elle torturait la langue, la tordait comme un vieux chiffon pour l'adapter à sa bouche édentée. Elle mêlait un filet de bave sale à chacune de ses phrases, faisait des sons une terrible bouillie et pourtant ne répétait jamais rien. Frasquita obéissait à ces paroles détruites, elle acceptait l'autorité de cette langue difforme. En tant que belle-fille, elle se devait de saisir ces débris de langage.

La vieille parlait comme on hait.

Le fils, si peu enclin à parler lui-même, répondait sur-le-champ aux exigences de sa mère. Il se soumettait à cette bouche vide, à ces lèvres d'acier, fines comme des lames, aiguisées par les années, à cette langue atrophiée. Le fils ne bronchait pas, ne questionnait pas, ne refusait jamais.

Le corps de la Carasco était à l'image de ses grognements. Détruit, tordu, et sec.

Elle s'habillait encore de noir, mais on avait dégagé les portes et les fenêtres de la maison pour signifier la fin du deuil. La lumière du soleil en entrant de nouveau dans cette maison soulignait les traces laissées par dix années de pénombre.

Alors les deux femmes badigeonnèrent de chaux les murs de la grande salle pour en raviver la blancheur fanée.

À midi, quand le soleil donnait à pleins rayons, de grandes parts de clarté entraient dans la bâtisse par ses pores ouverts, fenêtres et portes. Les murs blanchis arrondirent la pièce, les angles se perdirent dans l'éclat de la chaux et Frasquita fut avalée par cette maison dont elle tapissait les entrailles tandis que ses propres entrailles se tapissaient secrètement de la blancheur laiteuse d'Anita, ma sœur aînée.

Enfin rafraîchie, la maison se referma pour se protéger de la chaleur et Frasquita entendit de nouveau le bois résonner sous les coups du charron.

Elle rangea sa chaise — ces quelques centimètres de bois que les Carasco lui avaient concédés — sous la plus grande des fenêtres de la salle immaculée et s'assit là, une pièce de drap sur les genoux, la seule pièce inachevée de son trousseau.

Elle ouvrit sa boîte à couture. Les bobines aux couleurs chatoyantes irisèrent l'écran blanc des murs.

La vieille prit un instant ce simple écrin de bois pour un coffret à bijoux tant les fils étaient nombreux et leurs teintes vives et variées. Frasquita déploya le drap, étendit ses longs bras, et deux ailes de tissu s'abattirent au sol dans un courant d'air chaud.

Étonnamment, la Carasco ne s'approcha pas et, assise à l'autre bout de la pièce, elle regarda en silence sa belle-fille broder.

Frasquita travaillait avec soin, ses doigts maniaient la rude étoffe avec des égards, une déférence, une grâce que les couturières réservent à la soie, au satin, au brocart. Ses mains caressaient la toile de lin, comme on explore une peau, jouissant de la grosseur de son grain. Puis le fil traçait ses larges volutes dans l'air saturé de cette fin d'été, des lignes colorées couraient sur les murs blancs, l'aiguille brillait un instant au soleil avant de plonger dans l'épaisseur de l'étoffe, ne laissant pour tout sillage qu'un fin point coloré, qu'une minuscule tache, qui, petit à petit, s'épanouissait, gagnait la pâleur du drap.

Quand sa belle-fille brodait, la Carasco se ramassait sur elle-même afin que l'ombre de la main, afin que l'ombre de l'aiguille ne vînt jamais se briser contre son ombre desséchée.

Armée d'une simple aiguille, ma mère plia la place forte.

La vieille éblouie par cette merveille offrit plusieurs fois — en secret et sans un mot — des morceaux de tissu à Frasquita. Ces présents furent les seuls que la Carasco fit jamais car, contre toute attente, sa belle-fille fut son unique fierté.

La couturière, le nez dans son ouvrage, ne remarqua pas le visage réjoui de la vieille quand apparut sur la toile un chemin traversant un crépuscule tendu de fil bleu. Jamais elle ne vit ce sourire qui découvrit une bouche vide, un terrible trou édenté (qui pense encore que seules les dents peuvent effrayer les enfants ?).

La Carasco s'adoucissait de jour en jour au contact de la beauté. S'il n'avait pas été trop tard, sans doute aurait-elle réappris à parler.

Mais Frasquita, dont les yeux cherchaient sans cesse la porte, la fenêtre ou l'espace mat de son drapeau inlassablement brodé, commença à tourner ses regards vers l'intérieur et ressentit les mouvements de l'enfant qui poussait dans son ventre. Elle délaissa alors son ouvrage dont la splendeur attendrissait la vieille et passa ses journées à guetter ce mystère en elle, tentant d'en capter les pensées. Dès le premier mouvement, elle parla à l'enfant, elle se servit de sa voix comme d'une aiguille, brodant son espace intérieur.

LES FEMMES QUI AIDENT

Au village, il n'y avait pas de médecin. Les « femmes qui aident » faisaient les bébés et les morts.

Santavela comptait deux mères chargées d'ouvrir les portes du monde.

Elles lavaient les nouveau-nés et les cadavres.

Il arrivait qu'un lange devînt linceul, qu'appelées au chevet d'une femme en couches elles refermassent aussitôt la porte qui venait de s'ouvrir sur la vie, que le premier bain du nouveau-né fût son dernier ou que l'enfant en naissant envoyât sa mère outre-tombe. Mais toutes deux passaient pour les meilleures accoucheuses que le village ait eues depuis plusieurs siècles.

Chacune avait ses secrets. La Maria, vieille matrone sèche aux gestes vifs mais appuyés, imposait sa présence aux femmes grosses à plusieurs reprises avant l'accouchement. Elle suivait la maturation des ventres comme on étudie l'avancement des fruits et parvenait en les touchant à retourner les enfants qui se présentaient mal ou à sentir ceux qui vivaient peu, si peu qu'il fallait pour sauver la mère les laisser de l'autre côté, leur claquer la porte au nez.

Alors, elle envoyait chez la Blanca.

« C'est la Maria qui m'a dit de venir vous trouver,

il paraît qu'il vit trop peu, lui avouaient les femmes en pleurant.

— Ne pleure pas, il reviendra. Dans trois mois, tu auras de nouveau le mal joli », répondait la grosse bohémienne en leur concoctant un breuvage amer qui empêcherait la femme de partir avec son petit.

Quand la Maria voyait qu'un enfant serait bientôt trop gros pour passer les portes, trop imposant pour se faufiler dans le bassin d'une femme, les herbes de la Blanca précipitaient l'accouchement. Ces deux bonnes femmes connaissaient la dimension des corps de toutes les filles du village.

Seules quelques rares bougresses préféraient, par peur du mauvais œil, s'accoucher elles-mêmes. Elles s'enfermaient et appelaient leur mari en tenant leur petiot par une patte pour qu'il leur donne de quoi couper le cordon.

Mais, comme il arrive souvent quand deux figures se partagent une même case sur l'échiquier d'un village, la rumeur leur avait donné à chacune une couleur. La Maria passait pour une sainte femme et, malgré le respect qu'inspirait la Blanca, on lui avait distribué le rôle de la pièce noire, celui de la sorcière.

La Maria, dans le pays depuis toujours, avait été envoyée de l'autre côté des montagnes, à la ville, pour y apprendre la science d'accoucher les filles, alors que la Blanca n'était qu'une bohémienne solitaire que l'errance avait conduite jusqu'au village quelques années plus tôt. Elle s'était imposée progressivement, mais restait et resterait une étrangère.

La Maria privilégiait l'hygiène, la Blanca, la magie. L'une représentait l'avenir, la science ; l'autre, le passé et ses forces obscures bientôt oubliées. Situées chacune à un bout du temps, en regard de part et d'autre du moment présent, ces deux femmes se respectaient, mais ne se parlaient jamais directement. Seule l'une des deux était présente lors d'un accouchement. Pourtant, quand la chose se présentait mal, elle faisait appeler l'autre. Alors, sans s'adresser un mot, les deux femmes agissaient de concert et il était bien rare qu'elles ne sauvent pas la mère, car toutes deux, contrairement à bon nombre de celles qui les avaient précédées, faisaient passer la vie de la femme avant celle de son enfant et c'était sans doute sur cet accord silencieux que se fondait leur entente.

Chez les Carasco, ce fut la Maria qui vint.

Elle prépara le lit, soigneusement, agitant ses longs bras secs et musclés, habitués à la tâche, pliant en quatre des draps usés, mais bien propres, et les plaçant les uns sur les autres à plat en prenant garde qu'il n'y eût pas de bourrelets. Elle installa alors Frasquita et commença à lui masser le ventre en l'exhortant à crier pendant les contractions.

« Vas-y ! il faut que tout le village t'entende, ma belle, que tu hurles plus fort que ta voisine le mois passé. Plus de bruit tu feras, plus le petit viendra vite et plus il sera vigoureux ! » lui affirma-t-elle avec autorité.

Rassurée par cette petite femme maigre, aux mouvements précis, qui connaissait son affaire, comme portée par elle, Frasquita obéit. Elle lâcha des cris plus effrayants que ceux d'un cochon qu'on égorge, pendant que la Maria lui malaxait le ventre et que des voisines essuyaient son visage écarlate.

Après plusieurs heures de souffrances, alors que Frasquita n'avait pratiquement plus de voix, la femme qui aide lui dit qu'il était temps d'y aller.

« Il ne veut pas descendre, le petit, il va falloir le sortir de là ! »

Elle prit un drap, qu'elle tordit comme une corde, et désigna deux femmes.

« Vous deux, venez là ! Vous êtes bien costaudes, vous allez pouvoir vous rendre utiles ! Prenez chacune une extrémité de ce drap et mettez-vous de chaque côté du lit. À mon signal, vous tendrez le drap et vous l'appuierez de toutes vos forces sur le ventre de Frasquita en le faisant glisser de haut en bas. Toi, ma fille, dès que tu sens qu'une contraction arrive, tu me fais signe, tu respires, tu bloques et tu pousses ! Tu m'entends ? Maintenant, il ne faut plus crier, de toute façon, tu n'as plus de voix, il faut pousser ! Allez ! »

Durant dix minutes, Frasquita poussa tant qu'elle put, puis, un instant, elle renonça :

« Je n'en peux plus, je n'y arrive pas, j'abandonne ! »

La Maria la regarda sans surprise, mais avec autorité.

« Mais comment veux-tu abandonner, bougre d'andouille ? Il faut bien te le sortir du corps, ce petit, et personne ne peut le faire à ta place ! Allez, pousse encore une fois ou deux et tu auras un beau bébé à cajoler ! Tout ça, c'est rien que du bonheur, tu verras... »

Frasquita se ressaisit et poussa si fort que tous les petits vaisseaux de son visage explosèrent, constellant sa peau de minuscules taches rouges.

Enfin, l'enfant parut et le public de la naissance décampa en hurlant. La Maria s'empara de la tête, la tourna comme pour la dévisser, demanda un dernier effort à Frasquita et dégagea tout le corps porté par les flots. Elle coupa le cordon d'argent qui ancrait encore l'enfant violette à la mère noyée dans la blancheur et l'écarlate des draps.

La femme qui aide agissait à voix haute.

« C'est une braillarde, elle aura pas la langue dans sa poche ! Je trempe le fil de lin dans la goutte, je coupe la corde et je l'attache avec un double nœud. Je l'amarre bien de ce côté des portes, qu'elle y reste ! Elle est bien propre, c'est bon signe ! Comment que tu vas la nommer ?

— Ana, comme la mère Carasco ! dit Frasquita.

— Bien. Alors, Anita, je te trempe dans le baquet d'eau chaude pour t'enlever tout ce que tu rapportes avec toi de l'au-delà. Te voilà faite ! C'est pas tout ça, mais comme il n'y en a pas une pour m'aider, il faut que je m'occupe de vous deux à la fois. Parce que c'est pas fini, ma belle, il faut guetter la délivrance et emmailloter l'enfant. Ça vient du chaud ces petites choses et ça prend le froid comme un rien ! On a pas fait tout ça pour rien, hein ? Tiens, garde-la contre toi dans la couverture pendant que je finis ton affaire. Alors, elle n'est pas belle ? »

L'accoucheuse s'affaira de nouveau au pied du lit, demanda à Frasquita de pousser encore et le délivre tomba bruyamment dans le seau qu'on avait préparé.

« Regarde-moi ces bonnes femmes ! Toujours pareil ! Toutes à piailler pendant le travail, à me casser la tête de jactances et pas une qui reste à mes côtés quand la chose arrive. Dès que l'enfant entre dans la pièce, tout le monde se sauve. Elles en ont peur, il sent encore l'inconnu, il vient de l'autre côté, tu comprends. Les ventres des filles, c'est rien qu'une antichambre ! »

Tout en parlant, elle examinait attentivement le placenta comme on lit dans les entrailles des bêtes. Puis elle reprit la petite des bras de sa mère et, après l'avoir emmaillotée et couchée dans un berceau taillé dans une huche, elle servit un verre de goutte à Frasquita, s'assit sur une chaise et en but elle-même quelques bonnes gorgées au goulot.

« Hé ! revenez, les mères la frousse, j'ai besoin

qu'on appelle le père ! Qu'il vienne pour enterrer le délivre ! hurla-t-elle.

— Qu'est-ce que tu as vu là-dedans ? demanda ma mère en désignant le seau.

— Et que crois-tu que je peux y voir ? L'avenir de ton enfant ? La date de sa mort ? Sornettes ! Je n'y vois rien d'autre qu'un beau délivre, bien complet. Il n'en manque pas un morceau, et ça, ça veut dire que t'es sortie d'affaire, ma jolie. Ta petite Anita ne te saignera pas. »

Assise sur la chaise, les jupes et le grand tablier qu'elle portait pour l'occasion retroussés jusqu'aux genoux, la Maria paraissait bien lasse. Voilà plus de six heures qu'elle était aux côtés de ma mère et tout cela ne s'était pas fait sans peine. Elle trouva quand même le courage de se lever et retira les draps souillés.

« Je me charge des draps parce qu'à chaque fois que je les laisse, ça fait des histoires. Les filles ne font confiance à personne pour les laver. On est sottement superstitieuses dans le coin. D'ailleurs, j'ai pas vu ta mère, ni la vieille Carasco à ton chevet. Où sont-elles, ces deux-là ?

— La Carasco ne peut plus monter à l'étage, elle se fait vieille, et ma mère, elle ne veut pas gêner, c'est une émotive, tu sais bien ! » murmura Frasquita en sombrant.

La Maria fit un baluchon avec les draps et son tablier qu'elle venait d'ôter, puis, après avoir jeté un dernier coup d'œil satisfait à l'enfant qui ouvrait de grands yeux encore bleus et aveugles, elle ajouta : « Je serai là demain pour la baigner, lui percer les oreilles et la mettre à téter. Et toi, ne va pas quitter le lit d'ici là. »

Frasquita se sentait tranquille près de son enfant endormie, si petite, si fragile. Sa délicatesse ne l'inquiétait pas. Elle regardait son ventre que la Maria avait bandé, se disant qu'elle était entrée dans sa vie de femme. Le meilleur, le pire : les deux bornes du mariage. Frasquita ne goûtait ni l'une ni l'autre auprès de son mari. Elle écoutait le bruit du marteau qui cognait sur le bois, sur le fer, avec une régularité d'horloge. Le pire ne viendrait pas : ses enfants grandiraient au rythme du marteau et des centaines de roues s'échapperaient des mains de José pour parcourir tous les chemins du pays.

LA MORT DE LA VIEILLE

Alors que la maison sentait encore le lait, la Maria revint chez les Carasco.

Cette fois, elle ferma les volets, couvrit le miroir, ce piège à âmes, arrêta l'horloge... Elle venait faire un mort.

La Carasco s'était effacée à petits pas feutrés. Ce corps débile et tyrannique qui avait pris tant de place durant tant d'années s'était fait progressivement oublier.

On la trouva un matin, petite chose nue allongée sur la grande table en bois de la cuisine. Enfant presque, enfant malingre, au corps osseux, sec, brindille humaine enveloppée dans le drapeau de Frasquita. Elle avait ramené le crépuscule de fils bleus jusque sous son menton, soigneusement, dans un geste dérisoire, comme on se blottit sous ses couvertures un soir d'orage, un soir de peur.

C'était derrière ce mince rempart de couleurs, dans cette armure de drap, protégée par tant de beauté, que la Carasco avait choisi de partir. Un sourire sans lèvres déchirait le bas de son visage décharné.

Quel âge pouvait-elle avoir ? Nul ne le savait et nul n'avait jamais pris la peine de le lui demander ou de consulter les archives du curé. José avait trente-cinq ans, elle en paraissait trois fois plus.

Elle était née tordue et détestée. Son père, juste avant de mourir, avait finalement réussi à se débarrasser d'elle, en l'offrant à son apprenti. Carasco l'avait prise pour régler ses dettes et tout était venu ensemble : la charronnerie, la maison, les meubles. Comme attaché à la minuscule femme torse. Pas d'amour, pas de désir, et voilà qu'un enfant avait fini par naître en l'absence de tout ça : José.

Le mari avait mordu à l'appât sans prendre garde à la solidité de la femme hameçon cachée derrière, il s'était débattu quelque temps, avant de se plier, épuisé, aux volontés de cet être de fer. Il s'était alors réfugié dans son atelier, tout comme son fils l'avait fait à sa suite. La vieille n'y entrait jamais, elle se contentait de leur en indiquer la porte quand ils ne se mettaient pas assez vite au travail.

La Carasco avait régenté sa maison, broyant les êtres sans états d'âme, jusqu'au jour où sa belle-fille s'était installée sur sa petite chaise pour broder. Alors, le fer s'était attendri et la chair cachée derrière avait refait surface, les larmes étaient venues, rouges de rouille, et la vieille femme avait opté pour la douceur du silence, le repos et la mort. Son corps s'était dissous peu à peu et, à la naissance d'Anita, elle était déjà si fine, si légère, si transparente que ma mère pouvait la prendre dans ses bras et s'occuper d'elle comme d'un enfant malade.

Durant quelques mois, Frasquita avait réchauffé deux êtres dans ses bras, une petite chose braillarde et pleine de gestes saccadés, un joli corps tout rond, un beau poupon énergique, et cette vieille femme à la bouche tout aussi édentée que celle de l'enfant et qui ne pleurait pas, ne bougeait plus, ne demandait rien.

Bientôt la jeune femme n'avait rien trouvé d'autre

à faire pour nourrir sa belle-mère que de porter son vieux visage à son sein et la vieille sans doute revenue en enfance avait tété doucement son lait insipide. L'enfant était devenue de jour en jour plus goulue, et la vieille de jour en jour plus faible. Un rien la rassasiait, elle disparaissait.

Jusqu'à ce matin où on la retrouva morte, allongée sur la table de la cuisine. Elle qui ne quittait plus son fauteuil était parvenue à se traîner, à se hisser jusqu'à cet endroit où sa famille exposait traditionnellement les dépouilles de ses morts.

La vieille avait cédé sa place à l'enfant qui jouissait désormais seule du lait de Frasquita.

La Maria donna à ce pauvre corps son dernier bain pour le débarrasser des choses de ce monde, puis elle jeta l'eau dehors, indiquant ainsi à l'âme la sortie.

Vêtue de noir, son bébé blanc dans les bras, ma mère reçut tous les habitants du village lors de leur dernière visite à la Carasco. Mais pas un ne jeta un regard à la vieille coquille morte et personne en sortant ne parla de la défunte. Tous n'eurent d'yeux que pour ce drapeau si finement brodé qui lui servait de linceul, il occupa toutes les langues durant les jours suivants.

Frasquita se promit une nouvelle fois de ne plus coudre lorsque la tombe de la vieille fut profanée, son suaire volé et le corps jaunâtre, qui en était le cœur, abandonné à même la terre.

LA MALADIE DE JOSÉ

Au moment de la mort de sa mère, José passait la plus grande partie de sa vie dans son atelier, rien ne semblait l'intéresser au-dehors.

Il n'avait jamais perdu de vue sa maison, souffrait quand une procession ou un essieu brisé l'en éloignait de quelques pas et n'avait jamais regardé ni le ciel ni l'horizon alors qu'il occupait ses journées à fabriquer des roues et des charrettes qui partiraient sur les chemins.

À la surprise de tous, le charron n'interrompit pas son travail pour rendre un dernier hommage à sa mère, il n'assista ni à l'enterrement ni même aux messes dites pour la vieille femme. Il ne parut s'apercevoir ni de la mort de cette dernière ni de l'arrivée de sa fille et ne changea rien à ses habitudes, continuant d'obéir à la voix absente de la Carasco, entendant encore ses phrases déchiquetées si souvent serinées, si violemment inscrites en lui qu'il en ressentait toujours la morsure.

Cependant, après la naissance d'Anita, il prit peu à peu l'habitude d'interrompre son labeur vers la fin de l'après-midi et de s'asseoir sur le banc dans le poulailler derrière la maison pour regarder le petit monde ailé s'agiter dans sa courette. Après ces quelques minutes de pause, l'homme sortait de sa contemplation, se levait et retournait à sa tâche.

Durant un an, Frasquita porta le deuil et, pas une fois, son mari ne releva ses vêtements noirs. Mais un matin, alors qu'il s'apprêtait à quitter la cuisine pour se rendre dans son atelier, il entendit soudain que la voix de sa mère n'était plus. Il fut foudroyé par le silence. Les ordres manquaient et rien ne l'obligeait désormais à se lever de table pour se mettre au travail. Frasquita le vit s'immobiliser. Elle prépara le repas en compagnie d'un homme arrêté qui ne mangea rien, ni le midi ni le soir, et ne dormit pas à ses côtés cette nuit-là.

Le lendemain matin, quand elle entra dans la cuisine, il n'y était plus. Mais l'atelier restait vide et silencieux. Elle finit par le trouver dehors, assis sur le vieux banc, plongé dans l'observation de la basse-cour.

Ma mère n'aimait pas qu'on effrayât ses volailles, mais cela n'empêcha pas José d'abandonner sa famille, son métier, pour s'installer à demeure dans le poulailler.

José ne quitta plus son banc que pour faire plusieurs fois par jour le tour de cet espace clos de murs situé derrière sa maison.

Rien n'y fit, ni les prières de ma mère, ni ses ordres, ni ses menaces, ni même les conseils du curé qui lui rendit visite dans cette surprenante retraite. Plus une parole ne semblait parvenir jusqu'à lui.

Ma mère lui apportait ses repas trois fois par jour, le lavait dans un baquet, l'habillait, le couvrait plus ou moins selon les saisons et nettoyait les excréments qu'il laissait dans un coin de la cour. Elle construisit au-dessus de lui une petite avancée en bois pour le protéger des intempéries et du soleil.

Dans un premier temps, Frasquita s'évertua à cacher au village la soudaine folie de son mari, elle tenta de faire patienter les clients, de calmer leurs alarmes. Ses propres parents ne furent pas informés de la démence de leur beau-fils.

Mais ses voisines, intriguées par le silence de l'atelier, guettèrent la moindre occasion de percer le mystère. Elles se succédèrent chez les Carasco sous des prétextes divers et, sans en avoir l'air, menèrent leur petite enquête, elles sentirent vite qu'elles étaient indésirables et que la cour leur était interdite.

Les langues allèrent bon train, les suppositions les plus extravagantes fusèrent : on avança que José avait quitté le village ou que sa diablesse d'épouse, celle-là même qui s'était mariée en blanc et fanée le jour de ses noces, l'avait décapité d'un coup de hache dans un accès de rage. Les femmes finirent par persuader leurs maris qu'il se passait quelque chose et l'on dépêcha un petit groupe de villageois chez les Carasco.

La poignée d'hommes qui exigea très officiellement de s'entretenir avec José ne s'attendait certes pas à être conduite par sa supposée meurtrière dans un poulailler. Frasquita les laissa seuls au milieu de ses volailles affolées. Ils ne purent tirer un mot de la carcasse d'homme qui demeurait là comme dénervée et repartirent tout penauds, s'excusant pour le dérangement. Dès lors, on ne parla plus du charron au village et plus personne n'acheta un œuf à ma mère.

Durant les deux ans où il vécut dans cette petite cour emplumée, José accomplit une incroyable odyssée sociale.

Les poules, d'abord apeurées par sa présence, s'étaient regroupées autour des coqs dans une énorme pagaille de plumes, de fiente et de poussière. Mais bientôt le grand gaillard silencieux ne les avait plus inquiétées. Le maître des lieux, un énorme coq, s'était alors approché progressivement de ce nouvel objet posé dans sa cour comme un vieux tronc et, peu à peu, l'un après l'autre, tous les autres membres de la petite société avaient fini par faire de même, la plus faible des poules elle-même s'était risquée comme les autres à lui picorer le dessous des chaussures. Totalement immobile, José les avait laissés faire et cette familiarité était vite devenue une habitude, si bien que ma mère devait régulièrement chasser les volatiles pour tenter de sauver le cuir des souliers.

Dans une basse-cour, les coqs dominent toutes les poules, mais chez les mâles, comme chez les femelles, il existe une échelle hiérarchique extrêmement stricte, une échelle linéaire, allant du plus fort au plus faible. La poule située sur l'échelon du bas se soumet à tous les autres membres de la petite société et le coq que l'âge, la force et la prestance ont hissé sur la plus haute marche a tout pouvoir sur ses sujets.

En moins d'un mois de fréquentation assidue, mon père réussit le tour de force d'entrer dans ce monde des volailles et de devenir l'un des membres de la société gallinacée, bien qu'il n'eût pas une plume. Il en dégringola ensuite tous les échelons l'un après l'autre jusqu'à ne plus être considéré que comme la plus faible des poules du groupe. Parti du statut d'homme, il se métamorphosa, non pas en coq, mais en la plus misérable des poulettes. Ma mère devait rester à ses côtés quand il picorait sa pitance, de peur que sa gamelle ne soit pillée par tout le poulailler.

Cette spectaculaire chute dans la basse-cour dura plus d'un an et demi, José se laissa si longtemps humilier par de vulgaires oiseaux domestiques que Frasquita finit par désespérer de le voir un jour recouvrer la raison. Peu à peu, ses yeux semblaient s'être arrondis et sa tête s'était projetée en avant. Il gardait les bras repliés contre son corps et haussait constamment les épaules.

Ma mère assistait impuissante à sa métamorphose.

Elle ne cherchait plus à tenir la maison à flot, ne brodait plus, ne voyait plus ses parents, ne sortait plus de chez elle, mais elle parlait.

Elle parlait à son homme lointain, assis parmi les poules, elle lui racontait les détails de sa vie quotidienne, les progrès d'Anita, des choses sans importance. Elle, qui n'avait jamais osé lui adresser plus de deux phrases, pouvait désormais dire tout et n'importe quoi sans gêne : son initiation, son plaisir à broder, ce qu'elle ressentait pour les tissus, les fils, les choses à recoudre. Elle lui dit même la boîte et son désir de lui avant de l'épouser.

Frasquita parlait à sa fille aussi, mais cela depuis le premier jour. Dès avant sa naissance, Anita, ma sœur aînée, baigna dans un univers de mots. Frasquita lui raconta son histoire parmi tant d'autres. Elle brodait des récits sur les objets les plus quotidiens dont elle ne parvenait jamais à épuiser toutes les possibilités narratives.

Les mots d'Anita n'arrivaient pas, comme empêchés par le flot de paroles de la couturière, et, contrairement à Francisca, la grand-mère, qui commençait à s'inquiéter du mutisme de cette petite par ailleurs si éveillée, Frasquita, elle, ne s'en souciait jamais. Elle comprenait si bien son enfant que sa parole ne lui manquait pas. Un geste, un regard, un sourire et tout s'éclairait.

Ce fut vers la même époque que l'accordéon revint jouer sous ses fenêtres.

La Carasco ayant tenu la maison d'une main de maître, sa belle-fille ne manqua pas d'argent pendant tout le temps que son mari passa parmi les volailles. Mais la grande Lucia dont le commerce commençait à prospérer s'inquiétait de l'état des finances de Frasquita.

Les gars du village n'osaient plus culbuter gratis la jolie putain dans les buissons depuis qu'elle avait adopté un chien errant si féroce que ceux qui se risquaient à partir sans payer y perdaient le fond de leur culotte.

Lucia avait surpris des conversations concernant la belle mariée qu'on avait fanée le jour de ses noces, elle savait que plus personne ne lui viendrait en aide. Elle avait donc cherché un moyen de lui donner un peu d'argent et s'était mise à manger des œufs.

Elle vint en acheter par douzaines à une Frasquita chaque jour plus surprise de cette consommation gargantuesque. Mais aucune des deux femmes ne posait la moindre question à l'autre.

Lors de ces visites quotidiennes, elles n'échangeaient que les quelques paroles nécessaires : politesses d'usage, nombre d'œufs désiré, somme due. Rien de plus.

Elles restaient cependant un long moment ensemble, en silence, à s'écouter respirer.

La couturière attendait avec impatience ces rendez-vous qui rythmaient sa vie et elle ne pouvait s'endormir les soirs où, occupé ailleurs, l'accordéon ne venait pas la bercer.

Un jour, alors qu'elle le nourrissait, ma mère sentit un frémissement dans l'échine de son homme. Quelque chose s'éveillait. Dès ce moment, le regard de José devint moins fixe et ses bras commencèrent à s'agiter çà et là pour chasser les autres poules. La petite rousse, maltraitée par ses consœurs et qui venait si souvent l'agacer, fut sa première victime, elle fit un bond et s'échappa en caquetant quand il lui botta l'arrière-train. Elle ne revint plus le harceler, se contentant de l'éviter et de l'observer de loin du coin de l'œil.

Il avait gravi la première marche.

Il refit surface en six mois, reprenant le dessus sur les poules une à une, affrontant chacun des coqs, du plus faible au plus fort. Les premiers échelons franchis, il n'eut que peu d'efforts à faire pour asservir les volatiles. Seul le maître du poulailler lui donna du fil à retordre. L'oiseau et l'homme y laissèrent quelques plumes. Frasquita vint soigner les deux adversaires : le beau coq au plumage multicolore, tout étourdi de ne plus être roi, et cet homme muet désormais à la tête d'une société de poulets et qui, sans doute, se prenait encore pour l'un d'eux.

Plus un mâle ne put alors monter une poule sans que l'homme-coq ne se précipitât et ne fît chèrement payer à l'impertinent son crime de lèse-majesté.

Ma mère, qui avait suivi avec une attention croissante les faits d'armes de son mari, s'affola en remarquant qu'aucun des œufs qu'elle laissait à couver n'arrivait à terme. Quand elle vit qu'il n'y avait plus un seul poussin, elle se refusa à cuisiner les œufs qu'elle ramassait et les détruisit sauvagement.

Révoltée par le nouveau comportement de José, elle commença à le nourrir de mauvaise grâce, le lava sans tendresse et, alors que depuis deux ans elle s'acharnait à lui parler, elle ne lui dit plus un mot.

Elle s'apprêtait à tordre le cou à toutes les poules de sa basse-cour, quand son mari la regarda de nouveau.

Nu, les pieds dans sa bassine, alors qu'elle lui frottait le ventre, le sexe, les cuisses, il détourna soudain son désir des jolies plumes des poules et s'intéressa à la longue chevelure brune de sa femme. Ma mère s'aperçut immédiatement de l'intérêt qu'elle suscitait. Elle leva les yeux vers ce visage d'homme, tout chargé de désir, mais les quelques tics de volaille qui y subsistaient la firent fuir à toutes jambes vers l'intérieur de la maison.

L'homme nu se précipita à sa suite, la rattrapa dans les escaliers, l'immobilisa et son sexe s'égara dans ses jupes un moment avant de se frayer maladroitement un chemin jusqu'à elle. Tandis que l'homme-coq râlait derrière elle, elle pensa à Anita endormie et ne cria pas.

Soudain, José se dégagea, s'ébroua violemment et lissa les plumes qu'il n'avait pas. Il jeta son menton en avant à plusieurs reprises, puis s'immobilisa, l'œil rond fixé sur le corps de sa femme qui attendait les jupes retroussées que cette chose qui l'avait violée retournât dans son poulailler. Il eut encore quelques mouvements saccadés alors qu'il scrutait avec étonnement les belles fesses rondes auréolées de tissu et, peu à peu, son corps s'apaisa. Il avança une main vers la peau blanche et esquissa une caresse. Frasquita laissa échapper un cri de surprise quand elle sentit les doigts de José l'effleurer tendrement. L'homme ramena alors sa main comme s'il s'était brûlé et il bégaya qu'il voulait ses habits.

Frasquita se releva d'un bond. Sans même se retourner, elle courut dans la chambre et entassa culotte, chemise, veste sur ses bras repliés avant de redescendre à la cuisine où, passablement gêné par sa nudité, José était assis dans une raide position d'homme.

Il se vêtit, se servit un grand verre de vin, sourit à sa femme et entra dans son atelier.

Neuf mois plus tard, la Maria préparait un lit bien blanc, tandis que Frasquita commençait à hurler.

ANGELA

L'atelier vibrait sous les coups du charron, le bois du lit grinçait et Frasquita vocalisait encouragée par son public de voisines, tandis que les poules caquetaient tranquillement dans la cour.

Tout se déroulait à merveille dans cette nécessaire cacophonie du mal-joli.

Soudain, la femme qui aide pâlit et murmure à la plus jeune des filles présentes de courir chez la Blanca. La jeunette détale sous le regard intrigué des commères. On entend un murmure que la Maria fait taire d'un brusque mouvement de la main avant qu'il ne parvienne aux oreilles de Frasquita tout à ses cris.

« C'est bon, mon petit, vas-y fort une dernière fois ! On y est presque, je vois sa tête ! » encourage la Maria.

À ces mots, les voisines s'élancent toutes vers la porte dans ce vent de panique qui accompagne chaque nouveau-né et butent contre le corps massif de la Blanca. Cette rencontre redouble leur frayeur, elles bousculent la grosse femme pour s'échapper tandis que le bébé s'époumone déjà dans leur dos.

En marmonnant quelques injures, la Blanca s'approche de la petite chose visqueuse que sa consœur tient entre ses mains et qui couine comme un canard.

Frasquita prend alors conscience de cette autre présence dans la pièce. Les deux mères font écran entre elle et son petit.

Quelques plumes voltigent au pied du lit.

Essoufflée, la voix cassée par l'effort, la jeune mère ne parvient pas encore à parler, à questionner.

Les deux accoucheuses penchées sur l'enfant coupent le cordon à voix haute.

« C'est encore une fille que tu nous as faite là », lance la Maria sans se retourner vers le lit.

Les voisines frappent à la porte : le baquet d'eau chaude est prêt !

La Blanca va le prendre sur le seuil en psalmodiant des prières dans une langue qui rappelle à Frasquita celle utilisée pour faire lever les morts, ces mots qu'elle a appris et dont elle ne s'est encore jamais servie, ces mots qui dorment en elle et la terrifient.

« Pourquoi as-tu appelé la Blanca ? Que se passe-t-il ? donnez-moi mon enfant ! parvient-elle à articuler.

— J'avais peur que cela tourne mal, la Blanca est venue à la rescousse. Tu auras ta petite après le bain. »

Les deux femmes s'activent autour du baquet, dans un nuage de duvet blanc.

« Mais, c'est... des plumes ? » souffle ma mère.

La Blanca se retourne vers elle, armée d'un gigantesque sourire de femme simple et forte.

« Ne t'inquiète pas, c'est pas ton bébé qu'on plume, va ! Je m'occupais, figure-toi, quand on est venu me chercher, j'ai dû laisser ma volaille en cours. J'ai rapporté quelques plumes dans ma robe. Mais ne t'en fais pas, je vais pas te laisser la chambre dans cet état. On va ramasser mes saletés avant de partir ! »

La Maria s'occupe du délivre, le regarde sous

toutes les coutures tandis que sa comparse continue de baigner cette petite qu'on s'obstine à cacher à sa mère.

« Mais montrez-moi ma gosse !

— Elle arrive, laisse donc que je l'emmaillote », lui répond la bohémienne imperturbable.

Après une dernière prière, elle finit par abandonner l'enfant à Frasquita, un gros poupon rougeaud que la couturière accueille dans ses bras avec délices.

« Quand on fait un si gros bébé, mieux vaut avoir deux femmes comme nous sous la main. As-tu choisi son prénom ? demande la Maria après avoir récupéré les draps souillés.

— Non. Je pensais faire un gars.

— Alors, on l'appellera Angela », dit Blanca en gloussant pendant que la Maria ramasse au plus vite le duvet blanc qui traîne au sol et le fourre tant bien que mal dans ses jupes.

Les deux bonnes femmes se jettent un coup d'œil satisfait avant d'ajouter :

« Nous reviendrons demain la mettre au sein. »

Les draps souillés sous le bras, les accoucheuses sortirent de la chambre, épuisées. Elles s'assirent un moment côte à côte sur le banc de la cuisine. Puis la Blanca farfouilla dans ses jupes où pendait toujours une gourde d'argent et emplit plusieurs petits verres d'eau-de-vie, qu'elles burent d'un trait, coup sur coup, sans un mot.

Debout, autour de la table, les voisines les observaient, guettant un signe.

« Dites au père qu'il peut venir et qu'il a une autre petite pisseuse, finit par grommeler la Blanca, en s'essuyant la bouche d'un revers de main. Il peut enterrer le délivre, il est dans le seau, là ! »

De retour dans la chambre, les voisines remarquèrent quelques petites plumes mouillées et sanguinolentes abandonnées çà et là sur le sol et le bruit courut aussitôt que les deux mères avaient lavé, plumé et nommé la petite Angela avant de la donner au monde et à sa mère.

« La faute aux poules ! Ces satanées bestioles que le José a côtoyées de trop près. Les choses contre nature laissent des traces, croyez-moi ! Vous verrez que la pauvre petite caquettera comme une volaille. Ce jour-là, les deux mères devront avouer.

— Et ce prénom d'Angela ! Mais qui croient-elles tromper, les vieilles ? Les anges ne traînent pas dans les poulaillers ! »

Heureusement, Frasquita ne surprit jamais ni les commérages ni la moindre plume sur le corps de sa deuxième fille.

La Blanca s'attacha tant à cette enfant aux traits épais qu'elle prit l'habitude de passer plusieurs heures par jour chez les Carasco. Elle la prenait sur ses genoux et la plaquait entre ses énormes seins en la balançant vivement. La petite écarquillait ses yeux trop ronds et souriait contre le corps plein et doux de la bonne femme.

La nuit qui avait suivi cette deuxième naissance, l'accordéon, muet depuis neuf mois, était revenu jouer un petit air sous les fenêtres de Frasquita.

Lucia ne l'oubliait donc pas !

Tout doucement, en prenant garde de ne pas la réveiller, la jeune mère avait pris sa petite dans les bras et était allée à la fenêtre montrer l'enfant endormie à son amie.

PEDRO EL ROJO

Depuis son retour parmi les humains, José n'avait pas chômé. Personne d'autre à Santavela n'avait ses talents de charron et il fallait plusieurs jours de marche pour gagner Pitra, le village le plus proche, où Heredia avait fait entretenir ses voitures pendant la longue absence de l'artisan. Dès que les coups avaient de nouveau résonné dans l'atelier, les clients étaient accourus.

Des dizaines de roues tant bien que mal rafistolées et des charrettes bancales avaient dévalé les ruelles de Santavela jusque chez Carasco qui s'était attelé à la tâche avec un plaisir nouveau.

Tout avait retrouvé sa place : le grand coq, de nouveau maître du poulailler, chantait chaque matin, les voisines étaient reparues et Lucia avait enfin pu manger autre chose que les tortillas dont elle était dégoûtée. Certes Frasquita avait mis un peu de temps à se réconcilier avec ses poules, mais elle en avait plumé un certain nombre pour accélérer les choses et, enfin rassérénée, avait goûté pendant un temps un bonheur simple qu'elle n'avait pas connu jusque-là. Anita, qui ne disait toujours rien, s'exprimait avec son corps, ses mains, ses yeux et ses parents se régalaient de ses pantomimes si pleines d'invention et de finesse.

La naissance d'Angela bouscula ce fragile équilibre.

Quand José sut que Frasquita lui avait fait une nouvelle fille, il alla enterrer le délivre, puis retourna s'asseoir parmi les volailles. Le vieux coq qui le reconnut malgré ses grimaces terriblement humaines et ses habits neufs l'observa de biais sans en avoir l'air, picorant pour se donner une contenance et s'attendant au pire.

Par l'une des fenêtres de la chambre de la jeune accouchée, les voisines regardèrent en cancanant l'homme de dos, assis sur son banc, et s'empressèrent d'en toucher un mot à Frasquita.

Combien de temps son époux allait-il rester parmi les poules cette fois ? Quelques heures, un mois, un an ? Peut-être tout cela ne finirait-il jamais ? Seule avec deux enfants, comment survivrait-elle ?

Malgré l'interdiction de la Blanca, elle se leva une fois les commères parties et contempla ce tableau tristement familier : José au milieu des volailles. Absorbée par la scène, elle oublia un temps Angela qui couinait, tentant sans doute de lui rappeler que du temps avait passé.

C'était donc ça !

José avait une nouvelle fille alors qu'il attendait un petit gars ! Le remède, ce serait de lui faire un garçon, mais pour cela encore fallait-il qu'il se levât de cet affreux banc !

Frasquita n'eut pas à attendre longtemps, l'absence de José ne dura, cette fois-ci, que quelques minutes. Il se ressaisit et vint voir sa petite et sa femme.

Dès le lendemain, Frasquita consulta la Blanca. La grosse femme la regarda avec attention avant de lui avouer :

« Je n'aide pas les filles à choisir le sexe de leur enfant, cela bouleverse l'ordre du monde.

— Tu ne m'aideras donc pas ?

— Non.

— Bien, alors je trouverai quelqu'un qui le fera à ta place !

— Et qui ? Personne ici n'en est capable. Tu as un ventre à faire des filles, on n'y peut rien. Dans certaines terres, les hortensias poussent roses, et dans d'autres, bleus.

— Oui, on m'a déjà parlé de ces fleurs étranges, mais on m'a raconté aussi qu'il suffit de planter quelques clous pour que la terre rose donne du bleu, lui répondit Frasquita butée.

— Fais comme bon te semble, mais tu n'y pourras rien ! Méfie-toi seulement des recettes de bonne femme, elles risquent de te rendre malade ou de te donner une petite bossue ! »

Frasquita n'en fit qu'à sa tête : elle mit de côté sa discrétion et sa timidité et alla trouver toutes les commères du village.

On lui conseilla de dormir sur le ventre, en chien de fusil, les jambes en l'air, de veiller une nuit sur trois, de manger salé, sucré, rassis, pourri, de faire dix fois le tour de l'église en pensant au futur prénom de son fils, de chercher une pierre ronde et de se la mettre dans la bouche quand son mari la prendrait, d'avaler des infusions d'orties, de ne plus parler qu'aux femmes qui faisaient des fils, de porter autour du ventre un collier d'images du Christ, de se tremper les pieds dans du sang de porc, de se refuser plusieurs semaines à José...

Finalement, elle devint grosse, mais certaines des mixtures que lui donnèrent les vieilles la rendirent si malade qu'après six mois de grossesse elle perdit son bébé.

La Maria s'était occupée de la fausse couche, Frasquita restait muette, allongée sur son lit. La couturière n'avait pas voulu voir le petit être inachevé qui gisait, froid, dans son morceau de tissu. Mais elle avait tout de même demandé quel était son sexe.

« Encore une fille », lui avait répondu la femme qui aide.

Pendant que la petite sage-femme énergique priait pour le bébé, Frasquita pensa aux prières qu'elle renfermait quelque part en elle, à ces prières dont elle était l'écrin, à ces prières terrifiantes du troisième soir, celles qui font lever les morts. Mais les morts seraient-ils de meilleur conseil que les vivants ?

Sa tâche finie, la Maria sortit sans un mot tandis que la Blanca se glissait dans la chambre.

« Si tu forces le destin pour faire un garçon, sache que tu n'en auras qu'un, dit sans préambule la bohémienne qui s'était prise d'affection pour Frasquita.

— Un me suffit. Si j'ai encore une fille, José redeviendra coq et Dieu seul sait pour combien de temps. Il lui faut un fils ! Un seul !

— Je ferai ce qu'il faut pour qu'il en ait un, lui assura la grosse femme en la bordant tendrement. Préviens-moi lorsque tu perdras de nouveau ton sang. Il faut accorder ton cycle à celui de la lune, alors quand, elle et toi, vous serez impures, tu devras te donner à José. »

Ce soir-là, l'accordéon joua un air si doux que Frasquita put sortir toutes les larmes retenues en elle.

Si Blanca n'avait pas été sur place, personne ne serait jamais arrivé à temps chez les Carasco pour aider ma mère à mettre au monde Pedro el Rojo.

La bohémienne s'occupait d'Angela quand les douleurs commencèrent, elle eut à peine le temps de conduire la jeune femme sur le lit que celle-ci perdait les eaux et était en proie à des contractions d'une violence inouïe. À peine dix minutes plus tard, le petit braillait dans les bras de sa mère, tandis que la femme qui aide descendait dans l'atelier aussi vite que son corps massif le lui permettait pour prévenir José qu'il avait un fils et lui demander de monter une bassine d'eau.

L'homme hurla aussitôt son bonheur dans la rue et des voix lui répondirent des maisons les plus proches. C'étaient des bénédictions, des félicitations, des prières. Tout le voisinage se pressa dans la cuisine, pendant que l'eau chauffait, et chacun eut droit à sa goutte. On attendit que le petit fût baigné, puis on monta dans la chambre à la suite du père.

La joie qu'éprouvait le charron s'effaça dès qu'il vit les cheveux de son fils.

Sa tignasse rousse l'excluait du village plus sûrement que les supposées plumes de sa sœur.

Un chuchotement circula pour informer ceux qui ne voyaient pas l'enfant et, progressivement, tout le monde se tut. La rue elle-même fit silence bien que la foule ne cessât de se masser autour de la maison des Carasco.

« C'est un sacré petit gars, un costaud bien pressé d'entrer dans la vie, plaisanta la Blanca à qui la déception du père n'avait pas échappé. Il nous est arrivé par surprise : si ta femme avait été de celles qui travaillent aux bêtes, elle l'aurait fait sur la colline, son gamin, sans personne pour l'aider. »

Que son enfant eût les cheveux rouges n'entamait en rien la joie de Frasquita. Elle ne remarqua d'abord ni la curiosité et le silence gêné des voisins ni la réticence de son homme.

José resta quelques secondes auprès de son fils avant de se frayer un passage dans la foule compacte figée sur le seuil de la chambre, sur les marches, dans la cuisine. Il retourna dans son atelier sans même jeter un œil au poulailler.

La Blanca chassa les curieux.

Elle se retourna vers la couturière que ses deux filles avaient rejointe. Anita, toujours muette, accueillait son frère avec un vrai bonheur. À presque sept ans, c'était une enfant sage et responsable, déjà capable d'aider sa mère et de garder sa petite sœur Angela qui gambadait de tous côtés.

« Tu ne l'as pas nommé, ce garçon, fit remarquer l'accoucheuse.

— Demande à mon homme de le faire, je crois qu'il voulait que le petit porte son prénom. »

La Blanca, à contrecœur, descendit les marches pour les remonter quelques instants plus tard avec peine.

« Il fait sa mauvaise tête à cause de la couleur du poil du minot, mais il m'a dit qu'il y réfléchirait », articula la bonne femme en soufflant.

Cette nuit-là, la vieille mère de Frasquita dormit avec les filles, José s'installa une couche dans son atelier comme à chaque nouvelle naissance, quant à la couturière, elle ne trouva pas le sommeil avant l'aube. Elle attendit toute la nuit, mais en vain, que l'accordéon vînt jouer sous ses fenêtres.

Depuis la fausse couche, Lucia ne s'était plus manifestée. Frasquita savait par les commères qu'elle était devenue la maîtresse attitrée de Heredia. Elle avait désormais son propre cheval et ne se louait plus aux gars du village. Ma mère finit par s'endormir en se demandant si son amie portait toujours ses habits à paillettes.

Le lendemain, la Blanca revint pour mettre le petit au sein.

« Un garçon, cela ne boit pas pareil : regarde comme il sait s'y prendre ! Est-ce qu'il a un nom, ce petit, aujourd'hui ?

— Pas encore, son père ne lui a toujours pas donné le sien et Dieu seul sait comment on va l'appeler. Tous les hommes portent le prénom de mon mari dans nos deux familles.

— Il faudra bien le baptiser, vous n'avez qu'à lui donner le prénom du parrain. »

Dix jours plus tard, l'enfant n'avait toujours ni prénom ni parrain. Ses cheveux effrayaient et chacun se refusait à faire une place à ce petit qu'ils nommaient déjà entre eux « el Rojo ».

Le *padre* se rendit alors chez les Carasco pour essayer de mettre un terme à ce scandale.

Un petit, c'était fragile et cela devait être baptisé au plus vite avant d'être emporté par on ne sait quelle fièvre.

« Mais pour le baptiser, encore faut-il lui trouver un parrain et un prénom ! lança la Blanca qui cajolait Angela. Et personne n'accepte de le parrainer : tout ça parce qu'il n'a pas la couleur des gens d'ici.

— J'ai trop parlé de mon désir d'avoir un fils, ajouta la couturière en regardant son enfant accroché à son sein. Je n'aurais pas dû m'ouvrir ainsi à toutes ces bonnes femmes, mais me souvenir du jour de mes noces et me taire. D'après elles, j'ai fait un pacte avec je ne sais quelle puissance malsaine pour obtenir mon garçon. Sans doute José lui-même pense-t-il qu'il n'est pas de lui, ce petit. Je ne vais quand même pas l'appeler el Rojo pour leur faire plaisir ! »

Le *padre* avait écouté ces confessions en contemplant la somptueuse chevelure du nourrisson. Comment effacer ce signe qui le marquait aux yeux de la petite communauté ? Il les connaissait, ces superstitieux, même au nom de Dieu, il n'était pas certain qu'il parvînt à les fléchir. Leurs terreurs avaient la dent dure !

« Peut-être perdra-t-il ses premiers cheveux », hasarda-t-il.

La Blanca le regarda, surprise. Ainsi leur curé lui-même, habituellement si sûr de lui, ne voyait pas comment régler cette affaire.

« Non, à moins qu'on ne la tonde, cette tignasse tiendra ! C'est sa couleur définitive et je m'y connais ! » lui affirma sévèrement la sagette.

Le prêtre confus se retira, non sans avoir rassuré Frasquita : il ferait l'impossible pour résoudre ce casse-tête et en parlerait en chaire.

Quand le *padre* fut sorti, la Blanca fit la moue.

« Il vieillit, notre jeune curé, il ne tient plus tête à l'ennemi. C'est un garçon à la foi raisonnable, un citadin qu'on a envoyé aux confins de la civilisation et qui commence à baisser les bras. Il ne pourra rien pour nous. »

Frasquita ne releva pas ce « nous », mais ces paroles de la Blanca, sans qu'elle pût s'expliquer pourquoi, lui firent du bien.

Le temps passait et el Rojo n'avait toujours pas de nom chrétien.

Un soir, Frasquita fut éveillée par un air d'accordéon. Au lieu d'aller à sa fenêtre comme elle en avait pris l'habitude, elle descendit et ouvrit sa porte à Lucia.

« Tu viens bien tard fêter la naissance de mon petit, lui reprocha la couturière après qu'une chandelle eut été allumée et que toutes deux se furent assises face à face autour de la table de la cuisine. Tu penses aussi que cet enfant aux cheveux rouges arrive d'on ne sait où ?

— Non, mais j'ai voyagé. Le vieil Heredia s'est

entiché de la jolie putain. Il m'a promenée par le pays. J'ai vu le monde et je ne suis plus très sûre de pouvoir rester ici après cela.

— Alors ne reste pas !

— En rentrant, j'ai su ce qui arrivait à ton fils. Il n'est toujours pas baptisé ?

— Personne au village ne veut de lui. Il n'a ni prénom ni parrain. »

Leur longue complicité muette avait tout à coup cédé la place à la parole. Les mots étaient arrivés naturellement. Ces deux femmes se parlaient comme on parle entre proches, entre sœurs, sans même se souvenir qu'elles ne l'avaient jamais fait auparavant.

« Pour la marraine, tu peux compter sur moi, mais je ne suis pas sûre que cela aidera beaucoup ton fils d'être lié à une courtisane. La Maria fera mieux l'affaire. Et comme parrain, laisse-moi réfléchir... Si mon Pedro acceptait, plus personne n'oserait parler des cheveux rouges de son filleul.

— Mais pourquoi Heredia ferait-il une chose pareille ?

— Par reconnaissance envers les bons conseils de ton vigneron de père ! C'est quand même grâce à lui si les coteaux rendent si bien malgré le climat abominable de ce pays. Demande au grand-père d'aller trouver Heredia, je me charge du reste... »

C'est ainsi que mon frère hérita de son prénom. Lucia avait vu juste, plus personne n'osa la moindre réflexion en public et cela jusqu'à la mort du puissant parrain. Mais le village n'accepta pas Pedro el Rojo sans réticence et les femmes refusèrent que leur progéniture s'approchât de cette graine de lit conçue pendant les règles de sa mère.

« N'allez pas jouer avec le rouquin, le rejeton de la lune rousse, la plus dangereuse, celle qui fait tout pourrir : s'il vous mord cela ne cicatrisera pas ! » susurraient les vieilles aux oreilles des enfants qui s'aventuraient aux abords de chez les Carasco.

Le petit n'eut jamais d'autres compagnons de jeu que ses sœurs. Anita, mieux intégrée malgré son mutisme, pouvait passer d'un monde à l'autre, mais Angela et lui ne se quittaient plus. Il leur flanquait une telle frousse à tous, grands et petits, que personne ne venait plus chercher des plumes sur le dos de sa grande sœur aux yeux ronds. On les observait de loin comme des bêtes curieuses et, avec le temps, ils apprirent à jouer de cette fascination que les cheveux rouges exerçaient.

Quand Pedro fut en âge de dire ses désirs, il exigea qu'on ne les lui coupât plus.

Tous deux apprirent à vivre séparés du reste du monde, et, peu à peu, sans doute devinrent-ils ces êtres à part, ces êtres inclassables, aux talents particuliers, qu'on voulait qu'ils fussent.

Heredia avait une certaine affection pour ce filleul que sa maîtresse lui avait imposé, il l'invita chez lui à plusieurs reprises.

Avec la Maria, sa marraine, l'enfant se rendait à la propriété dans la charrette de son père et passait la journée aux côtés de ce vieux bonhomme et de cette jolie dame aux costumes brillants. Ce qu'il aimait par-dessus tout dans la grande demeure, c'étaient les fresques d'azulejos et les tableaux qui ornaient presque tous les murs. Il lui arrivait de s'arrêter des heures devant l'une de ces images et, quand le vieil Heredia lui racontait la vie de tel ou tel personnage enfermé dans son cadre ou qu'il lui expliquait la scène que l'artiste avait cherché à reproduire, l'enfant semblait comprendre.

Dans un salon, un ancêtre de Heredia avait fait

peindre une scène de port : de grands voiliers à quai, des centaines de porteurs descendant à terre des marchandises bigarrées venues du Nouveau Monde.

Lors de l'une de ses dernières visites, alors que l'enfant ne devait pas avoir beaucoup plus de deux ans, Lucia le surprit tout contre la fresque debout sur une chaise, il tentait de sauter dans l'image.

LES CHIFFRES

Après la naissance de Pedro, le charron ne s'assit pas dans le poulailler. Bien au contraire, il travailla plus que jamais.

Ses comptes surtout le passionnaient.

Du vivant de ses parents, ni lui ni son père ne s'étaient souciés des chiffres : la Carasco tenait alors seule les cordons de la bourse d'une petite main de fer. C'était elle qui fixait les prix, négociait le bois et poursuivait les mauvais payeurs. Elle aimait les chiffres d'un amour hérité de son père et avait acheté aux vendeurs ambulants, qui passaient chaque année proposer leurs marchandises aux gens de Santavela, deux énormes cahiers où elle avait consigné chaque dépense, chaque entrée d'argent pendant plus de quarante ans. Ne sachant pas écrire autre chose que des chiffres, elle avait inventé une foule de symboles pour désigner en début de ligne ce que chacun des nombres représentait.

José passa un temps fou à déchiffrer ces signes. Il se souvenait d'avoir, enfant, suivi du regard la main de sa mère lorsqu'elle dessinait ses nombres avec application. La seule chose qu'elle lui eût jamais apprise, hormis le silence et l'obéissance, c'était à compter ; mais ces additions, ces soustractions ne lui avaient servi à rien jusque-là et il ne se rappelait même plus qu'il était capable de telles prouesses arithmétiques.

Malgré l'énorme quantité d'œufs absorbée par Lucia, la longue crise du charron avait réduit à néant les économies de la famille. Il fallait tout reprendre de zéro.

José tenait désormais une comptabilité précise, à l'image de celle de sa mère, et les chiffres n'avaient plus de secrets pour lui. Il n'eut bientôt plus besoin de poser ses opérations sur le papier, ni de noter le moindre résultat. Il calculait à une vitesse surprenante et avait trouvé en sa fille Anita une remarquable partenaire de jeu. La petite avait tout de suite intégré les symboles et elle les dessinait sur le sol, dans l'air, dans la main de son père.

Peu à peu, les chiffres envahirent l'esprit du charron.

La nuit, il arrivait que, pendant son sommeil, il poursuivît les calculs commencés dans la journée. Frasquita l'entendait murmurer des suites de chiffres, puis elle le voyait sourire, comme rassuré par quelque solution. Il se posa bientôt des questions mathématiques plus pointues, s'intéressa à la géométrie et, lors du baptême de son fils, il demanda à Heredia comment calculer la circonférence d'unc roue. Heredia n'en savait rien, mais il promit à José de se renseigner et lui dégotta un livre d'initiation à la géométrie très clairement illustré. Alors, Carasco, qui ne savait pas lire, s'enfonça dans un monde peuplé de diamètres de roues, de chiffre pi et de système métrique.

Combien de roues avait-il fabriquées depuis ses débuts ? Quelle distance pouvaient-elles parcourir avant de se briser ? Quelle distance avaient parcourue toutes les roues qu'il avait faites ? À combien de lieues, à combien de kilomètres de Santavela était située Pitra ? Et Jaén ? Et Madrid ? Quelle était la circonférence de la Terre ? Combien de tours de roue pour faire le tour du monde ? Car, comme il l'expliquait à ses petits et à leur mère, la Terre était ronde, ronde comme la Lune, comme le Soleil, ronde comme ces roues qu'il fabriquait.

Ces calculs lui donnaient le tournis à lui qui n'avait jamais quitté Santavela.

Très soucieux de son travail d'artisan, il ne se permettait de se lancer dans des opérations difficiles que durant les pauses qu'il s'octroyait. Il prenait sur son sommeil le temps nécessaire à la résolution de ses problèmes arithmétiques. Il ne dormait plus l'après-midi et finit par ne plus dormir du tout. Il négligeait la couche de sa femme tant ses calculs l'absorbaient. Une excitation intellectuelle le tenait éveillé des nuits entières. Il laissa à sa fille Anita, alors âgée de huit ans, les gros cahiers de comptes : ces vulgaires opérations ne l'intéressaient plus, il avait besoin d'espace, de temps, et la petite s'acquittait de sa tâche avec un sérieux d'enfant.

Frasquita commença à s'inquiéter quand elle vit les cernes dévorer le visage de son homme.

Allait-il reprendre place sur son banc ?

« Depuis combien de temps ton mari ne dort-il plus ? finit par lui demander la Blanca.

— Depuis deux mois, il passe ses nuits avec ses chiffres et ses journées dans l'atelier, lui répondit ma mère avec un sourire.

— Et toi, qu'en penses-tu ?

— J'en pense que c'est comme avec les poules et que cela peut durer des années. Mais le poulailler, ça me connaît, tandis que les chiffres... Comment se fait-il que tous ces hommes deviennent fous ? Regarde mon père : maman doit le suivre partout de peur qu'il ne s'égare. Elle tient ce grand nigaud de bonhomme par la main, elle, si petite, et le sermonne comme un enfant quand il tente de se sauver.

— Chacun a ses moments de folie. Ta mère elle-même, pourtant si raisonnable, n'a-t-elle pas passé quelques semaines de sa vie à faire des trous tout autour du village ? Si l'esprit lâche plus souvent ici qu'ailleurs, c'est peut-être une question de climat ou d'isolement. Vous vivez hors de tout, repliés sur vous-mêmes, et aucun de chez vous n'a le courage de partir courir le monde. Ton mari s'évade à sa façon et ton père tente de faire aujourd'hui ce qu'il n'a jamais osé imaginer dans sa jeunesse : s'enfuir de Santavela.

— Et toi, qui as sillonné les routes, pourquoi as-tu choisi de t'arrêter ici ?

— Pour fuir le reste de l'univers. À Santavela, il semble qu'il ne peut rien arriver, qu'aucun ogre ne me retrouvera jamais. Cette terre, c'est le bout du monde. Tu vois, j'ai sans doute dépensé toute ma réserve de folie en décidant de vivre chez vous, moi, l'étrangère. Il faut que tu tentes de parler à José. Ce n'est pas un mauvais bougre, peut-être parviendras-tu à le ramener à la raison. »

Parler à son époux ? Ma mère ne savait pas comment s'y prendre, elle ne lui avait parlé que durant ses deux années d'exil parmi les volailles. Elle avait aimé alors se confier à cet être absent qui ne semblait ni écouter ni entendre. Se souvenait-il seulement de ses longs monologues ? De sa voix ? Des moments passés ensemble dans le poulailler côte à côte sur le banc ?

Le jour où Frasquita décida de parler, son homme épuisé ne parvenait déjà plus à se concentrer sur son ouvrage, les chiffres avaient envahi jusqu'à l'atelier.

Ils y étaient entrés progressivement : quelques calculs simples avaient d'abord occupé son esprit insidieusement pendant que le marteau continuait son travail, puis les opérations s'étaient compliquées sans qu'il y fît attention et le garde-fou avait cédé, libérant les grands voyages arithmétiques, les kilomètres de routes enroulés autour du monde en tous sens et José avait lâché prise. Il aurait bien dormi, mais les chiffres qui le traquaient s'étaient emparés du dernier bastion, ils se massaient autour de lui en rangs compacts et le pressaient de tous côtés dans cet atelier où ils n'avaient pas eu le droit de pénétrer jusque-là.

Quand Frasquita entendit que le rythme du marteau avait cessé, elle sut qu'il était temps pour elle d'intervenir.

Elle entra à son tour dans l'espace interdit où José, assis au sol, murmurait des chiffres à mi-voix.

Elle lui parla comme on berce, elle récita sans même y penser l'une des prières du premier soir, une prière pour faire dormir. Et le charron se calma progressivement, les chiffres perdirent du terrain, ils désertèrent peu à peu cet homme qui sombrait dans le sommeil.

José s'endormit à même le sol, mais les énormes cernes qui lui trouaient le visage dessinaient deux gros yeux ronds ouverts et, dans la pénombre, Frasquita mit longtemps à s'apercevoir que les paupières étaient baissées.

Avec l'aide de la Blanca et de Lucia, qu'elle avait fait appeler, Frasquita monta son homme à l'étage et l'allongea sur le lit. Sans parler des prières, elle leur expliqua qu'il s'était endormi pendant qu'elle lui parlait et qu'elle ne parvenait plus à l'éveiller.

« Parti comme il est et avec la fatigue qu'il a autour des yeux, il risque de dormir longtemps, ton costaud ! conclut la grosse bohémienne.

— Pourvu qu'il ne continue pas ces maudites opérations pendant son sommeil ! murmura Frasquita encore ébahie par l'efficacité de sa prière.

— Et qu'il se réveille un jour, je n'ai encore jamais vu quelqu'un dormir comme ça ! » souffla Lucia.

Une semaine plus tard, son homme dormait toujours. Suivant les conseils de la Blanca, elle le lavait, lui donnait à boire pendant son sommeil et modifiait fréquemment la position de ses membres afin d'éviter les escarres.

Après trente jours et trente nuits de somme, alors que le voisinage pensait que José avait regagné son poulailler, la couturière confia ses enfants à la Blanca et rendit visite à sa mère.

La petite femme eut un mal fou à se rendre disponible : son mari l'accaparait comme peut le faire un jeune enfant. Il passait son temps à essayer de vieilles clefs dans les serrures de la maison et pleurait quand on voulait les lui retirer. La vieille Francisca réussit à l'endormir en posant sa grosse tête sur ses genoux et en la berçant tendrement.

« Ils sont tellement beaux quand ils dorment, de quoi te plains-tu ? plaisanta la vieille avec douceur. Ne t'inquiète pas, ces prières du premier soir ne peuvent être maléfiques. Celle que tu as récitée fera dormir José le temps qu'il faut. Bien sûr, il aura perdu quelques kilos quand il s'éveillera, mais mieux vaut ça que les poules ou les chiffres, non ? »

Ce fut la dernière fois que Frasquita vit ses parents en vie.

Ils disparurent quelque temps après, en automne, sans prévenir personne. On organisa alors une battue dans les campagnes environnantes et l'on retrouva leurs corps encore intacts enlacés dans une fondrière à quelques kilomètres du village.

Sans doute le père avait-il réussi à convaincre sa femme de partir, mais Santavela ne laissait pas ses proies lui échapper si facilement.

Frasquita, qu'on mena voir les dépouilles, lut sur le visage de sa mère, encore penché vers son mari, la même expression de bonheur tranquille qu'elle y avait vue lors de leur dernière conversation. Le visage mort semblait dire : « Ils sont tellement beaux quand ils dorment ! »

La couturière exigea que ses parents soient enterrés là où on les avait trouvés : s'ils s'étaient enfuis, ce n'était pas pour que leurs corps soient ramenés au village. Ainsi dormiraient-ils côte à côte sur le chemin qu'ils s'étaient choisi. Comme le *padre* accepta cette extravagance sans broncher, personne n'osa alors la moindre remarque. On se les réservait pour plus tard.

Au retour de la cérémonie, la couturière remarqua que les cernes autour des yeux de son homme perdaient du terrain. Alors, après avoir caché le livre de géométrie, elle s'allongea à côté de son mari et attendit sereinement qu'il s'éveillât en pensant aux dernières phrases de sa mère.

Le trouvait-elle vraiment beau, cet homme étendu à ses côtés ?

Elle s'y était attachée comme un bateau à son quai et il était désormais, avec ses enfants, le seul lien qui la retenait au village.

Quand José s'éveilla de son long sommeil, il pouvait à peine se tenir assis et il mit quelques jours à reprendre ses esprits. Il fallut avant tout le convaincre qu'il avait dormi si longtemps, il commença à compter les jours sur ses doigts, ce que ma mère trouva bon signe.

Anita, qui avait tenu avec soin le compte des dépenses en l'absence de son père, lui présenta le gros cahier, plus gros encore entre ses petites mains. Il lui sourit avant de lui dire que c'était à elle et à elle seule qu'incombait désormais la gestion du commerce familial.

Il se remit progressivement au travail et les clients durent patienter quelque temps avant que les commandes en cours ne fussent menées à bien car le premier ouvrage auquel il s'attela fut une carriole miniature, un jouet écarlate qu'il destinait à son fils. Il la réalisa avec beaucoup de soin, s'attachant au moindre détail : sur la bâche, il fit écrire « Pedro el Rojo » en lettres de feu.

Frasquita resta muette d'étonnement quand Pedro reçut son premier cadeau d'enfant des mains de ce père qui l'avait ignoré jusque-là.

Une dette devait être acquittée, car la vie reprit plus douce. Frasquita pensa qu'elle connaissait désormais le pire et cela la tranquillisa. Elle ne s'inquiétait plus des gens du dehors.

Martirio, sa troisième fille, vint au monde sans difficulté dans ce climat paisible.

LE CHIEN JAUNE

Durant cette période de bonheur tranquille, Lucia qui avait abandonné ses vêtements pailletés venait chaque jour à cheval chez les Carasco. Son amitié ne pouvait plus faire de tort à la couturière maintenant qu'elle était la maîtresse officielle du señor Heredia, veuf depuis longtemps déjà.

Sans doute ne cherchait-elle pas à prendre sa revanche sur les gens de Santavela, ni même à parader, elle se déplaçait à cheval parce qu'elle en avait un et qu'elle avait appris à monter à l'hacienda. C'était commode, voilà tout ! Elle s'imaginait que, sans l'aimer, les villageois désormais ne la méprisaient plus.

Elle se trompait.

À l'époque de son mariage manqué, on avait beaucoup plaint la pauvre fille, les mères utilisaient son histoire pour faire peur aux gamines, les femmes ne voyaient en elle qu'une malheureuse, condamnée à se louer à tous et que les garçons, ces salopards, s'amusaient à culbuter pour rien dans les broussailles. Une petite dévergondée qui payait bien cher son erreur de jeunesse.

Avec les années, elle s'était crayonné un monde de fourrés, de nuit et de coins d'ombre. Un monde à la belle étoile, plein de chemins dessinés par ses pas seuls et qui serpentaient de tous côtés dans le pays. Elle avait appris à disparaître dans une robe à paillettes, à semer les notes vives de son accordéon pour attirer sa clientèle, à surgir au cœur même du village par quelque trou. Elle s'était bâti ses propres portes. Grâce à son complice, ce chien errant qui ne la quittait plus et n'hésitait pas à se jeter sur les mauvais payeurs, elle avait réussi à se défendre et à faire payer ceux qui abusaient d'elle. Son féroce protecteur lui avait permis de développer son petit commerce.

Tout le monde y avait trouvé son compte jusqu'à ce que Heredia s'entiche d'elle. Alors, les hommes l'avaient regardée autrement : ses cheveux avaient pris un parfum d'or, ils s'étaient mis à payer plus cher pour caresser son beau corps soyeux, pour goûter au grenat des lèvres. Ils l'avaient désirée non plus parce qu'elle passait par là, à portée de main et que c'était toujours mieux que de faire ça tout seul, mais parce qu'ils avaient commencé à penser à elle sans la voir et à la voir sur chaque colline, derrière chaque pierre, dans tous les replis des chemins, partout où elle n'était pas. Lucia était devenue un plaisir rare, un plaisir cher, le plaisir du maître, et les épousées avaient remarqué les regards que leurs maris lui portaient. Cette femme, censée appartenir à tous, leur échappait et plus elle échappait, plus sa beauté devenait évidente, douloureuse, blessante même.

Elle avait un jour fermé boutique et s'était installée au domaine auprès de Heredia et de ses trois grands fils encore présents avec femmes et enfants. La maison était assez grande pour limiter les frictions, de grands corridors laissaient à chacun le temps de se composer un visage.

Le vieux bonhomme ne s'était pas posé de questions, Lucia s'était imposée à lui avec une évidence, une densité qui ne se refusent pas. Lui qui s'étiolait avait goûté à ses côtés un plaisir compact, il s'était senti rassemblé entre ses jambes musclées et rien ni personne n'aurait pu le faire renoncer à cette jouissance d'être entier.

Pendant des décennies, la poussière de l'oliveraie qu'il avait mangée, bue, respirée s'était déposée sur sa peau d'homme mûr, sur ses cheveux, sur son iris. Rien n'avait plus eu de saveur si longtemps et, un soir, alors qu'il pensait à son quatrième fils, le plus jeune, le plus tendre, celui qui avait choisi de partir pour le Nord, un soir, alors qu'il se promenait seul sur cette terre qui lui ressemblait tant, il l'avait croisée, elle, dans ses vêtements à paillettes. Ce soir-là, il avait vu comme un morceau de ciel étoilé s'avancer.

Elle était venue à lui sans un mot, l'avait dégagé de toute poussière et serré si fort dans ses longs bras saillants, si fort qu'il avait cru mourir.

Elle l'avait rassemblé sous le regard du chien jaune parmi les oliviers. Ainsi donc, il avait encore un corps, un corps dont elle s'était emparée ce soir-là, pour toujours. Elle lui avait fait l'amour à lui qui ne savait plus comment on aime avec sa chair, puis elle était partie sans rien demander et il était resté longtemps, seul, à écouter dans le lointain le chant sautillant de l'accordéon.

Alors il était revenu chaque soir dans l'oliveraie et il avait fini par les retrouver, elle, sa robe étoilée et le chien jaune.

Lucia, l'éternelle fiancée, n'avait pas agi par calcul. Elle avait pris cet homme dans la nuit pour arracher quelque chose à la vie, quelque chose qui lui appartiendrait en propre. Elle l'avait cueilli comme un fruit. Et, peu à peu, ils n'avaient vécu tous deux que pour ces moments d'amour dans l'oliveraie. Toutes leurs journées étaient tendues vers cet instant où ils se retrouveraient.

Un matin, Heredia avait décidé d'inviter Lucia chez lui, de l'installer dans sa famille et personne n'avait lutté contre la volonté du patriarche au regard pailleté par la robe de la belle Lucia. Cette robe si pleine de trous et mouchetée de lumière qu'ils aimaient tant, elle avait fini par ne la porter que pour lui, dans l'intimité.

Voilà comment la prostituée avait, semblait-il, échappé à son destin de fille perdue.

Mais la vie de château n'était pas parvenue à adoucir l'affreux chien jaune qui suivait partout la femme et son cheval. Il s'arrêtait à l'entrée du village et attendait sa maîtresse dans un coin d'ombre. Il ne pénétrait pas non plus dans la cour du domaine et passait ses nuits, seul, dans l'oliveraie. Il n'aimait pas les hommes et rien ne pouvait lui faire oublier ce que certains lui avaient fait. Il veillait.

Heredia ne se sentit pas partir. Lucia le trouva, un matin, mort à ses côtés. Au village, on afficha un deuil ostentatoire, on pleura bruyamment, on sua dignement, à grosses gouttes, dans les profondeurs des habits noirs, et la procession qui accompagna le corps à sa dernière demeure fut la plus belle qu'on eût vue à Santavela de mémoire d'homme. La seule tache brillante dans toute cette ombre fut Lucia qui avait osé enfiler sa robe à paillettes pour l'occasion.

Elle ne vit pas venir la première pierre.

Les trois fils de Heredia présents à la cérémonie ne levèrent pas le petit doigt pour la défendre. Ils avaient craint si longtemps que leur père ne se remariât et n'eût d'autres enfants d'un second lit que cette première pierre, qui vint d'on ne sait où, fut peut-être commanditée par eux.

Lucia tomba en cherchant à fuir et le chien jaune,

qui veillait depuis toujours en prévision de cet instant et avait suivi la cérémonie à distance, se précipita sous la pluie de caillasses. Il protégea sa maîtresse en s'allongeant sur son corps.

Frasquita hurla, son unique cri déchira la foule et arrêta net les jets de cailloux. La Blanca, la Maria et ma mère s'avancèrent alors vers les deux corps mêlés, ceux du chien et de la femme.

Les poils jaunes et la robe à paillettes étaient également tachés de sang.

Les gens se dispersèrent en maugréant sous la pression de ces trois femmes et il n'y eut plus de pierres, plus de cris, plus d'aboiements furieux : le chien jaune était mort. Tandis que les bonnes mères s'affairaient autour du cadavre de l'animal et du corps de Lucia encore étourdie, les hommes les observaient de loin.

Lucia quitta Santavela le soir même, sa robe à paillettes sur le dos et son accordéon en bandoulière. Elle vint jouer un dernier air sous les fenêtres de Frasquita qui lui ouvrit sa porte et lui offrit un sac plein de victuailles pour la route. Elles ne parlèrent pas, mais s'enlacèrent tendrement et, en chantant un petit air gai et entraînant, un air de fête, Lucia partit à pied sur les chemins, suivie de l'ombre du chien jaune qu'elle avait enterré quelque part dans l'oliveraie, à l'endroit du premier soir.

CLARA

Aucune femme du pays ne vint aider lors de la dernière naissance. À force de vivre en marge du village, de refuser qu'on y enterrât ses morts, de s'afficher avec des prostituées, de mettre au monde des petits rouges ou des gamines à plumes, Frasquita avait réussi à faire fuir voisines, tantes et autres commères.

La solidarité, la tradition, la curiosité perdaient leurs droits face à la volonté commune de tenir à distance la famille Carasco. La Blanca et la Maria furent donc toutes deux présentes pour compenser.

Clara arriva par une nuit sans lune.

Frasquita avait ressenti les premières contractions en fin de journée, alors que le soleil d'hiver venait de fuir vers d'autres contrées. Les enfants précédents, Pedro et Martirio, étaient nés si vite qu'elle ne craignait pas ce nouvel accouchement. Le chemin était fait, la petite dernière n'avait plus qu'à suivre les traces laissées par les précédents arpenteurs. Mais ce bébé-ci ne voyait sans doute pas bien clair, à moins qu'il n'aimât pas les chemins balisés.

Frasquita crut mourir durant cette nuit de travail, la plus longue de l'année, celle du solstice d'hiver. Des couteaux lui transperçaient les reins à intervalles réguliers, ces coups de plus en plus violents, de plus en plus rapprochés dans le temps la laissaient sans voix. Elle perdit connaissance à plusieurs reprises.

Entre ses paupières gonflées, elle apercevait, dans la pénombre de la chambre, les deux femmes qui s'activaient. On lui épongeait le front, on lui donnait à boire, on lui massait le ventre, le dos. Elle sentait qu'on imprimait à son corps des positions diverses.

Parfois, entre deux évanouissements, les ombres la forçaient à s'asseoir pour que descende l'enfant. Parfois, des doigts vérifiaient l'ouverture de sa chair en priant.

Elle baignait dans une nuit sans lune tiédie par le murmure des sagettes.

Ainsi la bohémienne et la Maria se parlaient enfin ! À moins que tous ces mots ne lui fussent adressés à elle, cette femme en couches qui ne pouvait plus rien comprendre tant sa douleur l'arrachait au monde.

Où étaient ses petits ? Qui s'en occupait ? Elle ne devait pas crier sous peine de les effrayer, mais elle s'entendait hurler, elle ne maîtrisait pas les hurlements, les paroles, les râles qui lui sortaient du corps, elle vomissait le tout avec l'eau qu'on lui donnait à boire. Anita se chargerait de rassurer ses cadets : ils comprenaient ses gestes comme une seconde langue. Anita, sa grande fille, si forte, si raisonnable ! On ne lui avait parlé de rien, mais elle avait saisi. Elle savait que le ventre de sa mère, énorme de nouveau sous les jupes, recelait quelque secret.

Pourquoi cachait-on ces choses aux enfants ?

L'intensité de la contraction suivante lui faisait perdre le fil de sa pensée et, quand elle revenait à elle, c'était sa mère au visage si doux qu'elle imaginait à ses côtés. La vieille Francisca n'avait jamais assisté à ses accouchements. Souvent présente quelque part dans la maison, elle préférait s'occuper des petits qui étaient déjà là et se blottissaient contre elle sans comprendre ce qui arrivait à leur maman. Francisca craignait de voir son unique fille souffrir. Que sa mère était belle et qu'elle l'avait aimée, malgré le fossé que son mariage avait creusé entre elles !

Son ventre se ramassait soudain, lui coupant le souffle.

Il fallait que les femmes utilisent du fil pour guider cette enfant qui ne trouvait pas sa route dans son corps. Leur dire de lui envoyer ce fil qu'elle pourrait agripper...

Le fil. La broderie. Des enfants comme des perles taillées dans sa chair, des sourires brodés et tant de couleurs sur les tissus pour exprimer sa joie ou sa douleur. Toutes ces couleurs ! Alors pourquoi le blanc la fascinait-il tant ?

Elle devait comprendre et, pour comprendre, broder de nouveau, se remettre à l'ouvrage... Recoudre les bords du monde, empêcher qu'il ne s'effilochât, qu'il ne se défît. Rapiécer son pauvre José avant qu'il ne se vidât de lui-même. Le rapiécer, le coudre à sa chair à elle, car sinon ils iraient bientôt par les chemins l'un sans l'autre...

S'endormir... Non, il ne fallait pas... Rester ! Tenir ! Elle serait bientôt là... L'accueillir...

L'éventail-papillon volait encore par-delà les montagnes et les mers, cette chose de tissu qui avait pris vie, qu'elle avait extraite de ses doigts, sans souffrance. Un papillon cela coûtait moins qu'un petit.

Mon Dieu ! que la vie était violente !...

Il y avait une prière qu'elle avait apprise, une prière à dire à voix haute ; mais ses lèvres s'étaient collées, le moindre murmure lui déchirerait le visage...

Partir ! Quitter cette chambre de douleur ! Laisser cette enfant où elle était puisqu'elle s'y sentait bien !

Peut-être dormait-elle au chaud. Pourquoi la réveiller ? Pourquoi l'arracher à son corps ? la déraciner ?

Longtemps, l'enfant resta dans le bassin de sa mère entre la vie et la mort. Elle attendait un signe : le lever du jour, une lumière...

Ce fut la chandelle de la Blanca qui la guida.

« Pousse, ma fille ! cria la Maria assise sur le ventre de Frasquita. Pousse et surtout ne te laisse pas aller ! Ne va pas t'endormir de nouveau, sinon l'enfant repartira. La voilà...

— Descends de ton perchoir et couvre le miroir ! hurla la bohémienne à sa consœur quand la petite parut tout emmêlée encore dans les entrailles de sa mère. Couvre le miroir, je te dis, que son âme ne nous échappe pas ! Regarde le feu de la bougie, mon enfant ! Regarde cette lumière ! C'est elle qui t'a guidée jusqu'ici et non son reflet ! Le reflet n'est pas la vérité du monde, ne va pas t'égarer ! »

Alors les premières lueurs du jour entrèrent dans la pièce et l'enfant poussa son cri.

« Elle aime pas la nuit, la petite garce, elle nous en aura fait voir ! souffla la Maria en eau. Des comme ça, il ne faut pas nous en faire trop souvent si tu ne veux pas nous voir crever. Tu sais, je crois qu'on se fait trop vieilles pour ce métier, il faut qu'on pense à former la relève. Voilà plusieurs mois que la petite Capilla m'assiste dès qu'elle le peut. Elle est bien cette gamine. »

Des appels lancés dans la rue interrompirent la sagette. On demandait l'une des femmes qui aident chez le cordonnier.

« Ça finit à peine ici que ça recommence ailleurs ! grogna la petite vieille maigrichonne. Vous n'en finirez donc jamais de mettre des petits au monde ? Tu y vas toi, Blanca, s'il te plaît ! Si je fais celui-là à la suite, tu devras t'occuper de ma dernière toilette avant la nuit ! »

La Blanca sourit :

« Alors, voilà que tu lui parles à la faiseuse d'anges, maintenant ?

— Quand je vois le village lapider une pauvre gosse qui s'est donnée avant la bénédiction du curé, je me dis que tu as dû empêcher bien des massacres, en les faisant, tes anges. Alors oui ! Vu le peu de temps qu'il nous reste, ici, dans ce monde de rocaille, je me sentirais un peu bête de ne pas t'avoir avoué ça avant que tu m'aides à arriver bien propre près du Seigneur ! Je t'aime bien, la Blanca, les anges mis à part, et je voulais te le dire tant que je peux.

— Il vaut peut-être mieux pas qu'on se mette à jacter, tu sais. Après quinze ans de silence et de travail en commun, cela va être difficile de trouver quelque chose à se dire. On est un peu comme un vieux couple : on a pris des habitudes. Tu vas devoir user tes dernières forces pour m'aider à monter le baquet d'eau jusqu'ici. Ton prochain accouchement, Frasquita, on le fera en bas, sur la table de la cuisine. »

La Maria soupira en se dirigeant à petits pas traînants vers la fenêtre. De sa grosse voix, elle ordonna au gaillard qui venait de les appeler à la rescousse d'entrer chez les Carasco deux minutes pour les aider à porter la bassine. Le jeune homme se plia aux volontés de la sagette pour qu'on le suivît au plus vite au chevet de sa mère en couches.

Pendant qu'on montait l'eau, Frasquita tenait enveloppée dans une couverture cette petite chose qui lui avait fait si mal et dont la beauté la fascinait. Aux premiers rayons du soleil, la carnation du nouveau-né avait pris un velouté incomparable. Les yeux d'une clarté de roche étaient déjà tout ourlés de longs cils foncés, les cheveux bouclés pourtant encore trempés de ténèbres s'affolaient sous son souffle et leur éclat bleuté s'intensifiait de minute en minute.

L'enfant tournée vers la fenêtre semblait contempler sa première aube avec application.

Frasquita trembla d'émotion, elle eut peur de faire tomber cette créature, si fine, si transparente, de briser cette minuscule vie de verre qu'elle nomma Clara.

La Maria ne remonta jamais dans la chambre, elle fut prise à la cuisine d'un malaise qui l'emporta dans l'heure et la petite Clara hérita d'un second prénom, elle devint Clara Maria.

L'HOMME À L'OLIVERAIE

À la naissance de Frasquita, Heredia avait quatre fils, aucune fille à marier et la tombe d'une femme à fleurir. Deux servantes qui logeaient au domaine s'occupaient des repas, des travaux ménagers, des caresses.

Le cadet des garçons souffrait d'un mal étrange. Une mauvaise fée avait coupé le lien qui unissait sa volonté à son désir, le condamnant à se battre pour ce qu'il ne désirait pas et à se détourner de ce qu'il aimait. L'enfant était déchiré. Le moindre de ses désirs l'enfiévrait, le ligotait à sa couche, mais quand rien ne venait plus gonfler l'espace voilé de son âme, sa volonté s'épanouissait. Il était libre alors de se battre avec ses frères pour la possession d'une chose à ses yeux sans valeur ou de gagner sans joie une montagne d'osselets aux petits villageois. Il était imbattable aux jeux qui ne l'amusaient pas et, las d'entasser d'inutiles trophées, les égarait au détour des chemins. Tous les gamins du pays marchaient tête baissée dans l'espoir de trouver les brillants petits bouts d'os égrenés par cet étrange Poucet.

Souvent, ce garçon éprouvait le besoin violent de se réfugier dans les bras ronds et mous de la plus âgée des deux servantes. Il aurait voulu que son corps d'enfant disparût entre ses seins lourds, qu'il fondît à leur chaleur. En pensée, il goûtait la tendre moiteur qui émanait de cette chair veloutée. Tout en cette femme était berceuse et sucre. Ce désir le torturait, lui trouait les entrailles, la tête lui tournait. Mais jamais il n'osait s'approcher de ce corps délicieux.

Le jour de ses huit ans, il entreprit de lutter contre sa fièvre ordinaire.

Il observa les forces contradictoires qui l'agitaient, secoua l'apathie qu'il sentait monter en lui par vagues et, pour vider sa caboche encombrée de bras féminins, d'odeurs de lait et de sommeil, pour résister à d'entêtantes berceuses sans paroles, il se livra à une occupation insensée et parcourut la propriété, tête nue sous le soleil, comptant les oliviers un à un. Ainsi tenta-t-il de se soustraire aux bras vivants d'une mère morte.

L'homme à l'oliveraie, comme on le surnomma plus tard, trouva dans le décompte des arbres l'antidote à ses fièvres.

Jamais il ne désira connaître leur nombre. Ce savoir lui importait si peu qu'il était capable de résister à la fournaise de midi et à la fatigue, de se concentrer des journées entières sur des chiffres et des troncs. Dans ce compte sans cesse recommencé, l'enfant apprit à vivre à quelques pas de lui-même. L'ombre de ses désirs s'effilochait sous le soleil et finissait par se dissoudre parmi les ombres de l'oliveraie.

Heredia, inquiet des longues absences de son fils, le suivit un matin en cachette et surprit son étrange manie. Le père eut grand mal à se dissimuler sur ses terres pelées. Il se glissait derrière le moindre rocher et tâchait de disparaître contre les troncs les plus épais. Il se hissa même dans un grand chêne qui dominait une plaine de cailloux et resta un long moment assis sur une branche à épier son petit bonhomme entre les feuilles. Il l'entendit compter à haute voix les membres de son armée dispersée. Il le vit s'arrêter sous chacun des arbres, recenser les oliviers rangés en lignes, rejoindre les déserteurs à flanc de colline, les arbres morts couchés sur le champ de bataille. L'enfant s'appliquait à dire les chiffres bien distinctement, d'une voix forte et monocorde, oubliant dans sa forêt de nombres qu'il aurait pu faire autre chose : se laisser bercer par la voix d'une femme à l'ombre du patio, embrasser une petite villageoise ou frapper son père au visage. Parfois, il s'interrompait et hurlait des ordres à ses soldats tordus. Mais aucune des menaces du petit général ne venait à bout de leur poussiéreuse immobilité et rien, pas même le vent, ne répondait à sa voix. Pas une feuille ne tremblait. L'enfant s'énervait, se plaignait des grotesques postures de ses arbres, du manque de tenue de leurs branches, il critiquait leur air souffreteux, leur teint gris, leurs articulations nouées. Mais qui diantre lui avait confié le commandement d'un tel bataillon ! Puis il lâchait un flot d'injures et se remettait à l'ouvrage.

Parfois, sa volonté cédait et le laissait gagner l'ombre d'un arbre. Là, sa fièvre qui avait tôt fait de le rattraper le plongeait dans une torpeur emplie d'amours molles. Sous le ciel poussiéreux et serein, il se livrait corps et âme à un capiteux engourdissement.

C'est dans l'oliveraie, parmi ces êtres de bois qu'il n'aimait pas, qu'il connut bientôt ses premières jouissances. Ses boucles brunes prirent peu à peu le parfum des oliviers. D'après Anita, ma sœur aînée, ma mère lui donnait leur nom : il était l'homme aux oliviers.

À trente-cinq ans, quand il la rencontra, il n'avait jamais embrassé que l'écorce de ses arbres.

Heredia ne parla pas à son fils de ses étranges fugues, jamais il ne le questionna. Il le regardait entamer son pèlerinage, crier son « un » sonore au premier des oliviers de l'allée, la traverser pour hurler un « deux » à celui qui lui faisait face, et poursuivre sa route en zigzaguant jusqu'au portail. L'homme ne fut pas tenté de le suivre une nouvelle fois, il savait que l'enfant répétait à chaque crise les mêmes gestes, empruntait les mêmes sentes.

L'automne où la jument de son père mit bas, les accès de folie du garçon se firent plus aigus et il recensa maladivement jusqu'aux olives tombées. Heredia comprit que l'arrivée du poulain aggravait l'état de son fils. Il crut lui donner la bête en gageant qu'aucun de ses enfants ne saurait lui dire, avant que la lune ne se levât, le nombre exact des oliviers plantés sur la propriété. Il promit solennellement d'offrir le poulain à celui qui y parviendrait.

Les trois aînés se dispersèrent immédiatement dans la rocaille, courant au hasard d'olivier en olivier. Sans se consulter, ils eurent tous trois l'idée de marquer d'une croix blanche les arbres déjà comptés. Quand leurs trajectoires se croisèrent au centre du domaine, ils furent tout étonnés de trouver des croix en des lieux où ils n'étaient pas encore passés. Ils se découragèrent et s'accusèrent mutuellement. Ils se battirent jusqu'à la nuit au cœur de l'oliveraie.

Pendant que ses frères se roulaient dans la poussière et que son père guettait son retour, le petit général s'était effondré sous l'olivier le plus chevelu, celui dont l'ombre était la plus dense, et, au cœur d'une nuit végétale qu'aucune croix blanche ne venait étoiler, il s'adonnait à de cruelles rêveries. Son désir du poulain le submergeait d'images. Il connaissait le nombre. Mais sa fièvre le tenait, le serrait.

Le mur de sa raison s'écroula quand la lune le dénicha entre deux feuilles. Il sortit de sa cachette et rentra chez lui dans une nuit claire peuplée de soldats en déroute dont il ne savait plus le nombre. Il comprit alors que ses arbres ne lui seraient jamais d'aucune aide, tout amarrés qu'ils étaient, non à la terre, mais à la roche, pris dans la pierre comme des vaisseaux dans la glace.

Les vieillards pétrifiés, condamnés à signifier la douleur d'un dieu, hérissaient leurs moignons sous la voûte céleste et trouée. Le garçon songea que ce jardin n'accueillerait jamais que le doute et la souffrance et que lui-même n'avait pas de sang à pleurer. Dieu, sans doute, avait collé son œil à un judas du ciel pour mieux voir l'enfant marcher seul au milieu de l'allée jusqu'à la véranda où son père l'attendait. Dieu colla son oreille à tous les trous célestes, mais il n'entendit rien.

L'enfant rentra sans réponse et sans voix.

Heredia frémit en voyant son fils si blanc dans l'ombre épaisse, il serra contre sa poitrine le petit visage de lune et de craie mêlées et pleura sans savoir pourquoi.

Le garçon ne parla plus pendant des années, excepté à ses arbres bien sûr qu'il ne cessa pas de compter.

L'enfant prit quelques centimètres, puis quelques rides et la malédiction devint une habitude. Il s'égara davantage en vieillissant, suivant toujours les chemins opposés à ceux qu'il voulait prendre. Il aima une jeune femme en secret, cette cousine à l'éventail rouge sang qui inspira à Frasquita sa première œuvre. Durant les premiers mois qu'elle passa chez eux, il ne rentra à la propriété que pour dormir et ne la croisa que trois fois. La jeune fille se fiança avec son frère aîné et l'on crut que le plus jeune en mourrait de ce soleil qui l'avait frappé pendant tous ces jours passés dans l'oliveraie après la publication des bans. D'un village voisin, les servantes firent venir une rebouteuse pour qu'elle lui sortît le soleil de la tête. Elle dit ses prières et posa sur la chevelure du jeune homme une assiette remplie d'eau et un verre retourné. L'eau bouillit et monta dans le verre. Mais la vieille, qui était fine, demanda à rencontrer Heredia et lui conseilla d'envoyer son fils dans le Nord, loin des oliviers et des cailloux, à l'ombre d'une ville.

L'homme à l'oliveraie quitta le village avant les noces de son frère.

À Madrid, il lut énormément bien qu'il n'aimât pas les livres, obtint sans le vouloir tous ses diplômes de droit et devint un clerc efficace et pointilleux. Il avait retrouvé sa langue mais s'ennuya quatorze ans, avant que son père ne se souvienne de lui sur son lit d'agonie. Le brave homme crut lui faire plaisir en lui léguant l'oliveraie et le clerc dut rentrer au pays pour obéir aux dernières volontés de Heredia et s'occuper de ses arbres.

L'homme qui revint de Madrid était mort au désir. Aucune chair, aucune eau, aucun parfum ne parvenait plus à le troubler, à agiter son sang souterrain et glacé. Son regard passait sur les choses sans jamais s'y arrêter. Il gérait ses biens avec poigne et personne au village ne reconnut sous le masque de marbre du gestionnaire le petit général impuissant. Sa fragilité s'était retranchée derrière un indicible ennui.

Malgré sa beauté anguleuse et son regard de puits, on ne lui connaissait pas d'aventure. Depuis son retour, il n'avait ni ri, ni pleuré, ni même sué sous le soleil. Rien ne s'échappait de ce corps raide.

Trois à quatre mois par an, il embauchait des villageois pour récolter ses olives et s'occuper de ses arbres, et avait pour seuls compagnons une vieille servante, un âne et un cheval.

Les gens de Santavela pensèrent qu'il aimait la solitude de sa terre brûlée et l'on finit par le laisser dans son coin, par l'oublier.

Il ne traversait le village qu'à l'heure de la sieste, profitant du silence que le soleil impose aux hommes.

Au réveil, les villageois trouvaient parfois quelques traces du passage de son cheval.

À l'heure où le soleil occupe le centre du ciel dardant le monde de rayons verticaux, à cette heure sans ombre, l'homme à l'oliveraie traversait l'espace des hommes dans une solitude que ne venait dissiper aucun double. Il avait égaré son ombre sans que personne ne s'en aperçût et elle errait seule, comptant les oliviers depuis ce triste soir où l'enfant était rentré sans réponse.

Seuls les damnés errent ainsi sans compagnie de par le monde, seuls les damnés connaissent cette solitude.

Un de ces après-midi, au plus fort de l'été, alors qu'il marchait la bride de son cheval à la main dans les rues étroites inondées de soleil, à cette heure où les choses les plus profondes donnent prise à la lumière, une grille en fer forgé arrêta son habit.

LA RENCONTRE

Du temps où la vieille Carasco surveillait le travail de son fils, celui-ci avait garni ses fenêtres de garde-fous. Des coqs de fer forgé déployaient leurs plumes métalliques à l'entrée de l'antre Carasco, leurs ombres n'effrayaient plus les enfants, mais chacun d'eux s'était un jour blessé contre un bec ou un ergot acéré.

Ce fut l'un de ces cerbères ailés qui accrocha le costume de l'homme à l'oliveraie.

Un bec déchira le pan de son habit noir.

Ma mère répondit aussitôt au cri du tissu.

Elle parut à la fenêtre et ne vit d'abord qu'une étoffe abîmée. Elle ne prêta attention ni au corps que ce tissu enveloppait, ni au visage brun qui chapeautait le tout, ni même à l'ombre absente. Elle cueillit une aiguille sur le petit coussinet hérissé d'épingles qu'elle portait au poignet en guise de bracelet, passa une coudée de fil noir dans le chas, attrapa le vêtement et l'attaqua pointe en tête.

Sa main droite voltigeait avec grâce dans le cadre de la fenêtre.

L'homme se soumit au tranquille pouvoir de la main et du fil. Il regarda le visage de celle qui reprisait son être effiloché. Le fil s'enfonçait toujours plus profondément dans l'épaisseur du tissu.

Mais il ne s'agissait plus d'étoffe, l'aiguille fouillait plus loin. La pointe chatouilla le petit garçon endormi, elle retrouva son ombre cachée au pied d'un olivier et les ligota solidement l'un à l'autre. Frasquita mit bord à bord désir et volonté et recousit le tout. Puis elle fit un nœud au bout du fil et coupa d'un coup de dent ce pont qu'elle avait jeté entre elle et l'homme qui la regardait. Il se sentit soudain orphelin.

Un bref instant, il avait vu les lèvres de la couturière tout contre son habit y déposer comme un baiser. Le visage de ma mère avait caressé le drap noir et sa doublure de chair. Puis sans un mot, les lèvres, la main et l'aiguille s'étaient retirées derrière les coqs en fer et les rideaux avaient été tirés.

La rue avait retrouvé son immobilité spectrale. Plus rien ne semblait bouger dans la maison. La vision s'était évanouie laissant l'homme recousu épinglé sur la fournaise d'un ciel trop grand pour lui.

À ses pieds, une petite ombre commençait à pousser dans la poussière.

Dès lors, l'homme à l'oliveraie n'eut plus qu'une pensée.

Sa volonté s'attela à son désir et y travailla sans relâche.

LE COQ ROUGE

Clara avait plus d'un an, le jour où ma mère découvrit l'œuf rouge.

Clara avait un an et l'homme à l'oliveraie venait de s'écorcher l'habit à la fenêtre de celle qui s'était fanée le jour de ses noces.

Les poules intriguées tournaient autour de l'objet saugrenu que l'une d'elles venait de pondre.

Alerté par les cris de sa femme, José accourut dans le poulailler. Il lui arracha l'œuf écarlate des mains et lui interdit de le détruire comme elle voulait le faire, convaincue qu'elle était que rien de bon ne pouvait sortir d'une telle coquille.

« Regarde la couleur des cheveux de ton fils avant de causer ! » grommela-t-il en haussant les épaules.

Et puis elle n'avait rien à dire puisqu'il s'en occuperait personnellement, de cette chose ! Il lui construirait une petite boîte qu'il garderait à bonne température dans son atelier près du feu de la forge jusqu'à l'éclosion. Ma mère n'insista pas et regarda en soupirant son homme s'éloigner.

Durant les jours suivants, José ne quitta plus l'œuf rouge et, aux enfants qui lui apportaient ses repas, il racontait sans cesse la même histoire :

« Vous verrez, de cet œuf rouge sortira un poussin

rouge, rouge feu, un poussin écarlate, et, de ce poussin, je ferai le plus beau coq de combat d'Espagne. Cet œuf va changer nos vies. Il est écrit que je ne mourrai pas charron et que, malgré leur nombre, mes filles trouveront de bons maris. »

Jamais il ne leur avait tant parlé.

Ma mère s'inquiétait de cette nouvelle lubie, si l'œuf n'était pas fécondé, combien de temps son mari attendrait-il ainsi avant d'admettre qu'il était vide ? Quant aux enfants, ils craignaient que quelque dragon ne sortît de la coquille pour les dévorer tous. N'était-il pas fréquent que certaines poules engendrent des serpents ?

Alors que Clara faisait ses premiers pas bras tendus vers le soleil, le charron couvait son œuf.

Un après-midi, José sortit de son atelier en gesticulant. Il ne parvenait pas à s'exprimer normalement tant l'excitation le tenait. Il fallait que la Blanca vienne sur-le-champ, qu'on prépare de l'eau chaude, qu'on avertisse les voisins : l'œuf rouge était en train d'éclore.

Frasquita se garda bien de répandre la nouvelle, elle mit un peu d'eau à bouillir en songeant qu'elle pourrait toujours noyer cette chose qui venait à la vie, tandis que tous les enfants se ruaient à la suite de leur père dans l'atelier où la coquille couleur sang commençait à s'agiter. En quelques coups de bec, la petite chose rouge détruisit son abri et se trouva à l'air libre, le duvet tout collé, face à six paires d'yeux écarquillés.

De l'œuf rouge était sorti un poussin rouge et, de ce poussin rouge, José ferait le plus beau coq de combat d'Espagne.

Le charron, muet d'émotion, regardait sa fortune se mettre sur ses pattes et s'ébrouer.

Fallait-il ou non lui offrir un bain de bienvenue ?

Le présenter à ses congénères ? Avait-il chaud ? Froid ? Quel nom pouvait-on lui donner ?

Quand la Blanca vint comme chaque jour embrasser Angela, elle demanda aussitôt, joviale, des nouvelles de l'œuf et on lui expliqua que José avait donné son propre prénom au poussin rouge qu'il contenait. Ma mère, excédée, préparait la soupe du lendemain matin en silence et la grosse Blanca partit dans un énorme éclat de rire qui secoua la maison et fit sortir José de son antre.

« Blanca, viens jeter un coup d'œil à ma merveille ! Un oiseau somptueux ! Un pur prodige ! Féroce et rugissant, un vrai dragon, comme disent les enfants ! Pas un coq n'osera affronter ce champion, nous allons partir sur les routes d'Espagne pour faire fortune. Tu verras, ce coq sera notre poule aux œufs d'or !

— Es-tu sûr qu'il s'agit bien d'un petit coq, au moins, et pas d'une vulgaire poulette ? lui demanda la Blanca.

— Oui, oui, c'est un gars ! J'ai passé suffisamment de temps avec les poules pour faire la différence ! Je vais finir le travail en cours à l'atelier et, ensuite, je me consacre à son entraînement. Regarde ! il me suit partout, il doit croire que je suis sa mère ! poursuivit José en riant.

— Le voilà donc, ton dur à cuire ! Il est vrai que ses plumes ont une drôle de couleur. Tu ne l'as pas trempé dans le sang, au moins, pour nous faire la blague ?

— Le sang n'a pas cette couleur ! Ce rouge n'existe pas ! Toi et moi, nous allons conquérir le monde, mon poulet », ajouta-t-il en s'adressant à la chose minuscule qui piaillait au ras du sol.

Le poussin trottinait à la suite du charron tandis qu'il déambulait dans la pièce en divaguant. À plusieurs reprises, José manqua de justesse cette petite bête toujours fourrée dans ses pattes. L'homme ne s'apercevait pas du danger que courait sa fortune alors qu'il faisait les cent pas sans regarder où il mettait les pieds et Frasquita l'observait en souhaitant de tout cœur qu'il l'écrasât.

C'était le temps des premières hirondelles. Dehors, les ombres des oiseaux mouchetaient les murs blancs de taches sombres et rapides, partant en tous sens comme des flammèches autour d'un feu. José voulait que son poussin vécût parmi les siens, qu'il y trouvât sa place. Mais il ne parvint pas à le semer dans le poulailler, la bestiole s'attachait à ses pas et ne voyait rien d'autre que les gros souliers qu'elle suivait. À plusieurs reprises, José ramena son poussin dans la basse-cour en espérant l'y laisser et, toujours, la petite tache rouge restait collée à ses semelles. Pour la première fois, Frasquita s'opposa à son homme : elle refusa que ce poussin dormît entre les chaussures de José près du lit conjugal.

« Comment veux-tu que ta chose devienne un coq de combat alors qu'elle n'imagine même pas à quoi elle ressemble ? Il faut la laisser en bas, avec les autres, alors si elle survit, peut-être saura-t-elle se battre ! » lui affirma ma mère en jetant la minuscule boule rouge hors de la pièce sans ménagement.

Mon père suivit les conseils de sa femme et descendit dormir au milieu des poules. Il se recroquevilla sur son banc tandis que le poussin se lovait contre le vieux cuir des souliers.

Au petit matin, Frasquita trouva son homme étalé de tout son long à côté du banc et délogea son champion de la chaussure dans laquelle il s'était blotti. Elle mit sous le nez de José à moitié endormi la fiente dont la chose rouge avait tapissé l'intérieur de son nid.

« Je marcherai pieds nus s'il le faut. Mais ne viens plus nous provoquer avec tes remarques de bonne femme ! » hurla José aussi rouge que son coq.

Ma mère n'osa plus la moindre réflexion, elle assista muette à la mort des souliers et vit son mari bichonner son poussin plus que tous ses enfants réunis. En quelques semaines, le jeune animal s'émancipa des chaussures crottées, ses deux mères d'adoption, et commença à se confronter à sa vie de volaille.

Le somptueux plumage vermillon et pourpré qui fascinait les hommes n'impressionna pas ses frères avant le carnage.

Les ergots du jeune coq, aiguisés par les soins de son maître, étaient déjà de bonne taille et les caroncules dont était ornée sa tête lui donnaient l'air d'un fauve, quand vint pour lui le jour de conquérir son territoire.

La petite Angela, alors âgée de six ans et qui savait déjà tant de choses qu'ignoraient ses parents, s'éveillait chaque matin au chant du vieux coq et entrait, après s'être assurée que personne ne pouvait la surprendre, dans le monde des oiseaux.

Pétrifiée, elle assista au massacre dans le clair-obscur d'une aube grise.

Le vieux roi de la basse-cour avait sans doute chanté une fois de trop et Dieu seul sait quel rêve délicieux ce chant quotidien et paisible avait déchiré dans l'esprit du dragon rouge ce matin-là. Pris d'une rage soudaine, le jeune coq ne trouva pas d'adversaire de sa trempe et sacrifia ses congénères mâles un par un en commençant par son père qu'il renversa du trône de caillasses et de fiente d'où il venait de pousser son dernier cri.

Alertés par l'agitation et les piaillements des poules, Frasquita et José arrivèrent face au charnier qui marquait une nouvelle ère dans l'arrière-cour.

Plus personne ne viendrait désormais disputer le pouvoir à ce combattant que le hasard avait fait naître parmi des animaux domestiqués et inoffensifs. Il avait saigné ses frères pour s'assurer de cette victoire, s'acharnant sur leurs carcasses jusqu'à leur dernier souffle.

Après le massacre, quand la basse-cour fut tapissée des plumes ensanglantées et des dépouilles des vaincus, il parcourut lentement son territoire et lança un long cri pour s'annoncer aux vivants. Les poules le fixaient de leurs yeux ronds ; devenu leur seul maître, il se rua sur elles la tête et les ergots encore rougis du sang de son père pour assouvir ce violent désir qui l'avait submergé au matin, marquant l'aurore de la saison des amours.

« Il faut absolument que je te coupe tes appendices, ils sont trop faciles à attraper et te désavantagent ! Regarde-moi ça ! Le sang dégouline et t'aveugle à moitié ! Crête, barbillons, oreillons, faut tout virer ! C'est trop fragile, ces parures, et ça sert pas. L'adversaire qui te choperait là te saignerait comme un rien. En tout cas, quelle hargne ! Pas besoin de t'enseigner la haine de tes semblables, tu la portes en toi ! Allez, les gamines, au boulot ! ajouta José en se tournant vers sa femme et ses filles. Il va falloir plumer sec ! On vendra aux voisins ce qu'on ne pourra pas manger. Quant à toi, mon coco, pas question de faire de toi un vulgaire roi de basse-cour, ton maître te destine à d'autres sphères ! »

Quelque temps plus tard, le charron, devenu coqueleux, arracha le jeune prince à son royaume et, armé d'une simple paire de ciseaux, lui découpa les caroncules écarlates. Il s'y prit mal, l'oiseau amputé poussa un bref cri de douleur et José s'affola à la vue de tout ce sang que son héros perdait. Il appela à l'aide, les mains, les habits, le visage tout sanglants.

Sans un mot, Angela s'approcha de l'homme et de sa bête et arrêta la pluie vermeille qui les inondait tous deux en déposant sur les plaies quelques plumes duveteuses. Elle retourna ensuite aider sa mère.

Le jeune coq était sauvé.

L'oiseau guerrier attira les hommes du village chez les Carasco, ils revinrent tous partager l'enthousiasme de José, assister à l'entraînement du phénomène, aux exercices, aux massages, aux frictions, au toilettage, à tous ces soins quotidiens que son maître lui prodiguait. L'oiseau, seul sur son trapèze, s'épuisait à maintenir l'équilibre ; les enfants se relayaient pour le faire courir afin de développer son souffle, sa rapidité, sa résistance.

La maison, la cour résonnaient de voix d'hommes jusque tard dans la nuit. Le charron jubilait. Il discutait, son coq apaisé sur les genoux, et, tout en parlant, lui lissait distraitement les plumes.

Quand son champion fut fin prêt, on ne trouva aucun volatile au village capable de le combattre. Personne à Santavela ne voulait engager un coq dans une bataille aux yeux de tous perdue d'avance. Vraiment, le Dragon rouge avait fière allure, l'ancien charron lui avait taillé les plumes comme il avait vu autrefois un petit éleveur nomade le faire.

Le jour où José décida de partir sur les routes à la recherche d'un adversaire pour son coq, Clara, sa plus jeune fille, avait presque deux ans.

Clara avait presque deux ans et l'homme à l'oliveraie n'oubliait pas la femme qui lui avait reprisé l'âme.

LE PREMIER COMBAT

Le village entier accompagna José et son coq jusqu'au sentier bourbeux qui, sautant d'une colline à l'autre dans le paysage froissé, descendait vers le monde. Il avait attelé son âne à notre charrette à bras remplie par tous de victuailles et de présents pour la route. Le Dragon rouge s'agitait dans sa cage grillée alors que les villageois embrassaient cet homme, l'un des leurs, qui partait seul par-delà l'horizon vers la gloire et la fortune.

« Je reviendrai riche. De l'œuf rouge est sorti un poussin écarlate dont j'ai fait le plus beau coq de combat d'Espagne ! Et ce coq sera notre poule aux œufs d'or ! » leur criait le voyageur exalté par la foule au milieu de laquelle il voyait à peine ses enfants, tendus sur la pointe de leurs petits pieds glacés, lui faire signe de la main.

Il disparut dans un pli du chemin.

Mais là, quelqu'un l'attendait.

Sur la route se tenait un homme, raide et sombre dans son bel habit raccommodé. À ses pieds, au côté de son ombre toute jeune encore — petite ombre tendre comme une jeune pousse, ombre d'enfant —, dans une caisse à claire-voie, un affreux coq, immobile et encore gris des poussières de l'été, sommeillait.

L'homme à l'oliveraie avait un adversaire à proposer : ce coq sauvage qu'il avait découvert sur ses terres et qui s'était sans doute enfui de quelque caravane tzigane venue de l'Est.

« Et qui voudrait parier sur cette bête laide et déplumée ? lui demanda José en ricanant.

— Moi ! Je jouerai seul contre tous s'il le faut. La rencontre aura lieu au village avant ton départ. Ainsi nous pourrons tous voir ton oiseau combattre. Tu voyageras ensuite... », lui répondit l'homme d'une voix où pointaient parfois des accents enfantins.

Ils se mirent d'accord : José ne parierait pas d'argent, Heredia n'en voulait pas, il préférait laisser les histoires d'argent aux autres. Entre eux deux, il fallait quelque chose de plus personnel. On décida que l'enjeu serait les meubles de la maison Carasco, d'un côté, et la moitié de l'oliveraie de Heredia, de l'autre. Le combat se déroulerait une semaine plus tard sur la place du village.

Le voyageur, arrêté dans son élan à une centaine de mètres de Santavela, s'emmitoufla dans une épaisse couverture et cassa la croûte en rêvant dans son pli de terrain.

Une oliveraie ! À lui qui n'avait jamais possédé d'autre terre que sa courette à poules ! Une oliveraie qui employait les villageois durant l'hiver ! Cette oliveraie pour laquelle leurs ancêtres avaient bâti un village aux confins du monde, décidant d'arrêter là leurs pas de journaliers, de ne plus travailler que pour les Heredia, leurs olives, leurs bêtes, leur plateau à blé et leurs coteaux de vignes sur les collines du sud. La forêt de caillasses recelait tant de richesses auxquelles il n'avait pas eu accès jusque-là et que ce jeune fou lui offrait sur un coup de tête pour le garder au village, pour voir son coq se battre !

Quelques meubles contre une terre plantée d'arbres échevelés et qui rendaient !

Repu de pain et de rêverie, José rebroussa chemin sûr de son affaire et heureux d'annoncer à tous la bravade du benjamin des Heredia.

Les gars de Santavela se réjouirent de ce qu'avait promis le jeune fou. Celui-ci les invita le jour même au vieux moulin de l'oliveraie, dont il avait coupé les ailes depuis longtemps pour en faire son quartier général, et tous purent observer l'adversaire dans son enclos. La piteuse bête, attachée par une patte à un piquet, totalement indifférente à leurs regards amusés, grattait le sol glacé afin d'y trouver d'improbables insectes.

« Où l'as-tu déniché, ton champion ? lui demandèrent les hommes.

— Sur les collines. Voilà longtemps que je le poursuis. J'ai fini par le piéger à l'aide d'un coq aux pattes entravées : il s'est emmêlé dans les liens de mon appât en le tuant. Dieu seul sait d'où il vient, mais — j'aime autant vous prévenir pour qu'aucun de vous ne vienne plus tard m'accuser de tromperie — ne vous fiez pas à sa mine, c'est une sale bête qui n'aime ni ses semblables ni les hommes. Il m'a blessé quand j'ai voulu le dégager des rets où il s'était pris les ailes.

— Et tu lui as donné un petit nom, à ton poulet ?

— Non. Appelez-le comme vous voulez.

— Le charron a nommé le sien José, mais nous, on dit tous le Dragon rouge. Ta bête, elle est noire, elle vit parmi les oliviers. On a qu'à l'appeler Olive. »

De retour au village, les hommes s'étaient tous choisi le même champion, tant la victoire du Dragon rouge ne faisait dans leur esprit aucun doute. Décidément, ce garçon était fou d'engager ainsi sa fortune dans un combat perdu d'avance. Mais avec les riches...

Pendant deux jours, on ralentit le ramassage des olives afin que les hommes pussent construire sur la place de la fontaine de petites arènes d'environ trois mètres de diamètre, surélevées sur une estrade et bordées d'une enceinte de bois assez basse pour permettre aux spectateurs d'assister au combat. Le seul villageois qui ne voulait jouer sur aucun des deux coqs fut désigné comme arbitre. Le *padre*, lui, avait refusé d'assumer ce rôle. Il assisterait au combat par curiosité, disait-il, mais on ne devait pas compter sur lui pour autre chose. Non, il ne bénirait aucun coq, ni celui de José ni un autre ! Non, il ne dirait pas de messe pour donner un coup de pouce ! Non, Dieu ne s'en mêlerait pas !

Le cordonnier, qui savait écrire, fut chargé de noter les paris, il ne chôma pas.

José, de son côté, préparait méthodiquement son oiseau au combat. Il aimait ce coq qu'il avait élevé depuis le premier jour et dont il connaissait chacun des muscles, dont il avait taillé chacune des plumes. La veille du grand jour, il le nourrit de viande crue et d'ail, vérifia ses ergots acérés comme des pointes d'airain et le frictionna longuement.

Les gars du pays avaient commencé à boire pour se réchauffer, ils s'étaient amassés autour de la petite *plaza* et ça faisait grand bruit, toutes ces voix d'hommes. On pariait sur le temps que durerait le combat dont l'issue ne faisait aucun doute. Olive serait tué en trente secondes d'un coup d'ergot au cerveau ! Peut-être, mais ce n'était pas à souhaiter, il fallait que ça dure un peu quand même, qu'ils s'amusent ! Ils n'avaient pas construit tout ça pour rien ! Oh ! du moment, qu'ils plumaient le propriétaire, ça valait le coup d'être là ! C'est sûr qu'il y avait plus à plumer chez l'homme que chez sa bête ! D'ailleurs, ses trois frères venaient aussi jouer contre leur propre sang. Heredia pourrait-il rembourser tout le monde, si ses frères s'en mêlaient ? Oui, au village, il avait gagé de l'argent, mais ses frères ne s'intéressaient qu'à sa terre. Quand le coq sauvage perdrait, le petit général n'aurait plus rien que son habit, son cheval et son âne pour retourner à la ville à jamais ! Et tous se souvenaient des montagnes d'osselets perdus...

Ils tenaient leur revanche.

L'homme à l'oliveraie arriva traînant son coq dans un solide sac de jute. Il eut un mal fou à extirper l'oiseau de sa besace, il l'en fit sortir au dernier moment sans ménagement, évitant autant qu'il put les vigoureux coups de bec du terrible volatile. L'animal et son maître se détestaient, ça crevait les yeux.

Heredia se souvint des garde-fous du premier jour, de cette fois où elle lui était apparue. La fenêtre. L'air brûlant. L'heure sans ombre.

José tenait le Dragon rouge à plein corps. Entre les mains de son maître, le coq se montrait parfaitement calme.

L'arbitre, debout sur une caisse, donna le signal. On monta sur l'estrade pour présenter les adversaires l'un à l'autre sans les lâcher. Ils se prirent du bec et tentèrent de s'attraper. Alors chacun retourna dans son coin et, au second signe de l'arbitre, l'homme à l'oliveraie et l'ancien charron déposèrent leurs champions dans l'arène.

Vertige de mouvements, de couleurs, de tension. Deux bêtes mêlées, ailes, plumes et tête indifférenciées, engendrant un monstre nouveau, terrible. Tous les villageois autour enivrés par la bataille, le sang, les clameurs et l'alcool. Et la femme quelque part, qui attend, tapie dans l'esprit d'un homme. Fulgurance, chaos, sauvagerie du combat. Lui seul se tait dans la foule. Absent. Loin de cette mêlée où hommes et oiseaux se fondent, vacillent devant ses yeux aveugles.

Dans cette apparente confusion de plumes, de buée et de sang, les coqs sont précis, rapides, réfléchis. Ils bondissent, arquent leur corps, projettent les pattes en avant, frappent des tarses et retombent en équilibre.

Un corps-à-corps tendu vers le rêve d'une autre étreinte.

Ils se heurtent en l'air à plus d'un mètre du sol.

Il se perd au milieu du tintamarre des hommes.

Dans la première phase du combat, le coq noir se montre moins puissant mais plus lucide et plus filou que son rival. Quand l'oiseau rouge bondit, Olive s'aplatit, passe sous son adversaire et, après avoir fait volte-face, saute à son tour.

Il a soif d'elle.

Après une succession ininterrompue d'attaques et d'esquives fulgurantes, les deux coqs soufflent face à face, ramassés sur eux-mêmes et se guettant l'un l'autre.

Il a soif de son corps.

Le Dragon rouge parvient à attraper son adversaire à la tête par l'une de ses rares plumes, il assure ainsi son coup et bondit en maintenant au sol Olive

Soif de ses seins,

qu'il frappe violemment en ciseau.

de sa bouche,

Une aile est brisée. L'oiseau de José s'élance de nouveau, une plume d'Olive dans le bec,

de son sexe.

mais cette fois le coq blessé s'aplatit, déséquilibrant son adversaire et le forçant à lâcher prise.

Il la possède

Le combat alors se ralentit, les deux guerriers fatigués se tiennent les ailes valides largement écartées du corps pour se donner quelque fraîcheur, ils dégagent une condensation autour d'eux qui monte dans l'air glacé, ils se poussent du poitrail,

dans un corps-à-corps.

ce qui les empêche de bondir. Aile cassée, Olive acharné montre son courage :

Il se glisse en elle,

très affaibli, il poursuit la lutte et encaisse les assauts de son adversaire.

ouverte et douce.

Face au public survolté, le Dragon rouge excité par la victoire proche et le goût du sang accélère le rythme pour en finir et laisse tomber sa garde.

Elle ondule

Alors, dans un ultime sursaut,

sur son sexe

Olive bondit

qui entre et

en s'agrippant à l'une des superbes plumes écarlates du champion et

sort.

déchire d'un long coup d'ergot la gorge du coq rouge, tout surpris d'être blessé à mort.

Il va plus loin

Il s'acharne sur son adversaire, provoquant des blessures larges et affreuses, arrachant les chairs, et les boyaux de l'oiseau rouge s'échappent dans un flot sanglant.

en elle.

Le Dragon a perdu, éventré par les ergots de son rival.

Encore !

Dans le silence absolu de la victoire d'Olive, on entendit Heredia murmurer ce simple mot : « Encore ! » Puis les villageois, sidérés par la conclusion du combat, le virent se précipiter sur l'estrade pour arracher la dépouille du vaincu aux ergots de son coq sauvage et, tenant son propre animal ensanglanté par les pattes comme un vulgaire poulet, se tourner vers José pour lui hurler :

« Donne-le donc à ta femme ! Qu'elle le recouse ! Qu'il puisse combattre à nouveau ! »

Tandis que l'homme à l'oliveraie fourrait le coq victorieux dans son sac, José, ébranlé par cet ultime espoir, revint à lui et, comme il serrait les restes de son oiseau rouge contre sa poitrine, il sentit qu'il vivait encore. Il lui rentra alors vivement les tripes dans le ventre, le prit dans ses bras et courut chez lui en hurlant le prénom de sa femme.

Heredia s'en fut, sans joie, sans un regard pour ses frères abattus, sans ajouter un mot et portant à bout de bras, loin de son corps, avec dégoût semblait-il, le sac de tissu clair où s'épanouissaient des roses sanglantes agitées de violents soubresauts. Olive, qui venait de doubler la fortune de son maître, lui offrant une part des terres à blé, des bêtes et de la vigne de ses frères, Olive continuait à se battre, si plein de sauvagerie et de rancœur, contre un adversaire invisible, dans un combat à mort qu'il menait depuis toujours et que lui non plus ne gagnerait jamais...

Dans la nuit, les hommes eurent des cauchemars d'enfants... D'un seul geste, Heredia éparpillait dans l'azur glacé leurs propres os, les disséminait par le village, sur la terre rouge des collines, les oubliait sur les chemins blanchis de poussière.

Une montagne d'osselets blancs brillait dans ses poches sombres.

LA CARESSE

Comme toutes les femmes du village, Frasquita avait suivi le combat à distance, de sa cuisine, s'appuyant sur les cris pour imaginer la scène. Elle avait fermé les yeux et son corps s'était ouvert au brouhaha des hommes.

Exclamations, grondement des murmures, encouragements, cris de joie avaient soudain disparu, soufflés par un lourd silence.

Sur son ventre tendu comme un tambour, un frôlement. Son duvet s'était hérissé.

Les autres avaient-elles senti cette caresse ?

Et puis un appel unique avait déchiré le calme absolu tombé sur le pays. Son prénom lancé dans les rues, frappant à toutes les portes, la cherchant à tâtons dans l'ombre glacée.

L'air froid avait vibré...

Alors elle avait compris, elle était montée chercher sa boîte à couture et les avait attendus, l'homme et le coq. Et pour la première fois, son aiguille s'était attaquée à de la chair.

Assise à côté du poêle, elle avait travaillé le coq inanimé comme une étoffe déchirée. Elle l'avait recousu au fil rouge, puis avait fait *carne cortada* avec prières et croix rituelles.

Une fois le coq sauvé, Angela, qui n'était pas intervenue et l'avait regardée faire, lui avait demandé : « Pourquoi ? »

Frasquita n'avait rien trouvé à répondre.

Pourquoi ?

Elle n'en savait rien.

Pour cette caresse peut-être...

LES MEUBLES

Vint le jour où il fallut payer la première dette : l'homme à l'oliveraie allait prendre possession des meubles.

Armoires, lits, coffres, chaises passeraient de leur maison à la sienne. Seuls resteraient le berceau de Clara, le poêle en fonte, les ustensiles de cuisine, la forge et les outils de José, désormais silencieux et inutiles, et, bien entendu, la charrette à bras et la boîte à couture indispensables à la suite de notre histoire.

Il est injuste de dire que ma mère fut insensible à la perte de ses objets. Je crois qu'elle s'y résolut d'abord sans joie ni tristesse. Avec une tendre indifférence. Puis, dans la contemplation de son petit monde en partance, elle sentit quelque chose s'éveiller, l'effleurer.

La caresse...

Ses joues s'empourprèrent sous une pluie de plumes rouges et ses mains s'attelèrent à une tâche qui l'absorba deux jours entiers : ces objets qui s'en allaient devaient être plus beaux qu'ils ne l'avaient jamais été.

Frasquita abandonna les petits à Anita et elle commença à préparer les meubles.

Son regard s'accrocha à un angle meurtri de la grande table et elle surprit alors une forêt de signes dont l'habitude lui masquait ordinairement l'entrée. Son chiffon suivit lentement les nœuds du bois, lut en aveugle les coups reçus, se promena sur ce livre de chêne. Sous la main qui frottait, ma mère sentit une jeune sève s'animer dans la chair d'arbre mort.

Elle répétait des gestes quotidiens qui avaient empli sa vie de femme, mais, cette fois, un monde enfoui remontait en surface et elle perçut le sillage des générations de chiffons sacrifiés sur l'autel du patrimoine Carasco.

Sur cette table, récurée à la pâte au sable, on avait exposé le corps minuscule de la vieille. Ce corps sec, racorni, que Frasquita avait lavé avec la Maria, ce corps si maigre et si léger qu'elle pouvait le porter seule sans effort. Elle se souvint d'avoir soulevé cette petite femme inerte et nue, ce presque rien, à peine réel. Elle se souvint de l'avoir coiffée, longuement, puis drapée dans la *fantasía* de fil bleu qui lui avait servi de suaire. Elle se rappela tous ceux qui, venus veiller la morte, avaient davantage embrassé le bout de tissu — brodé sur cette chaise, sa chaise, sa place — que les maigres mains sans vie. Elle se souvint de cet ouvrage volé dans la tombe de sa belle-mère. Après cette profanation, elle avait voulu jeter ses aiguilles.

Et voilà qu'elle avait repris ce coq !

Elle garderait sa chaise ! Frasquita mesura le poids de chaque chose et s'en délesta, dénouant des liens invisibles, avant de s'offrir une ivresse inconnue en caressant la porte d'une armoire.

Dans ce lit, elle avait rêvé des choses indicibles. Les draps en avaient gardé l'entêtant parfum, un parfum d'olivier dont José s'était plaint au matin.

Frasquita frotta les meubles jusqu'à ce que son

bras lui fît mal, ponça les pieds des chaises bancales, lustra ses compagnons de bois.

Une folie la prit soudain qui lui fit murmurer des mots d'amour dans le coffre entrouvert, mots d'amour qu'elle y enferma avec un sac, gros de lavande sèche, taillé dans la doublure d'une de ses quatre jupes. Elle déposa un baiser sur les lèvres de bois de l'armoire entrebâillée, rafraîchit ses joues au contact frais des gonds, embrassa la serrure, y goûta, et le fer lui parut ensanglanté.

La clef fut parée d'une langue de tissu rouge qu'elle chérissait.

Ce détail féminisa tragiquement la massive armoire.

Frasquita n'eut pas à attendre, déjà il était là dans son beau costume de drap sombre, celui-là même qu'elle avait raccommodé, de sa fenêtre, à l'aiguille, entre becs et ergots de fer.

Dans le regard noir passa l'ombre d'une caresse.

Elle vit à peine sa maison se vider.

LA MAISON VIDE

Frasquita regardait ses enfants dans la lumière vacillante des lampes à huile.

Martirio et Pedro jouaient autour du poêle avec les poupées de tissu emplies de paille qu'elle leur avait cousues et la carriole, unique présent de José à son fils, tandis qu'Angela, épuisée par sa longue journée de travail à l'oliveraie, avait fermé ses yeux trop ronds et s'était endormie la tête sur les genoux d'Anita elle-même assise par terre et plongée dans l'un des gros ouvrages du curé. Leurs deux robes également tachées de boue et de poussière faisaient un petit tas ocre et gris, un petit tas aux couleurs de l'hiver qui se soulevait au rythme doux de leur respiration.

Le corps de sa fille aînée se transformerait bientôt.

En souvenir des femmes qui l'avaient précédée, Frasquita se devait de l'initier.

L'initier à quoi ? Où était la magie dans cette maison vide ?

Qu'avait-elle fait elle-même de son don ?

La vie était passée si vite...

Et puis aucune prière ne pourrait jamais sortir de la bouche de sa fille puisqu'elle ne parlait pas.

Tout était doublement inutile. Absurde.

Anita ne disait rien, mais son éternel sourire poussait les autres à se raconter et elle les écoutait tous, enfants ou vieillards, avec une infinie patience. Rien ne venait jamais endiguer le flot des mots de ceux qui, lui parlant, perdaient toute notion de la durée. Le temps disparaissait ainsi que toute finitude, le temps se suspendait de part et d'autre du long sourire attentif de cette petite jeune fille sans paroles. On lui confiait tous les secrets, on ne lui cachait rien des terreurs, des errances, des désirs.

Mais que faisait-elle ensuite de toutes ces paroles bues ?

Elle les serrait en elle, elle n'égarait jamais la moindre phrase, la plus infime confidence. Tout avait sa place dans son insondable mémoire.

Et voilà que, installée à côté de la lampe, cette jeune fille silencieuse — dont le corps sous l'habit, ce petit tas ocre et gris aux couleurs de l'hiver, entamait sa silencieuse métamorphose — lisait comme si lire n'était qu'un geste anodin et non un acte rare et solennel réservé à un cercle d'initiés.

Et Frasquita, la regardant, sentait son cœur se gonfler de joie et de fierté.

Un jour, le *padre* avait appelé Anita alors qu'elle passait devant l'église. Il la savait plus douce, plus profonde, moins sévère que son confessionnal. Il la savait détentrice des secrets de chacun, des histoires anciennes comme des nouvelles du jour. Pour cela et en souvenir d'une autre jeune fille et d'un petit cœur brodé qu'il n'avait jamais revu mais qu'il sentait battre sous sa peau quand il faisait froid dans l'église et que sa prière s'asséchait, il lui avait demandé si elle voulait apprendre à écrire et à lire.

Écrire autre chose que des chiffres ne l'intéressait pas, mais lire... C'étaient encore des contes à écouter.

Alors elle vint plusieurs fois par semaine assister à la leçon que le curé donnait à quelques garçons. Insatiable, poussée par sa soif d'histoires, très vite, elle lut. Vies des saints, Ancien et Nouveau Testament en langue vulgaire, réservoirs de récits tristes et édifiants, elle avala tout goulûment jusqu'à la dernière goutte.

Apprendre à lire à une fille, qui plus est, à une fille muette, avait été perçu comme une nouvelle idée aberrante des Carasco. Que le *padre* se prêtât à cette absurdité dépassait l'entendement !

Étonnamment, bien qu'elle lût en silence, pour elle seule, personne ne douta jamais de sa capacité à déchiffrer les mots. Le curé avait vu dans le cheminement des yeux qu'elle parcourait le texte sans faux pas. Le regard s'était d'abord appuyé sur un doigt pour ne pas perdre l'équilibre, ne pas être précipité en bas de page, ne pas sauter d'un mot à l'autre ou dégringoler de plusieurs lignes et se rattraper à l'arête d'une lettrine, n'importe laquelle, in extremis. Puis le doigt légèrement humecté n'avait plus servi qu'à tourner les pages.

Un luxe infini que cette lecture perdue pour les autres ! Tous ces mots entrant pour ne jamais plus ressortir. Une véritable promenade d'agrément dans un jardin interdit, réservé aux nantis, aux lettrés, aux savants, un jardin où fleurissait l'orgueil des hommes masqué sous l'apparence d'un innocent chapelet de petites taches noires.

Anita ne péchait-elle pas, comme sa mère l'avait fait avant elle, à vouloir ainsi braver les convenances, à ne pas se contenter d'être une petite sans paroles et qui les écoutait si bien, eux et leur misère ? Oseraient-ils encore parler à celle qui désormais savait lire ?

Frasquita, fière de voir son enfant tout à sa lecture sitôt sa journée de travail achevée, se souciait peu des commérages. Bien que muette, sa fille réussissait à s'échapper, suivant une trace étroite, vers un monde inconnu et vaste, un monde tout entier contenu dans cet objet ouvert qui l'absorbait.

Mais qui du livre ou de sa lectrice dévorait l'autre ?

La couturière se décida. À Pâques, elle viderait la boîte de ses fils, de ses aiguilles.

À Pâques, la boîte ne lui appartiendrait plus. Elle se fabriquerait un sac pour y ranger son don.

Voilà si longtemps qu'elle n'avait rien brodé.

Un sac vert-de-gris sur terre rouge, un sac aux couleurs de l'oliveraie où elle travaillait désormais avec Anita et Angela puisqu'il fallait bien vivre et que son homme se rétablissait à la même vitesse que cet imbécile d'oiseau rouge et couturé auquel il consacrait désormais tout son temps.

Un soir, en rentrant des collines, elle avait trouvé les murs blancs de la cuisine tout couverts de dessins. Pedro avait chassé le vide de la maison avec de l'argile et des cendres. Il avait rendu ses meubles à la cuisine. Et comme personne ne lui en avait tenu rigueur, il avait continué, peignant chaque jour davantage d'objets imaginaires dans les pièces désertées.

Vert-de-gris sur terre rouge.

Frasquita rêva un instant. Dans la pénombre, les longs cheveux de son fils avaient la couleur de la terre ocre de l'oliveraie. Le jour, alors qu'elle enlaçait les arbres, glissant les mains entre leurs branches pour que les fruits mûrs tombent sur les draps, ou qu'elle dévalait les collines le panier sur la tête, charriant l'olive jusqu'à la mesure, elle entendait le pas, le souffle du cheval, si proche, brûlant, sur son échine et sa vue se brouillait. La nuit, allongée dans le noir sur le plancher aux côtés de José, elle ne parvenait pas toujours à trouver le sommeil, malgré la fatigue, et elle espérait le matin avec force dans une explosion de fleurs blanches.

José entra dans la pièce avec le froid du dehors. Angela s'éveilla, Frasquita sortit de sa rêverie, Anita posa son livre et tous s'assirent par terre, à côté de la table dessinée, pour souper.

L'ENFANT SOLEIL

Recroquevillée dans un berceau trop petit pour elle, Clara sombrait dans le sommeil, qu'elle eût mangé ou pas, sitôt que le soleil disparaissait derrière les collines. La Blanca devait passer chaque jour pour s'occuper de cette petite que sa mère ne voyait plus depuis que, partant avant l'aube pour l'oliveraie, elle y travaillait jusqu'à ce que les dernières lueurs du jour se fussent dissipées et qu'il ne fût plus possible de distinguer sans effort la main de l'écorce des arbres qu'on épouillait. Hommes, femmes et enfants quittaient alors les collines et, les membres en plomb, suivaient dans l'obscurité les sentes qui convergeaient vers le village. Si, durant les premiers temps, la petite Angela avait chanté au travail ou sur le chemin du retour — appelant les *palmas flamencas* de ceux qui les mains libres pouvaient cogner leurs paumes l'une contre l'autre, les enflammer en rythme —, le froid des derniers jours avait tari son chant comme celui des autres *cantaores*, glacé les larmes dans les voix et plus aucun cri modulé ne sortait désormais des gorges douloureuses. Tous marchaient d'un même pas de somnambule, sans qu'aucun sanglot libérateur ne vînt ranimer d'un soubresaut musical la grande joie de se sentir vivre.

Comme rien ne pouvait venir à bout de ce sommeil qui soufflait Clara sitôt la nuit tombée et qu'aucun des deux petits restant à la maison n'était en âge de la prendre totalement en charge, elle se serait laissée mourir de faim si l'accoucheuse n'avait rien proposé.

Ses magnifiques yeux clairs, couleur de paille, grands ouverts sur le ciel tout le jour se fermaient brutalement, comme des portes qu'on claque, pour échapper à la nuit.

Bientôt, il n'y aurait plus de travail à l'oliveraie et Frasquita verrait de nouveau les prunelles de sa petite fille. Pourtant ma mère ne parvenait pas à s'en réjouir, quelque chose lui manquerait, un souffle dans son cou, cette caresse chaque jour renouvelée.

Un jour où le ciel gorgé d'une clarté exceptionnelle avait aveuglé les journaliers, leur dessinant des arabesques au fond des yeux, alors que l'après-midi touchait à sa fin et que tous aspiraient à l'ombre chaude des foyers, la Blanca surgit dans l'oliveraie, affolée : l'enfant avait disparu. Elle avait échappé à la surveillance des aînées et demeurait introuvable depuis plusieurs heures.

Frasquita abandonna sa gaule et appela Anita et Angela.

« Elle tourne toujours son regard vers le soleil. Il a fait un temps merveilleux aujourd'hui, elle aura sans doute été attirée dehors par la lumière », supposa la Blanca.

Ma mère et ses deux filles laissèrent la vieille femme qui, déjà hors d'haleine, ne pourrait pas tenir le rythme et rentrèrent au village pour tenter de suivre la piste de la petite fugueuse.

Elles marchèrent vers l'ouest où le soleil commençait déjà à s'enfoncer, tombant d'un ciel limpide.

Bientôt, il ferait noir et si la journée baignée de lumière avait été douce, la nuit serait glacée. Frasquita courait presque, hurlant le prénom de sa fille. Son bébé mourrait s'il devait passer la nuit dehors, d'autant que le froid le surprendrait pendant son sommeil. Il fallait avancer aussi vite que possible vers le crépuscule, le rattraper avant le soir.

Frasquita aurait voulu retenir l'astre moribond qui s'égrenait tel un gigantesque sablier de l'autre côté du monde, ses yeux pleuraient tandis qu'elle sentait le froid de la nuit s'abattre sur les pierres et les réduire en sable.

De loin en loin, l'écho de sa voix cassée lui répondait et se mêlait au chant d'Angela qui avançait sur une parallèle quelques centaines de mètres plus bas et dont elle ne pouvait déjà plus distinguer la silhouette.

Anita, elle, condamnée au mutisme, ne criait pas. Mais, malgré l'angoisse, elle goûtait l'étrange polyphonie de ce duo multiplié par l'écho qui emplissait le paysage en canon et, quand les voix se taisaient, guettait dans le silence une réponse, si faible soit-elle, qui ne serait pas celle des montagnes.

Du soleil, il ne restait plus que la traîne orangée et, à l'est, l'obscurité s'épaississait graduellement. Les étoiles s'allumaient une à une dans un ciel d'un bleu sombre et intense qu'aucune lune ne venait troubler.

La nuit, c'était la nuit et l'enfant était perdue.

Angela lança ses derniers trilles, puis ce fut le silence.

« Il faut rentrer, dit ma mère étouffant son désarroi et faisant croire aux petites, oui mon Dieu si petites encore, que seul le vent glacé lui faisait couler les yeux. Je vous ai déjà beaucoup fait courir, vous allez attraper la mort. Clara marche vite mais je ne crois pas que ses jambes aient pu la porter si loin, peut-être l'avons-nous dépassée. Nous la dénicherons sur le chemin du retour. »

Frasquita prit ses deux filles contre elle et, les enlaçant pour leur donner plus de chaleur et les sentir vivre contre sa chair — alors qu'un morceau d'elle-même venait sans doute de lui être arraché pour de bon —, elle fit demi-tour et repartit en sens inverse.

Elles avancèrent dans la nuit épaisse, poussées par les rafales, tâchant d'assurer leur pas.

Plongées en elles-mêmes, chacune se remémorait le joli ventre rond, les « pourquoi ? » et les « c'est quoi ? », les baisers mouillés distribués en vrac partout sur la figure que les deux petites mains potelées, posées chacune sur une joue, s'appliquaient à tenir fort alors que son rire découvrait des dents miniatures prêtes à tout dévorer par amour. Et, bien avant tout cela, bien avant les rires et les mots, il y avait eu cette bouche tordue indifféremment vers le sein ou le soleil, cherchant seule, comme si elle pouvait s'échapper du visage dans lequel on l'avait scellée, à attraper, dans un drôle de petit sourire en coin, les mamelons du monde.

Alors, pendant que Frasquita récitait la prière à saint Antoine de Padoue, prière du premier soir, prière des choses perdues, Anita tendit la main vers la gauche.

Le lendemain matin, les gens du village se passèrent le mot.

Les Carasco avaient retrouvé leur petite quelque part à l'ouest.

Sur une colline quelque chose brillait, une petite flamme que seule l'obscurité de la nuit sans lune rendait visible. Et cette lumière n'avait pas sa place dans la campagne noire. Rien ne pouvait expliquer sa présence. Elle brillait moins qu'un feu, elle paraissait totalement immobile et ne pouvait pas être une lampe que la Blanca ou José, partis à la rencontre de Frasquita, auraient agitée sur le chemin pour lui indiquer leur présence ou la route à suivre.

Les gens de Santavela racontèrent que ma mère et ses deux filles avancèrent vers la lumière sans se douter que de l'autre côté de la colline dont elles entamaient lentement l'ascension José, le *padre*, et, loin derrière eux, la Blanca arrivaient, attirés par la même luisance.

D'après la rumeur, ce fut José qui, s'étant finalement décidé à lâcher son coq endormi, arriva en premier et prit l'enfant lumineuse dans ses bras. On se répétait les paroles qu'il avait prétendument dites. On blâmait sa violence, ses blasphèmes :

« Hé, *padre* ! Venez par ici ! C'est pas normal ! C'est la petite qui luit comme ça. Tenez-la un peu pour voir si dans vos bras à vous, elle ne s'éteint pas. Vous croyez que ça se fait d'éclairer le monde en dormant ? À moins qu'elle ne soit en train de crever. Allez ! priez ! Faites quelque chose ! Mais ne restez pas là la bouche ouverte ! Pour une fois que voilà une étrangeté qui peut nous être utile, en tout cas davantage que des cheveux rouges ou une bouche cousue, autant se la garder en vie, celle-là ! Toi qui lui parles chaque jour au gros là-haut, dis-le-lui qu'on veut se la garder, celle-là, qu'on la lui donnera plus tard, mais que pour l'instant elle est trop petite pour crever. Réveille-toi, *padre* ! Elle brille eh bien voilà ! la belle affaire ! On ne va pas y passer la nuit ! »

Dès leur retour de l'oliveraie, hommes et femmes s'étaient déployés autour de Santavela dans l'ombre, retournant chaque pierre, fouillant les broussailles à la recherche de l'enfant perdue. Le village résonna de cris, quand les Carasco rentrèrent.

Pourtant les gens en voulurent une nouvelle fois à cette famille d'être si différente. Dans ce pays où les petits tombaient comme des mouches, Frasquita n'avait encore perdu aucun des siens.

Alors tous s'accordèrent à dire que, dans l'ombre, la petite Clara luisait.

Et pas seulement les mauvaises langues, puisque aujourd'hui encore ma sœur Anita elle-même raconte cette histoire d'enfant lumière, elle affirme que c'était dans la chair, que quelque chose y brûlait si fort qu'on aurait pu utiliser son petit corps de deux ans pour éclairer une pièce.

Durant ce dernier hiver qu'ils passèrent à Santavela, certains soirs dans la maison vide, la lumière qu'elle dégageait était assez intense pour qu'Anita qui dormait dans sa chambre se glissât contre son berceau et poursuivît sa lecture.

C'était comme si Clara gardait sur la peau toute la luminescence accumulée durant ses journées passées à regarder avidement les maigres taches claires que les fenêtres dessinaient sur le sol de la maison. Dès qu'elle trouvait une issue, Clara s'échappait et, immobile dans la courette, elle s'offrait, paumes ouvertes, aux rayons à peine tièdes d'un astre ligoté par l'hiver qui, perdant chaque jour plus de terrain, ne parvenait plus à se hisser qu'à mi-ciel, et encore avec beaucoup de peine, pour être aussitôt repoussé, basculé par les ombres de l'autre côté du monde, entraînant dans sa chute les longs cils sombres de l'enfant solaire.

LE DEUXIÈME COMBAT

Et les arènes furent reconstruites dans les criailleries des oiseaux et le grondement des femmes. Mais aucun murmure, aucun avertissement n'entama la joyeuse humeur des parieurs : la résurrection du Dragon rouge était un signe de Dieu. Ne s'étant pas mêlé du premier combat, il récompenserait ceux qui n'avaient pas perdu espoir.

Tandis que les villageois travaillaient au ramassage des olives, ils avaient tous vu l'oiseau sauvage, dont les os brisés s'étaient remis en dépit du bon sens, abandonné sans soins dans son enclos au milieu des meubles que son maître ingrat avait dû déloger du vieux moulin pour y faire une place à ceux de Frasquita. De beaux meubles, livrés à l'hiver, bien plus précieux que ceux de ma mère et que personne n'aurait osé demander, même pour en faire du bois de chauffage.

Et pour la première fois, cet hiver-là, travailler pour Heredia leur était apparu, non pas comme une injustice, mais comme une chose qui aurait pu être différente. L'oliveraie aurait tout aussi bien pu appartenir à l'un d'entre eux et, avec l'avènement de cette pensée, le monde avait vacillé. Alors, malgré l'opposition des femmes qui craignaient les Carasco, ils voulaient mettre leur poids dans la balance, voir basculer leur univers d'un coup de bec. José, tout fada qu'il était, leur ressemblait et de lui dépendait l'avenir du village.

Rien n'était plus immuable et, pour la seconde fois, tous parieraient sur le coq rouge.

Gonflés de vin, d'espoir et d'une révolte toute jeune encore et ignorante d'elle-même, les villageois piétinaient la terre et hurlaient des encouragements à un Dragon plus écarlate que jamais. Ne plus travailler de père en fils dans l'oliveraie sous le regard noir d'un Heredia, voilà ce que représentait désormais cet oiseau, la fin des certitudes, tel était l'enjeu du combat. Il ne s'agissait plus seulement de gagner quelques sous, mais, bel et bien, de bouleverser l'ordre du monde.

Et néanmoins, tout au fond de chacun d'eux, une fibre mystérieuse vibrait pour Olive, animal sauvage qui se battait davantage encore contre son maître ingrat que contre ses frères à plumes et qui pourtant lui avait déjà permis de multiplier sa fortune. Cette fois, personne n'osa une remarque sur l'aspect pitoyable de ce gueux déplumé dont les morceaux tenaient ensemble tant bien que mal, comme rassemblés par une fureur immémoriale.

Les frères de l'homme à l'oliveraie luttaient au coude à coude avec leurs gens pour se rapprocher des arènes, eux qui avaient déjà perdu tant de terres lors du premier combat étaient revenus, pour reconquérir ce dont ils avaient été dépossédés, pas davantage, car cette fois c'était l'oliveraie tout entière qui avait été promise à Carasco.

Une oliveraie contre quoi ?

Une oliveraie contre la maison où vivait ma mère, cette maison aux murs peints par un enfant et où quelques meubles seulement avaient repoussé. Une maison et sa courette à poules, une maison et sa fenêtre, ornée de becs et d'ergots de fer, derrière laquelle étaient tapis l'aiguille et le regard de la femme qui avait épinglé Heredia à midi dans le bleu du ciel et dont il avait guetté le parfum tout l'hiver dans son oliveraie, souhaitant que le ramassage ne cessât jamais et qu'il pût voir encore et encore ses longs membres emmêlés dans les branches de ses arbres désormais innombrables. Il aurait volontiers demandé au village entier de poursuivre son travail, tout prêt qu'il était à les payer pour une récolte imaginaire, à leur proposer de ramasser des fruits absents, afin de la regarder plus longtemps marcher, charrier ses paniers vides. Il aurait offert ses gains, ses terres pour qu'elle enlace des oliviers en fleur, pour que se mêlent les ombres de la jupe et du cheval, pour jouer encore à effleurer le contour de son corps projeté au sol par le soleil, cette silhouette sombre démesurée et enfermée à ses côtés dans un réseau de branchages comme dans une petite cage. Et cette folie n'avait pas été possible, il n'avait pas osé, il n'en était pas encore là. Pour la revoir, il fallait que les coqs combattent de nouveau car il savait que, cette fois, les femmes se déplaceraient.

Et elles étaient là, en retrait à quelques pas de la masse bruyante des hommes, silencieuses et dignes, tout étonnées de se voir si nombreuses en ce lieu où on ne les attendait pas, et les enfants étaient là aussi qui avaient refusé de se tenir à l'écart. Et quelques secondes seulement après le début du combat, les femmes s'étaient dégagées de leur raideur de demoiselles et s'étaient mêlées aux hommes et aux enfants qui piaillaient pour mieux voir. Sans même s'en apercevoir, elles s'étaient mises à hurler.

« Hé ! le Dragon, on t'abreuvera d'eau-de-vie après ta victoire ! »

« Tu auras toutes les poules du village ! même les miennes ! »

Heredia ne suivait pas le combat.

Debout sur le banc à côté de l'arbitre, il la cherchait sur les bords de la masse compacte des spectateurs. Alors que, commençant à perdre espoir, il descendait de son perchoir, il croisa son regard qui ne se détourna pas et l'épingla dans la foule. Ils se regardèrent longuement de part et d'autre de l'estrade et leurs yeux ne cillèrent pas. Heredia crut mourir tant ce regard dura. Les coqs s'ensanglantaient, les plumes volaient, les cris fusaient, mais leurs deux corps demeuraient immobiles et aucun d'eux ne songeait à briser cette étreinte des prunelles.

On les bouscula et ils se perdirent.

Olive avait pris l'avantage, sa sauvagerie, sa rancœur avaient déstabilisé le Dragon rouge qui ne semblait plus avoir grand espoir de s'en sortir vivant. José, pris de pitié pour son champion, souffrant à chaque nouveau coup d'ergot, rugissait pour qu'on arrêtât le combat. Il voulait sauver le coq, abandonner sa maison, mais sauver le coq afin de le soigner et de tout reconquérir à la prochaine rencontre.

Cependant le public ne le laissait pas faire. Un retournement de situation était toujours possible ! Qui aurait prédit la victoire d'Olive au dernier combat ? Qui aurait pu imaginer que cette dépouille de coq cachait encore une telle violence, une telle hargne ? Il fallait aller jusqu'au bout, ils avaient tous parié une fois de plus sur le Dragon et ils allaient y laisser leur culotte. Ils n'avaient rien à perdre à ce que le combat se poursuivît, ils espéraient encore.

Pour José, c'en était trop, il refusait d'assister impuissant à la mort de son oiseau. Des hommes se jetèrent sur lui alors qu'il s'apprêtait à entrer dans l'arène pour y récupérer son coq ensanglanté qui peinait à garder l'équilibre mais ne fuyait pas pourtant et faisait preuve d'un courage stupéfiant. Le charron, roué de coups, étouffait sous la mêlée. De nouveaux paris furent proposés, certains jouèrent à un contre dix sur Olive pour récupérer un peu de leur mise de départ, d'autres continuaient de croire au coup de bec heureux de la dernière seconde qui tuerait le coq sauvage. Et ce coup arriva, il ensanglanta tant la tête d'Olive qu'il semblait désormais frapper à l'aveugle.

Alors, les paris s'inversèrent de nouveau, on lâcha José qui, un peu sonné par les coups, se remit lui aussi à y croire et brailla des encouragements à son champion.

C'était compter sans l'instinct de survie du coq noir, sans sa capacité à endurer.

Aguerrie aux duels à mort, la bête noire, reflet de la violence des hommes et qui s'en nourrissait, se rassembla, tête, ailes et ergots, et plongea dans le flot écarlate qui lui inondait le regard.

Il y eut un cri de douleur aigu et bref.

Le combat singulier avait pris fin.

Le coq rouge était à terre et Olive, les yeux bandés par son propre sang, ne parvenant pas à trouver la dépouille de son adversaire pour jouir de sa victoire, continuait de frapper à l'aveuglette l'air doux de ce presque printemps qui courait sur les visages comme une caresse.

Le vent de la révolte ne souffla pas et des mains de femme s'emparèrent du tas de plumes rouges...

Abandonnant son moulin et ses arbres, l'homme à l'oliveraie se précipita dès la semaine suivante chez les Carasco et, alors que les meubles perdus regagnaient leur demeure première, une nouvelle fois les regards se croisèrent.

L'armoire était nue, son ruban rouge lui avait été arraché.

En observant l'homme recousu caresser les montants de la porte, en regardant ses mains blanchies par la chaux des murs, ma mère ne pouvait plus ignorer ce qui lui transperçait le cœur. Il hésita, puis entra chez elle accroché à ses prunelles et l'habit noir caressa la main qui avait tenu l'aiguille. Frasquita savait pourquoi elle avait de nouveau recousu le coq rouge et Angela ne lui demanda rien.

« Ce coq ne gagnera jamais ! » se contenta de dire l'enfant, alors que l'homme était dans les murs et que sa mère se dirigeait lentement vers la charrette à bras chargée du peu d'objets qu'il leur restait. Comme cette affirmation ne lui valut pas même l'ombre d'un regard, elle décida d'en parler à son père dès qu'il serait en état d'entendre son avertissement et peut-être d'en tenir compte.

Ceux qui portaient les meubles de Heredia furent

surpris par les fresques enfantines et monumentales qui couvraient tous les murs de la maison. Comme le nouveau propriétaire des lieux restait muet et pensif et qu'il ne daignait pas même répondre à leurs questions, ils placèrent les meubles là où Pedro les avait dessinés.

Derrière Frasquita attelée à la charrette à bras — emplie de linge et d'objets, et sur laquelle José avait posé le Dragon recousu —, poules, coqueleux et enfants traversèrent en caravane un village taciturne et silencieux où chaque regard sonnait comme un reproche.

Dès le lendemain du combat, les arènes n'avaient pas été démontées, mais détruites. Saccagées, mises en pièces, brûlées. Toute la petite communauté s'y était mise. Coups de pied, coups de poing, coups de hache. Il ne restait plus sur la place qu'un petit tas de cendres où chacun venait cracher quand l'envie lui en prenait. Il fallait les comprendre, ces villageois que José avait menés au combat sans le savoir, leur promettant non seulement la victoire, mais surtout une vie meilleure. Le rêve qui les avait portés ces derniers temps était mort, anéanti par la défaite du coq rouge, et son cadavre puait tant qu'il empestait le monde dans lequel tous avaient vécu jusque-là sans imaginer en changer. Il aurait mieux valu ne rien rêver, la dépouille de leur rêve mort putréfiait la vie réelle.

Et voilà que l'espoir était crevé, mais la bête encore vivante.

Pourquoi cette famille s'acharnait-elle à sauver le responsable de leur perte ?

Les Carasco s'installèrent dans la vieille maison des parents de Frasquita laissée à l'abandon depuis leur mort. Petit logis s'il en était pour des enfants habitués à vivre dans de grandes pièces vides aux murs peints.

Et sous les ordres doux de Frasquita, tous les enfants travaillèrent à rendre le lieu agréable, à se l'approprier. Pedro n'eut pas le droit de décorer les murs intérieurs, mais il badigeonna avec ses sœurs aînées la façade à la chaux tandis que la petite Clara trépignait de joie face à tant de lumière.

Quelques jours plus tard, Angela guettait le retour des oiseaux migrateurs, Martirio attirait Clara dans l'ombre en l'appâtant avec le reflet d'un petit bout de miroir, Pedro s'amusait à encadrer les fenêtres d'arabesques de couleurs, obtenues grâce aux premières fleurs, Anita vidait régulièrement ses chaussures des noyaux d'olives et des petits cailloux pointus que sa mère s'acharnait à y mettre et les Six de las Penas habillaient la Vierge bleue. Cahin-caha, la vie avait repris son cours.

Le soir du Mardi saint, ma mère réveille Anita dans la nuit et, alors que tout le village dort, l'entraîne vers le cimetière.

Près de vingt ans plus tard, la voilà sur le même chemin, faisant sans savoir pourquoi les gestes d'une autre et offrant à Anita le bandeau, le vertige, les prières et la boîte. À cette différence près qu'Anita ne répète aucun des mots que la voix de sa mère lui enseigne.

« Peu importe, ils entrent quand même ! » se persuade Frasquita.

Mais, au moment de donner cette boîte tant chérie, sa seule possession, la couturière hésite. Sans doute comprend-elle alors mieux sa mère tellement incapable en son temps de se dessaisir de cet objet.

Frasquita a à peine trente ans et il est déjà l'heure pour elle de céder la place.

Elle se sent poussée vers le vide par ses propres enfants.

Quelque chose la frôle dans l'ombre et cette caresse ne ressemble pas à celle du regard de l'homme à l'oliveraie. Quelque chose la frôle dans l'ombre alors que ses pieds s'enlisent un peu dans la terre encore froide. Soudain ses chevilles sont prises dans un étau glacé, elle s'enfonce, on la tire vers le bas. Paniquée, elle s'empresse alors de remettre la cassette aux mains tendues face à elle et d'arracher son bandeau.

Tout est normal, aucune main diabolique ne lui tient les pieds, aucun fantôme ne lui effleure l'échine, la nuit est claire, le monde est doux et Anita serre dans ses bras cette cassette qu'il lui semble voir pour la première fois et qu'elle n'associe pas à la boîte à couture de sa mère. Frasquita, elle-même, trouve l'objet changé : le bois lui paraît plus clair et, contre la poitrine de sa fille, le cube est plus petit.

« Se pourrait-il que dans neuf mois cette boîte vidée par mes soins soit pleine à nouveau ? se demande-t-elle. Se pourrait-il que des mains m'aient agrippé les pieds et que les morts aient couru sur mon dos ? Se pourrait-il que quelqu'un d'autre que ma fille ait pris ma boîte à couture tandis que cette nouvelle boîte lui était donnée par d'autres mains que les miennes ? Se pourrait-il que cette voix entendue dans mon enfance n'ait vraiment pas été celle de ma mère ? Saurai-je un jour ce qu'il en est des morts et de leur puissance ? »

L'OGRE

L'ogre entra dans le village pendant l'office du dimanche, au beau milieu du printemps, alors que la moitié des femmes en âge de faire des petits avaient le ventre plein.

Depuis plusieurs mois déjà, la Blanca formait Rosa, la fille aînée des Capilla, afin qu'elles soient deux à aider ces soirs de pleine lune où les bébés sortiraient tous à la fois. Mais, d'après Anita, la sage-femme savait déjà qu'elle ne pourrait pas rester terrée plus longtemps. La Blanca sentait sa présence, le savait en marche vers elle.

Il mit pied à terre sur la place de la fontaine. Ses cheveux, son habit, son cheval semblaient avoir été découpés à l'emporte-pièce dans une nuit mutilée, à la lune et aux étoiles arrachées. Son âne qui trottait derrière lui était chargé d'un fatras de sacs et de caisses.

Un étranger à Santavela était déjà un événement en soi, mais aucun étranger tel que lui, aucun savant chargé de plantes, de graines, de pierres originaires du monde entier, ne s'était jamais aventuré si loin sur les sentiers qui menaient au village.

À la sortie de l'église, tous le virent et chacun se précipita chez soi, évitant soigneusement de croiser son regard.

Le sourire aux lèvres, il les observa qui détalaient et finit par héler une femme dont les articulations étaient si douloureuses qu'elle ne pouvait ni accélérer le pas ni se permettre de faire un détour pour rentrer chez elle sans avoir à passer à proximité de l'inconnu.

« Mon nom est Eugenio, je voyage à la recherche de plantes rares et je suis passé maître dans l'art d'utiliser les herbes et de guérir les maux. Je peux peut-être t'aider. C'est aux jointures que tu souffres ?

— Toute la machine est enrayée. Je ne bouge plus que le dimanche pour assister à la messe, marmonna la femme sans même le regarder ni ralentir sa course.

— Des rhumatismes... Il arrive que les douleurs se déplacent ? Qu'elles abandonnent une articulation pour se jeter sur d'autres ?

— Tout juste ! Et c'est surtout la nuit que se font ces changements, répondit-elle en continuant d'avancer à petits pas.

— Tu ne me sembles pas être d'un tempérament assez sanguin pour te trouver mieux d'une saignée au bras. Mais sache qu'il faut te traiter car ton mal peut devenir mortel s'il se porte sur le cœur ou le cerveau.

— Que dois-je faire ? demanda la bonne dame soudain moins revêche.

— Attends ! Je vais te donner des plantes à faire bouillir une demi-heure, tu y plongeras tes articulations douloureuses et tu les y laisseras jusqu'à ce que ta peau se flétrisse un peu. Tu garderas le bain, il pourra te servir plusieurs fois, tu n'auras qu'à le réchauffer. »

Eugenio farfouilla dans les sacs portés par le baudet, il remplit un cornet de papier qu'il tendit à la bonne femme. Comme celle-ci semblait hésiter, l'herboriste explosa d'un gros rire et ajouta :

« Rien de dangereux dans tout cela : romarin, sauge, hysope, laurier, absinthe, fleurs de sureau et de lierre, et voilà une bonne poignée de sel marin à jeter dans l'eau de cuisson. Ce n'est pas la cuisine du diable ! Pour être honnête, je te donne tout ça gratis histoire d'appâter les autres : quand ils te verront courir comme un lapin, ils ne douteront plus de mon savoir. Et tant qu'on y est, je te conseille de soigner tes yeux aussi. Ils coulent jaune — ophtalmie non scrofuleuse. Des cataplasmes de fromage mou avec son petit-lait feront l'affaire. Renouvelle-les toutes les trois heures ! »

La rhumatisante, après s'être emparée des plantes et avoir mâchonné une formule de remerciements, s'apprêtait à repartir aussi vite que ses maux le lui permettaient quand le savant l'arrêta :

« Attends ! Avant de décamper, dis-moi au moins le nom de ce village !

— Santavela, répondit-elle du bout des lèvres.

— Connais-tu une sagette du nom de Blanca ? lui demanda-t-il.

— Oui. Elle vit dans une bicoque, par là, à la sortie du pays.

— Bien, dit l'homme, tout sourire. Rentre chez toi et soigne-toi vite ! Je vais avoir besoin de patients ! Et dis aux autres qu'on peut me trouver chez celle qui aide ! »

Tout en Eugenio était convaincant : sa voix grave et posée, son air supérieur, ses yeux intelligents, son habit raffiné, son magnifique cheval noir et, bien sûr, son discours émaillé de mots savants, mais toujours clair et adapté à son public.

La petite femme fit tout ce qu'il avait prescrit sans hésiter davantage. Et très vite elle s'en trouva mieux.

L'herboriste s'installa chez la Blanca qu'il connaissait et dans les jours qui suivirent le village entier lui rendit visite, en cachette d'abord, puis au vu et au su de tous. Il y eut bientôt tant de monde devant la cabane de la sage-femme qu'il fallut prendre rendez-vous pour le voir.

Il cautérisait les plaies grâce à un crayon de nitrate d'argent qu'il appelait pierre infernale, guérissait les aigreurs d'estomac en diluant de l'eau de chaux dans du lait, la punaisie en faisant renifler au malade une décoction très concentrée de feuilles de ronces. Autant que possible, il utilisait des plantes et des herbes des collines pour soigner les gens.

« La nature fait pousser les remèdes juste à côté des maux, expliquait-il à ses patients. Mais il arrive que certaines maladies viennent de très loin. Transportées sur les ailes des oiseaux migrateurs, elles se propagent de par le monde, même dans les endroits les plus reculés. Et il est alors utile de connaître et de posséder des plantes exotiques. Et puis, je n'en sais pas encore assez sur la faune et la flore de la région, j'ignore tout ce qu'on peut y trouver. C'est à vous de m'apprendre les remèdes que vous utilisez et que vous vous transmettez de mère en fille. J'en suis friand, mon savoir vient de là en partie. Mais en partie seulement... J'ai beaucoup voyagé, rencontré de grands hommes de science, lu quantité d'ouvrages, de traités. Actuellement, tout se joue en France : M. Pasteur y a fait des découvertes stupéfiantes, sur le virus rabique entre autres... »

On l'écoutait avec foi et on le payait en nature : poules, huile, sacs de blé, pains, petits services. Il fixait ses tarifs au coup par coup en fonction du coût et de la rareté des médicaments qu'il prescrivait. Il parlait beaucoup, mais savait aussi questionner les gens et pas seulement sur leurs douleurs, mais aussi sur leurs habitudes, leur vie intime, leurs rêves, leurs enfants...

Une jeune femme au village lui paraissait triste et pâlotte, il l'invitait aussitôt à se rendre chez la Blanca pour l'examiner et lui prescrivait de quoi se régénérer le sang : de l'eau rouillée par quelques poignées de clous. Et la Blanca semblait détester tout cela, ce monde qu'il attirait, ce pouvoir qu'il acquérait de jour en jour, ces connaissances qu'il accumulait sur chacun. Certes, elle lui offrait le gîte et le couvert — quoiqu'il gagnât bien assez pour se passer d'elle —, mais elle le faisait de mauvaise grâce et surtout elle paraissait peu disposée à le laisser seul avec ses patients. Elle le tenait constamment à l'œil et négligeait passablement ses visites chez les femmes en fin de grossesse. Son agacement transparaissait quand Eugenio offrait des amulettes de bonne santé ou pratiquait ses saignées — toujours à jeun.

Souvent il appliquait les sangsues qu'il transportait dans son barda et auxquelles il faisait lâcher prise à l'aide d'une petite pincée de sel, à moins qu'il ne les laissât se gorger jusqu'à plus soif, excitant même les piqûres après que les bestioles s'étaient détachées. Les femmes, qui bientôt lui parlèrent sans pudeur de leurs soucis, s'en virent dans certains cas appliquer quelques-unes près de la vulve. « Pour faire revenir le sang », disait-il.

Mais ce qu'il aimait le plus, c'était soigner les petits enfants auxquels il imposait fréquemment des lavements. Lavements à l'eau froide pour les petits constipés. Lavements à la suie ou au sel contre les vers. Lavements laudanisés pour calmer les coliques. Il ne manquait pas de leur offrir de la limonade gazeuse avant qu'ils ne le quittent afin de leur faire oublier le clystère et de les encourager à revenir le voir.

En moins d'un mois, les villageois s'étaient entichés de leur médecin au point de se demander comment ils avaient pu vivre sans.

La Blanca sentait avec angoisse les pouvoirs du savant enfler, son influence grandir et, à ceux qui la questionnaient sur les raisons de sa venue chez elle, la sage-femme répondait invariablement : « Il est de ma famille » sur un ton qui ne souffrait aucune autre question.

Ni ma mère ni Angela ne lui parlaient jamais de son hôte qu'aucun Carasco n'avait d'ailleurs encore consulté.

Le premier à lui rendre visite fut José qui se déplaça son coq rafistolé dans les bras. Il souffrait tant qu'il ne pouvait plus aller à la selle.

« Des hémorroïdes ! lança Eugenio après l'avoir examiné avec attention. Le plus souvent, mieux vaut ne pas les guérir. Les soigner peut exposer les personnes sanguines surtout à des congestions du côté du cerveau. Pourtant, dans votre cas, il va falloir agir ! Votre anus forme un gros bourrelet violacé et plus rien ne peut passer. Douze à quinze sangsues appliquées sur le bourrelet même feront l'affaire. Penchez-vous en avant et ne bougez pas, que je les place. Après cela, on fera un petit lavement de graines de lin et on se mettra deux à trois fois par jour le derrière sur un vase plein d'une forte décoction de mille-feuille pour en recevoir la vapeur. Dans l'avenir, évitez les plats épicés, marchez davantage et souvenez-vous que, dès que l'on aperçoit des hémorroïdes, on doit chercher à les faire rentrer ! »

Tout en parlant, il introduisait ses bestioles, une à une, la tête en bas, dans une carte à jouer qu'il avait préalablement roulée, puis appliquait le petit tube de papier à l'endroit exact où il voulait que la sangsue prît, et tandis qu'il renouvelait l'opération pour la dixième fois, il s'étonna que José, bien que les fesses à l'air, ne lâchât pas son oiseau.

« C'est un beau coq que vous avez là ! C'est pour moi ?

— Oh ! Non ! Je le prends toujours avec moi par crainte des mauvaises gens.

— Les mauvaises gens ?

— Nombre de ceux que vous soignez aimeraient le voir crevé !

— Tiens donc !

— Il leur a fait perdre beaucoup d'argent. On ne vous a jamais parlé du Dragon rouge ?

— Jamais.

— C'est que vous êtes arrivé au village il y a trop peu de temps. Voilà à peine un mois que vous êtes des nôtres. Plus personne n'en dit rien maintenant. Mais ils n'ont pas oublié. C'est un sacré combattant !

— Voilà ! Maintenant, il n'y a plus qu'à attendre en prenant garde qu'elles ne piquent pas ailleurs ! Ne changez pas de position ! Belle bête ! poursuivit Eugenio en s'approchant du coq. Mais pourquoi diable lui manque-t-il tant de plumes ?

— Son adversaire lui en a ôté pas mal et ma femme a arraché le reste pour le recoudre.

— Elle l'a recousu ? Et où ? Je ne vois pas de cicatrices.

— C'est que ma femme a un don pour cela ! Jusqu'ici, elle ne s'était attaquée qu'aux tissus. Mais voilà deux fois qu'elle sauve mon coq. Il avait tous les boyaux à l'air et des entailles d'une profondeur ! Il reste encore une petite ligne ici. Regardez ! Presque rien. Il était pas beau à voir. Mais il court de nouveau.

— Votre femme est une artiste ! Dites-lui de passer me voir, son talent m'intéresse !

— Et mon coq ?

— Votre coq ?

— Vous pensez qu'il est sur la voie de la guérison ? Qu'il pourra bientôt se battre à nouveau ?

— Franchement, il a bien meilleure mine que vous.

— Tant mieux ! »

Et José repartit si content qu'il ne se souvint pas de ce que lui avait dit le savant à propos de sa femme. Si bien que Frasquita ne le rencontra que quelques semaines plus tard quand elle lui amena en courant la petite Clara qui venait d'avaler sous ses yeux, et sans qu'elle eût pu l'en empêcher, deux aiguilles toutes brillantes de soleil.

En voyant arriver une si jolie enfant dans les bras de cette femme paniquée, il renvoya immédiatement ses rendez-vous du matin qui attendaient devant la baraque.

Ma mère se présenta et, avec agitation, expliqua les raisons de sa visite à un Eugenio subjugué par la carnation et les grands yeux pailletés de sa fille.

Quand l'homme revint de son étonnement, il reprit contenance et s'empressa de rassurer la mère :

« Ce n'est pas bien grave, il est fort rare que de tels incidents donnent lieu à des complications. Pour l'heure, contentez-vous de lui donner de l'huile et de la panade bien épaisse à manger pour mieux faire passer la chose. Il se peut que les aiguilles avalées ressortent par le bras, la jambe ou n'importe quelle autre partie du corps. Mais c'est sans danger. Cette histoire d'aiguille me fait penser à autre chose... N'êtes-vous pas la femme du coqueleux ? Celle qui reprise les coqs avec plus de talent que le meilleur de nos chirurgiens ?

— Oh, vous savez, les gens d'ici aiment à jaser !

— Non, non, je sais de quoi je parle ! J'ai pu juger sur pièces de votre travail le jour où votre mari est venu me consulter. Comment vous y prenez-vous pour obtenir de si jolies cicatrices ?

— Je ne sais pas, je fais les gestes comme ils viennent.

— Si vous le voulez bien, à la prochaine entaille, je vous ferai appeler afin de vous regarder opérer.

— Je doute que qui que ce soit au village accepte d'être recousu par une Carasco. On nous traite en parias.

— Oui, je sais bien... cette histoire de coq... Mais je me targue d'avoir acquis sur les gens d'ici un tel ascendant qu'il me sera aisé de convaincre le pire de vos détracteurs. N'est-ce pas le meilleur moyen pour vous de vous réhabiliter ? »

Et comme ma mère ne répondait pas, il revint à l'enfant qu'il n'avait pas vraiment quittée des yeux durant toute la discussion.

« Revenez me voir dans une semaine pour que nous puissions suivre le cheminement de ces aiguilles. Et toi, petite Clara, que dirais-tu d'une bonne limonade ? »

Frasquita raconta cette entrevue à la Blanca dès que celle-ci vint en visite.

« N'y retourne pas, lui dit sèchement la sagette.

— Mais il est très savant, je surprends nombre de conversations où il est question des gens qu'il a guéris.

— C'est un grand médecin, mais n'y retourne pas ! Pas avec ta fille en tout cas ! Mieux vaut qu'il ne la revoie pas. »

Elles restèrent silencieuses un moment. Ma mère ne comprenait ni la violence soudaine de son amie ni ce mystère qu'elle entretenait autour d'Eugenio. Qu'étaient-ils exactement l'un pour l'autre ? Pourquoi s'était-il arrêté à Santavela ? Et combien de temps un homme de sa trempe resterait-il parmi eux, loin de tout ? Il disait avoir soigné des princes !

Sentant la curiosité de Frasquita, la Blanca lui fit part de son désir de partir.

« Il fallait bien que je me décide un jour à reprendre ma route, expliqua-t-elle. Voilà tant d'années que je vis parmi vous. Rosa Capilla saura prendre la relève, je lui ai presque tout enseigné, elle est douée et, si les femmes te laissent faire, tu n'auras qu'à l'assister en cas de besoin.

— Tu ne peux pas partir maintenant alors que tant de filles sont grosses.

— Beaucoup vont accoucher ces jours-ci. J'attendrai que le plus gros soit passé. Je risque de ne pas dormir durant les nuits qui viennent. Ne laisse pas trop tes enfants traîner.

— Mais que crains-tu ?

— Les ogres, je crains les ogres ! Mon cœur ne m'autorise pas à t'en dire davantage. On voit ses enfants grandir mais on ne les voit jamais vieillir. C'est ainsi. Et dis-moi, toi qui questionnes, comment se fait-il que tu aies de nouveau recousu ce satané coq ? Angela affirme qu'il ne gagnera jamais, pourtant José l'entraîne en vue d'un troisième combat et tu ne dis rien, tu te contentes de faire de tes enfants des bergers ! Que vous reste-t-il encore à perdre ? »

Cette remarque coupa court aux questions de Frasquita qui parla d'autre chose.

Les naissances se succédèrent dans la quinzaine qui suivit et c'est alors que disparut le premier enfant. Un joli petit Santiago de cinq ans que tout le village chercha en vain plusieurs jours durant. Cette fois, les prières de Frasquita s'avérèrent inutiles : le jeune garçon n'était pas égaré et la Blanca partit discrètement si peu de temps après cette disparition que certains la mirent à son compte. Mais bientôt ce fut au tour d'une fillette de ne pas revenir des collines et l'on cessa d'accuser la sagette d'autre chose que de les avoir abandonnés sans un mot en ce début d'été.

Qu'un enfant s'égarât, se blessât et mourût loin du village sans qu'on retrouvât son corps était chose possible. Mais comment croire encore à un accident maintenant qu'il en manquait deux ?

Frasquita se souvenait des paroles de la femme qui aide. Elle craignait les ogres, disait-elle, et lui conseillait de ne pas laisser traîner ses enfants, de ne pas retourner voir Eugenio avec Clara, cette si jolie petite fille que le savant n'avait pu quitter des yeux le jour de la consultation. Frasquita interdisait depuis aux plus jeunes de quitter le patio, elle avait exigé que José installât un loquet suffisamment haut pour que Clara ne pût plus ouvrir la porte d'entrée.

« Cette porte doit être tenue fermée ! » hurlait-elle depuis un mois en partant pour les collines garder les bêtes de Heredia à la place d'Angela et de Pedro.

Après la disparition du second enfant, elle n'était plus la seule à prendre garde à ses petits et rares étaient ceux qui traînaient sans raison. Les jeunes bergers étaient remplacés par leurs aînés et chacun observait son voisin.

Frasquita ne tenta pas de parler aux gens du village, elle se contenta d'aller à confesse et, derrière la grille de bois, elle répéta au *padre* ce que la Blanca lui avait dit avant de partir.

« C'est grave d'accuser un homme d'être un criminel. Avant la venue de ce savant, les enfants ne disparaissaient certes pas, mais il en mourait davantage. Il soulage bien des douleurs et le village ne jure plus que par lui. Depuis quelques jours, chacun se trouve son coupable et vient m'en parler. Et autant que tu le saches, ton mari est en première ligne. Je parviens à peine à calmer les esprits.

— Mais José ne quitte plus la maison, il a même renoncé à faire courir son coq dehors depuis que les enfants lui jettent des pierres !

— C'est justement de cela qu'il s'agit, le petit Santiago qui a disparu était de ceux qui lançaient des cailloux. »

Frasquita se tut. Elle savait son homme innocent et la rancune des villageois tenace.

« N'accuse personne, surtout pas Eugenio, reprit le curé. Le village qui veut garder son médecin serait prêt à lyncher ton mari pour le protéger. De plus, ce garçon m'a confié qu'il ne resterait plus longtemps au pays. Surveillez tous vos enfants et je garderai un œil sur notre homme. N'as-tu rien d'autre à me confier ?

— Non, rien.

— Pas de mauvaises actions, pas de mauvaises pensées ?

— Rien que de l'amour.

— Parfois l'amour lui-même peut être coupable. Si aucun autre enfant ne disparaît et si José lâche son oiseau et reprend son travail à la forge, la rancune passera en quelques mois. Je prie tant pour ces pauvres petits. »

Le curé tint parole, il s'attacha aux pas du savant en prétextant un soudain intérêt pour la science, intérêt qui sûrement n'était pas feint.

Une semaine plus tard, Eugenio, sans doute lassé des éternelles questions du *padre*, faisait ses adieux à la petite communauté éplorée et lançait son cheval sur les traces de la Blanca.

Aucun autre enfant ne disparut en ce début d'été et les moissons purent commencer sur le plateau.

LE TROISIÈME COMBAT

Quand, vers le début du mois de septembre, José traversa le village son coq cicatrisé sous le bras, tous comprirent qu'il se dirigeait vers la nouvelle demeure de Heredia et cela ne leur dit rien qui vaille. Sur son passage, les femmes appelèrent leurs enfants qui jouaient dans les ruelles et les portes claquèrent.

Au fond, les villageois savaient que José n'était pas l'ogre qu'ils avaient imaginé et beaucoup commençaient même à se demander si leur bon médecin, qui les avait si tranquillement abandonnés à leurs rhumatismes et à leurs plaies, n'avait pas trop gavé leurs enfants de limonade. Mais l'ancien charron manifestait une telle passion pour son coq ! Personne ne comprenait qu'il consacrât sa vie à cet éternel perdant. Et surtout, tout en se reprochant d'avoir mordu deux fois à l'hameçon rouge, chacun craignait d'être repris par le rêve.

Si troisième combat il y avait, Santavela ne voulait pas en entendre parler.

José pouvait bien se perdre, refuser de reprendre son travail à la forge qui ne lui appartenait plus, jouer sa vie ou celle des siens, s'il le désirait, personne ne tenterait de l'en dissuader. Le *padre* avait d'ailleurs essayé, en vain : l'homme était perdu. Tant que sa sorcière de femme s'acharnerait à sauver cette maudite bête, celle-ci le posséderait.

Quant à Heredia, grâce au coqueleux, il était entré au village et il paradait désormais à cheval dans les ruelles comme si chaque pouce de terrain lui appartenait. Les collines ne lui suffisaient plus, ni même les champs et les vignes dont il avait dépossédé ses frères, il s'imposait quotidiennement, à leur porte, et il fallait le saluer plusieurs fois par jour, s'effacer devant l'ombre de sa monture, se couler dans les murs à son passage.

Le coq rouge avait accentué leur servitude en installant le seigneur parmi eux.

Olive, l'oiseau gueux, ne s'en trouvait pas mieux, il tournait en rond dans l'ancienne cour du Dragon où il ne pouvait plus même humer l'air des collines et traînait sa rage dans cet espace clos de murs dont il avait fait ses adversaires quotidiens. À combattre contre des pierres, il s'était émoussé les ergots et fendu le bec.

Dès qu'il en avait été de nouveau capable, le Dragon rouge n'avait jamais manqué de répondre à l'appel d'Olive. Et leurs chants qui transperçaient Santavela d'est en ouest devenaient obsédants.

Quelque chose couvait qu'on voulait ignorer. Deux enfants avaient disparu quelques mois plus tôt, mais la tension n'avait pas été plus vive dans les jours qui avaient suivi leur disparition que dans ceux qui précédèrent le dernier combat.

Car c'était bien d'un nouveau défi qu'il s'agissait.

Et Heredia accepta que l'affaire se déroulât dans sa cour. L'homme qui courait les rues chaque jour à la recherche du visage de ma mère et mourait de désir pour une femme dont il n'avait jamais entendu la voix accepta de tout remettre en jeu pour la posséder.

Ce fut une lutte à mort, à huis clos, aérienne et silencieuse. Un sacrifice...

José ne rentra pas chez lui ce jour-là, et personne ne put recoudre le prince des coqs pour la troisième fois éventré par un gueux.

LA DERNIÈRE DETTE

Heredia arriva devant la maison de Frasquita et s'arrêta un instant dans la fente des volets. Dans l'embrasure de la fenêtre, les enfants s'amassèrent en grappe pour l'épier.

Sans doute se souvint-il de la main qui avait guidé l'aiguille jusqu'à lui, de ce regard sur son habit, de ce baiser du bout des lèvres, de ce lien, de ce fil coupé d'un coup de dent.

Sans doute s'était-il maintes fois enivré de l'odeur de lavande dont elle avait imprégné son armoire, du parfum de cette femme qu'il rejoignait enfin, pour toujours, lui semblait-il.

Sans doute se rappelait-il autre chose encore. Il n'avait pas pu oublier si vite le visage de mon père. Les yeux écarquillés qui suppliaient qu'on laissât son coq se battre encore, qui lui mendiaient un dernier combat.

Sans doute entendait-il toujours cette voix blanche qui gageait sa bicoque — ce petit coffre clair renfermant tant bien que mal les rires, les jeux et le sommeil de cinq enfants, mais qui n'avait de valeur que pour eux. L'homme à l'oliveraie s'était presque détourné — pourquoi ne s'était-il pas pressé, pourquoi n'avait-il pas échappé plus vite à l'emprise de ce regard fou ? — quand les pupilles de mon père avaient débordé, quand l'homme exalté lui avait livré son ultime possession : le corps de sa femme.

Mon père avait alors raconté le sein rond dans sa paume comme un petit animal doux et chaud. Sa main avait accompagné les doigts de son adversaire sur la courbe des reins, les avait guidés dans l'ombre d'un sexe de velours noir. Leurs narines avaient flâné sous des aisselles saturées du parfum des collines.

Oui, sans doute, l'homme à l'oliveraie pensait-il à tout cela, et au sang et aux plumes rouges et à ce coq flambé, quand il arriva devant la petite maison blanche.

Deux coups contre la porte éparpillèrent la grappe d'enfants. Frasquita longue et fluide traversa la pièce et ouvrit.

La lumière inonda la pièce presque vide et les petits visages hostiles.

La silhouette sombre de l'homme se découpait sur la lumineuse poussière de cette fin d'été. Aussi noire que son ombre qui, déjà, s'étendait dans la maison. Heredia dégageait une humidité tiède, son eau sourdait de tous ses pores et le mouchoir tassé dans la poche de son pantalon y faisait une terrible bosse. Angela le fusillait du regard, imaginant le morceau d'étoffe tout chiffonné, tout durci par sa sueur, par son désir de notre mère. Elle songea à la servante qui avait à le laver, à le frotter dans le bac en bois, celle qui, tout à sa tâche, lui offrait chaque matin un mouchoir lisse et blanc pour qu'il pût y épancher son désir. Cette fois, le mouchoir serait sa mère, si claire dans l'ombre de cet homme.

« Je viens pour le règlement de la dette contractée par votre mari. Une dette de jeu, une dette d'honneur, dit l'homme à l'oliveraie d'une voix presque enfantine.

— Resterait-il encore quelque objet de valeur dans cette maison ? » lui demanda la couturière, les yeux plantés dans les siens.

Il soutint son regard, sans que rien ne s'effondrât en lui, sans que rien ne s'enfuît.

Le corps de ma mère tressaillit, puis lentement, très lentement, elle se tourna vers Anita et lui demanda de sortir, d'aller jouer dans la ruelle avec les petits afin que cet homme qui transpirait tant pût entrer au frais de la maison.

Les enfants s'effacèrent en silence dans l'éblouissante poussière du dehors. Seule Angela se débattit un peu pour la forme avant d'accepter de suivre son aînée. Et la maison se referma.

Frasquita et l'homme à l'oliveraie se retrouvèrent seuls et la pièce s'emplit de leurs parfums.

Il ne dit pas un mot et s'approcha d'elle lentement. D'un pas, il entra dans le cercle où vibrait sa présence, dans cet air qu'elle respirait. Plus proche d'elle qu'il ne l'avait jamais été, il releva sa main et lui effleura la joue.

Elle ne bougea pas sous la caresse.

Elle sentit son corps livré s'abandonner entre les deux grandes mains de celui qui l'avait gagné. Puis elle remarqua le regard chaviré de l'homme recousu et elle vit ses gestes s'accélérer. Elle sut qu'il aurait voulu parler, mais que son désir ne lui en laissait pas le temps. Sans résistance, elle se laissa allonger sur le sol. Après quelques maladresses et une courte errance dans le labyrinthe des tissus, il comprit qu'une jupe se trousse plus vite qu'elle ne se défait.

Elle le suivit, mains et lèvres humides, tandis qu'il se perdait, affolé, entre le lin et la peau de ses cuisses ouvertes, puis elle vit le sexe mauve jaillir du pantalon et sa main à lui le tenir comme une dague. Il faillit s'arrêter à l'orée de sa chair, elle sentit son membre contre son poil brun et soyeux, un instant immobile. Mais il poursuivit sa course. Il se glissa en elle profondément et ce fut doux malgré l'impatience et la force. Ce fut leurs corps encastrés l'un dans l'autre au même rythme, avec les mêmes soupirs, puis ce fut elle qui voulut plus, plus fort, plus loin, ce fut elle qui voulut. Alors, elle entendit un fil se rompre.

Il pleura quand il jouit, lui qui n'avait jamais pleuré. Il ne voulut pas sortir de son corps à elle et y demeura le plus longtemps possible.

Il lui dit : « Tous les jours, je viendrai tous les jours, je m'enracinerai en toi. »

Et elle resta silencieuse, regardant l'ombre de cet homme au parfum d'olivier danser seule sur les murs nus.

Elle chercha les yeux tant désirés, mais les yeux s'étaient retirés, ils regardaient le sol où elle n'était plus. Elle attendit nue, debout devant lui, splendide, mais l'homme effiloché n'osait plus contempler ni son visage ni ce corps qu'il avait pris une fois pour toutes, peut-être.

Dehors, les enfants voulaient savoir.

Angela commença à frapper contre la porte et les volets, elle s'usa les poings sur le crépi blanc, des petits poings rougis, crayeux, les petits poings meurtris d'une enfant de dix ans encore impuissante face au désir des hommes. Exténuée, la fillette se tourna vers son grand allié, son frère Pedro. Le garçon prit alors un morceau de bois dont l'extrémité était brûlée et il dessina.

Il se servit de la façade blanche comme d'une toile et y amarra un gigantesque navire, lui qui n'avait jamais croisé de bateau. La grand-voile gonflée, une coque et une proue magnifiques.

Sous le ciel de midi, tout chargé d'indifférente clarté, l'homme à l'oliveraie s'en fut alors que l'enfant porté par ses sœurs aînées finissait le haut du dessin.

Aucune ombre ne cernait plus son contour.

Son pas était tranquille, il ne se retourna pas et s'effaça dans la pâleur du village.

LE DÉPART

Du temps souffla sur le mur gribouillé, sur les petits meurtris, sur la poussière muette des ruelles.

Du temps s'échappa.

Une éternité de soleil dru.

Et Frasquita Carasco sortit à son tour dans la rue, face aux enfants.

Ses cheveux soigneusement ramenés en un chignon bas et rond. Elle parut. Belle comme une jeune morte.

Ils ne la reconnurent pas d'abord. Ils ne virent que l'éclat des mille roses de tissu qui paraient son corsage. Son cou, ses épaules, son visage s'échappaient en bouquet des fleurs aux pétales durs et soyeux. Elle resta un long moment muette dans une splendeur de noces, comme sculptée dans un matériau mixte : marbre, peau et tissu, chair de fleur et de femme mêlées.

Statufiée face à la rue qui venait mourir devant sa bicoque.

Seule face au village qui, la guettant replié derrière ses façades froides, grondait dans ses orbites de pierre cernées d'ombre et vides de prunelles, de couleur, d'iris, vides de toute fleur.

Elle était seule face à ces yeux, nombreux, multipliés, fixés sur sa beauté et incapables de s'éblouir même à cette heure blanche.

Sans un bruit, sans un souffle, l'ombre des fenêtres grouillait de regards invisibles. On suait sans doute dans les trous. On puait. On se mordait la langue dans les maisons crevées. On espérait qu'une voix s'élèverait, qu'un cri viendrait rompre l'enchantement ou qu'un rire monterait, un de ces rires-grenades.

Mais durant tout le temps que ma mère mit à se décider, personne ne dit rien et la rue resta déserte. Aucun rire ne vint faner la nouvelle épousée.

Alors, les enfants virent leur mère se retourner vers ces quatre murs dont elle s'était extraite comme d'un cocon.

Ils virent la façade éventrée, ils comprirent que ce passage, cette porte, était trop étroit, que cette baraque était trop petite pour que la large corolle de notre mère eût jamais pu venir de là, trop sombre pour contenir tant de lumière. Les pans de la robe avaient dû s'ouvrir une fois dehors, la blancheur avait sans doute été puisée dans l'éclat de midi.

Les enfants surent que jamais plus leur mère ne pourrait regagner sa tanière, qu'elle était brutalement devenue trop grande pour elle, trop immense pour vivre ici dans ce trou noir, dans cette rue, dans ce village. Ils crurent que ce regard de leur mère qui surnageait quelque part au-dessus d'une roseraie de tissu se noierait bientôt, coulerait dans le corsage, dans le socle splendide. Ils redoutèrent l'instant où leur mère disparaîtrait dans le mirage de sa robe de noces.

Elle se détourna, ses épaules, son cou, son visage pivotèrent lentement sur leur tige de tissu.

Les fleurs s'agitèrent.

Et leur mère resta là, entière, flottant toujours dans une myriade de roses.

Sa robe devint plus ample encore, sa blancheur parut plus intense jusqu'à cacher la petite porte.

Cette femme fleur, cette tache blanche sur leur rétine voila le regard des enfants longtemps après que la mère eut disparu de devant la maison.

Il y eut la plaie noire sur la façade. Il y eut ce dessin qui emplit soudain les yeux de ma mère, cette maison devenue bateau, cette grande voile de crépi blanc, ce trompe-l'œil maladroit et le silence des enfants, cette rue aveugle et ses fenêtres closes. Puis, dans ce vide solaire, il n'y eut plus que le grand navire, dressé là d'un coup face à elle, comme la seule porte ouverte.

Elle le vit apparaître par-delà le dessin. Il venait la chercher, l'enlever. Si loin de la mer, si loin de tout cours d'eau, il avait avancé par les chemins, il avait remonté les rivières à sec. Il avait élargi la petite rue poussiéreuse, toutes voiles dehors, poussé par un vent constant, et s'était échoué contre sa porte.

Un bateau à sa mesure pour embarquer sa douleur et sa joie, un bateau pour que cessât l'horreur de ne pas s'appartenir, un bateau pour être, enfin !

L'heure du départ.

Tout le silence de la mer s'était déversé dans les rues. Tant d'eau à venir, tant de chemins à parcourir ! Et cet enfant roux qui l'embarquait dans son rêve !

Elle ne put résister à l'envie de croire à cette issue, à ce monde dessiné.

Selon certains, des familles juives persécutées par l'Inquisition s'étaient un jour embarquées sur un tel navire peint par un rabbin sur le mur d'un cachot à Séville. Ils avaient quitté la ville, l'Espagne, avaient gagné la mer, l'avaient traversée et étaient arrivés dans une oasis si lointaine que personne n'avait jamais pu les retrouver.

Il lui fallait croire à ce navire, prendre son sac à couture et embarquer tous les enfants dans l'arche.

Ma mère resta un long moment les yeux rivés sur le dessin, sur le mur, sur la splendide caravelle, si bien que la voile finit par faseyer légèrement, agitée par un frisson des murs. Le vent se leva, gonfla l'immense toile blanche, et ma mère s'arracha à l'image. Elle se tourna vers la charrette à bras, y entassa pêle-mêle les enfants, les couvertures, les chandelles, les deux pièces de drap qui restaient, les fougasses de la veille, de l'huile, des œufs, le jambon, du pain, elle prit sa chaise aussi je crois, jeta un dernier regard à l'ombre abandonnée qui dansait sur les murs et nous partîmes.

Un coq chanta dans les collines.

DEUXIÈME LIVRE

LA TRAVERSÉE

LE MILIEU DU CHEMIN

Par où commencer ?

Malgré tous ces mots déjà couchés sur le cahier, voilà que se pose la question d'un début.

Nous partîmes droit devant nous dans la trace de notre mère.

On dit que j'étais là déjà, dans la chair, sous les fleurs de tissu. Et ensuite ?

Ensuite, l'espace démesuré et le temps pelotonné, pas de commencement. Un point unique tenant l'infinité des mondes ensemble. Un point reliant nos tissus de chairs et de mots. Un point, un nœud à défaire pour que la vie soit.

Commençons par le milieu du voyage.

Après trois jours de marche, le chemin qui partait du village se démultiplia à l'infini dans les collines et, au matin, Frasquita ne bougea pas.

Toute la nuit, elle avait regardé ses cinq enfants endormis, mêlés aux racines d'un grand chêne solitaire. Face à cet enchevêtrement amoureux de membres et de branches, elle avait douté. Voilà déjà longtemps qu'elle marchait, poussée en avant par la charrette, sans songer à rien d'autre qu'à ne pas trébucher sur ces pierres étrangères qu'elle foulait pour la première fois.

Elle allait basculer dans un monde immense.

Plus jamais dans la suite, le cours de ses pensées ne ralentit notre fuite, toute son énergie passa dans ses jambes.

Mais où allait-elle ? Où trouverait-elle de quoi nourrir ces petits corps abandonnés, bouches ouvertes, où circulait une même sève ?

Derrière elle, à quelques pas, elle se souvenait du moindre caillou. Mais devant, rien ne bornait plus l'horizon.

Elle fut tentée de rebrousser chemin, de reprendre la route vers ce qu'elle n'avait pas encore cessé d'être, de rejoindre cet homme auquel elle n'appartenait plus et cet autre tout empêtré dans ses arbres. Revenir semblait encore possible.

Que faisait-elle vêtue de sa robe de noces, au milieu de nulle part, armée d'une épée pas plus grosse que le pouce et le cœur plein encore du moment où le costume s'était arrimé à sa fenêtre, de ce moment de plein midi où pour la première fois son aiguille l'avait piquée au doigt ?

Pourtant, elle le savait, rien n'aurait pu empêcher leur rencontre au-dessus des cerbères ailés, volatiles de fer, dragons de basse-cour. Rien n'aurait pu empêcher cela, aucune grille. Une fenêtre même grillée reste une fenêtre et Frasquita y avait fait le guet, assise sur sa chaise, derrière les jalousies, depuis son arrivée dans l'antre Carasco. Oui, si ma mère se piqua un jour, ce fut ce jour-là, ce jour de leur rencontre. Mais qui donc avait bu la goutte rouge qui avait perlé à son doigt ? L'habit, la couturière ou Heredia, cet homme au parfum d'olives, je ne sais.

Revenir. Ne pas avoir à choisir parmi ces routes qui s'offraient à elle. Ces sentes dessinées par des pas inconnus et qui couraient sur le monde, le traversant de part en part.

Mais du chemin unique qui venait du village, rien ne l'avait rattrapée de son passé.

L'homme à l'oliveraie hurlait à son armée de bois de lui ramener celle qui l'avait raccommodé sous le soleil, sans rien tenter pour la rejoindre. Son ombre, perdue pour la deuxième fois, hantait désormais la maison qu'elle venait de quitter. Quant à Carasco, peut-être pleurait-il enfin sur la dépouille du coq rouge, la mort de sa mère, maîtresse de ses douleurs.

Non, rien ne viendrait plus la retenir que la mort qui marchait à petits pas.

Angela et Clara, réveillées comme toujours à l'aube, l'une par la lumière, l'autre par les oiseaux, observaient la couturière du coin de l'œil, de peur qu'elle ne s'enfuît, les laissant seuls entre ces dents de pierre, comme les mères le font parfois dans les contes.

Pourquoi était-elle partie ?

Les hirondelles brodaient inlassablement sur le bleu du ciel des signes invisibles qui ne prenaient sens que pour Angela et lui parlaient d'avenir.

Quel que soit le chemin choisi, il s'arrêterait bien quelque part, il suffisait de s'y engager.

Frasquita réveilla ceux des enfants qui dormaient encore et piqua vers le sud.

LE MOULIN

Tout au bout du sentier que ma mère s'était choisi apparut le moulin. Seul dans l'océan de collines à agiter ses grands bras comme pour nous inviter à le rejoindre. Ma mère échevelée, caparaçonnée dans sa robe de noces bardée de fleurs, et tirant avec peine sa charrette pleine d'enfants, répondit à l'invite. Le meunier au poil blanc de vieillesse et de poussière la repéra de loin et, comme effrayé à l'idée d'être seul au monde, courut vers nous qui grimpions sa colline.

« Laissez que je vous aide ! claironna-t-il. Mes bras sont plus forts qu'ils n'en ont l'air ! Je vais derrière votre voiture pour pousser ! Dans peu de temps nous serons au sommet ! Quel bonheur que vous passiez par là et avec tous ces enfants ! Mon Dieu, mais combien sont-ils ? Ils bougent tout le temps, impossible de les compter ! Tant mieux, ils n'en sont que plus nombreux ! Je vais vous servir de l'eau du puits, bien fraîche ! Vous verrez comme on est bien en fin de journée assis sous ma tonnelle. Avec cette eau, je fais pousser une petite oasis, un paradis… Tenez, prenez place ! Voilà des bancs qu'il suffit d'épousseter un peu ! Tout est blanc ici. Asseyez-vous ! Je reviens… »

Il leur apporta du lait de ses chèvres encore chaud

et du pain fort dur qu'ils laissèrent tremper dans les bols pour le ramollir.

Les enfants riaient à l'ombre des fleurs grimpantes, heureux d'être enfin arrivés quelque part. Seule Martirio restait à l'écart, refusant de toucher au pain et au lait, et dévisageant l'homme avec impertinence.

« Mon moulin est le plus vieux de la région, ceux d'en bas l'ont bâti sur cette colline à cause du vent. Ici, ça souffle mieux qu'ailleurs et ma farine est la meilleure. Je vous en donnerai. Vous verrez, cela ne ressemble à rien. Tous ces petits ! Quelle joie ! Celle-là est plus sauvage que les autres, elle ne cause pas plus que ton aînée, ajouta-t-il en montrant Martirio. Elle est muette, elle aussi ?

— Non. Ça lui passera ! » répondit ma mère rassurée par l'allusion à la farine.

Le vieux meunier se raconta avec délice, il dit tout ce monde qui passait chez lui à la saison, puis, tout en parlant, il installa des paillasses dans la petite maison attenante au moulin, une couche par enfant et cela sans poser la moindre question à ma mère sur son étrange tenue, son voyage... Elle lui en fut infiniment reconnaissante.

À la tombée du jour, alors que Pedro parcourait le jardin emplissant ses poches des gros morceaux de craie qui y poussaient comme du chiendent, le meunier s'éclipsa en s'excusant.

« Le voilà qui se lève, depuis quelques jours, c'était le calme plat. C'est mon seul adversaire, mon seul compagnon, j'ai peur du silence des jours sans vent. Alors quand il souffle, je réponds toujours à son appel. Je vous laisse donc, j'ai du travail. Dormez bien, une longue route vous attend pour rejoindre ces hommes qui m'ont délaissé ces derniers temps. »

Tous se couchèrent et, se sentant à l'abri sous les ailes du moulin, s'endormirent aussitôt. Le sourire du vieillard solitaire, ses pauvres meubles comme blancs de farine et le lait de ses chèvres inspiraient confiance.

Mais, au cœur de la nuit, Martirio se faufila dans le moulin et y observa l'homme blafard au travail. Au lieu de blé, il s'appliquait à faire basculer des blocs de craie sous sa meule.

« Tu n'as plus peur de moi ? lui demanda-t-il sans se retourner.

— Encore un peu. Il faut du temps pour s'habituer à votre visage.

— Je suis donc devenu si laid ?

— Tu mouds des pierres ? lui demanda-t-elle sans répondre.

— Une pierre tendre et blanche qui n'abîme pas ma meule, tout le flanc ouest de cette colline est friable, c'est là que je trouve mes cailloux.

— Et le monde ? interrogea encore l'enfant.

— Avant votre arrivée, j'avais peur qu'il n'existe plus. Voilà si longtemps que je suis seul. La nuit est claire, tu vois cette crête, à droite, juste en face de ma colline. Eh bien, juste derrière, s'étendait une plaine riche de blé et d'hommes. C'était là que le monde commençait autrefois. En prenant sur la gauche, par le chemin muletier, on évite les hauteurs. Ce n'est pas si loin. Mais plus personne ne vient d'en bas et je n'ai pas la force de quitter mon jardin pour regarder ce qui s'est passé. Je ne sais même pas s'ils sont encore là. Si tu les croises, toi qui as de bonnes jambes, dis-leur que je les attends, que le vieux moulin tient encore debout et qu'il a faim de blé à moudre ! Raconte-leur le vent d'ici. »

Martirio ne promit rien et posa une autre question :

« Depuis combien de temps les hommes t'ont-ils oublié ?

— Plus rien ne bouge que le vent et certains jours, quand le vent lui-même se tait, je pleure, souffla l'étrange meunier comme blanchi à la craie en emplissant trois sacs de poussière.

— Ce sont les sacs que tu as promis à ma mère ?

— Laisse-moi travailler en paix, petite fille, murmura-t-il avec tendresse, et va dormir. Nous ne nous reverrons que trop vite et sans doute aurons-nous le temps de parler. »

Le lendemain, alors que ma mère s'apprêtait à partir, le meunier traîna trois gros sacs bien fermés jusqu'à la charrette. Frasquita les hissa sur la plate-forme avec l'aide des aînés. Ainsi ses enfants auraient du pain, le cadeau était de taille. Elle proposa le morceau de jambon qui leur restait au bonhomme blême, il le refusa, montrant dans un large sourire le peu de dents qu'il avait encore. Le vieillard embrassa gentiment les enfants un par un, et salua Martirio qui le fusillait du regard mais ne disait rien de peur d'effacer trop vite ce que la joie de savoir sa famille à l'abri de la faim dessinait sur le visage de sa mère.

Quand à la mi-journée, après un début d'ascension rendue plus pénible encore par le poids des sacs, Frasquita et ses enfants se tournèrent vers le moulin, il leur sembla n'apercevoir au loin dans le soleil qu'une carcasse de pierres démembrée et battue par les vents, une ruine aux ailes et au toit arrachés plantée sur une montagne de craie. Quant au jardin et à la treille, ils n'en virent nulle trace.

Martirio, elle, ne se retourna pas. Elle savait.

DIALOGUE DANS LA MONTAGNE

« Oh ! la Blanca, tu traînes la patte ! Ne sois pas nigaude, donne-moi ton sac, que je l'accroche à mon âne !

— Laisse-moi en paix, Eugenio !

— C'est facile de te tracer maintenant. Tes jambes te trahissent avec l'âge. Tu vois, je te laisse même de l'avance, je continue à me faire plaisir quelque temps après ton départ, puis je me lance à ta poursuite. Cela devient trop simple depuis Santavela. Là, au moins, tu m'as donné du fil à retordre. Seize ans, il m'a fallu seize ans pour arriver à te dénicher dans tes montagnes, au bout du monde. Où que tu ailles, j'irai. Me casseras-tu encore les jambes pour me semer ? Cette fois, je suis prévenu. Tu es ma seule attache. Te souviens-tu de cette première fois où tu m'as abandonné ?

— Tu ne voulais pas changer. Tu promettais, j'ai tant pardonné, tant oublié. Ces petits cadavres...

— J'étais jeune, avec ton aide j'aurais peut-être lutté... Maintenant c'est trop tard, par ta faute. J'aime leur parfum, leur visage sans ombre, leur curiosité, leur vie qui palpite entre mes mains. Je vis, je marche, je respire pour cela, pour effeuiller ces petits corps délicats.

— Tu n'es pas né ogre. Enfant, tu étais doux, tu pleurais dans mes bras.

— Je t'aimais, je voulais être celui que tu désirais. Mais j'ai grandi.

— Je ne veux plus t'entendre. Tu ne m'es plus rien...

— Si je ne te suis plus rien, pourquoi ne me livres-tu pas à leur justice ? Pourquoi t'enfuis-tu chaque fois sans rien leur dire ? Si je ne te suis plus rien, efface-moi ! Prends ce couteau et saigne-moi ! Qu'attends-tu ? Je ne m'opposerai pas à ta volonté, je ne crains pas la mort si je te la dois ! Pense à tous ces enfants ! Regarde, je viens à ta portée. La lame est sur mon cou. D'un seul geste, tu me gommes. La Blanca, que fais-tu ? Reviens ! Alors tu vois bien que je compte encore ! » hurla Eugenio hilare en ramassant le grand couteau que la sagette avait lâché avant de reprendre la route.

LA DERNIÈRE CRÊTE

Au pied de la dernière crête s'étendait la plaine, pavée de champs, de prés, de bois, noire par endroits des feux qu'on y avait allumés après la moisson, verte d'arbres à l'ombre large, grouillante d'hommes qui s'agitaient en tous sens, passant d'une maison à l'autre, d'une route à l'autre, d'un hameau à l'autre. Ainsi, le monde ne s'était pas retiré : à une journée de marche du vieux moulin, il vibrait toujours avec force.

« Il faudra leur dire pour le meunier, dit Angela.

— Non, ne dis rien. Personne ne te croirait », affirma Martirio du haut de ses sept ans.

Sur le flanc du grand talus dont ils entamaient la descente la végétation allait en s'épaississant et les deux petites filles oublièrent le moulin en s'amusant à débusquer les cigales dont le chant s'éteignait à leur approche, elles cueillirent ensuite tant de fleurs et de feuilles que la charrette se transforma en *paso*, Clara assise sur les sacs y jouait le rôle de la Vierge.

Angela attaqua un chant religieux en tenant un grand bâton en guise de cierge. Sa voix allait, trillant son cantique, ivre de liberté et de joie. Alors trois hommes à pied, armés de mousquets, tirant un âne, et un cavalier aux yeux clairs surgirent de derrière les pierres. Le chant s'arrêta net et les enfants se regroupèrent dans les jupes encore blanches de leur mère.

« À peine mariée et déjà tous ces petits ! Tu vas vite en besogne. Et le père ? demanda le plus jeune des hommes.

— Par là, derrière..., mentit ma mère.

— Voilà un moment que nous vous guettons et nous n'avons rien vu qu'une femme seule en grande robe de noces tirant une charrette chargée avec toute sa marmaille dans les pattes. Qu'as-tu de beau dans ces sacs ?

— De la farine pour nourrir mes enfants.

— Eh bien ton blé servira une autre cause. »

Et tandis que les hommes s'emparaient des sacs, ma mère et Angela hurlaient et s'y agrippaient de toutes leurs forces. Il fallut deux hommes pour contenir la fureur de Frasquita, le troisième tentant de maintenir la plus petite des deux harpies se protégeait comme il pouvait de ses dents et de ses griffes.

Alors le cavalier mit pied à terre.

« Avec ta robe de princesse, tu n'as donc que cette farine pour survivre ? demanda-t-il un sourire aux lèvres.

— Rien d'autre, répondit ma mère sous ses cheveux défaits.

— Drôle de bougresse, non, tu ne trouves pas, Salvador ? lança au cavalier celui qui avait parlé en premier et se nommait Manuel. Elle ne ressemble pas aux femmes d'ici. D'où viens-tu, la belle ?

— De Santavela, de l'autre côté de la sierra.

— Et tu veux nous faire croire que tu as fait tout ce chemin en tirant seule ton barda ? s'énerva l'homme qui avait lâché son âne pour tenter d'immobiliser Angela.

— Tiens ! Voici pour ta peine. Tu rachèteras ce qu'il te faut au village, dit Salvador en lui tendant une bourse. Ta fille, celle qui se défend bec et ongles, a une bien belle voix. »

Frasquita s'apaisa et Angela se réfugia contre sa mère avec les autres. Toute la famille regarda en silence les hommes décharger les sacs.

« Et pourquoi n'y allez-vous pas vous-mêmes, au village, pour y acheter votre pain ? finit par hurler Angela que la fureur tenait encore à la gorge.

— La garde civile nous y attend, expliqua Salvador, là-bas plus qu'ailleurs, et ceux qui nous nourrissent risquent leur vie.

— Vous êtes des bandits ? questionna Pedro qui protégeait encore les deux plus petites dans son dos.

— Des bandits ? répéta Salvador comme pour lui-même. *Nous devons nous unir au monde aventurier des brigands qui sont les véritables et uniques révolutionnaires de la Russie*, disait Bakounine. Les trois hommes que tu vois à mes côtés sont des gars d'ici, des paysans. Avec d'autres, nous nous battons pour que la terre qu'ils travaillent soit à tous. Les journaliers sont avec nous, mais beaucoup craignent pour leur famille. On les marie pour ça, pour qu'ils fassent des petits et alors les caciques les tiennent à la gorge. On leur donne à peine de quoi tenir, beaucoup de mioches y passent, mais il leur en reste toujours un et celui-là empêche la révolte, celui-là retient leur bras. Ceux qui ont vu crever de faim tous leurs petits font de sacrés combattants ! C'est leur pain que tu as tiré jusqu'ici. Le pain des hommes affamés de vengeance. Sans ton blé, nous pourrions tous mourir la gueule ouverte dans nos montagnes en attendant le prochain soulèvement. Bonne route et merci pour le pain. »

Martirio les regarda partir avec soulagement. Le meunier au visage détruit savait donc ce qu'il faisait en trompant sa mère : la craie s'était changée en pain.

La petite fille ne se demanda même pas ce qu'il adviendrait quand les rebelles ouvriraient les sacs.

DANS LA MONTAGNE

« Eugenio ! Quel mauvais vent t'amène dans nos montagnes ? lança un homme sorti de nulle part dans la solitude des lieux.

— *Hola*, Juan, j'ai pensé que vous auriez peut-être besoin d'un bon chirurgien par ici ! Où en êtes-vous de vos projets ? demanda le savant alors que des rebelles armés apparaissaient de-ci, de-là, enfantés par les buissons.

— Rien ne bouge. Nous volons ce que nous mangeons tant les paysans sont terrifiés à l'idée de nous soutenir. Tu avais vu juste : la révolution n'est toujours pas engagée. Empoisonne quelques-uns des propriétaires qui nous rognent les os ! Cela accélérera les choses.

— Je ne mordrai pas la main qui me nourrit ! s'esclaffa le savant en découvrant ses dents à la blancheur d'os.

— Deux, trois curés alors, pour nous rendre service et nous aider à mettre fin à l'esclavage divin, insista Juan qui d'un geste invita l'ogre à mettre pied à terre et à le suivre au beau milieu des épineux.

— J'ai suffisamment de problèmes avec Dieu, pas besoin d'en ajouter. Celle qui marche là-bas et qui refuse de s'arrêter s'appelle Blanca, c'est une accoucheuse, elle fait la route avec moi. Une forte tête qui pourrait vous être utile. Elle ne m'écoute pas, mais si vous lui trouvez quelque chose à faire, elle restera le temps qu'il faut. Elle est dévouée, habile, et je réponds de son silence.

— Elle arrive trop tard, voilà six mois que Salvador a perdu sa femme en couches. L'enfant n'a pas survécu non plus. Mais si tu y tiens, nous la rattraperons.

— Parce qu'il est toujours de ce monde, ce fada de Catalan ? Depuis le temps qu'il agite le pays, je suis bien étonné que la garde civile n'ait toujours pas eu sa peau. »

Après quelques dizaines de minutes de marche dans la montagne à travers une végétation dense, la bande arriva à un campement de fortune où des hommes maigres et dépenaillés, dont certains reconnurent Eugenio, vivaient dans des grottes ou sous les arbres.

« Nous nous sommes installés ici il y a peu de temps. Une bonne planque. Nous comptons quelques blessés qui seront contents de te trouver, toi et ta médecine, finit par lâcher Juan. Installe-toi là, dans le coin de Salvador. Il dort dans cette petite excavation. Tels que je vous connais, vous allez encore passer vos nuits à causer. »

Eugenio déchargea son âne et dessella son cheval. Après les avoir menés au point d'eau où les rebelles donnaient à boire à leurs bêtes, il les laissa aller à leur guise et s'aménagea un petit espace à deux pas de la grotte de Salvador : entre trois arbres, il tendit une toile sous laquelle il se confectionna une couche grâce à sa selle et à la couverture qu'il tenait toujours roulée sur les reins de sa monture.

Alors qu'il s'apprêtait à rejoindre les blessés dont Juan, l'aide de camp de Salvador, lui avait parlé, la Blanca parut encadrée par deux hommes.

« Qui sont ces gens ? demanda l'accoucheuse quand ses gardes se furent éloignés.

— Des anarchistes, de pauvres idéalistes qui ont accepté de suivre Salvador, un gars du Nord exilé dans ce trou par les autorités. En disséminant les intellectuels, ils attisent la révolution au lieu de l'étouffer. Voilà un bel exemple de remède qui manque son effet ! Quand un membre est pourri, on coupe et on brûle. Quelle idée que d'aller le greffer ailleurs ! C'est un cœur noble, ce Salvador, mais les cœurs nobles sont les pires, ils t'embrasent un pays comme un rien pour peu qu'ils causent bien et soient intelligents. En bref, un homme dangereux. Voilà de quoi manger ! Prends ! Tu tiens à peine sur tes jambes à force de rester à jeun. C'est bête de refuser en bloc tout ce qui vient de moi. Ici, sois sûre que tu ne trouveras rien d'autre que ce que je t'offre. Regarde-les, ils crèvent tous de faim ! »

La Blanca ne fit pas un geste vers la gamelle tendue.

« Ainsi, tu as déjà trop vécu ! ajouta l'ogre goguenard. C'est pourtant vrai que tu es vieille. Meurs donc ! »

LE MONDE

Le monde était calme encore ce soir où ma mère y entra. Certes, des mots étaient déjà prononcés, des couteaux s'aiguisaient dans l'ombre, le silence pleurait. Le ventre du monde vrombissait de milliers de prières murmurées, la foule des désespérés contenue par la peur, par les traditions, par des siècles d'asservissement ne parvenait plus à dégorger sa peine. Le monde était calme, mais trois sacs de craie allaient suffire à l'embraser. Trois sacs qui retardèrent Salvador et ses hommes, trois sacs qui les lestèrent assez pour que la garde civile les rattrapât alors qu'ils tentaient de regagner leur camp de révolte.

Trois sacs : le cadeau du meunier à un monde qui avait oublié son moulin.

Oui, ma mère n'arriva que quelques heures avant que le monde ne s'embrasât.

Des jeunes gens couraient autour de notre étrange caravane, les femmes sortaient des maisons pour regarder ma mère et ses enfants. Toutes les mains se tendaient vers la longue chevelure rouge de Pedro, chacun y passait les doigts. « *Buena suerte. Buena suerte.* » Des boucles furent arrachées au passage.

« *Buena suerte.* » Les histoires s'inventaient déjà. De braves gens leur offrirent une grange où ils purent s'abriter. Frasquita acheta du pain, des fruits, des amandes avec l'argent des anarchistes et les petits se régalèrent, assis sur le sol à côté de leur charrette, se moquant bien de tous ceux qui les dévisageaient. Mon frère et mes sœurs se léchaient les doigts en riant. Des doigts gras de chorizo, tout collants de raisin sucré.

Intrigués plus qu'hostiles, les villageois observaient l'étrange tableau que nous formions. Cette femme en grande robe de noces, sans homme, tirant une charrette pleine de fleurs et d'enfants. Ce garçon encadré par ses boucles rouges. Et cette petite fille qui semblait luire, oui, luire, au beau milieu de ses fleurs !

Des étrangers venant d'on ne sait où et qui disaient avoir traversé la sierra sans âne. Et le père ? Il était mort. Alors pourquoi la veuve portait-elle cet habit ? De l'autre côté de la montagne, c'était encore l'Espagne, on croyait en Dieu, comme ici, on portait le deuil, comme ici, on mourait de faim, comme ici ! Sans doute était-elle folle ! Pauvre femme, jetée ainsi seule sur les routes !

« Peut-être que c'est une putain ! Une qu'on a chassée de chez elle. Ça ne serait pas la première à traverser ces montagnes ! Celle à l'accordéon, vous vous en souvenez ?

— Avec tous ces enfants, ce serait du jamais-vu. Les filles débauchées, ça fait tout pour ne pas en avoir, des petits, ça s'y connaît pour les faire passer ou pour les oublier dans un coin.

— C'est des tueuses d'enfants, tout le monde sait ça.

— N'empêche que quand des petits ont disparu

par ici, il n'y avait pas de fille de joie dans le coup, mais un savant auquel on faisait tous des courbettes !

— C'était un brave homme, cet Eugenio. Il ne demandait jamais plus que ce qu'on pouvait lui donner.

— Les étrangers, même aux cheveux rouges, ça porte malheur ! Faut pas lui donner envie de s'attarder à celle-là !

— Au lieu de jaser sur cette femme qui fuit on ne sait quoi, on ferait mieux de se rebeller contre ceux qui nous dépouillent. On lèche le cul des propriétaires, on bat nos enfants pour leur inculquer le respect des maîtres, pour qu'ils la ferment en leur présence, yeux baissés, pour qu'ils ne crient pas leur faim ou leur douleur. Sans parler de Salvador et de ses gars qui meurent dans les montagnes parce que aucun de nous n'a le courage de leur apporter du pain.

— Salvador n'est pas des nôtres, il sait lire, il vient du Nord, la révolte qu'il porte ne nous concerne pas.

— Le Catalan crie ce que nous avons les foies blancs de penser. Il a vu que notre misère de paysans valait bien celle des ouvriers du Nord. Nous avons tous quelqu'un de notre sang dans la montagne, quelqu'un pour qui nous prions et que nous attendons à la nuit tout en craignant qu'il ne vienne et n'attire la garde civile chez nous. Il faudrait que les rôles soient inversés, que le curé, les caciques et les grands propriétaires fassent dans leurs culottes de velours. Ça, c'est ce qu'il faut faire : leur foutre la trouille, tellement fort qu'ils nous donneront notre terre. Nous sommes plus nombreux, nous les miséreux.

— Ils ont attrapé Salvador, Quince et deux autres gars d'ici. La garde civile les a pris ! Ils ont attrapé Salvador ! » hurla un enfant qui parcourait le village à toutes jambes pour délivrer son message.

Soufflés par quelques mots lancés à la cantonade, ma mère et ses petits avaient soudain disparu, nous n'étions plus là, jamais arrivés. Plus personne ne prêtait attention ni aux cheveux de Pedro, ni à la robe de mariée, roseraie de tissu, ni même à la beauté de Clara. Tous hâtaient le pas vers la grand-place pour voir passer les chevaux de la garde civile traînant derrière eux quatre rebelles aux mains liées et leur âne chargé des sacs offerts par le meunier à Frasquita. Des enfants hurlaient la nouvelle sur les routes et les journaliers encore dans les terres ou sur le chemin du retour accéléraient le pas pour se joindre à la foule massée face à la caserne où Salvador et ses hommes allaient être menés.

Alors qu'on le poussait dans le bâtiment, Salvador hurla :

« Ils veulent savoir qui d'entre vous nous a donné ce blé, mais nous ne dirons rien ! »

Une crosse de fusil le frappa violemment à la mâchoire sans parvenir à le faire taire. Et la bouche ensanglantée eut le temps de crier « Vive Bakounine ! » avant de recevoir un nouveau coup qui projeta tout le corps à terre, soudain muet et inerte.

Les coups de pied des gardes n'y firent rien, Salvador ne bougeait plus, il fallut le traîner à l'intérieur.

Les paysans ne réagirent pas, ils ne remarquèrent pas tout de suite qu'ils s'étaient regroupés pour la première fois. Ils ne virent pas cette masse compacte qu'ils formaient et qui grossissait de minute en minute. Ils ne virent pas les femmes qui les avaient rejoints, ni qu'ils étaient serrés les uns contre les autres, moites, silencieux et immobiles devant l'épaisse porte en bois. Tous ces yeux ronds et rougis par le soleil de la journée, tous ces bras ballants plaqués contre les corps amaigris étaient venus s'échouer là, portés par le courant. À la foule amollie de fatigue que les ombres du crépuscule ne parvinrent pas à dissoudre, se mêlèrent quelques-uns des compagnons de Salvador. Les premiers, ils sentirent le parti à tirer de cet attroupement silencieux. Alors ils amorcèrent le murmure. Un chant venu du fond de leur douleur, un chant grave monta vers les murs de la caserne, des centaines de lèvres soudées modulaient tout doucement leur révolte.

Ma mère et ses enfants n'interrompirent pas leur repas. Les gens passaient devant eux toujours dans la même direction, des phrases traînaient dans leur sillage, s'attardaient un instant, avant de se fondre en un murmure lointain. Il était question de Salvador, il était question des sacs de farine et tous se demandaient qui avait eu ce courage-là, d'apporter à manger aux anarchistes. Chacun se reprochait de ne pas l'avoir fait plus tôt, de les avoir condamnés à voler leur pitance, à vivre de brigandage.

Angela qui, depuis un moment déjà, écoutait la complainte murmurée aux murs de la caserne suivit les derniers passants et leurs questions jusqu'à la place.

Dans la bâtisse, Salvador avait repris conscience. L'un des gardes agitait sa lame sur son visage pour l'ouvrir et que sortent les réponses qu'on exigeait de lui. Où était leur bande ? Qui les nourrissait ? D'où venaient les sacs ?

Mais Salvador et ses trois amis discernaient cette force montante qui bourdonnait derrière les murs et, sur cette profonde rumeur, ils entendirent une voix perler, poignante, unique, une voix d'enfant qui leur entra sous la peau, leur hérissa les sens, leur ravagea les nerfs au couteau. Une voix qui reprenait les mots murmurés et les lançait contre les murs avec force. Le peuple grondait portant la voix de l'enfant et le capitaine posait ses questions et le garde découpait le visage du Catalan, tailladait les joues, creusait les rides, attaquait le muscle, élargissait la bouche, ciselait les traits. Mais Salvador ne percevait plus que cette pointe mélodieuse sous le sang qui lui inondait le visage. Salvador n'aurait même plus pu parler s'il l'avait voulu : il n'avait plus de lèvres, plus de nez, plus de paupières, plus de visage, juste une plaie. Alors l'homme lui trancha les oreilles et le sang entra à flots dans la chanson et la noya.

Crispés par cette chanson, excédés par les mouvements nerveux du bourreau et par ce qu'il avait dessiné sur le visage de Salvador, les nerfs à vif, les chefs de la garnison eurent ce geste absurde qui fait basculer les mondes, cette crispation qui précipite les émeutes. Ils montrèrent au peuple puant la révolte ce Catalan que tous pensaient imprenable et qui pendant si longtemps les avait promenés par la région, ils exhibèrent celui qui nourrissait la rébellion des va-nu-pieds.

« Regardez le destin d'un anarchiste ! hurla le capitaine debout face à la foule et tenant par les cheveux l'écorché aux yeux pâles. Regardez cet homme sans visage avec son écriteau dégoulinant de sang ! Et puisque rares sont ceux qui savent lire, je vais vous dire ce qui est écrit. Il est écrit “voleur de pain”. Il vous a pris de la farine, cet homme, il vous l'a prise puisque personne ne lui en a donné. Il a bien fallu qu'il la vole quelque part. Alors voyez, justice a été faite ! »

Le grondement se tut et le chant se cassa net. La petite voix qui chantait la révolte et l'espoir s'abîma. Un silence gagna la place, une respiration avant l'énorme clameur qui renversa les murs.

Sans armes, les hommes se ruèrent sur les gardes. La foule souleva Salvador inconscient qui fut rendu à ses amis et, tandis que les paysans se battaient à poings nus contre les fusils, le corps du Catalan prenait la route au grand galop dans les bras d'un de ses compagnons.

LE VISAGE DÉCHIRÉ

« Eugenio ! hurla Juan la bouche pleine encore de la bile qu'il venait de rendre après qu'on lui eut montré la figure détruite du Catalan. Eugenio ! »

La Blanca, secouée par ce cri d'horreur, réveilla le savant dont elle scrutait depuis plus d'une heure le visage endormi à la recherche de l'enfant qu'elle avait aimé.

« Secoue-toi ! Tes amis ont besoin de toi », lui dit-elle durement après avoir repris contenance.

Eugenio se rendit à l'endroit où l'on avait allongé Salvador qu'il ne reconnut pas d'abord.

« Que s'est-il passé ? demanda-t-il à Manuel qui avait ramené le supplicié sur un cheval d'emprunt.

— Ça barde en bas. La révolution est lancée. Ça a pris d'un coup. La garde civile nous a attrapés, Salvador, moi et deux autres, avec des sacs de farine et ils ont torturé le Catalan devant nous pour savoir où était notre camp et qui l'avait ravitaillé.

— Alors nous devons déménager sur-le-champ ! l'interrompit Eugenio.

— Non, ils y sont allés trop fort... comme tu vois. Salvador n'a rien pu dire. Mais les paysans se sont groupés et une enfant a chanté avec eux comme chantent les serins en cage. Et sa voix les a rendus fous dans la caserne, je crois que c'est à cause de son chant qu'ils lui ont fait ça au visage. Moi-même, j'ai pissé des yeux en l'entendant, j'y voyais plus rien tant c'était beau. Depuis le temps qu'on avait tout ça en nous, et voilà que ça se vidait par la bouche d'une gamine, haut et fort. De l'intérieur de la bâtisse, on entendait le peuple canonner ses peines. Après, ils nous ont sortis avec Salvador. Ils lui avaient attaché un panneau sur le corps. "Voleur de pain", qu'ils avaient marqué. Et là, la foule s'est ruée sur eux d'un bloc. C'est venu d'un coup, je te dis.

— Eh bien cela doit être du joli ! Une vraie boucherie ! Les deux autres qui étaient avec vous, tu es certain qu'ils ne vont pas parler ? insista Eugenio qui tenait à sa peau.

— Les journaliers les ont libérés en même temps que moi. Ils se battent à leurs côtés.

— Tous nos hommes sont descendus pour soutenir les paysans, ajouta Juan exalté par le récit du jeune Manuel. Tout cela a bien la soudaineté d'un orage. Je cours les rejoindre. Tu restes seul ici avec Manuel et Salvador, je te le confie. On peut dire que tu arrives à point. Adieu camarade. »

La Blanca avait suivi Eugenio et, tandis que Manuel allumait torches et lampes à pétrole dans la petite caverne qui servait de chambre à Salvador, la bohémienne s'affairait déjà autour de l'homme au visage ravagé, redessiné par la haine humaine.

« Je suis surpris que le bourg ait bougé pour si peu, ironisa l'ogre. Certes ce n'est pas beau à voir, mais de là à ce que tous ces braves gens se jettent contre des hommes en armes ! Depuis le temps qu'ils crèvent en silence ! Remarque, de loin, il ferait un joli Christ des Douleurs, dommage que le sang noie les traits. Leur bourreau devrait se faire sculpteur. Il a du talent, rares sont les œuvres qui remuent les foules. Qu'est-ce qu'on peut faire pour toi, mon pauvre Salvador ? Il y a tant à recoudre.

— Il revient à lui, murmura la Blanca.

— Mieux vaut le rendormir, histoire de ne pas l'entendre geindre. J'ai ce qu'il faut dans ma sacoche.

— Attends ! Il veut parler.

— La volonté humaine m'étonnera toujours. Comment peut-on espérer prononcer un mot avec une bouche pareille ? Tais-toi ! Tu te fatigues pour rien. Il n'y a que la langue qu'ils ne t'aient pas coupée. »

Par la plaie béante, des mots s'échappaient, douloureux et sanglants. Articulés non par les lèvres mais par la chair ouverte. Il savait qui avait chanté. Cette voix, celle de la révolte, il l'avait reconnue.

Angela avait commencé à chanter au milieu de la foule. Sa plainte s'était élevée au-dessus du peuple rassemblé et les gens autour d'elle avaient vite hissé la petite sur leurs épaules pour que son chant porte plus loin, pour que tous voient le visage de l'enfant inconnue, de cette gamine aux yeux trop ronds, qui exaltait leur peine avec cette force et cette fraîcheur. Sa voix amplifiait leurs mots, elle les leur prenait dans la gorge pour les projeter contre les murs, contre la porte cloutée, dans les rues, sur le ciel déjà assombri à l'est. Lamento de leur misère, beauté tirée de l'horreur d'avoir été dépossédés d'eux-mêmes, d'avoir été tantôt chiens, quand il leur fallait chercher, nez au sol, mains collées dans la boue, la chasse des maîtres, tantôt mulets et chargés à ne plus pouvoir se tenir droit, jamais. Chanson qu'on éventre, gorge déchirée par l'épine des douleurs muettes...

Et puis il y avait eu ce visage ciselé qu'Angela n'avait pas reconnu, cette souffrance dessinée dans la chair et qui respirait, ce chef-d'œuvre vivant, et elle n'avait plus pu chanter.

Pour que tous pussent admirer, malgré la pénombre, le travail du bourreau, les gardes avaient rapproché les torches si près des chairs ouvertes qu'elles avaient légèrement grésillé dans le silence qui s'était fait.

Angela se tenait alors sur les épaules d'un homme solide bien qu'âgé, un innocent qui ne l'avait pas lâchée quand il s'était rué en avant sur les soldats. Comment comptait-il se battre avec une enfant sur les épaules ? Paniquée par les coups de feu et la violence soudaine de la marée humaine, elle tapait des pieds contre la cage thoracique de son porteur pour qu'il la fît descendre, sans réaliser qu'une gamine de sa taille n'aurait pas pu survivre dans la confusion sanglante qui régnait un mètre plus bas. Ainsi élevée au-dessus de la révolte, elle devenait son étendard et tous étaient convaincus qu'elle n'avait pas cessé de chanter, tant sa voix résonnait encore dans leurs poitrines, cette voix qui, pensaient-ils, ne cesserait plus d'y vibrer. Mais Angela hurlait bien autre chose et le grand nigaud qui s'était fait porte-drapeau fendait le champ de bataille en tous sens pour que tous pussent la voir et garder courage, pour que flottât cet air de presque victoire qui lui était venu en les entendant murmurer.

Ma sœur ne supportait pas d'être agitée ainsi au-dessus de la mêlée humaine, elle sentait les balles siffler autour de sa tête et ses ongles s'enfonçaient dans les joues de l'homme, ses mains lui arrachait les cheveux par poignées. Des murs rougis de la caserne, des soldats la visaient, c'était certain, sans doute voyaient-ils en cette fillette la tête de l'insurrection. Il fallait qu'elle rejoignît sa mère, qu'elle reprît sa route ! Et l'abruti se gondolait, riait comme une baleine au milieu des mourants, pataugeant dans le sang, enjambant les corps, et il parvint ainsi, à force de détours, à entrer dans la caserne à la suite de ses camarades hurlant toujours bouches scellées cette chanson qui les emportait dans sa course.

Il faisait nuit noire quand Angela fut arrachée aux bras du vieux fou hilare, toute couverte du sang des combattants, tremblant de tous ses membres et épuisée par le massacre. Elle n'avait pas une égratignure, mais devait garder de cette première expérience guerrière une légère crispation de la lèvre inférieure, une expression de tristesse permanente que seuls ses énormes éclats de rire parviendraient à dissiper.

Des femmes la ramenèrent à sa mère qui hurlait son nom dans les rues balayées par la révolte.

Des feux s'allumaient de tous côtés, le sang parfumait l'air d'automne. On éventra l'église et son curé dans les hurlements des blessés et, enivrés par le carnage, torches et fusils marchèrent en procession vers les haciendas. On tua comme des lapins la plupart des émissaires jetés sur les routes pour appeler à l'aide et ramener du renfort. Chacun sentait que cette nuit était celle des vieilles peines, que tout le mal possible devait être fait avant l'aube pour solde de tout compte car il n'y aurait plus d'autre nuit. Dès le lendemain, l'armée accourrait, il faudrait se battre à nouveau et mourir.

« Moi aussi, j'ai reconnu la voix qui a chanté, expliqua Manuel afin de faire taire Salvador. L'enfant est avec une femme qui vient de l'autre côté de la sierra, de Santavela. Elle dit avoir traîné sa charrette jusqu'ici.

— La femme dont tu parles, tu lui as vu un fils aux cheveux rouges ? demanda la Blanca.

— Il était là et, derrière lui, se tenait une petite fille rayonnante aux yeux couleur de paille.

— Mais c'est la couturière ! Voilà celle qui pourrait lui raccommoder le visage. Il faut l'envoyer chercher... Manuel ! Si tu veux que Salvador vive, retrouve cette étrangère. Elle seule pourra vous le rapiécer comme il faut. Mais fais vite, il se défait à vue d'œil ! »

Le monde ne plaisait pas à Frasquita. Il n'était pas tel qu'elle l'avait imaginé du haut de ses montagnes. Elle n'attendit pas que le soleil se levât pour reprendre la route et tira sa charrette en pleine nuit vers le sud afin de s'éloigner au plus vite du carnage.

Malgré la fatigue du voyage et l'heure tardive, seule Clara dormait dans la charrette, éclatante parmi les fleurs refermées pour la nuit. Aucun des autres enfants ne parvenait à se sortir de l'esprit ni les cadavres des deux bords abandonnés sur la grand-place, piétinés par les combattants, ni le prêtre qu'on avait traîné par les boyaux hors de son église et qui avait laissé derrière lui un sillage sanglant, ni ce petit garçon dont la tête percée par une balle bringuebalait sur l'épaule de la femme qui sans doute était sa mère et ne semblait pas s'être aperçue encore de la mort de l'enfant qu'elle portait, ni les cris de cette vieille reconnaissant au beau milieu d'un tas de cadavres les yeux ouverts de son plus jeune frère.

Le presbytère, la caserne et les bâtiments publics en feu illuminaient un bourg soudain grandiose et vomissant des hommes libres par le pays. Des hommes libres de faire payer des siècles d'humiliation à une caste qui les avait affamés, terrifiés, utilisés, des hommes libres d'éventrer, de saigner, de voler, de hurler.

Des hommes libres et bientôt morts.

Manuel croisa des processions d'incendiaires entonnant la chanson d'Angela, il demanda à tous où était l'étrangère, celle qui venait d'arriver en grande robe de noces, la mère de l'enfant qui avait chanté sur la grand-place.

L'enfant, tous s'en souvenaient, elle faisait désormais partie de leur histoire, elle en était le cœur. Qui aurait pu la traiter d'étrangère ? Sûr qu'elle était née au pays, cette petite dont la voix d'oiseau avait porté leur cause. Elle était morte sur la grand-place en mitraillant sa chanson à la garde civile. Une héroïne ! L'un l'avait vue tomber des épaules de Jesús après qu'une balle l'eut frappée en pleine poitrine ; un autre disait que le capitaine lui-même s'était rué sur elle pour l'égorger mais que, par la longue estafilade qu'il avait dessinée sur son jeune cou, le souffle mélodique s'était encore échappé longtemps. Le capitaine stupéfait aurait été poignardé à son tour par un camarade alors qu'il secouait l'enfant morte pour la faire taire. D'après d'autres, l'enfant était vivante, elle avait rejoint Salvador dans son campement.

« Elle sera là demain quand viendra l'armée. À moins qu'elle ne s'échappe à temps pour mener d'autres hommes au combat dans d'autres bourgs. Que vive la révolution ! »

Manuel ne parvenait pas à obtenir une information fiable de ces êtres hystériques tout à leur massacre et que rien ne pouvait plus émouvoir que le feu et le sang et la beauté de ce ciel d'encre lapé par les flammes de la révolte. Il finit par croiser l'une des femmes affligées, épargnées par la folie collective, qui avaient rendu Angela à sa mère avant de s'occuper des morts et des blessés, elle lui indiqua la route qu'avait prise la charrette. Dans une colonne de va-nu-pieds, il reconnut Juan et parvint à l'arracher à sa révolution en lui rappelant l'importance de Salvador pour leur cause. La vie de leur meneur dépendait de cette femme et tous deux lancèrent leurs chevaux ventre à terre à la poursuite de Frasquita.

Elle était arrivée plus loin qu'ils ne l'auraient cru et refusa d'abord catégoriquement de revenir sur ses pas. Mais quand ils firent allusion à la Blanca, la couturière se fit moins sauvage et accepta de laisser Manuel tirer la charrette à sa place vers le campement. Il n'était pourtant pas question qu'elle montât en croupe sur l'un des chevaux afin d'arriver plus vite, elle ne voulait pas abandonner ses enfants à un inconnu. Surtout par une telle nuit ! On fit grimper Pedro et Angela sur la monture de Juan et Martirio et sa mère sur celle de Manuel, l'aide de camp de Salvador marchait au milieu des deux bêtes, brides en mains. Anita, elle, sa boîte dans les bras, avait pris place sur la charrette à côté de Clara, lumignon à peine visible par cette nuit incendiée.

Sur le chemin, Frasquita tâchait de se souvenir du visage de l'homme qui lui avait donné sa bourse quelques heures auparavant. Elle se rappelait chacun de ses traits avec une précision qui l'étonna. Peut-être les réinventait-elle à sa guise. Les deux rebelles insistaient pour qu'elle s'assoupît, elle aurait besoin de toutes ses forces afin de recoudre Salvador.

La nuit semblait plus calme, certes les feux brûlaient toujours, mais seules quelques détonations résonnaient encore dans le lointain. La présence des hommes, le souffle des chevaux blancs d'écume, leur pas tranquille rassuraient les enfants. Jamais encore ils n'étaient montés sur de telles bêtes. Angela s'était endormie contre le dos de son frère, le visage emmêlé dans ses boucles rousses.

« Pourquoi tous ces gens se battent-ils ? finit par demander Pedro à l'homme qui les menait.

— Pour inventer un nouveau monde. "La joie de la destruction est en même temps une joie créatrice." Ils ont trop souffert, trop accepté, trop longtemps, lui répondit Juan.

— Ils ont tout cassé ! résuma l'enfant.

— Ne crois pas cela, le vieux monde est coriace, il a toutes les chances de renaître de ses cendres. Les paysans sont loin d'avoir gagné. Demain nous serons sans doute tous pendus ou garrottés. Mais peu importe, nous sommes déjà morts. »

Il faisait encore nuit noire quand le petit groupe atteignit le campement. La Blanca serra Frasquita dans ses bras et lui dit qu'il n'y avait rien à craindre pour l'instant et qu'elle se chargerait des petits. En les attendant, elle leur avait confectionné une couche avec de la mousse et des feuilles dans une caverne à quelques pas de là. Ils seraient bien, elle veillerait sur leur sommeil.

Son sac à couture aux couleurs de l'oliveraie en bandoulière, ma mère entra dans la petite grotte où reposait Salvador. Elle salua à peine Eugenio et observa longuement à la lumière des lampes à pétrole le visage déchiré.

Elle choisit parmi les bobines dont elle avait hérité un fil très fin et très solide, recourba l'une de ses aiguilles et se mit à l'ouvrage. Malgré le sang, elle travailla la peau à petits points aussi tranquillement que s'il se fût agi d'une étoffe.

Alors qu'elle commençait à sentir sa vue se brouiller tant ses yeux étaient fatigués par la pénombre, l'homme à l'oliveraie et le cri de son habit déchiré par les ergots de fer lui revinrent en mémoire. Ce jour-là, pour la première fois, elle avait raccommodé un homme, lui rendant son ombre et son désir, mais les points n'avaient pas été assez solides puisqu'il était sorti de chez elle une fois la dette payée, puisqu'il ne l'avait pas suivie sur les chemins, puisqu'elle avait vu son ombre s'ébattre seule sur les murs bien après que le corps eut abandonné la place. Peut-être faisait-elle de ce visage qui lui était confié autre chose que ce qu'on lui demandait. À mesure qu'elle recousait, à mesure qu'elle disait les prières pour les coupures, pour les douleurs, pour le sommeil, à mesure qu'elle appelait des puissances millénaires au chevet de ce révolutionnaire et lui offrait un visage, elle comprit ce qu'elle était en train d'accomplir. Après tout, elle était libre désormais, plus personne ne pouvait la contraindre à être ce qu'elle ne voulait pas, à se taire, à cacher ses œuvres, à détester ou à aimer. Elle était libre, aussi libre que l'avait été le bourreau quand il avait donné au Catalan ce visage de cauchemar. Les autres pillaient, massacraient, incendiaient, pourquoi ne pourrait-elle pas réparer cet homme comme elle l'entendait ? Et quand bien même il ressemblerait à un autre, personne ne pourrait lui ôter ce bleu des yeux.

Elle se souvint du discours de la veille, de cette fougue avec laquelle Salvador avait parlé de sa cause alors que ses compagnons tentaient de charger les sacs du meunier sur leur âne. Cet homme avait le désir chevillé au corps. Elle lui sourit et lui caressa la joue droite, joue à laquelle elle venait de rendre son dernier morceau.

« Ton travail est stupéfiant ! s'extasia Eugenio qui, trempant régulièrement sa petite plume sombre dans une encre écarlate, prenait des notes et faisait des croquis. Comment sais-tu où se logent les muscles ?

— Je ne sais pas même ce que c'est qu'un muscle, lui répondit ma mère bousculée dans sa rêverie.

— Les muscles font bouger les différentes parties du corps. Ils se sont rétractés, mais tu parviens quand même à les débusquer dans tout ce fouillis.

— C'est comme des fils, tu tires et tu vois ce que ça donne. J'essaye et je comprends.

— Et ces prières que tu dis, à quoi servent-elles ?

— Ces choses-là ne s'expliquent pas. J'en ai la garde. Trouve-moi des œufs et un récipient pour les faire cuire.

— Tu as faim ?

— Non. Attise des braises aussi ! »

Eugenio sut qu'il ne pourrait pas en savoir plus cette fois. Il posa sa plume, alla chercher les deux œufs qui lui restaient dans son panier de victuailles et un petit poêlon en fonte, puis il observa la couturière tandis qu'elle faisait *carne cortada* et tenta de noter les prières qu'elle disait à voix haute.

Alors que sa plume courait sur le papier, la tête lui tourna et il s'effondra sur le sol de la grotte.

Le jour se levait, l'effet conjugué des prières de la couturière et des drogues d'Eugenio se dissipait lentement et Salvador commença à geindre. La couturière lui faisait un dernier point près de la lèvre supérieure quand il entrouvrit une paupière énorme et violette. Frasquita lui sourit en rangeant ses aiguilles et, enjambant le savant toujours allongé au sol, elle sortit de la cavité pour rejoindre ses enfants.

Elle alla s'étendre à côté de ses petits dans la

caverne où la Blanca avait choisi de les installer. Amusée, elle remarqua que Pedro avait déjà barbouillé les parois de pierre à la craie, y faisant naître un grand visage avenant sous lequel lui et sa sœur s'étaient lovés. Un ange édenté, gardien de leur sommeil.

Quelques heures plus tard, elle fut réveillée en sursaut par Eugenio qui cherchait son carnet partout.

« Rends-le-moi ! supplia-t-il. Arrache les pages qui te concernent si tu en as envie, mais rends-moi ce carnet. Tu ne sais pas lire, tu n'en feras rien !

— Je n'ai pas touché à ton carnet.

— Quand j'ai perdu connaissance, j'ai vu des ombres travailler à tes côtés autour du visage de Salvador. Plus tard, tu m'as enjambé et quelque chose s'est emparé du carnet que j'avais encore dans la main. Ai-je rêvé cela ?

— Je n'ai vu que mon ouvrage. Ni ombres, ni démons, ni carnet. Rien qu'un homme à recoudre.

— Sors de là, veux-tu ! » intervint la Blanca qui s'était endormie en montant la garde devant la caverne et que les cris d'Eugenio venaient d'éveiller.

Le savant obéit à contrecœur, les mains rougies par l'encre répandue au moment de sa chute, il passa devant Clara qui tentait de replanter dans la pierraille les fleurs cueillies la veille, jeta un coup d'œil dans la petite grotte où Salvador reposait, le visage gonflé, et alla s'effondrer sur sa couche installée à quelques mètres de là.

LE BALCON

Au bourg, les paysans insurgés se réveillèrent de leur nuit de meurtre comme d'une nuit de beuverie, un tambour dans la tête et un dégoût au cœur. Avec le jour, leur révolution avait pris d'autres couleurs. Impossible désormais de s'aveugler sur la boucherie de la veille. À l'heure de compter les victimes, beaucoup s'apercevaient du coût de leur émeute. Tant de cadavres, tant de sang, tant de cendres ! Les braises se consumaient encore. La cohésion sacrificielle et meurtrière de la veille avait disparu. On cherchait ses morts dans les rues. On hurlait leurs noms.

On se lamentait, maudissant les anarchistes, la garde civile, maudissant Bakounine et cette enfant qui avait chanté leurs peines. Certes les boutiques, les haciendas avaient été pillées, mais une fois les ventres remplis, la douleur semblait plus forte encore.

L'insurrection ne leur rendrait pas ceux que la misère avait tués par le passé. La caserne avait cédé mais, pour entrer, combien des leurs étaient tombés ? Une centaine, peut-être plus.

Certains se demandaient même ce qu'ils allaient devenir maintenant qu'il n'y avait plus de maîtres. D'autres, dont les anarchistes, ressentaient un soulagement immense qu'ils cherchaient à communiquer aux veuves et aux mères éplorées. Les plus persuasifs se relayaient au balcon d'une carcasse de mairie encore fumante, balcon qui menaçait de s'effondrer à tout instant et dont le drapeau avait été arraché et mis en pièces. Ils haranguaient les foules pour que la passion ne s'essoufflât pas. L'espoir rejaillirait malgré l'horreur du petit matin, malgré le goût des larmes. Une fois l'abcès crevé dans la nécessaire sauvagerie d'une révolte spontanée, l'avenir s'ouvrait à tous les possibles ! Il n'était plus question ni d'État, ni d'Église, ni d'armée, ni de roi, toute cette vieille cuisine politique et son appareil répressif à la solde des propriétaires n'avaient plus cours dans cet endroit du monde. Ils étaient des pionniers, des bâtisseurs, s'exaltaient-ils à tour de rôle, du haut de leur perchoir chancelant, face à une rue amère.

Quelle victoire ! Ils déclarèrent la commune de P. commune libre. Les paysans ne seraient pas morts en vain, désormais il faudrait tenir, organiser la défense du sanctuaire !

Dans l'une des salles de la mairie à peu près épargnée par les flammes où ce qui restait du groupe de Salvador venait d'établir son quartier général, on s'interrogeait sur la conduite à adopter car il était évident que le gouvernement faussement libéral de Sagasta, même s'il venait d'établir le suffrage universel masculin et d'autoriser tous les partis, ne les laisserait pas prendre ainsi les rênes d'une commune. Sûr que l'armée marcherait sur le bourg ! Les autorités ne lésineraient pas et enverraient un capitaine à la tête de cinq cents hommes au moins pour mater la rébellion avant qu'elle ne gagnât la région, passant de bourg en bourg jusqu'à Grenade d'où elle embraserait tout le sud du pays.

Il faudrait plus qu'une chanson pour venir à bout

des régiments. Les rebelles avaient collecté tout un attirail : armes de chasse des propriétaires, fusils de la garde civile, munitions, poudre. Tous devaient apprendre à s'en servir : cette fois, la rage, les petits couteaux et les fourches ne suffiraient pas.

Combien de temps leur restait-il pour organiser leur défense ? Ils n'en avaient aucune idée. Des enfants seraient chargés de faire le guet, postés dans des arbres ou derrière des buissons, ils donneraient l'alerte au plus vite dès que quelque chose bougerait sur les routes.

Une autre question se posait : que faire de ces quelques hommes qui s'étaient déjà installés dans les haciendas, afin de se rouler dans le luxe des morts, de coucher dans leurs draps de soie, de caresser le corps encore chaud de leurs femmes ? Comment ramener ces êtres égarés par la violence de la nuit précédente sur la voie de la raison ?

Juan organisa au bourg les opérations de déblayage. Les rues devaient être propres et les morts enterrés.

En cousant les linceuls, on regretta le curé et l'église. Les maigres discours des anarchistes loqueteux ne valaient pas la pourpre des rituels catholiques, ils ne pouvaient promettre à ces hommes tombés pour la cause le moindre au-delà ! Les adieux prenaient un caractère définitif et dérisoire. On enfournait dans des tranchées creusées à la va-vite des corps roulés dans les drapeaux, les nappes ou les rideaux des bâtiments publics encore debout. Comme cette liberté coûtait cher ! On enterra aussi par mesure d'hygiène les hommes de la garde civile, le curé, une dizaine de grands bourgeois et de nobles, quelques notables, et pour effacer les taches de sang que le soleil et la terre avaient déjà bues en partie on remua la poussière des rues et de la grand-place rebaptisée plaza de la Esperanza en hommage aux événements de Jerez de la Frontera.

Et le balcon grinça quand Juan parla à son tour de cette bonne terre rouge et grasse que les nantis avaient gavée de petits cadavres affamés pendant des générations, de ce charnier fertile irrigué depuis toujours par la sueur et le sang des paysans et qui était désormais à tous. Chacun aurait droit à sa part, mais il insista aussi sur d'autres nourritures : une école serait ouverte où enfants et adultes pourraient apprendre à lire et à écrire...

Et Juan s'agitait face à la rue désertée, gueulant son espoir en l'avenir à quelques passants au regard mort et aux bras ballants qui le regardaient gesticuler, seul, perché sur son promontoire branlant.

C'est alors que le balcon céda.

LA PEUR

« Intransportable ! déclara Eugenio. Votre Salvador ne peut pas bouger, beaucoup d'autres non plus d'ailleurs ! Nous resterons dans les montagnes le temps nécessaire. Des blessés ont besoin de moi en bas, dis-tu ? Mais moi, j'ai suffisamment de travail ici avec ceux qu'on m'a ramenés au campement. Des gars à soigner, j'en ai plus qu'il n'en faut ! Sans parler de l'endroit où vous êtes allés nous les fourrer ! Une grotte qui résonne pire qu'un réfectoire de monastère ! Je suis seul avec deux bonnes femmes et une tripotée de gosses à m'occuper d'une quinzaine de pauvres types salement amochés. Prenez la Blanca avec vous, elle sait beaucoup de choses ! Ou la couturière, elle fait des miracles ! Menez-les au bourg ! Moi, je n'y mettrai pas les pieds. Et, puisqu'on en parle, je préfère qu'on n'informe pas les gens d'en bas de ma présence. D'ici à ce qu'ils me collent sur le dos la disparition des trois petits, il y a un an... Ils sont assoiffés de justice et de sang, vos paysans, et je sais que des bruits ont couru à mon sujet... Donc je reste ici ! Bien sûr, il faudra nous ravitailler. Chez la comtesse, il y avait une collection abracadabrante d'extraits de plantes en tout genre. J'y jetterais bien un œil. Elle est morte, cette vieille bique, au moins ?

— On n'a pas retrouvé son corps, répondit Manuel qui servait d'émissaire à Juan désormais installé au village. Certains affirment qu'elle s'est enfuie avec la complicité de son personnel de maison.

— Quoi ! Vos insurgés ont laissé filer la pire des ennemis du peuple ! s'offusqua le savant tout sourire. Vous voulez mon avis ? Votre révolution est ratée ! Une toute petite garnison de la garde civile, un vulgaire capitaine sans grand avenir et quelques bourgeois pas bien méchants : les gros poissons sont passés à travers les mailles du filet ! En tout cas, pour l'instant, moi, je ne bouge pas ! L'armée ne va pas tarder à reprendre votre satanée commune et je préfère me tenir à distance des combats. Dis tout de même à Juan que Salvador est sauvé. Dès que la couturière en aura fini avec ses prières, tu pourras aller lui parler. Il a droit à sa petite caverne pour lui tout seul. Tu ne trouves pas que c'est un comble qu'un adepte de Bakounine soit remis sur pied par des saints et des ombres venus d'on ne sait où ? Sans compter que ces satanées créatures m'ont volé mon carnet ! D'une manière ou d'une autre votre révolution devra me payer pour tout ça ! Et le plus tôt sera le mieux ! »

À l'exception de Salvador, les rebelles blessés lors des combats de la veille avaient été installés à même le sol dans la plus grande des excavations qu'offrait le flanc de la montagne. Arrivé à proximité de l'énorme cavité, Manuel crut entendre la pierre gémir, tant les plaintes des blessés résonnaient contre les parois rocheuses.

Il pensa entrer tout vivant dans la gueule de l'enfer, quand il en passa le seuil : ce qui filtrait audehors n'était rien comparé au vacarme qui régnait dans la gigantesque caverne. Sous la voûte humide de cette cathédrale naturelle, l'orgue des douleurs soufflait ses notes lugubres : pleurs des blessés et hululement du vent se mêlaient aux pas de la Blanca en une symphonie terrifiante où chaque goutte d'eau sécrétée dans les profondeurs par les monumentales stalactites trouvait sa place. Quelques torches malmenées par le souffle glacé des pierres amplifiaient le côté sinistre et désolé du décor où agonisaient ses compagnons.

Manuel resta un long moment interdit, contemplant l'antichambre de la géhenne, ce cauchemar d'ombre et de pierre où séjournaient les misérables condamnés en attendant que s'ouvrît pour eux la grande porte des morts. Pour s'arracher aux pensées morbides qu'inspirait ce spectacle dantesque, il lui fallut se concentrer sur sa respiration et sentir son cœur battre dans sa poitrine, il dut se convaincre qu'il était toujours vivant, alors seulement il parvint à dominer l'angoisse qui le prenait à la gorge.

Il fit le tour de ses amis, leur parla à l'oreille, écouta leurs confidences, caressa les cheveux tout collés d'un mourant et remercia la Blanca. La sagette donnait le meilleur d'elle-même pour nettoyer, panser, soulager et réconforter tous ces hommes qui lui étaient la veille encore de parfaits inconnus. Ses quelques mois de marche avaient terriblement amaigri la vieille bohémienne, mais elle gardait les gestes appuyés et la démarche lourde de la femme forte qu'elle avait été. Ce souvenir persistant d'un corps incapable de se projeter mince l'épaississait trompeusement.

« On n'y voit rien là dedans, grogna-t-elle à mi-voix sans cesser ses va-et-vient entre les corps allongés ou adossés contre les parois humides. Vous les avez regroupés ici et maintenant on doit les soigner à tâtons dans ce bruit. C'est étonnant comme dans ce trou le moindre murmure devient grondement. Et encore, les pauvres gars se retiennent de crier autant qu'ils peuvent. Alors tu imagines... des hurlements de douleur ! Ce matin, il fallait beugler soi-même pour supporter le vacarme. Même ceux qui souffrent le plus ont compris, ils mordent leur chemise. Et puis, il y a ce souffle qui vient du fond de la grotte, il nous glace le sang. Il aurait mieux valu les laisser dehors à l'ombre des arbres, le temps est clément. Quelle idée de les avoir entassés là ! Déplacez-les ! Nous, on a fait ce qu'on a pu. On les a traînés sur des couvertures jusqu'à la lumière, mais pour mieux les installer, il faudrait les soulever et la plupart sont trop lourds pour Frasquita et moi. Quant à Eugenio, il refuse de les bouger, il dit que nous les tuons en les bringuebalant comme ça. Il en faudrait bien deux comme toi pour les trimbaler sans trop les faire gueuler.

— Je vous enverrais bien quelques gars pour vous aider, mais, à dire vrai, ce n'est pas facile non plus en bas, lui répondit Manuel éprouvé par le spectacle des agonies.

— Vous continuez à vous battre ? demanda la sage-femme en le raccompagnant à l'air libre dans le silence des arbres.

— Non. Mais il y a tant de cadavres, tant de blessés ! Il faut faire de l'ordre, calmer tout le monde, arrêter les saccages, rassurer ceux qui regrettent les événements d'hier. On n'en a pas fini. Je vais parler de tout ça à Juan. Mais toi, accepterais-tu de descendre demain pour aider ? Il y a des femmes et des enfants en bas qui ont besoin de soins et Eugenio refuse d'y aller.

— Pas étonnant ! Je viendrai à la condition que tu me ramènes ici avant la nuit.

— Je m'y engage. Dis, tu crois que je peux aller voir Salvador ?

— Et pourquoi pas ?

— À cause des ombres et des saints, je ne voudrais pas gêner.

— Tiens ! Mais dis-moi, tu as peur, toi aussi ! Tu sais, ces histoires de fantômes, c'est rien qu'un bruit qui court, faut pas croire tout ce qu'on raconte ! Regarde-les, la moitié de ces pauvres gars sont hallucinés par les drogues d'Eugenio, les autres souffrent à en crever, tu crois vraiment qu'on n'en voit pas, des choses étranges dans cette pénombre ? Quand la peur devient palpable, quand elle se mêle à l'air qu'on respire, on lui cherche un visage.

— Eugenio lui-même dit que des ombres lui ont volé son carnet.

— Eugenio est le roi des menteurs ! Et malheureusement, c'est encore le moindre de ses vices. Va ! Frasquita n'a rien d'une sorcière, elle sait des choses qu'on a oubliées et elle a un don, voilà tout ! Vos fusils et vos couteaux sont bien plus dangereux que les puissances auxquelles elle fait appel.

— Si tu parles de puissances, c'est que tu y crois !

— Je crois à tout. Mais je crois sans craindre. »

Soudain, les filles de Frasquita passèrent en courant, poursuivies par leur frère Pedro. Manuel sursauta et la Blanca leur hurla de se calmer, de ne pas s'enfoncer dans les bois et surtout de rester groupés. Manuel sentit dans la voix de la vieille femme une angoisse sourdre et cette peur fit s'effondrer toute la confiance qu'elle avait réussi à faire naître en lui. Ses craintes, un moment disparues, revinrent en force et le jeune homme dut se contraindre à entrer dans la grotte où la couturière prenait soin de Salvador.

Cette niche était bien plus claire que la grande caverne qui servait d'hôpital de campagne, l'ouverture large laissait entrer les rayons du soleil et seul le fond du trou gardait son secret. Manuel remarqua pour la première fois qu'un passage étroit s'y poursuivait dans les entrailles de la montagne et il pensa qu'il fallait être très fin pour se glisser dans cette anfractuosité. Il n'y avait jamais songé jusqu'alors mais il faisait bien sombre dans le fond de toutes ces grottes où lui et ses amis avaient trouvé refuge. Cette angoisse diffuse qui régnait sur le campement l'avait mis en alerte. La peur n'avait pas le même goût dans les bois qu'au bourg, mais c'était bien elle qui avivait ses sens. Il lui paraissait désormais aussi improbable de trouver le sommeil dans l'une de ces cavernes, où il avait pourtant déjà passé plusieurs nuits, qu'à la mairie au milieu des traces de sang, dans le souvenir des hurlements de la veille.

Il aurait tellement aimé dormir pourtant !

Frasquita achevait sa prière au chevet d'un Salvador au visage enflé et dont seul un œil semblait en vie, enfoncé là et oublié comme dans une pâte qu'on aurait laissée lever trop longtemps. Dans cet éclair bleu, cerné de violet, Manuel lut que son ami voulait savoir.

Par respect pour le mystérieux travail de Frasquita que son entrée n'avait pas détournée de ses prières, il attendit, tournant et retournant son chapeau noir à large bord dans ses mains, avant de s'avancer davantage. Ce simple regard, que Salvador lui avait lancé alors qu'il restait sur le seuil, avait suffi à lui sortir les ombres et autres créatures infernales de la tête.

Quand Frasquita eut enfin terminé, elle salua le jeune homme.

« Tu lui laisses le visage découvert ? Tu ne le protèges pas des mouches ? lui demanda-t-il à mi-voix.

— Aucun insecte ne viendra se poser sur ses plaies.

— Et comment peux-tu en être si sûre ? Ça bourdonne de mouches bleues dans ces cavernes.

— Si tu vois le moindre insecte sur son visage, nous en reparlerons.

— Tu lui as raconté tout ce qui s'est passé en bas ?

— Non. »

Le jeune homme n'y pensait plus, pourtant dans le sillage de la couturière qu'il regardait sortir à contre-jour, il crut discerner des formes claires et, de nouveau, il frissonna. Il décida de ne pas tourner le dos au fond de la caverne et se plaça de telle façon qu'il pût voir, à gauche, l'ouverture qui donnait sur le ciel et les arbres, à droite, le fond enténébré de la petite grotte.

À peu près rassuré, il raconta les événements de la veille et ceux du jour même à l'œil à demi ouvert de Salvador. À mesure qu'il lui parlait le reste du visage s'effaçait. Dans le bleu de l'œil, la pupille palpitait et tous les mots prononcés, comme traduits en images, s'y engouffraient. Même muet, méconnaissable et souffrant, le Catalan restait pour Manuel le meilleur antidote à sa peur. Il aurait tant aimé entendre son accent velouté, cette voix à la fois douce et autoritaire qui balayait les doutes et poussait à l'action. Le voir tellement diminué, incapable de mener le bourg au combat en cet instant crucial, lui semblait la pire des injustices. Manuel lui devait tant : le Catalan exilé s'était pris d'affection deux ans auparavant pour ce garçon qui venait de perdre sa mère et n'avait alors pas encore fini de grandir. Il lui avait appris à lire, à écrire, à se battre.

D'un geste de la main, Salvador fit comprendre au jeune homme qu'il voulait écrire. Manuel savait où l'anarchiste rangeait son écritoire, il lui sortit son matériel, plongea la plume dans l'encre et la lui présenta accompagnée d'une page blanche. Mais écrire couché s'avéra une opération compliquée : l'encre noire dégoulinait en rigoles le long des doigts du blessé, maculant ses avant-bras et sa chemise déjà couverts de sang séché. Une simple phrase suffit à l'épuiser. D'autant que pour lire et écrire, Salvador calait ordinairement ses petites lunettes sur son nez, lunettes auxquelles il lui avait fallu cette fois renoncer.

« Il faut étendre la révolution pour survivre. »

Manuel lut l'unique phrase à voix haute.

Étendre la révolution. Il développa l'idée pour s'assurer qu'il avait bien compris : soulever les bourgs environnants, annoncer la bonne parole, joindre les autres petits groupes et sociétés secrètes actifs dans la région, ne pas rester isolés face à la réplique qui se préparait. Claironner la victoire de quelques fourches sur les fusils de la garde civile. Mais dans quel sens aller ? Et Salvador s'agitait, indiquant toutes les directions à la fois.

La bride de son âne en main, Manuel s'apprêtait à détaler jusqu'à l'endroit où il avait laissé son cheval quand il remarqua la charrette. Frasquita tentait avec l'aide de ses enfants de la faire passer à travers bois pour rejoindre le sentier.

« Que fais-tu ? s'étonna Manuel.

— Je poursuis ma route, répondit ma mère.

— Tu ne peux pas partir maintenant, tu nous es trop utile. Et puis, seule dans ces bois, tu te perdrais.

— Et qui me retiendra ici contre mon gré ?

— Personne. Tu n'es pas notre prisonnière ! Toi et tes enfants, vous ne manquerez de rien. Les villageois eux-mêmes ne connaissent pas notre planque. On ne viendra pas vous chercher ici. Blanca ! hurla-t-il à la silhouette qu'il venait d'apercevoir entre les arbres. Viens vite ! Je te confie ton amie. Surveille-la bien, qu'elle n'aille pas se faire tuer sur les routes !

— Frasquita ! Tu pars au moment où le soleil se couche ! s'inquiéta la sagette alors que Manuel reprenait sa course. Et où comptes-tu aller à cette heure avec ta petite qui va bientôt fermer les yeux et les autres qui ne valent guère mieux ?

— Tu sais bien que je ne peux pas rester plus longtemps. Tu m'as toi-même mise en garde à Santavela. Les ogres... tu t'en souviens ?...

— Cette vermine a tenté quelque chose ? s'indigna la vieille femme en tirant son amie à l'écart des enfants.

— Non, mais je sens une menace, quelque chose rôde ici.

— Attends demain ! Il ne va pas si vite en besogne et je pense qu'il te craint. Viens ! Manuel n'est pas venu les mains vides, il nous a apporté de la farine et deux chèvres. Nous coucherons les petits entre nous cette nuit dans cette grotte où nous avons déjà dormi hier. Il ne se passera rien, ils reposeront le ventre plein. Attends, ma fille ! Ce soir, les routes ne sont pas plus sûres que nos trous dans les rochers. Laisse le monde se calmer. Tu marcheras ensuite tout ton soûl. »

Frasquita se laissa convaincre.

Dans la cavité qui leur servait d'abri, des chauves-souris tourbillonnaient en tous sens et chacun sentait une langue froide lui lécher le corps à intervalles réguliers. Dès le premier soir, les dessins de Pedro s'étaient déjà attaqués aux parois les plus lisses de leur nouvelle demeure. Dans leur cadre de pierre des vagues de craie déferlaient sur le visage blanc du meunier offrant son sourire vide aux ténèbres. Neptune édenté souriant dans l'onde rocheuse. Avant de s'endormir, mon frère poursuivit sa mer intérieure et l'une de ses lames opalines remonta le courant d'air frais et le grondement qui l'accompagnait jusqu'à ce qu'elle vînt mourir tout au fond de la cavité dans un trou. Debout face à la grande fresque, emportée par le flot, Angela, une chandelle à la main, suivait des yeux le long mouvement de l'eau. Son regard s'arrêta quand le geste de Pedro se brisa.

Un passage. Le vent sortait de la montagne par un passage.

Les enfants enfournèrent leurs deux têtes dans le boyau dont ils ne pouvaient voir le fond et d'où perlaient des sanglots lointains. Soudain la montagne expira et leur cracha son souffle glacé au visage.

Ils partiraient le lendemain pour le centre de la terre. Pour cette nuit, mieux valait bâillonner l'orifice.

Quelques grosses pierres suffirent à faire taire la rumeur.

Après s'être assurées que les enfants dormaient, Frasquita et la Blanca prirent le temps de se parler sur le seuil de la grotte. La couturière portait toujours sa robe de noces, désormais maculée du sang des blessés.

« Tu n'as rien d'autre à te mettre ? lui demanda la Blanca.

— Non, je n'ai emporté que ça, répondit la couturière en lui montrant le sac aux couleurs de l'oliveraie qu'elle portait en bandoulière. José m'a jouée et Heredia m'a prise. Ils étaient tous derrière leurs fenêtres à attendre la femme humiliée, celle que son mari avait vendue comme un âne. Alors j'ai enfilé cette robe, je me suis coiffée et je suis partie. J'ai songé à Lucia, à son habit pailleté.

— Je me souviens du jour de tes noces. Tu étais bien belle avant qu'ils ne te fanent. Où veux-tu aller maintenant ?

— Où mes pieds me mèneront.

— Tu as toujours eu ce parfum de départ. Comme

moi, tu seras partout une étrangère. Mais moi, je sais ce qui m'a poussée sur les routes.

— Et quoi donc ?

— Mon sang d'abord — ma mère était gitane et mon père en partance —, et puis Eugenio. Les crimes d'Eugenio. Crois-tu qu'il soit possible d'oublier son enfant ? J'ai tout fait pour le laisser loin derrière et voilà qu'il m'a rattrapée pour de bon. Je suis sa mère, comprends-tu ? Il me poursuit, moi, la seule qu'il ne puisse pas duper, la seule à tout savoir, et je n'arrive pas à l'arrêter, à sauver ces petits qui ne sont pas les miens en condamnant le seul être qui me soit jamais sorti du ventre. »

Frasquita ne trouva rien à dire pour consoler son amie qui ne pleurait pas. Elles restèrent longtemps, côte à côte, dans le silence de la nuit.

« Trois hommes vont mourir cette nuit dans la grotte cathédrale. Eugenio me les a désignés et je leur ai récité la prière qui fait dormir. Ils partiront sans s'en rendre compte. Que va-t-il se passer maintenant ? finit par demander ma mère.

— Si demain tu t'en vas, Eugenio partira en chasse. À la poursuite de ta petite Clara qui l'attire comme la lumière attire les insectes nocturnes. Ne te leurre pas, il ne s'occupe de ces pauvres gens que parce que tes enfants sont là ! Il attend l'occasion. Si tu restes, elle finira par se présenter, c'est certain. Mais ici, nous sommes deux à le tenir à l'œil ; sur les routes, si tu pars, tu seras seule car je n'abandonnerai pas ces malheureux gars qui souffrent. Et puis toute la région risque de s'enflammer, le bourg n'est peut-être qu'un début. Dans ces grottes, nous sommes loin de la bataille qui s'annonce.

— Ainsi Eugenio me suivra partout comme il t'a suivie jusqu'ici ! Et pourquoi ne choisirait-il pas de rester à tes côtés ?

— Il ne craint plus de me perdre, je marche trop lentement à son gré. »

Quelque chose craqua dans l'ombre, Frasquita se retourna vivement vers le bois, scrutant les profondeurs de la nuit.

« Cette horreur qui rôde ici, je la perçois. Jamais je n'ai ressenti cela. Quelque chose souffle dans ces cavernes, ce vent qui vient d'ailleurs..., murmura-t-elle, le regard toujours fixé sur la masse sombre des arbres.

— C'est le vent de la guerre, il monte de la plaine..., répondit la Blanca qui observait le visage immobile et tendu de son amie.

— Ce n'est pas tout. Le souvenir du massacre et la peur de mourir, la douleur des blessés et ce monstre qui guette, tout cela se mêle à mes souvenirs de Santavela. Et puis ces prières m'épuisent! La nuit dernière, j'ai vu l'au-delà penché sur nous et les morts caresser les vivants. J'ai peur du sommeil, la Blanca, j'ai peur de rêver encore. Mes rêves sont pleins de ce visage que je viens de recoudre. Il semble qu'en le reprisant j'aie rapproché les bords de deux mondes. La mort rôde autour de nous. »

LES HURLEMENTS DE LA MONTAGNE

Les plaies de Salvador ne s'infectèrent pas, pas une mouche ne s'y risqua et dès le lendemain matin sa figure commença à dégonfler.

Après avoir récité ses prières au chevet du Catalan, Frasquita se pencha sur le visage immobile, remodelé par ses soins. Les yeux étaient fermés, sans doute dormait-il. Elle observa son œuvre avec plaisir. Elle aimait voir les plaies s'assécher, les croûtes se former, l'œdème diminuer. Les traits prenaient déjà un mouvement que la couturière reconnaissait. « Ils sont tellement beaux quand ils dorment », pensa-t-elle en rejoignant la Blanca devant la grande caverne.

« Ça pue tellement l'homme là-dedans qu'on en oublierait presque d'avoir peur ! lui lança la sagette qui transportait des couvertures souillées. Ils se font sur eux depuis hier. J'ai cherché dans tous les coins des hardes pour les changer, mais ces gars-là se lavaient habillés. Je n'ai rien trouvé, alors je lessive ce que je peux. Bonne nouvelle : il y en a deux qui tiennent debout. Mais ils ne sont pas encore assez solides pour transporter leurs copains. Quant aux cadavres, ils ne sont plus là, Eugenio s'en est chargé. Comme il n'a pas réussi à les installer sur son cheval, il t'a emprunté ta charrette pour les transporter. Mais les macchabées sentaient moins fort que les vivants et la puanteur résiste même au souffle qui vient du fond de la caverne.

— Je n'ai pas de prière qui les empêcherait d'empester. Il va falloir faire avec, répondit ma mère qui souriait sans s'en rendre compte.

— Tu souris ? Eh bien, n'entre pas là-dedans ou tu vas vite déchanter ! Occupe-toi d'abord des deux qui se sont installés dehors ! Ils attraperont peut-être un peu de ta surprenante gaieté. Moi, j'ai des haut-le-cœur, rien que de penser à retourner dans ce trou. Pourvu que Manuel arrive vite ! »

Il avait été décidé que la vieille sagette descendrait au bourg avec Clara, et cela, malgré les protestations du savant qui insistait sur les risques que courrait l'enfant en bas. D'après lui, les maladies arriveraient avant l'armée au village, elles suivaient les massacres comme les charognards et les amplifiaient, empilant charnier sur charnier et emportant les plus jeunes surtout. C'était pour éviter cela qu'il s'était déjà débarrassé des trois cadavres de la nuit.

« Impossible de les enterrer dans ces caillasses ! se plaignait-il. Je les ai entassés en contrebas ! J'ai même eu la faiblesse de leur préparer un bûcher ! J'attends qu'ils soient tous morts pour y mettre le feu.

— Un grand feu de joie qui attirera l'armée jusqu'ici dès qu'elle aura repris le village. Tu as trouvé une solution pour que les morts trahissent les survivants ! observa la Blanca soudain cynique.

— Voilà qu'on me reproche mon humanité maintenant ! » minauda le savant.

Frasquita se contenta de le regarder fixement en agitant les mains pour lui faire peur. Il arrêta là son cabotinage et se sauva, appelé par sa tâche. Peut-être n'était-il pas si dangereux, cet homme que ses deux mains pouvaient mettre en déroute ! Il craignait la guerre, les prières et les ombres, il assassinait les plus faibles et se tenait toujours du côté des vainqueurs.

Manuel arriva seul au camp, personne n'avait pu l'accompagner. Juan s'était brisé la jambe dans l'effondrement du balcon de la mairie, les autres étaient partis sur les routes annoncer la victoire du peuple sur l'oppresseur et il lui avait paru préférable de n'indiquer l'emplacement de leur camp à aucun villageois.

« Ce n'est plus le courage qui les étouffe, se lamentait-il. Ils rentrent la tête et attendent les coups comme des chiens qui, de frayeur, auraient mordu leur maître. Ils tiennent avec dégoût les fusils qu'on leur donne et apprennent à s'en servir de mauvaise grâce. Une chanson les secouerait. Tu ne veux pas nous confier ta petite, celle qui chante ? »

Mais Angela ne chantait plus depuis le massacre. Et un bataillon entier n'aurait pas suffi à la ramener en bas, elle aurait mordu à la bouche celui qui lui aurait proposé de redescendre au bourg. Mieux valait la laisser traînailler dans le camp avec son frère. Libre.

Manuel entra brièvement dans la grotte du Catalan assoupi, fut informé de la mort de ses trois camarades, puis, tristement, installa la Blanca et Clara sur son âne.

Tandis que Frasquita s'activait dans la grande caverne, bénissant l'énorme souffle qui périodiquement renouvelait l'air pestilentiel, Angela et Pedro dégageaient l'entrée de la galerie qu'ils avaient découverte la veille au fond de la grotte marine. Ils entendaient au loin les murmures des blessés déformés par la distance et les jeux conjugués de la pierre, de l'eau et du vent.

Angela insistait pour entrer toute vivante dans les entrailles de la terre, préférant se ruer à corps perdu dans cette gueule de pierre qui leur soufflait avec force son haleine glacée au visage plutôt que de songer de nouveau au massacre de l'avant-veille. Elle avait passé ses deux dernières nuits de sommeil à tenter d'effacer l'horrible soirée, à l'enfouir au plus profond d'elle-même, et à calfeutrer le passage qui y menait sous une épaisse couche d'images insignifiantes. Il lui fallait l'excitation des souterrains et leur parfum d'aventure pour étouffer le souvenir des balles sifflant près des oreilles, le gros rire de son porteur fou et les corps noyés dans leur sang et piétinés.

Ils s'engouffrèrent donc l'un derrière l'autre dans le passage en rampant. Pedro avait volé une lampe qu'il poussait devant lui. La galerie s'évasa et bientôt ils purent s'y tenir debout côte à côte. Angela s'enfonçait avec délice dans ce boyau tortueux qui, sans doute, les mènerait quelque part où aucune réminiscence n'aurait sa place.

« Et si la lampe s'éteint ? demanda Pedro qui avait ralenti le rythme.

— Tu as peur ?

— De quoi ?

— De te perdre, des bêtes, des fantômes, de mourir.

— Un peu, et toi ?

— Je n'ai plus peur de rien, grimaça Angela, et sa voix partit telle une fusée éclairante dans la nuit de son frère. Je suis immortelle, les balles ne m'atteignent pas !

— Allons-y ! » déclara le garçon aiguillonné par l'assurance de sa sœur aînée.

La galerie se ramifia jusqu'à former un véritable labyrinthe reliant des alvéoles souterraines infiniment effrayantes et délicieuses à la lumière de leur petite lampe. À plusieurs reprises, ils durent rebrousser chemin tant les boyaux s'affinaient. Ils avançaient avec précaution, plaqués parfois contre les parois calcaires, trouvant leur chemin dans des éboulis instables. À chaque intersection, Pedro sortait un des gros morceaux de craie qu'il gardait en permanence dans sa poche depuis le moulin et marquait la galerie qu'il leur faudrait prendre au retour. Ils finirent par arriver dans une gigantesque cavité souterraine où leurs cris s'amplifièrent.

« Nous voici rendus dans l'antre du dragon », s'extasia Angela en grelottant.

Ils hurlèrent jusqu'à réduire leur mémoire au silence et, enfin libérés de toute angoisse, ils décidèrent malgré le froid de ne pas revenir tout de suite sur leurs pas. Contournant un gouffre au fond duquel coulait quelque rivière souterraine, ils poursuivirent leur errance dans le dédale des roches calcaires. Parfois, quand le vent ne soufflait plus, respirer devenait difficile et les deux petits sentaient la tête leur tourner. Il leur semblait alors entendre des murmures, tout proches. Ils écoutaient sans le comprendre le chuchotement des pierres. Complices.

Ils s'enfoncèrent toujours plus dans les profondeurs de la terre, montant et descendant au gré des galeries irrégulières, jusqu'à ce que le courant d'air qui gagnait en puissance leur indiquât une sortie.

Le jour perçait, accessible, au fond d'un puits.

Pedro, glissant ses mains et ses pieds dans des interstices grouillant d'insectes, descendit contre le vent dans l'aveuglante lumière du jour, puis il aida sa sœur à s'extraire à son tour de sa gangue de pierre.

Ils avaient abouti dans une grotte assez éloignée

de celles qu'occupaient les anarchistes, ils y cachèrent la lampe qu'ils avaient volée et, une fois leurs yeux réaccoutumés à la clarté, ils arrachèrent la paroi végétale grillée par l'été et le vent qui masquait l'ouverture et sortirent.

Une chaleur merveilleuse leur caressa la peau. Les yeux clos, respirant l'air tiède et parfumé de la forêt à pleins poumons, ils se soumirent avec délice au soleil. Mais, dans sa lumière mordante, ils virent, juste devant eux, sur un lit de bois sec, trois cadavres entassés. L'un des visages, renversé en arrière, les regardait fixement, les yeux gros de douleur butinés par des hordes de mouches bleues.

Affolés par cette scène, les enfants longèrent en courant le flanc de la montagne et, par chance, retrouvèrent le campement un peu plus haut.

Leurs cris poussés au cœur du labyrinthe avaient été entendus jusque dans la grotte cathédrale où Frasquita et les blessés avaient suspendu leur souffle pour ne pas attirer cette chose, éveillée sans doute par l'odeur du sang et leurs plaintes importunes. L'énorme mugissement venu des profondeurs de la montagne avait achevé un mourant. Deux pauvres diables, galvanisés par leur terreur, avaient réussi à se traîner à l'extérieur, tandis que les sept autres blessés, incapables encore de ramper jusqu'au soleil, avaient continué de fixer le fond de leur grotte, où le chaos enténébré dessinait des monstres prêts à les dévorer, longtemps après que les rugissements eurent cessé.

Quand, les habits plus sales encore qu'à l'ordinaire, ils parurent devant leur mère affolée, Angela et Pedro furent battus. Ils mentirent, dirent qu'ils avaient couru les bois. Ils ne révélèrent rien de leur surprenante aventure souterraine, comprirent qu'ils étaient à l'origine de l'effroi des adultes et sourirent sous les coups.

Après le repas, Anita vive et silencieuse continua d'aider sa mère. Ma sœur aînée se laissait quelque peu oublier dans le vacarme des événements. Dans ce monde immense, elle se tenait toujours à quelques pas à peine de la boîte en bois où germait son don. Amarrée à ce coffret qu'elle ne quittait jamais du regard depuis le début du voyage, elle apportait à boire et à manger aux blessés.

Quant à Martirio, elle restait immobile, repliée sur elle-même dans une niche rocheuse à proximité de la grande grotte.

Pedro et Angela décidèrent de l'approcher à pas de loup pour la surprendre. Elle ne sursauta même pas, mais ils virent ce qu'elle tenait dans les mains : un calepin plein de croquis et d'encre rouge.

« Qu'est-ce que c'est ? demanda Pedro.

— Je l'ai trouvé, c'est à moi ! répondit sèchement Martirio en tâchant de cacher le carnet sous ses jupes.

— Montre-le-nous et on t'emmène dans notre labyrinthe, déclara Angela.

— Les galeries dans la montagne ? Si vous pensez que vous êtes les seuls à être passés par là, répondit la petite fille dans un haussement d'épaules.

— Tu t'es promenée toute seule dans nos souterrains ? s'étonna Pedro.

— Et où crois-tu que je l'aie déniché, ce cahier ? Vous avez toujours l'impression d'être les seuls à tout savoir. Mais vous ne savez rien ! Vous ne voyez rien !

— Ah oui ? Et qu'est-ce que tu vois de plus que nous ? lui demanda sa sœur vexée.

— La mort. Je vois la mort.

— Si tu crois que tu nous fais peur !

— Je vais mourir bientôt, reprit Martirio.

— Comment tu sais ça ? s'étonna son frère.

— C'est le meunier qui me l'a dit.

— D'après Juan, on finira tous pendus ou garrottés ! répliqua Pedro soudain sérieux.

— Moi, je ne mourrai jamais, je suis éternelle ! fanfaronna Angela.

— T'es bête, tu crèveras comme tout le monde ! l'interrompit son frère.

— Vous mourrez tous, mais moi la première, affirma Martirio le regard fixe.

— Tu crois ce vieux fou sur sa colline ? Il a voulu te fiche la frousse, voilà tout ! dit Angela.

— Non, au contraire, il a tout fait pour ne pas nous effrayer. Mais moi, il n'a pas pu me tromper. Parlez-en aux gens d'ici de votre meunier ! Vous verrez ! ajouta Martirio en s'éloignant.

— Sur les crêtes, elle m'avait pourtant dit qu'il ne fallait pas leur en parler, s'étonna Angela.

— Et pourquoi pas ? Viens ! » dit Pedro en se dirigeant vers les quatre blessés qui s'étaient installés à l'air libre.

Il entama la conversation et fut bientôt rejoint par sa sœur qui écoutait sans parler.

« Je te reconnais, dit Quince en se tournant avec respect vers Angela. C'est toi la gosse qui as chanté sur la place. Elle était bien belle ta chanson ! Tu ne veux pas nous fredonner quelque chose ?

— Moi aussi, je te reconnais ! Tu faisais partie de ceux qui nous ont pris nos sacs. Je n'ai pas envie de chanter pour toi, répliqua durement l'enfant.

— Mais Salvador te les a achetés, tes sacs ! lui répondit Quince.

— Ils n'étaient pas à vendre ! cria d'une voix blanche la petite fille grimaçante dont la gorge était nouée par la colère.

— Le meunier dans la montagne, il vous en aurait sûrement donné à vous aussi, de la farine, enchaîna Pedro.

— Quel meunier, petit? Là haut, dans les montagnes, il n'y a plus rien qu'une ruine de moulin à vent, leur affirma Quince les traits contractés tant son dos bandé le faisait encore souffrir. Le vieil homme qui s'en occupait, il est mort depuis un bon bout de temps. Tu t'en souviens, toi, quand il est mort le vieux Julian?

— J'étais gamin, lui répondit un autre gars qu'on nommait Luis. Ça fait au moins quinze ans qu'il a cassé sa pipe.

— Non, on ne parle pas du même, assura le garçonnet. Le nôtre, on l'a vu bien vivant, on lui a parlé et il travaillait dur.

— Celui de Julian, c'était le seul moulin à vent du pays! On ne peut pas se tromper, continua Quince. Je me souviens quand on y montait à la saison, il nous faisait asseoir sous sa tonnelle et nous donnait toujours un pain dur comme du bois à laisser ramollir dans un bol de lait. On était bien dans son paradis, qu'il disait, et c'était vrai qu'on se sentait bien, à l'ombre, assis sur ses bancs après toutes ces heures de marche.

— À nous aussi, il nous a offert du lait de ses chèvres et même qu'il nous a donné les trois sacs de farine que vous nous avez pris, raconta Angela toujours aussi hargneuse. Si c'est un fantôme, il ne doit pas être très content que vous nous les ayez volés. C'est peut-être lui qui crie sous la montagne. Nous, on ne craint rien, il nous a à la bonne. Mais vous, c'est une autre paire de manches.

— Arrêtez de vous foutre de nous, les marmots! coupa Pablo, le plus mal en point des quatre anarchistes, que les hurlements entendus dans la grotte avaient déjà suffisamment éprouvé. Retournez courir les bois ! Et ne venez plus nous rebattre les oreilles avec vos conneries !

— Votre Julian, vous l'avez abandonné tout vivant sur sa montagne pelée, voilà la vérité ! » insista Angela que plus rien n'effrayait et, sur ce, les enfants détalèrent à la recherche de Martirio, laissant les quatre adultes interdits.

Frasquita s'était glissée dans la tanière de Salvador.

Elle venait sans raison. Toutes les prières avaient déjà été dites. Elle voulait seulement le regarder dormir.

Une part d'elle errait sur le visage tout neuf.

Qu'avait-elle fait cette fois encore ? Qu'avait-elle lié en reprisant la chair ? Elle ne songeait plus à s'échapper, ni même à avoir peur de l'ogre, de la guerre, des rugissements de la montagne. Ce qu'elle avait cherché à fuir la veille, c'était ce sentiment qui la saisissait désormais violemment.

Rester là où ce visage était ! Une évidence ! Tout basculait, se troublait.

Elle ne pouvait plus se duper, elle savait à présent reconnaître son désir. Certes, achever son œuvre, savoir ce qu'il adviendrait du visage brodé lui semblait une raison suffisante d'attendre. Mais il y avait cette envie d'être étreinte par des bras qui ne la lâcheraient pas. Cet inconnu, conçu par elle en partie, elle l'aimait à n'en pas douter. Et puisqu'elle ne pouvait plus s'enfuir, puisque ses enfants risquaient davantage encore sur les routes que dans ces affreuses grottes, elle resterait, et peut-être la regarderait-il malgré la lutte qu'il avait à mener. Son destin, elle voulait le lire là, sur les lèvres suturées de cet homme ancré dans sa révolution. Un homme qui avait payé pour la farine, pour ces sacs qu'il aurait pu prendre tout simplement, sans se soucier d'elle, sans un regard pour ses enfants. Un banni, exilé tout comme elle, mais trouvant sa place dans chaque bataille. Elle aurait voulu rester longtemps dans la petite grotte, à attendre que l'œil bleu s'entrouvrît, qu'il la regardât. À quoi pouvait-elle ressembler dans sa robe de noces maculée de sang et de boue ?

Elle s'approcha plus près encore de cette chair abîmée jusqu'à en sentir la chaleur sur sa propre peau, sur ses lèvres humides. Elle souffla doucement sur les plaies, puis, passant la main dans les cheveux bouclés du Catalan, elle déposa un léger baiser sur sa bouche épaisse. D'un geste rapide, il lui attrapa la main sans même ouvrir les yeux et ce contact fut douloureux.

Frasquita fut si surprise qu'elle perçut à peine le gémissement qui s'échappa alors du fond de la petite grotte.

Martirio ne savait pas lire, mais elle feuilletait sans cesse le calepin du savant. Suivant du doigt ces longues lignes sinueuses et rouges. Et puis, il y avait ces écorchés, tous ces corps dessinés, ces êtres retournés comme des chaussettes, exposant leurs mystérieux organes. Angela et Pedro tentèrent de lui dérober le carnet à plusieurs reprises durant cette fin d'après-midi. En vain. La fillette se défendit si bien qu'ils renoncèrent et se contentèrent de la supplier de leur montrer ce qu'il contenait. Elle refusa, mais finit par leur raconter toute l'histoire.

Le premier soir, alors qu'ils dormaient avec la Blanca et que leur mère recousait le visage du Catalan, elle avait vu, dit-elle d'une voix monocorde, le meunier en rêve. Il se tenait debout dans la grotte où elle reposait, devant cette fresque blanche que Pedro avait déjà ébauchée et, immobile, lui désignait l'entrée du souterrain.

Elle s'était engagée en rampant sans lampe dans les ténèbres absolues de son rêve à la suite de son étrange guide au visage de craie. Elle avait avancé à l'aveuglette longtemps, se demandant quand prendrait fin ce songe étrange, jusqu'au moment où, dans l'obscurité ventée, elle avait senti une main glacée lui glisser ce carnet entre les doigts.

Ce contact l'avait réveillée. Elle n'était plus allongée avec sa famille dans la grotte, mais bel et bien debout dans une nuit épaisse et froide. Sa main droite s'accrochait au petit calepin. Elle avait donc vraiment avancé en somnambule dans le noir !

À tâtons, elle avait mesuré l'étroitesse du boyau où elle se trouvait et, sans paniquer, avait retrouvé son chemin dans les ténèbres glacées. De retour sur sa couche, elle avait enfoui le petit carnet dans ses jupes et s'était rendormie.

Au matin, elle était persuadée qu'il ne s'était rien passé, que tout cela n'avait été que rêve dans un rêve. Une de ces terreurs nocturnes, tellement propres à l'enfance mais qui persistent parfois à l'âge adulte, où notre esprit se joue de nous en nous laissant croire que nous venons de nous réveiller afin de nous effrayer davantage. Alors que, rassurés, nous pensons avoir échappé à notre cauchemar et qu'il nous semble ouvrir les yeux sur le monde réel, nous découvrons avec effroi que le monstre, l'apparition quelle qu'elle soit, est toujours là devant nous, comme sorti du rêve, matérialisé par nos pensées.

Pourtant, alors que Martirio se levait, quelque chose était tombé de sous ses jupes. Un petit calepin à la couverture de cuir couleur chair tachée de rouge par endroits.

Elle avait alors su que le meunier était vraiment venu. La grotte entière souriait du même sourire vide et bienveillant que son fantôme.

Au fond de la cavité, le passage était bien là, glacial, parcouru par les vents.

À la fin du récit de leur petite sœur, Angela et Pedro restèrent un moment silencieux avant de partir dans un grand éclat de rire. Martirio était une grande conteuse !

Comme promis, Manuel ramena la Blanca et Clara alors que le soleil crachait ses derniers rayons obliques, étirant les ombres sur la pierre. Il ne s'attarda pas, Juan avait besoin de lui. Mais il avait été convenu qu'il reviendrait chercher la sagette le lendemain dès l'aube. Les cernes dévoraient le visage de ce pauvre garçon.

La bohémienne le regarda partir avec tendresse.

Elle rentrait bouleversée par ce qu'elle avait vu en bas. Elle raconta comment les villageois se cherchaient des coupables, comment les anarchistes perdaient peu à peu le crédit qui leur restait, comment tous se rejetaient la responsabilité de leur jacquerie.

Eugenio, qui avait écouté le récit de sa mère avec attention, la suivit plus tard jusqu'au point d'eau. L'ombre gagnait du terrain sur les choses. La nuit venait. Ils étaient seuls et le savant en profita pour se lancer dans une de ces tirades dont il avait fait sa spécialité.

« C'est comme dans toutes les guerres, commença-t-il, l'horreur humaine reprend peu à peu ses droits : on dénonce à tour de bras, on s'habitue à l'odeur des cadavres, on accepte toutes les humiliations pour survivre. Le lien humain est coupé. L'enfant qui meurt sous nos yeux n'est pas le nôtre, pourquoi lui offririons-nous ce dont les nôtres ont besoin ?

Mieux vaut que les petits de l'inconnu, du voisin, de l'ami, de la sœur meurent. Seul notre cercle intime nous importe et ce cercle va se rétrécissant jusqu'au moment où, dans un hurlement pour certains, sans même une larme pour d'autres, ce cercle, ce dernier bastion d'humanité s'effondre devant l'instinct de survie. On donne alors ses parents, on vend ses enfants, ses compagnons, parce que cela fait trop mal, tous ces liens. Je ne parle pas de volonté, mais de ce puissant sursaut qui nous contraint à vivre. Comment certains parviennent-ils à résister ? Où trouvent-ils la force de lutter contre leur instinct ? Voilà la vraie question ! La lâcheté, l'horreur, les tueries, les massacres ne m'étonnent pas. Seuls me surprennent ces moments héroïques où, dans un monde chaotique, un être par nature aussi imparfait que l'homme se laisse gagner par la pitié et l'amour. Se pourrait-il que ce geste ne soit pas réfléchi ? Cette prise de risque, ce sacrifice au moment où tant d'autres sont morts déjà autour de nous, où nous avons bien pris conscience de notre vulnérabilité, du ridicule de notre petite existence, au moment où nous savons avec certitude que nous mourrons, que ceux que nous aimons mourront avec nous, de faim, de soif, qu'ils seront torturés, si nous offrons le peu de pain qu'il nous reste à celui qui agonise sous nos yeux, l'asile à celui que tous appellent un traître ou un ennemi, ce sacrifice ne serait-il qu'un caprice ! Crois-tu, mère, que j'aurai mon geste sublime ? Que je pourrais me mettre en danger pour rien, sans même l'espoir d'une rédemption, pour un misérable inconnu ? Un geste gratuit pour me sentir grand seigneur, je ne dis pas. C'est possible. Cela me plairait d'ailleurs assez de sortir de ce monde absurde dans une pirouette spontanée et héroïque. Après tout, pourquoi le monstre en temps de paix ne deviendrait-il pas un héros de la révolution ? »

La Blanca ne lui répondit rien. Elle aurait pourtant voulu lui parler des êtres brisés, détruits, de tous ceux qui se laissent mourir, qui s'abandonnent et qui, sans un geste sublime, renoncent simplement à défendre leur petite personne dans un monde que l'amour a déserté. Mais elle savait que son fils n'y verrait rien d'héroïque et que son long discours n'attendait pas de réponse.

LE JOUR OÙ MANUEL NE VINT PAS

Le lendemain matin, Salvador se sentait assez bien pour se lever, mais Frasquita insista pour qu'il restât couché quelques heures encore.

Le Catalan s'impatientait, Manuel tardait. En l'attendant, la sagette avait engagé Anita qui, debout sur sa boîte, pétrissait à ses côtés la pâte à pain sur une grande pierre lisse.

La matinée se passa sans que personne ne vînt au camp.

En début d'après-midi, il devint évident que Manuel ne viendrait plus. Les adultes se doutaient tous qu'il était arrivé quelque chose au bourg. Mais personne n'en parlait. Eugenio lui-même, habituellement si loquace, restait silencieux, à l'affût du moindre bruit suspect. Seuls Angela, Pedro et Clara s'esclaffaient à tout instant, insensibles à la menace planant sur le camp et comme épargnés par la peur qui rongeait les grandes personnes.

Les mugissements de la montagne reprirent dans l'après-midi et les cinq derniers occupants de la grotte cathédrale furent enfin installés sous les arbres. Frasquita remarqua que sa charrette n'était plus là. Eugenio la lui avait empruntée pour la deuxième fois afin de transporter les nouveaux cadavres.

L'ogre avait tiré la charrette jusqu'à l'endroit où, en contrebas, il avait commencé à ériger son bûcher. Il avait passé une partie de la journée à entasser du bois à distance du campement. Le terrain était particulièrement sec, une étincelle suffirait à tout embraser. Son feu de joie se verrait sans doute à des kilomètres à la ronde.

Après quelques heures d'efforts, il entendit des petites voix. Elles venaient de derrière le rideau de plantes sèches qui couvrait en cet endroit le flanc de la montagne. La charrette était masquée par le bûcher, il se glissa derrière et attendit qu'il se passât quelque chose.

C'est alors qu'il surprit Angela et Pedro.

Hilares, tous deux sortaient de leur petite grotte dérobée après avoir gueulé tout leur soûl.

Combien d'adultes auraient-ils tués cette fois ?

Les enfants, encore transis de froid, s'extasièrent devant la construction de bois, ils s'en approchèrent, mais une main raide et grisâtre qui dépassait du tas leur rappela la présence des cadavres et ils s'enfuirent en pouffant.

Eugenio abandonna sa cachette dès qu'il cessa de les entendre et il s'engagea à son tour entre les franges du rideau végétal.

D'abord, il ne vit rien. Mais après plusieurs minutes ses yeux s'habituèrent à la pénombre et il découvrit alors sur le sol une grande plume blanche et les deux lampes que les enfants avaient laissées là. Il en alluma une, observa la plume et les parois de la caverne lustrées par les frottements du poil graisseux de quelque animal et, en levant la tête, il finit par trouver le puits dans lequel il se hissa en riant.

Le savant ne craignait plus les ombres et autres spectres. Il devenait évident que, dans cet univers bancal où le monde partait à vau-l'eau, les enfants se jouaient des adultes. Ils avaient trouvé les clefs du chaos et ces hurlements entendus dans la grotte cathédrale sortaient de leurs petites gorges de moineaux. La montagne se faisait porte-voix. Peut-être même avaient-ils interprété joyeusement le rôle de ces esprits du premier soir. Ces petites ombres qu'il lui avait semblé apercevoir alors qu'il venait de perdre connaissance n'étaient sans doute que leurs légères silhouettes.

On était en plein conte et ces petits Poucets lui avaient dérobé son bien !

Si son carnet ne s'était pas volatilisé, il pourrait le leur reprendre !

En s'enfonçant dans les boyaux ventés, il songeait au parti qu'il pourrait tirer de cet improbable dédale. Quoi qu'il décidât, il lui fallait agir vite.

L'armée était déjà arrivée au bourg, il en était certain. Prendre la fuite ne lui rapporterait rien. Quant à Salvador, vu le cours que prenaient les événements, son amitié ne serait plus fructueuse à l'avenir.

S'il voulait sauver sa peau et tirer parti de toute cette pagaille, il devait dès le lendemain matin signaler l'emplacement du camp à l'ennemi en embrasant son bûcher et le bois environnant. Pour la suite, il avait son plan. Il savait jouer les traîtres et n'en était pas à son coup d'essai.

Il frapperait donc cette nuit-là : l'enfant soleil avait un sommeil de plomb.

Pourtant les bourrasques qui balayaient les galeries calcaires lui soufflèrent une autre idée, fort différente, une idée absurde, une idée grandiose. D'importantes masses d'air circulaient dans ces cavités souterraines. La force des rafales variait, mais leur direction restait constante...

Peut-être sourit-il alors en songeant qu'au bout du compte le vent seul déciderait.

L'OGRE, LA MORT ET LA PETITE LUMIÈRE

Manuel ne vint pas ce jour-là et pour cause !

L'armée était bel et bien entrée dans le bourg peu avant l'aube.

Les combats de rues n'avaient pas duré. Les paysans, si courageux quelques jours auparavant, s'étaient rendus sans tirer le moindre coup de feu. Seuls les anarchistes avaient tenté quelque chose, mais il en manquait : beaucoup étaient partis sur les routes afin d'embraser la région. Juan, la patte folle, souffla en vain sur les braises, le feu était mort.

Les soldats cherchaient le meneur, ce Catalan.

Manuel, Juan et quelques autres furent faits prisonniers. L'armée ne pouvait pas passer tout le village par les armes, il fallait se choisir des coupables, pousser le quidam à la dénonciation et surtout faire taire cette abominable comtesse hystérique à la voix suraiguë qui exigeait un garrottage général, une pendaison de masse et qu'on lui rangeât sa maison, et qu'on lui rendît ses affaires !

Au moment même où Eugenio s'engageait dans le labyrinthe, Manuel entrait, les mains liées derrière le dos, dans une pièce aveugle de la mairie. Pour y subir la question.

Dans l'air confiné, raréfié, planait une odeur âcre, infiniment nauséeuse et humaine.

Face à lui, deux hommes aux visages fermés, en bras de chemise.

Ses jambes soudain molles se dérobèrent sous lui. Le bas de son corps ne répondait plus. Ça puait la peur et la souffrance.

Sur le sol, du sang frais. Celui de son camarade Juan qu'il venait d'entendre hurler pendant deux heures. Hurler, puis se taire.

Il avait goûté son silence, son douloureux silence.

Dans les galeries, Eugenio remarqua les signes tracés à la craie par Pedro à chaque intersection. Un moulin, un sourire, un bateau, un oiseau, des dizaines de voiles blanches. De dessin en dessin, il arriva dans l'antre du dragon, admira les replis de la voûte dont les suintements avaient créé de grandioses concrétions, puis, remontant l'onde de craie, il finit par aboutir dans la grotte tatouée où couchaient Frasquita et ses enfants.

La caverne était vide et personne ne le vit sortir hormis ce visage de meunier surnageant dans un tumulte de courbes blanches hypnotiques.

Alors qu'il passait devant l'alvéole du Catalan, celui-ci le héla. Salvador s'était levé seul, mais le savant vit aussitôt qu'il ne parvenait à rester debout qu'en s'appuyant contre les parois rocheuses.

La clarté du regard de l'anarchiste harponna intensément Eugenio, si bien qu'il ne remarqua que plus tard les plages violettes qui cernaient les yeux de Salvador. Le visage, bien que barré en tous sens de croûtes foncées, n'avait désormais rien de repoussant. Les plaies ne suppuraient plus et chaque morceau avait retrouvé une place, sans doute pas tout à fait celle qui était la sienne avant le travail du bourreau, mais une place suffisamment harmonieuse pour donner à l'ensemble l'aspect d'un tout cohérent et déjà presque esthétique. Sa figure n'était plus l'enflure de la veille, ni même le masque impassible du matin. Les traits vivaient, s'animaient.

Pourtant l'homme ne souriait pas encore : soit que le sourire ne lui parût pas l'expression adéquate, soit que la grimace qu'il affichait parfois fût le seul sourire qui lui restât.

« Ils ne tiendront pas ! dit le Catalan de sa belle voix douce.

— Te revoilà donc debout, tout à fait séduisant et doué de parole ! s'exclama Eugenio avec un réel enthousiasme. Pourtant pardonne-moi, mais je ne vois pas de quoi tu parles.

— Mes camarades. Ils ne tiendront pas, répéta Salvador en soignant sa prononciation. Sans doute sont-ils torturés en ce moment même. Il va falloir que nous décampions !

— Et les cinq derniers de tes gars qui ne peuvent pas bouger encore, tu comptes les abandonner à l'armée ? Tu ne pourras pas les transporter, tu les achèverais.

— Je n'ai pas le choix. La règle veut qu'après quarante-huit heures sans nouvelles d'un des nôtres, nous déménagions.

— Vous avez d'étranges coutumes.

— Savoir que la souffrance est limitée dans le temps aide à supporter la torture !

— Certains résistent plus longtemps ?

— Quarante-huit heures de silence, c'est déjà héroïque, crois-moi ! Et Manuel est si jeune !

— Il va nous vendre, c'est ça ? J'en étais sûr ! s'exclama le savant indigné.

— Tu emploies de ces mots ! Tu fais vraiment un

piètre révolutionnaire. Mon bon vieil Eugenio ! je me demande ce que tu fais parmi nous, cette fois. Pourquoi n'as-tu pas encore pris tes jambes à ton cou ?

— Et qui te dit que ce n'est pas ce que je vais faire cette nuit ?

— Quoi que tu décides, je te remercie d'être resté à nos côtés si longtemps. Quant à nous, nous quitterons ces grottes dès demain matin !

— Et où irez-vous ?

— Frasquita dit que tu lui empruntes régulièrement sa charrette pour transporter les morts. Tu l'as rapportée au camp ?

— Non, je l'ai laissée près des cadavres, j'ai pris un autre chemin pour revenir jusqu'ici. J'irai la chercher à l'aube.

— Nous y installerons les blessés. La tête me tourne, je suis resté couché trop longtemps. Aide-moi à faire quelques pas, veux-tu ! Il faut que je me dérouille au plus vite, si je veux être du voyage demain.

— Je te prêterai mon cheval.

— Si tu es toujours là », conclut Salvador avec un rictus qui cette fois pouvait vraiment passer pour un sourire.

Ce soir-là, Frasquita et la sagette se couchèrent, tête-bêche, en travers de l'entrée de la cavité marine où reposaient les petits. Elles s'endormirent rassurées. L'ogre n'oserait pas leur passer sur le corps. Anita dormait en chien de fusil, lovée autour de sa boîte. Clara, légèrement luminescente, éclairait à peine le visage de sa sœur Martirio ramassée à ses côtés, les yeux clos et la bouche ouverte. Quant à Angela et à Pedro, ils s'étaient installés un peu à l'écart du reste de la portée et, main dans la main, souriaient tous deux du même sourire dans leur sommeil.

C'est dans cette nuit paisible et profonde que Martirio entendit de nouveau la voix du meunier.

« Fillette, lève-toi ! lui murmure la voix. Prends ta petite sœur qui dort à tes côtés et suis-moi dans le vent de la montagne. »

Martirio coince son précieux carnet dans sa ceinture avant de regarder le beau visage lumineux de l'enfant allongée contre elle et, sans un bruit, elle prend Clara dans ses bras. La toute petite fille lui paraît d'une telle légèreté qu'elle doute de nouveau de la réalité des événements.

Les pierres qui masquaient l'entrée de la galerie ont été dégagées.

Elle s'enfonce dans le vent du boyau en serrant contre elle le corps chaud et lumineux de Clara.

« Fillette, dit encore le vieil homme avec une infinie douceur, il va falloir que tu meures. Mais ne crains rien, je suis là.

— Pourquoi ? demande l'enfant d'une petite voix limpide et triste.

— Ta mort les sauvera tous. »

Martirio sent l'angoisse monter. Non, elle ne rêve pas. Sa petite sœur respire contre son épaule. Son souffle chaud lui caresse le duvet du cou. Où la porte-t-elle ? Qui ramènera Clara vers le soleil, si elle-même doit mourir dans les souterrains ? Elle se nourrit de lumière. Elle mourrait de froid et d'ombre, enterrée vivante par sa faute.

Le petit calepin écrasé contre son ventre bat au même rythme que son cœur.

Dans la plus grande des grottes souterraines, celle qu'Angela et Pedro ont nommée l'antre du dragon, la voix la pousse à s'engager dans un puits étroit et pentu qu'elle n'a jamais exploré encore. Martirio s'arrête alors et arrache la première page du calepin qu'elle roule en boule et abandonne au sol. Angela et Pedro comprendront, ils sauveront Clara. Égrenant ses morceaux de papier dans sa course, elle progresse lentement à la suite de ce fantôme invisible qui la regarde faire sans mot dire. Se contentant de la héler à chaque carrefour, pour lui indiquer la voie à prendre.

Clara pèse de plus en plus lourd sur ses petits bras d'enfant. Malgré le froid qui règne dans le dédale, de grosses gouttes salées dégoulinent le long de ses tempes, de ses joues. Larmes et sueur se mêlent. Elle est en eau. Le vertige la prend. Voyant qu'elle n'en peut plus, son étrange compagnon la laisse souffler un moment. Puis, comme elle tremble de tous ses membres, il l'exhorte à se remettre en marche. Docile, elle lui obéit.

Martirio chemine ainsi longtemps, dans l'air parfois raréfié des profondeurs, sans se douter qu'un ogre avance à grands pas quelque part dans ce même dédale sous la montagne. Un ogre qui justement vient chercher la petite vie lumineuse et fragile qu'elle serre dans ses bras. Et chacune de ces pelotes de papier gonflées d'encre rouge qu'elle abandonne derrière elle est à lui.

Porté par les vents, l'ogre se glisse dans cette mer de craie où reposent les enfants. La lampe qu'il a laissée à l'intérieur du boyau éclaire très faiblement la cavité et ses dessins. Le visage du meunier sourit dans les remous. Les deux gardiennes dorment paisiblement sur le seuil, tandis qu'Eugenio parcourt la caverne à pas de loup.

Clara est introuvable. L'autre petite au regard froid a disparu, elle aussi.

Une énorme frustration l'envahit.

Qu'est-ce que la Blanca en a fait ? Cette garce se

met de nouveau en travers de ses désirs ! De quoi se mêle-t-elle ?

Il en pleurerait, s'agite entre les vagues. Tourne en rond comme une bête en cage. Se maîtrise avec peine. Il lui faut étancher son désir pour reprendre le contrôle de lui-même. Son regard survole les autres petits endormis et s'arrête sur les longues boucles rouges de Pedro qui ronfle un peu, bouche ouverte, bien calé dans les bras de sa sauvage de sœur. Le rose des lèvres est gros de sommeil. Il s'approche du petit garçon, effleure ses mains blanches de craie, avant de sortir un linge et une fiole du sac qu'il porte en bandoulière. Mais ses gestes se font tremblants, maladroits. Une immense crispation lui envahit le corps, il voudrait hurler. Il respire profondément avant d'ouvrir sa fiole.

Alors qu'il s'apprête à verser l'énigmatique contenu de la petite bouteille opaque sur le morceau de tissu, un long gémissement rocailleux se fait entendre.

Le mouvement d'Eugenio se suspend.

Un doux sourire aux lèvres, il rebouche le flacon, fourre son attirail pêle-mêle dans sa besace et s'engouffre de nouveau dans la galerie.

Il trouvera Clara, il caressera son corps solaire, elle ne lui échappera pas !

Sa lampe à pétrole en main, il revient sur ses pas et dans la grande caverne qu'il a déjà traversée à l'aller et qui semble avoir été taillée pour servir de tanière à quelque monstre, il remarque une petite forme claire au sol. Oui, à côté d'une faille, il y a quelque chose.

Il s'approche, se penche.

Un papier froissé.

En dépliant la feuille, la fureur le prend. Il jette violemment cette page chiffonnée qu'il a écrite plusieurs années auparavant et qui s'adresse à sa mère et se précipite dans le goulet de pierre. Il avance vite, énorme, le dos courbé, dans la galerie étroite qui s'ouvre au fond du puits.

Une autre page roulée en boule. Puis une autre encore. Tout son carnet y passe, mis en miettes par ces crétines !

Et le savant s'embrase, plein de désir et de rage, en remontant la piste des deux petites filles.

Martirio a trébuché sur le rocher qu'elle tentait de gravir. Elle est tombée à la renverse sans lâcher sa sœur endormie et a laissé échappé un cri de frayeur. Des mains invisibles l'ont rattrapée avant qu'elle ne se brise la tête sur le rocher.

« Nous voilà arrivés, finit par lui dire la voix.

— Où sommes-nous ? demande l'enfant en posant avec précaution son précieux fardeau au sol.

— Cet éboulis s'ouvre sur le fond de la grotte où étaient entassés les blessés. Vois, les ténèbres sont plus légères !

— Et pourquoi m'as-tu menée jusqu'ici ?

— J'ai du temps à perdre. Je sais certaines choses, mais il y a des zones d'ombre dans vos destinées. Des parts obscures où même la mort ne peut fourrer son nez. Maintenant, tu vas laisser ta sœur endormie dans cette niche. Elle doit être bien visible de la caverne. Comme une loupiote dans l'ombre.

— Elle ne risque rien ici ?

— Ne t'inquiète pas, tu l'as sauvée. Ils la trouveront. La forêt n'est qu'à quelques pas. Si tu tends l'oreille, tu percevras les trilles d'un rossignol et les ronflements de Quince.

— Je peux sortir par là ?

— Non, tu vas devoir revenir sur tes pas pour

affronter seule le monstre qui arrive et il te faut faire vite. Allons à sa rencontre !

— Un monstre ?

— Un homme ! Je ne connais pas d'autre monstre. Dépêchons-nous ! »

Martirio abandonne donc à contrecœur sa sœur endormie pour s'enfoncer de nouveau dans la nuit des souterrains.

Elle se tourne une dernière fois vers Clara, faible lueur tellement rassurante dans toute cette ombre. Mourir n'était rien tant qu'elle tenait ce petit corps doux et serein contre elle. Désormais, elle est seule.

L'ogre s'arrête un moment dans la pièce souterraine où Martirio a repris son souffle quelques instants auparavant. Il flaire, écoute, regarde de tous côtés et finit par entendre des petits pas qui s'approchent. Elles arrivent ! Il éteint sa lampe sans se soucier de l'obscurité absolue qui le cerne. Après tout, qu'aurait-il à craindre ? Il est le prédateur ! L'ombre et le souffle frais qui règnent dans cet univers cauchemardesque ne l'effraient pas. De quoi diable aurait-il peur ?

Il guette sa proie qui avance à tâtons vers sa mort annoncée.

À l'aveuglette, Eugenio imbibe un morceau de tissu du liquide contenu dans la fiole. L'odeur de sa préparation le prend un peu à la gorge.

Le bruit de pas s'amplifie. Il se tend, prêt à bondir.

L'enfant est là dans le noir, il la sent à ses côtés, elle s'est arrêtée, mais il entend sa respiration rapide. Elle est seule, immobile et effrayée, à portée de main. Il perçoit sa peur, la ressent dans sa chair. Il s'en imprègne avec délice. Elle ose un pas et le frôle. C'en est trop !

L'ogre se jette sur la fillette qui hurle à pleins poumons.

Il faut la faire taire !

Le hurlement se propage dans toutes les directions. Le cri heurte les parois, rebondit, cherche une sortie, se précipite dans les galeries, enfle, se déforme, s'amplifie, arrive dans la grotte à l'entrée de laquelle les deux gardiennes sont postées, pénètre dans leurs rêves, les bouscule, les brise.

Elles s'éveillent en sursaut.

Les femmes allument une lampe. Les enfants sont déjà debout, terrifiés. Anita serre sa boîte dans ses bras. Martirio et Clara ont disparu et ce cri énorme qui leur glace le sang vient du fond de la grotte. Sans se concerter, Pedro et Angela se précipitent aussitôt vers la source du cri. Leur galerie est dégagée. Ils s'y engouffrent et tous les autres à leur suite.

« Tu vas te taire, salope ! » marmonne Eugenio entre ses dents alors qu'il tente de plaquer le morceau de tissu qu'il a préparé sur la bouche de Martirio.

L'enfant se débat dans le noir absolu contre les grosses mains qui l'ont saisie. Elle se défend de toutes ses petites forces dans un hurlement. Mais l'ogre l'immobilise et lui plaque cette toile sur le nez, la lui fourre dans la bouche. Elle ne parvient plus à crier, à respirer, elle étouffe dans la drôle d'odeur du tissu. Ses bras, ses jambes s'agitent dans tous les sens. Respirer, elle ne peut plus ! Elle s'éteint, toute molle.

Le cri a cessé d'un coup. Laissant place à un silence plus pesant encore.

Frasquita, son sac aux couleurs de l'oliveraie en bandoulière, s'arrête dans l'antre du dragon, guettant un signe. Chacun retient son souffle. Pedro baisse alors les yeux et découvre le morceau de papier écrasé et rougi sur le côté du puits. Il le montre à Angela. Et tous deux entrent dans le passage. La Blanca ne tient pas le rythme, elle ramasse la feuille rouge des mots qui lui sont destinés. Des mots d'amour, la première page.

Eugenio, malgré son excitation, a bien remarqué que l'enfant qu'il tient dans les bras à sa merci n'est pas Clara. Mais son cœur bat dans ses tempes, ce petit corps chaud est contre lui et l'ogre le renifle. Pourtant, il faudrait qu'il s'en aille, il sait qu'il doit s'échapper, que le cri de Martirio a sans doute alerté le camp. Il sait que sa piste sera facile à suivre, que les pages arrachées au livre de sa vie les mèneront jusqu'à lui. Mais il ne parvient pas à arrêter de caresser, de lécher le corps qu'il étreint. De son sac, il a sorti son grand couteau, celui-là même qu'il avait tendu à sa mère sur le chemin quelques jours auparavant. Celui dont elle n'avait pas voulu.

« Alors tu as caché ta sœur et maintenant tu ne peux plus me raconter où tu l'as mise, hein, gigolette ! susurre-t-il à la petite oreille sourde. Tu as bien failli me gâcher mon plaisir, sale garce. Mais tu vois, je suis heureux avec toi aussi ! Là... tout doux... tu sens mon dard ? C'est toi, mon pain frais, mon brûlant petit soleil, mauvaise fille ! »

Il est comme dédoublé, pris dans les rets de son désir vertigineux. Il sera attrapé, s'il reste ! Mais non, du temps, il leur faudra du temps pour arriver par les souterrains jusqu'à lui. Il peut jouir un peu de sa proie avant de bouger. Il trouvera une issue, droit devant. Il en a toujours trouvé une. Alors que, dans le noir absolu, il trousse les jupes de l'enfant, palpant la chair tendre des cuisses, lapant son sexe imberbe, il sent soudain des mains glaciales lui enserrer le cou.

Un second hurlement arrête Frasquita en pleine course. Un cri grave, un cri d'adulte. Elle touche au but. Plus que quelques dizaines de mètres tout au plus.

Eugenio a lâché Martirio pour défendre son cou. Mais les mains qui l'étranglaient ne sont plus. Le savant cherche sa lampe à tâtons sans interrompre son long hurlement. La lampe a disparu. Alors qu'il tente de reprendre son souffle dans l'air raréfié, il lui semble que des doigts froids comme la mort pianotent sur sa nuque, sur son dos, sur son sexe. L'ogre tient son couteau, donne des coups dans le vide. Il reprend le corps de la fillette dans ses bras, sent sa chaleur qui s'échappe et la serre contre lui en pleurant comme pour se protéger derrière ce délicat rempart de chair. Se protéger de cette main spectrale qui se joue de lui. À force de taillader l'air en tous sens, il finit par se porter un coup au bras. Le sang gicle.

Une petite lueur s'épanouit dans une cavalcade de pieds. De la lumière enfin, il va sortir de cette nuit infernale ! Il va échapper à ces mains sans visage. À leur horreur glacée.

Frasquita et les enfants débouchent dans la grotte où le savant, culotte baissée, est recroquevillé son grand couteau à la main. Martirio est couverte de sang. Angela dans un rugissement se rue sur sa sœur inerte, mais Eugenio les yeux révulsés la tient à distance en agitant sa lame.

La Blanca arrive face à cette scène, les bras chargés de feuilles froissées. Essoufflée, elle regarde le visage de son fils. Il pleure, l'appelle d'une petite voix presque enfantine.

« Maman, j'ai peur ! Aide-moi ! » souffle-t-il en se

pelotonnant derrière la poupée molle et sanglante qu'il tient dans ses bras.

La bohémienne s'approche lentement de son fils au visage ravagé par l'effroi. Elle lui caresse tendrement la joue, s'assoit à ses côtés, l'enlace. Et Eugenio se calme et desserre progressivement son étreinte. Il finit par lâcher la fillette qui roule, jupe relevée, sur le côté. Alors il s'abandonne dans les bras flasques de la sagette et enfouit sa grosse tête entre ses seins.

Frasquita se jette sur le corps inanimé de sa fille, l'embrasse, le soulève.

Sans un cri.

« Et Clara ? » finit-elle par demander dans un souffle sans quitter des yeux le petit visage blême de Martirio. Les regards se portent de tous côtés.

Aucune trace de la petite merveille.

LE PIÈGE

Le long hurlement de Martirio avait réveillé Salvador.

Ce cri ne ressemblait pas aux mugissements qui avaient tant effrayé ses camarades la veille. Quelqu'un avait besoin d'aide. Il lui avait fallu quelques minutes pour reprendre ses esprits et parvenir à se tenir sur ses jambes encore molles. Dès qu'il s'en était senti capable, le Catalan avait allumé sa lampe et tenté de se faufiler dans l'anfractuosité qui s'ouvrait au fond de sa petite grotte sur les souterrains. Les cris venaient de là-dedans, il en était certain. Mais le passage était bien trop étroit pour qu'un adulte parvînt à s'y glisser.

Il s'était alors précipité dehors et avait croisé Quince qui venait à sa rencontre.

« Salvador ! Il y a quelque chose dans le chaos de pierres au fond de la grotte cathédrale ! Quelque chose qui luit dans l'ombre ! »

Le groupe des anarchistes endormis devant l'énorme caverne avait entendu ces horribles cris. Les plus vaillants s'étaient levés et avaient remarqué cette petite forme lumineuse placée tout au fond de la cavité au milieu des éboulis dans une niche légèrement surélevée. Aucun d'eux n'avait encore osé aller voir de quoi il s'agissait. Mais maintenant que la voix s'était tue...

Sans hésitation, Salvador entra dans la grotte monumentale et avança vers la petite lumière.

Sur le seuil, tous ses camarades le regardaient, le souffle suspendu.

Dans le silence de la nuit, alors que, les sens en éveil, ils tentaient de capter un signe venant du fond de la grotte, ils perçurent soudain des craquements derrière eux. Quince se retourna et fit signe à ses camarades de se taire.

Des pas, nombreux, des feuilles écrasées, des brindilles cassées.

Une troupe approchait dans l'ombre de la forêt, faisant aussi peu de bruit que possible.

Les hommes qui tenaient debout reculèrent progressivement jusqu'à entrer dans la grotte. Alors, un nouveau hurlement s'échappa des entrailles de la terre et des ombres commencèrent à apparaître entre les arbres.

L'armée ! C'était l'armée !

Les anarchistes étaient pris entre deux feux. Leurs camarades trop mal en point pour se lever, étendus au sol à proximité de la grotte, ne bougeaient plus. Ils étaient à portée des fusils, sans doute déjà en joue. Ceux qui venaient de se glisser à reculons dans l'ombre de la grande caverne ne pouvaient plus en sortir sous peine d'être tirés comme des lapins. Il leur fallait choisir : le garrot ou le monstre.

Malgré les hurlements de la bête, tous, sauf Pablo, s'enfoncèrent lentement dans la caverne au fond de laquelle la lampe de Salvador papillotait. Le Catalan les appelait, mais sa voix était couverte par l'affreux mugissement qui emplissait l'espace.

Quince et ses compagnons se ruèrent vers leur meneur. Ils devaient s'enfuir. Se cacher. Ils étaient pris au piège. Dehors, les blessés criaient et des lumières avaient été allumées. Pablo restait planté devant la grotte. Il avait levé les mains et les lampes à pétrole de l'armée projetaient son ombre à l'intérieur de la caverne, multipliée et ondoyante.

Salvador tenait Clara dans ses bras. Il s'apprêtait à redescendre le pan rocheux qu'il venait d'escalader pour cueillir l'enfant endormie quand il vit ses camarades se précipiter vers lui.

« L'armée est devant la grotte, lui dit Quince. Si la petite est arrivée là, c'est qu'il doit y avoir une issue. Il est trop tard pour sauver les autres. On peut passer entre ces pierres ! »

Comme l'abominable cri d'Eugenio s'était arrêté net, les derniers mots de Quince résonnèrent dans le silence et Pablo, entendant ses camarades en fuite, se retourna vivement et se précipita à son tour vers le fond de la grotte. Des détonations retentirent, mais Pablo courait toujours, précédé par son ombre démesurée. Les premiers soldats se postèrent de part et d'autre de l'entrée de la monumentale caverne. Ils virent Quince et Salvador dans la petite niche tendre leurs mains vers Pablo pour l'aider à escalader l'éboulis rocheux. Quelques coups de feu sifflèrent à leurs oreilles et Pablo s'effondra, touché en pleine tête. Quince prit alors Clara dans ses bras et tous s'engouffrèrent dans le passage qui s'ouvrait au fond de la niche.

Ils couraient droit devant eux dans le sillage de la lampe que Salvador tenait à bout de bras. Au sol, ils remarquèrent les morceaux de papier et se doutèrent qu'ils indiquaient la voie à suivre. Au bout de quelques minutes, ils pensèrent à les ramasser. Il n'était pas question de faciliter la tâche de leurs poursuivants. Dans ce dédale de pierre où les pieds ne laissaient pas d'empreintes, ils ne seraient pas faciles à pister. S'il y avait une issue, ils avaient leur chance. Aucun d'eux ne pensait plus à cette bête qu'ils avaient imaginée tapie dans la roche.

Bientôt, ils arrivèrent dans la petite grotte où étaient réunis Frasquita, ses enfants et l'ogre recroquevillé entre les seins de sa mère.

« Mais que s'est-il passé ici ? » demanda Salvador les yeux exorbités.

Des ombres dansaient sur les visages figés par la surprise et l'horreur, accentuant les traits, posant sur chaque figure un masque effrayant.

Anita se tenait debout un peu en retrait, elle pleurait de longues larmes qui venaient frapper le bois de la boîte serrée contre sa poitrine et y faisaient une petite flaque. Elle vit la première ce que Quince berçait doucement. Un petit corps abandonné légèrement luminescent. Elle caressa le bras de sa mère pour la sortir de sa torpeur. Alors Frasquita regarda dans la direction que lui indiquait sa fille muette et, sans que le moindre de ses traits bougeât, elle demanda :

« Est-ce qu'elle est vivante ?

— Elle dort, prit le temps de lui répondre Quince. Nous l'avons trouvée au fond de la grotte cathédrale. C'est étrange, elle brillait. Mais qu'est-il arrivé à la petite que tu tiens ? Pourquoi est-elle couverte de sang ?

— Il l'a tuée, gronda ma mère en désignant l'ogre comme rétréci dans les bras de la Blanca et qui pressait toujours son grand couteau tout sanglant à plat contre son torse.

— Nous n'avons pas de temps à perdre, l'armée nous a débusqués ! Par où êtes-vous entrés ? demanda Salvador.

— Par la grotte où nous dormions, lui répondit Pedro.

— Ils doivent y être déjà. Nous ne pourrons pas ressortir par là. Nous sommes piégés ! conclut le Catalan.

— Si nous nous pressons, murmura Angela, nous pouvons gagner les galeries qui mènent au tas de branches et d'hommes morts. Venez !

— Salvador, mon ami, marmonna Eugenio. Mets le feu ! »

Salvador ne répondit rien, il partait déjà, emboîtant le pas à Angela et à Pedro.

Anita dut bousculer sa mère pour l'obliger à suivre le groupe. Celle-ci jeta un regard à la bohémienne toujours assise sur le sol son fils dans les bras.

« Il ne vous poursuivra plus. Je te le promets. Va et pardonne-moi si tu peux ! » finit par dire la Blanca.

Frasquita disparut dans la galerie en emportant le corps de Martirio.

Tout fut calme à nouveau, la Blanca était parvenue à allumer la lampe d'Eugenio et elle le berçait tendrement. L'ogre leva son visage souriant vers elle et lui tendit son couteau trop grand pour lui.

« Tu sais, maman, lui murmura-t-il affectueusement, l'enfant n'est pas morte encore. Et puis s'ils observent le sens du vent, peut-être parviendront-ils à la gagner, leur révolution. Tout est prêt. Salvador comprendra. Mon geste sublime... »

Alors, dans un baiser, elle le saigna.

Dehors, les mains liées, au milieu des soldats, le jeune Manuel pleurait.

Les officiers emportés par l'excitation avaient lancé le gros de leurs troupes aux trousses des fugitifs. Leurs hommes avaient découvert les deux entrées du souterrain. Les anarchistes étaient faits comme des rats ! Salvador, blessé, ne pourrait pas leur échapper. Une centaine de soldats s'enfonçaient dans le dédale rocheux, les uns à la suite des autres, au pas de course. Les hommes se déployaient, s'entassaient dans chacune des galeries, s'accumulaient dans les grottes. Cette montagne était un vrai gruyère. Elle avait avalé tous les soldats armés jusqu'aux dents ! Quelques hommes seulement avaient été envoyés dans la forêt à la recherche d'autres sorties.

Grâce à Pedro et à Angela, les fugitifs trouvèrent leur chemin contre le vent dans la montagne. Ils s'extirpèrent des souterrains en contrebas, là où le bûcher et la charrette attendaient.

Aucun bruit ne s'échappait des galeries, le vent qui s'engouffrait par ce côté-ci de la montagne capturait le son et le rabattait vers le camp. Rien ne parvenait à passer à contre-courant. Pas un murmure. Pourtant, même s'il ne pouvait entendre le bruit de leurs pas, le Catalan se doutait bien que des soldats avaient pénétré à leur suite dans les galeries. Seulement, il n'imaginait pas leur nombre.

« Salvador, il faut partir, lui chuchota Quince qui portait toujours Clara. Mais la couturière ne répond plus quand on lui parle et elle serre si fort le corps de son enfant morte qu'on ne peut pas le lui arracher pour le mettre sur le bûcher avec les autres !

— Installe-les toutes les deux sur la charrette, répondit Salvador, cette toute petite qui dort contre toi, pose-la dedans aussi. Elle t'encombre ! On va les tirer jusqu'au sentier, il n'est pas loin. Là ! Regarde ! On peut passer entre les arbres. Toi, le rouquin, va jeter un œil et reviens nous prévenir si tu vois des soldats ! »

Pendant que Quince se séparait à regret de la

petite merveille qui, tranquille dans ses bras, exhalait une sérénité si contagieuse qu'il aurait voulu la garder longtemps encore endormie tout contre son cœur, Salvador regardait l'amas de bois sec et de cadavres en songeant aux derniers mots d'Eugenio.

« Mets le feu ! » avait-il dit.

Sans doute voulait-il parler de ce bûcher. Pourquoi donc ce feu avait-il tant d'importance à ses yeux ? Un brasier dans cette forêt en pleine nuit indiquerait immédiatement leur présence à l'armée...

Il fallait essayer ! Faire confiance à l'amitié d'un vieux fou !

Il ordonna à ses compagnons de partir, il les rejoindrait à Brisca où l'un de ses amis menait un groupe semblable au leur.

Quince et un camarade nommé Luis, tous deux à bout de forces et à peine remis de leurs blessures, s'éloignèrent l'un tirant, l'autre poussant la charrette où la couturière était assise, le regard vide. Le dernier des anarchistes préféra déguerpir dans une autre direction.

Le Catalan attendit que tous fussent hors de vue avant d'enflammer le bûcher.

Alors le miracle se produisit.

La grotte faisait cheminée, un énorme appel d'air avalait la fumée qui se propageait à grande vitesse dans les boyaux de la montagne. Les volutes noires et grises étaient happées par le labyrinthe.

Le piège s'était refermé sur l'armée. Salvador imagina la panique dans le dédale. La bousculade, tous ces hommes suffoquant tentant de revenir sur leurs pas et tout juste capables de se piétiner les uns les autres. La bataille pour les éventuelles poches d'air. Et les officiers restés dans la grotte cathédrale à l'entrée du labyrinthe terrifiés par les hurlements amplifiés des dizaines d'hommes bloqués dans la fumée du charnier.

« Pourvu que Manuel n'ait pas été entraîné dans ce guêpier, pourvu qu'il ne soit pas là-dedans ! » songea Salvador face aux flammes immenses de ce brasier sans fumée, avant de s'échapper sur les traces de Quince.

Derrière lui, la forêt s'embrasa élevant un rideau de feu entre les fugitifs et leurs poursuivants.

LA PRIÈRE DU DERNIER SOIR

Ma mère, vidée d'elle-même, son enfant sans vie sur les genoux, restait assise dans la charrette, insensible au monde extérieur. Bringuebalée en tous sens, elle ne réagissait plus et son regard mort terrifiait Quince qui, malgré les efforts, se retournait sans cesse pour observer le beau visage impassible de la femme à laquelle il pensait devoir la vie.

Une dette. Ils avaient une dette envers celle qui avait pris soin d'eux, sans les connaître, avec une tendresse de mère durant ces derniers jours. Il la sauverait coûte que coûte. D'autant que Quince ressentait autre chose. Cette exilée magnifique, en robe de noces, tout encombrée d'enfants et lancée dans une aventure qui la dépassait, les avait tous émus dès la première rencontre.

Mais l'esprit avait déserté le corps de Frasquita et aucun souffle n'animait plus cette coque vide et immobile agrippée au cadavre de son enfant.

Dans le soleil levant, l'envie lui prit de pleurer les larmes qu'elle-même ne pleurait pas.

Salvador parvint à rattraper la charrette lancée entre les arbres au moment où Clara touchée par les premiers rayons du soleil ouvrait les yeux. Tout étonnée de ne plus être dans la grotte aux parois d'écume où elle s'était endormie la veille, l'enfant lumière dévisagea sa mère, osa une caresse sur sa joue de bois, puis toucha le corps trop froid de sa sœur. Malgré le jour naissant, Clara lança un cri qui semblait ne jamais devoir s'éteindre. Salvador la prit dans ses bras pour tenter de la calmer sans ralentir leur course. Mais rien n'y fit. Comme elle se débattait et hurlait de plus belle, Angela s'approcha, prit sa petite main dans la sienne, lui fredonna un air doux et triste en jouant avec ses doigts, tira de sous sa robe une longue plume blanche qu'elle lui offrit et la fillette aux yeux de paille s'apaisa.

Ils atteignirent la route.

C'est alors que la bouche de Frasquita commença à parler.

Se pourrait-il que certains mots soient vivants ?

Ceux qui s'emparèrent de la bouche de ma mère ce matin-là semblaient avoir leur volonté propre. Ils ne ressemblaient à rien.

Une langue inconnue possédait cette femme arrachée à elle-même par la douleur. L'une des prières du dernier soir. L'une de celles qui font lever les damnés comme des gâteaux passait entre les lèvres sèches de Frasquita. Et ces mots murmurés résonnaient, vibraient tout autour de la charrette, pénétraient chacun des fugitifs, contaminaient l'air qu'ils respiraient, l'espace qu'ils traversaient. La prière matérialisait une sorte de cercle autour de ma mère, un cercle englobant les anarchistes, les enfants et le tout petit bout de terrain sur lequel ils avançaient. Un morceau de paysage redessiné, soustrait à la vie, silencieux. Un morceau du monde où les mots de la prière, incompréhensibles, avalaient le chant des oiseaux, étouffaient le bruit des pas, happaient les grincements de la charrette et faisaient taire les cailloux du chemin.

Ils atteignirent la grand-route pensant y trouver des barrages, mais ils ne virent rien. Pas la moindre trace de soldats. Rien. La route était déserte.

Les enfants sortirent de la prière pour quémander de l'eau dans une métairie.

À quelques pas seulement de la charrette, le monde reprenait ses droits, le monde chantait, le vent soufflait son air tiède, les insectes bruissaient, paisibles, et les couleurs retrouvaient leur intensité.

Les bonnes gens qui ouvrirent leur porte à Angela et à Pedro observèrent de loin la charrette et les silhouettes brisées qui l'avaient tirée à tour de rôle jusque-là. Ils virent cette femme assise de profil, droite, comme plantée dans sa carriole et dont seules les lèvres bougeaient.

Quelque chose se passait sur la route. La mort rôdait autour du groupe dépenaillé et épuisé, sous ce ciel tout chargé de violence immobile.

Ils ne proposèrent pas aux enfants d'entrer, mais donnèrent plus que les petits n'auraient osé demandé. De grandes outres pleines d'eau fraîche, du pain et même une petite gourde d'eau-de-vie et des amandes. Puis vivement, les paysans refermèrent leur porte, inquiets à l'idée de se laisser pénétrer par ce qui errait ainsi, douloureusement, sur les routes.

Derrière leurs fenêtres, ils regardèrent la charrette reprendre sa course dans un mouvement saccadé, irréel. Un tableau s'était arrêté devant chez eux, des êtres en étaient sortis, puis le tableau s'était remis en marche. Sans lui laisser le temps de sécher, le peintre avait passé la main sur sa toile, balayant les lignes, mélangeant légèrement les formes, effaçant les couleurs. Le soleil lui-même semblait ne pas pouvoir pénétrer le cadre.

Ces gens ne marchaient pas, ils flottaient dans une éclipse partielle quelque part au-dessus de la route.

Dans leur sillage, une tourmente de mots, de phrases, grondait.

Tout s'obscurcissait. L'orage menaçait et Frasquita ne cillait pas. La route, le silence et la ligne brisée du temps n'étaient rien comparés aux visions de son esprit malade de douleur.

L'incantation convoquait ses ancêtres dans le pentacle dessiné par sa voix.

Toutes ces femmes qui, avant elle, avaient reçu la boîte et les prières en partage accouraient portant leur mort comme un nouveau corps. Mort violente, mort douloureuse, mort douce, mort secourable, mort espérée, mort acceptée, rejetée, terrifiante. Chaque mort venait caresser le corps chaud de cette femme qui appelait. Une foule d'ombres se pressait autour d'elle, buvant sa vie comme un nectar, et chaque baiser offrait à ma mère une mort différente. Elle en visitait toutes les terribles facettes, vivait les agonies, les surprises, les terreurs. Les mains paniquées des morts par surprise, à jamais étonnées de ne plus être, lui réclamaient leur vie volée, lui arrachaient un morceau de la sienne pour la dévorer dans un coin d'ombre. Sa vie partait en lambeaux, écorchée, avalée, usée par les caresses et les baisers glacés. Elle se débattait dans le magma des douleurs et des peurs, suppliant qu'on lui rendît son enfant arrêtée dans les replis de l'au-delà.

Mais que pouvaient ces morts qui la pressaient de toutes parts, que pouvaient-ils pour elle ces condamnés à une éternelle agonie, empêtrés à jamais dans l'horreur de leur dernier souffle ?

Alors, au bord du cercle qui s'était formé, Frasquita entrevit d'autres formes plus lointaines qui l'observaient. Une assemblée lumineuse.

La mort gardait ses secrets. Le royaume des

ombres recelait ses lumières. Peut-être ces spectres devaient-ils faire leur deuil des vivants avant de gagner leur paix.

Elle ne résista plus et s'offrit à tous les tourments. Si tel était le prix à payer ! Le petit cadavre de Martirio était blotti contre sa poitrine. Blême, les yeux ouverts sur la nuée des morts. Et dans le tourbillon des formes qui les frôlaient, Frasquita vit l'enfant sourire.

Soudain, la porte ouverte sur l'au-delà se referma et tout disparut.

Frasquita revint à elle comme on remonte à la surface d'un puits.

Elle était couchée dans une tour en ruine. Anita, assise sur sa boîte, lui épongeait le front brûlant. La couturière enlaçait toujours le corps de Martirio et, malgré la fièvre, elle sentit que la chair de sa fille était chaude et que sous sa main son petit cœur palpitait.

L'enfant dormait, paisible, sur le ventre de sa mère. Elle avait réussi. La prière qu'elle avait dite était perdue pour cent ans, mais sa fille vivait. La mort avait lâché sa proie, la mort avait cédé.

Frasquita apprit que sa léthargie avait duré plusieurs jours. Et que Salvador, Quince et Luis s'étaient occupés de ses enfants pendant tout ce temps. Les fuyards avaient finalement réussi à rejoindre leurs camarades de la sierra Nevada. Personne, sans doute, n'avait osé arrêter cette charrette fantôme enveloppée d'ombres, de mystère et de vent qui avançait vers le sud.

Salvador se pencha sur elle.

Seules quelques fines cicatrices lui zébraient encore le visage. Ses amis de la sierra Nevada ne l'avaient pas reconnu d'abord, ils avaient douté de toute l'histoire. D'autant que les deux hommes envoyés par Juan pour les informer de la victoire du bourg sur la garde civile avaient eux-mêmes hésité face à cette figure toute neuve du Catalan. Heureusement, Quince et Luis n'avaient pas changé de tête et une légende, née dans le sillage de la charrette, avait fini par faire pencher la balance en leur faveur. Le bruit avait couru qu'un bataillon entier, entré à la poursuite du Catalan dans les cavernes, n'en était jamais ressorti.

Alors Salvador, l'homme au nouveau visage, allait devenir un héros, une figure mythique de la révolution. Son nom allait traverser le pays de part en part comme une lame.

« Maintenant, dis-moi où tu te rends ainsi avec tes enfants et ta charrette, lui demanda tendrement l'homme au visage recousu.

— J'avance vers le sud, lui répondit ma mère en installant Martirio toujours endormie à sa place dans la couche que les anarchistes lui avaient préparée.

— J'ai besoin d'un drapeau, murmura Salvador à son oreille.

— Je dois poursuivre ma route, lui répondit ma mère égarée.

— Brode-moi un drapeau », insista Salvador en lui prenant la main.

Martirio lança alors un petit cri, très similaire à celui que Frasquita avait entendu dans la grotte qui servait de chambre au Catalan. Elle s'éveillait.

LE DRAPEAU

Que se passa-t-il exactement entre ma mère et sa créature, cet anarchiste catalan recousu par ses soins, cet homme au visage brodé auquel, par caprice semble-t-il, elle avait donné les traits d'un amant abandonné de l'autre côté des montagnes parmi ses oliviers ?

Anita, la conteuse, n'en a jamais dévoilé davantage. Mes autres sœurs disaient ne pas savoir et je n'ai rien envie d'inventer. Beaucoup de choses ont été racontées sur ma mère, mais sur ce sujet tout le monde s'est tu. Ce silence nous plaît. Ce silence et le mystère qui l'accompagne.

Frasquita est restée deux mois aux côtés du Catalan, le temps de lui broder son drapeau. Sans doute serait-elle restée plus longtemps si la révolution ne s'en était pas mêlée. Sans doute ne serions-nous pas de ce côté du monde si Salvador n'avait pas eu d'autre amante.

L'anarchiste avait tout abandonné derrière lui dans sa petite caverne. Son écritoire et sa guitare, les seuls objets qu'il avait réussi à conserver depuis l'adolescence, objets qui lui venaient de son père, étaient perdus à jamais. Mais, surtout, il songeait souvent avec tendresse au jeune Manuel qui avait, selon la rumeur, monnayé sa liberté contre la tête de son mentor.

Ma mère, elle, n'avait rien laissé dans les grottes. Inépuisables bobines de fil, aiguilles, épingles et petits ciseaux finement ouvragés étaient serrés dans ce sac aux couleurs de l'oliveraie qu'elle portait jour et nuit en bandoulière. La bourse offerte par Salvador et aussitôt attachée sous ses jupes continuait de battre contre sa jambe, rythmant parfois sa marche d'un léger cliquetis quand le nœud de l'aumônière se relâchait. Sa charrette était là aussi, dans laquelle les anarchistes l'avaient plantée toute droite vêtue de son éternelle robe de noces étoilée de fleurs de tissu, de boue et de sang.

Elle accepta de suivre Salvador le temps de lui broder son drapeau. Symbole de cette cause qu'il avait épousée. Un drapeau destiné à lui servir de drap le soir des noces. Sans le savoir, elle brodait un trousseau à cet homme nu.

Elle prit son temps. Sur l'étoffe que Salvador lui avait offerte — un drap de lin volé dans lequel, selon la légende, avait dormi une tête couronnée de passage dans la région —, elle appliqua des morceaux d'autres tissus arrachés lors des rapines dans les haciendas ou récupérés sur les cadavres des anarchistes. Chacune de leurs actions emportait un ou deux compagnons et Salvador avait pris l'habitude de remettre à la couturière un petit morceau de l'habit des hommes tombés, reliques sur lesquelles Frasquita travaillait ses broderies avant de les monter par sertissage sur son drapeau.

Les anarchistes lui avaient fabriqué un métier qu'ils se chargeaient de démonter et de remonter chaque fois que leur groupe devait se déplacer.

Le drapeau de Salvador et cette femme qui y travaillait sans relâche inspiraient à tous un respect religieux.

Jamais elle ne défit le travail fait la veille pour rester plus longtemps à ses côtés. Elle prit son temps car l'ouvrage se devait d'être parfait, à l'image de l'amour que Salvador portait à sa révolution, à l'image du visage de cet homme et de son espérance.

Rapiécé, mais parfait.

Elle goûtait la paix, mais savait que tout cela n'aurait qu'un temps et qu'une main mystérieuse travaillait avec la sienne au drapeau ensorcelé.

Les enfants, quant à eux, menaient leur vie dans les camps de fortune. La mort de l'ogre les avait libérés de l'attention constante de leur mère, de ses angoisses. Ils allaient et venaient où bon leur semblait et tous avaient pris goût à cette liberté toute neuve. Pedro et Angela apprenaient à se battre, Anita lisait Bakounine et écoutait les récits des rebelles, Clara jouissait de la lumière d'automne et Martirio s'occupait des tombes. Son séjour parmi les morts les lui avait rendus plus familiers encore.

Personne ne parlait plus de reprendre la route vers le sud.

Pourtant un matin, Frasquita apporta le drapeau soigneusement plié à cet homme qui le lui avait demandé.

« Ton drapeau est achevé », lui dit-elle en lui tendant son œuvre.

Avec l'aide de Quince, Salvador le déplia sur le sol.

Le motif mystérieux inspirait une sensation d'harmonie et de plénitude. Rien de figuratif, mais la mosaïque de tissus assemblée par des doigts d'artiste créait un univers neuf et absolument entier.

L'enthousiasme dégagé par le tableau était contagieux. Il donnait envie de respirer le monde à pleins poumons, d'en jouir les paumes ouvertes, de tous ses sens, d'en vivre plus intensément chaque instant. Il fourmillait de force, de désir, de joie, de passion, d'idéal. Ses couleurs vibraient au soleil automnal, formidables. Tout avait été cousu sur la toile, l'espoir, l'avenir, la guerre, la paix, le monde, les hommes et les femmes, et tout cela tenait ensemble, comme accordé depuis toujours. La révolution qui trouvait ici son expression menait à un nouvel âge d'or.

Cependant de grandes plages claires au centre du drapeau dessinaient d'énigmatiques pictogrammes dont Frasquita elle-même ne détenait pas la clef.

« Ceux qui verront ton drapeau ne douteront plus des lendemains, murmura le révolutionnaire au doux sourire et aux yeux clairs. Nous brandirons ta bannière dès aujourd'hui. Manuel est vivant, il nous a fait savoir que l'officier qui dirigeait les soldats asphyxiés dans nos grottes passera, accompagné d'un petit groupe de soldats, par le défilé de la Cruz cet après-midi. Nous le guetterons dans les montagnes. Attendras-tu mon retour pour partir ? Je voudrais te parler de nous avant que tu ne reprennes la route.

— Je t'attendrai », lui répondit ma mère en sortant.

Quince lui emboîta le pas et, une fois dehors, lui chuchota d'une voix tremblante :

« Dis-lui de ne pas se fier à ce fils de putain qui l'a déjà vendu une fois ! Dis-le-lui, peut-être t'écoutera-t-il !

— Il croit en son amour. Manuel est comme son fils. Pourquoi le trahirait-il ?

— Parce qu'il l'a déjà fait une fois. Parce qu'il est désormais détesté par tous et qu'il sait qu'il ne retrouvera plus sa place parmi nous.

— Comment peut-on reprocher à un homme torturé de parler ? Salvador lui-même savait que ce pauvre garçon ne tiendrait pas.

— Seulement ce que Salvador ne veut pas admettre, c'est que Manuel n'a pas été torturé ! Il a donné celui qui le considérait comme son fils dès la première minute, il l'a donné en se pissant dessus. Manuel n'a pas reçu le moindre coup, entends-tu ? Et maintenant, il se sait lâche.

— Qui t'a raconté tout cela ?

— C'est ce qu'on dit. Manuel est jeune, il sait lire, écrire, se battre. Il connaît nos visages, nos habitudes. C'est une recrue de choix. Ils lui ont promis la lune.

— Quince, regarde-moi ! Si tous disent que ton fils est un lâche, ne tenteras-tu pas de prouver le contraire ?

— Je n'ai pas de fils. Salvador non plus, d'ailleurs », conclut-il, buté, en tournant le dos à ma mère.

Un groupe d'hommes armés partit en fin de matinée pour le défilé. Quince était du nombre des combattants, il n'avait pas voulu laisser Salvador brandir seul son drapeau.

Frasquita les observa alors qu'ils s'en allaient les uns à cheval, les autres à pied. La bannière déployée pour l'occasion agitait ses couleurs au-dessus du visage souriant qu'elle aimait. Elle avait ramené sa longue main droite en visière, pour résister à l'éblouissant soleil d'automne et suivre du regard l'homme qui s'éloignait.

Mais, une fois que la petite troupe eut disparu, quand elle ne fut même plus un minuscule point sous l'immensité bleue du ciel, Martirio sortit la couturière de sa rêverie en lui caressant doucement la main gauche qu'elle laissait pendre le long de sa cuisse.

« Maman, la belle jeune fille qui brodait à tes côtés vient de me dire adieu, chuchota la petite fille.

— Quelle jeune fille ? s'étonna Frasquita.

— Celle qui guidait ta main sur le métier. Elle m'a dit que tu ne pourrais rien pour lui. Que tu devais te préparer.

— Je ne comprends pas.

— Salvador va mourir, maman. »

Frasquita ne douta pas un instant des dires de sa fille. Elle se précipita et supplia qu'on envoyât un homme pour rattraper le Catalan et le mettre en garde. Les anarchistes restés au camp s'inclinèrent, ils n'étaient pas insensibles aux prémonitions. L'unique cheval restant roula des yeux énormes quand on voulut l'enfourcher. Il se débattit furieusement, jetant ses sabots fous de tous côtés. L'émissaire dut partir à pied. Il arriva trop tard. L'armée avait ourdi son guet-apens de longue date et seul Quince s'en était sorti.

Il parvint à ramener au camp le corps de Salvador criblé de balles tout roulé dans son drapeau.

On étendit le cadavre de l'homme-légende au sol sur la bannière brodée.

La mort siégeait dans un coin du tissu, invisible à tous, mais soulignée soudain par les plaies ouvertes. Dans les espaces clairs, comme laissés en blanc par la couturière, le sang de Salvador s'était glissé, révélant un nouveau motif : une jeune beauté glorieuse la faux en main et, à ses pieds, une tête d'homme, une tête coupée aux traits intacts, aux yeux clairs et au sourire engageant. Le visage qu'arborait Salvador avant le couteau du bourreau, avant les aiguilles de ma mère. Le visage que la mort aimait.

« Tu savais donc qu'il mourrait, et tu n'en as rien dit, murmura Quince en se tournant vers ma mère.

— J'ai brodé à l'aveugle, obéissant à son désir de trouver l'image la plus juste, répondit Frasquita qui découvrait avec une indicible surprise cet ancien visage qu'elle avait oublié. Je ne savais rien. Son sang a dessiné le reste.

— La mort nous aura prouvé aujourd'hui ses talents de brodeuse ! ironisa Quince dans un fou rire nerveux. Vous avez réalisé cette bannière à deux. Elle t'a soufflé le décor qu'elle désirait ensanglanter. Une peinture à l'aiguille et au couteau. »

Et comme Frasquita restait muette, les bras ballants face au corps ensanglanté de celui qui représentait son avenir quelques minutes plus tôt, Quince se révolta.

« Qu'attends-tu pour prier pour lui comme tu l'as fait pour ta fille morte ? Fais-le, ton miracle ! » hurla-t-il en secouant ma mère.

La couturière s'agenouilla près du cadavre du Catalan. Sans prier, sans qu'aucun mot ne s'emparât de ses lèvres et Quince attendit immobile.

Mais rien ne se passa. La mort résistait.

Frasquita resta silencieuse près du corps si longtemps qu'elle le vit changer de couleur peu à peu. On lui porta à manger, à boire. Le soleil dessinait ses cercles dans le bleu du ciel, la lune s'arrondissait chaque nuit un peu plus. Le vent fraîchissait. Mais aucun mot ne germait de cette femme plantée sur la terre, immobile.

Les autres vinrent lui dire adieu. Quince lui-même finit par ne plus y croire. Il tenta de la relever. Tendrement d'abord comme on console une veuve, une amante délaissée, puis il se fâcha, l'empoigna, la supplia. Enfin, en désespoir de cause, il partit à son tour non sans promettre aux petits qu'il reviendrait.

Dans le camp abandonné, les enfants livrés à eux-mêmes tentaient de survivre. Comme le froid forcissait malgré le bleu du ciel, ils avaient couvert leur mère d'une des couvertures offertes par les anarchistes.

Bientôt, ce qui avait voilé les yeux de Salvador tourna au vert. Bientôt, il n'y eut plus d'yeux.

Alors ma mère commença à creuser. Les ongles en sang. Les enfants s'y mirent tous et, dans le trou, Frasquita bascula drapeau, cadavre, révolution et espérance. Elle mangea et but ce que lui offraient ses petits. Elle essaya de se relever, mais ses jambes tremblantes et pleines d'escarres ne parvinrent pas même à se déplier. Voyant que son corps ne lui répondait plus, elle confia sans un mot sa bourse à Anita qui prit soin d'elle, de son frère et de ses sœurs affamés. Et quand elle s'en sentit capable, sans même prévenir ses enfants, Frasquita s'attela à la charrette et reprit sa route vers le sud.

Les petits la rattrapèrent, ils s'étaient fait des ponchos dans les couvertures, trouant la laine au couteau.

LA DESCENTE VERS LE SUD

Depuis que Frasquita avait repris sa marche, elle ne regardait plus ses enfants. Ne les nommait plus. Ne les comptait plus.

Nous croisâmes des Gitans qui tentèrent de comprendre ma mère. Cette femme outragée, puis blessée à mort par le destin. Cette femme impuissante malgré ses dons, attelée à sa charrette comme une bête de somme. Cette femme qui avait enterré toute espérance dans un trou.

Le doyen des Gitans surtout passa du temps à ses côtés.

Il lui parla.

« C'est nous, les Gitans, qui faisons tourner la Terre en marchant. Voilà pourquoi nous avançons sans jamais nous arrêter plus de temps qu'il ne le faut. Mais toi, pourquoi marches-tu, la belle, pourquoi chemines-tu comme les cigognes en hiver vers le sud, avec ta nichée derrière toi et tous leurs petits pieds sanglants ? Pourquoi leur imposer un tel voyage ? »

Ma mère ne lui répondit rien. Son ventre s'arrondissait.

Elle avança plus vite qu'eux et ils disparurent.

Enfin, la charrette atteignit la mer et les enfants soufflèrent, persuadés que leur mère ne pourrait pas aller plus loin.

LE LONG POÈME D'ANITA

Sur la plage, les petits jouaient avec leurs ombres démesurées, incroyables, projetées sur le sable, sur les vagues, par le soleil rasant de l'hiver.

Après la surprise commune face à ce grand machin, chacun tissa avec la mer des liens particuliers. Chacun retint une couleur, une rumeur, un mouvement, un rythme, un parfum. Chacun vécut la mer à sa façon.

Mais ma mère ne vit rien d'autre qu'une étendue d'eau à franchir.

Face à la mer, Anita posa la boîte qu'elle avait portée tout le long du chemin.

Neuf mois s'étaient écoulés depuis le jour où elle lui avait été remise. Il était temps.

Frasquita ne se souciait pas de ce que sa fille pourrait y trouver, la magie n'avait plus d'attraits pour elle, pas plus que le boire ou le manger, pas plus que la fatigue, les pieds en sang ou les gelures des petits. Seule la marche semblait la tenir en vie. Quelque chose avait été entamé qu'elle ne pouvait plus arrêter, elle devait poursuivre sa route maintenant qu'elle s'en était bâti une.

Les plus jeunes, intrigués, se bousculaient autour d'Anita qui lentement souleva le couvercle.

La boîte était vide.

Un instant, la déception se lut sur les petits visages qui ne savaient pourtant rien ni des prières ni du don, mais que cet objet interdit, comme amarré depuis le début du voyage au corps de leur sœur aînée, fascinait.

L'expression des enfants se figea quand, dans le silence de cette nuit d'hiver, fusa la parole. Car quelque chose parla, toutes mes sœurs en ont témoigné, un murmure s'échappa du cube ouvert et cette voix, sortie du bois, entra dans la gorge de ma sœur aînée tout étonnée de s'entendre parler pour la première fois et de le faire avec ce timbre doux, chaud et puissant que l'âge par la suite n'a jamais pu entamer. La boîte béante était redevenue silencieuse et les mots coulaient désormais de la bouche de ma sœur, simples, clairs et vivants, tandis que ses mains s'agitaient comme pour les guider ou les palper. Les mots venaient à nous, nous soutenaient, nous berçaient, nous enlaçaient, nous réchauffaient. Et les mots ne tarissaient pas.

La voix commença de raconter notre histoire murmurée à la nuit face à la mer dans le dos de cette femme, notre mère, qui cherchait comment enjamber l'obstacle, comment poursuivre sa course vers le sud, comment gagner l'autre rive et n'entendait pas le souffle dont nos âmes se gonflaient.

Anita, ma sœur aînée, nous a rêvés du bout des doigts, du bout des lèvres. Dans sa voix, nos doubles ont poussé comme des bambous. Nous sommes morts chaque jour, sans ralentir le pas. Les petits corps, fouettés par la folie de notre mère, puisèrent leur force à la source des lèvres sèches d'Anita, dans le velouté de sa voix, dans sa tranquille prière.

Tant de mots, tant de sable, tant de pas, innombrables.

À travers l'épopée d'Anita, à travers le poème infini qui coulait d'elle, nous marchions.

Des mots pour tout sillage, drôles de cailloux !

La voix nous précédait dans les villes, dans les ksour, sous les tentes et chacun connaissait notre histoire. Anita la contait dans sa langue, assise sur sa boîte, à tous ceux que nous rencontrions, elle la réinventait chaque fois et la voix battait longtemps après notre passage.

Les conteuses de ces pays traversés parlent encore de la femme jouée et de sa caravane d'enfants épuisés.

Quand le soleil mordait les petits au visage, quand leurs corps se dérobaient sous eux, quand le sable, entré dans leurs espadrilles, alourdissait leur marche, la voix rythmait leurs pas, la voix nous racontait.

Soumis au souffle d'Anita, nous devenions de grands voiliers et glissions murmurés aux pierres, à la mer, à des nuits sans étoiles et sans songe.

Et ses mains, vous ai-je jamais parlé de ses mains ?

Les mains des conteuses sont des fleurs agitées par le souffle chaud du rêve, elles se balancent en haut de leurs longues tiges souples, fanent, se dressent, refleurissent dans le sable à la première averse, à la première larme, et projettent leurs ombres géantes dans des ciels plus sombres encore, si bien qu'ils paraissent s'éclairer, éventrés par ces mains, par ces fleurs, par ces mots.

Anita ne sait plus lire, elle a oublié, elle s'est soudain refusée aux mots écrits.

Elle dit que l'écriture enterrera les mains des conteuses et qu'aucune voix ne nous guidera plus dans les ténèbres du mythe. Les lettres écrites, ces courbes, cette encre, ces mots morcelés, pourriront sur les feuilles, mémoire morte. Les contes seront oubliés. Pour elle, tout livre est un charnier. Rien ne doit être inscrit ailleurs que dans nos têtes.

Elle a des contes tatoués sur les lèvres, un baiser de sa bouche, une caresse de sa main nous les imprime sur le front.

Les mains d'Anita commencèrent à danser face à la mer alors que nous pensions avoir enfin atteint le bout du monde et que notre mère ne pourrait marcher plus loin.

Quand nous dûmes abandonner la charrette, quand le passeur nous embarqua, quand il fallut ramer dans la tempête, quand ma mère se dressa seule face aux vagues comme un grand mât, alors la voix d'Anita se leva.

Son énorme murmure s'étala sur la mer.

Elle dit notre histoire comme une berceuse, le poids des mots, la douceur de la voix aplanirent les montagnes d'eau et nous traversâmes.

Dès lors plus rien de réel n'advint, le temps replié sur lui-même, sur la mer, sur les déserts de pierres, le temps fit des nœuds jusque dans nos veines, dans nos ventres et, longtemps, j'oubliai de naître.

J'attendais le dernier vers, celui qui m'annoncerait :

« Ce soir-là Soledad vint au monde et la mère s'arrêta. »

Je suis ce dernier vers, cette main rouge, enluminée de henné, qui mit fin à notre course folle, je suis celle qui obligea ma mère à se coucher. Je suis le bout du voyage. Je suis l'ancre et je ne peux qu'écrire pour que meure l'histoire qui nous berce et nous mure et fait de nous des êtres différents, intraduisibles et étranges à tous.

Car quelque chose s'empara de nous alors, de chacun des enfants, quelque chose qui nous tint serrés les uns contre les autres, et nous lia entre nous si fort que nous crûmes ne plus jamais pouvoir nous défaire des bras et des jambes de ceux qui n'étaient pas nous mais que la chose avait pris en masse.

Tressés, membres et cœurs et pensées. Tressés serré. Cordes mouillées, nouées dans les brisants, puis séchées, blanchies dans les sables, les enfants avancèrent d'un même pas, petits et grands, au rythme de leur mère, le premier de cordée. Ils sentirent la courbure de la terre sous leurs pieds nus. Ils virent la forme de leur mère marcher vers ce lieu toujours plus lointain où l'horizon s'arrondissait légèrement comme un ventre.

Je ne parle pas d'amour, je ne parle pas du lien qui relie l'enfant à la mère ou la sœur à la sœur, ni même de ce qui rend certains amants inséparables. Je parle d'autres nœuds plus serrés. D'une attache solide comme la corde au bout de laquelle se balance le pendu, forte comme ce nœud-là. Détacher le corps qui se balance livré aux vents est inutile, le nœud lui est passé dans la gorge !

La traversée nous a noués d'un coup jusqu'à l'étouffement, si bien qu'aucun de nous ne pouvait plus penser en dehors de tous les autres, qu'aucun de nous ne pouvait plus respirer par sa bouche à lui, pour lui seul, car l'air brûlant qui entrait dans ses poumons soufflait dans tous les autres, brûlait nos bouches du même feu, la mienne aussi qui n'avait pourtant jamais connu l'air encore.

C'est ainsi que nous avons avancé sur cet autre continent, sans charrette où nous reposer, avancé jusqu'à dormir les yeux ouverts, jusqu'à dormir debout tout en marchant, sans jamais nous perdre dans la poussière, sans jamais ralentir, la nuit, le jour, dans l'éblouissement blanc du midi, dans le ciel bruyant d'étoiles, dans l'ombre des villes, dans les champs, dans la pluie qui fit deux fois fleurir les pierres du désert, le couvrant de mains de Marie, aussitôt bues par le soleil. Nous avons marché dans des vallées vertes, vertes et sucrées, suivant parfois les chemins muletiers, en inventant de nouveaux, croisant des ânes au dos défoncé par des années de fardeaux et qui, comme nous, marchaient, enchaînés à leur maître, à leur tâche, marchaient vers un horizon toujours repoussé sans plus d'espoir qu'une mer se dressât pour nous arrêter, sans même attendre, sans même imaginer la fin.

Anita seule parvenait à s'arracher à notre marche. Elle mendiait dans toutes les maisons, dans tous les villages que nous traversions, guettait les nomades et leurs tentes en poil de chameau. Partout, elle racontait notre histoire. Et les femmes donnaient des galettes de mil cuites sous la cendre, des bols de lait aigre, des paniers de fruits secs, des outres en peau de chèvre gonflées d'eau, des babouches, mais aucune n'était assez petite pour tenir aux pieds blessés de Clara. Des femmes couraient pour nous essuyer le visage, pour nous humecter la bouche, pleurant sous leur voile les larmes que nous ne pleurions pas, hurlant des mots que nous ne comprenions pas, insultant notre mère qui nous imposait cette folie. L'une d'elles nous offrit même un âne, qui permit à notre sœur Anita de nous ravitailler et libéra les bras des trois aînés de la petite Clara dont les pieds meurtris avaient pris toutes les couleurs et dont les cris s'étaient tus enfin.

Et l'âne vint se mêler à nos cœurs, à nos bras, à

nos jambes, jusqu'à dormir lui aussi sur les pistes rocailleuses, jusqu'à partager notre pensée commune et notre eau. Nous sûmes ce qu'était la douleur du dos défoncé, il comprit la folie de notre mère. Et nous avons bu son sang pour survivre.

Non, ce n'était pas de l'amour. Il y en avait eu avant, il y avait eu des cœurs qui battaient séparés et qui pouvaient aimer, pleurer, se plaindre, mais depuis la barque, il n'y en avait plus qu'un seul, trop épuisé pour aimer, pour se souvenir de ce que c'était qu'aimer ou que d'avoir ses propres pieds, ses propres bras, son propre souffle.

C'était bien plus serré que l'amour.

Bien trop fort pour qu'on puisse vivre avec !

« Ahabpsi ! »

TROISIÈME LIVRE

L'AUTRE RIVE

Je suis née ici après que ma mère eut dessiné un grand cercle dans la steppe d'alfa, les déserts de pierre et les djebels de ce pays immense. Je n'ai rien connu d'autre que les récits d'Anita et ce souffle chaud charriant les sables du Sahara.

Ma vie s'est jouée avant que je ne vienne au monde.

Mon espace se réduit à quelques rognures : une quinzaine de rues poussiéreuses arpentées depuis l'enfance, les mêmes, élimées par mes pas ; la terre rouge des terrains vagues, vastes comme des déserts, au bout desquels sourient, lointaines, les grand-routes qui mènent au cœur de la ville ; l'impasse et son portail, ce trou béant donnant sur la cour carrée que nous partageons avec nos voisins et où picorent nos volailles. Picorent-elles les miettes qui me restent, ces poules inutiles incapables de pondre autre chose que des œufs aux coquilles insipides ?

Je n'ai rien vu de ce voyage qui m'a faite étrangère. Et pourtant il m'habite.

Je suis née ici et je n'ai que peu de souvenirs de ma mère.

Presque rien.
M'a-t-elle jamais parlé ?

M'a-t-elle embrassée, ne serait-ce qu'une fois, moi l'enfant du voyage, condamnée à vivre sur un territoire large comme la paume de cette main rousse de henné qui m'a sortie de son corps de femme jouée, jouée et perdue ? Ma mère m'a-t-elle seulement caressée avant de m'abandonner entre ces quatre murs, sous son lit d'agonie ? A-t-elle ôté l'aiguille de sa bouche ? A-t-elle jamais posé ses fils pour oser cette caresse sur le petit corps qui regardait avec envie les étoffes trônant sur ses genoux ?

J'aurais aimé être la poupée de chiffon que je berçais doucement tandis que ma mère s'éteignait, allongée sur son matelas d'alfa, juste au-dessus de ma tête, et que des mots agités se bousculaient dans la pièce. Une enfant de tissu. Ainsi m'aurait-elle sans doute rapiécée moi aussi comme Anita disait qu'elle l'avait fait autrefois de cet homme, de cet anarchiste qui peut-être était mon père.

Mais je n'étais rien que de la peau, de la chair et des os hurlant d'amour à une époque où ma mère ne caressait plus que son fil, à cette époque où seul son ouvrage la tenait en vie. Je n'étais rien qu'une toute petite fille solitaire, écoutant, chantonnant et rêvant, invisible sous le sommier à ressorts. Une enfant de quatre ans, silencieuse et souriante, cachée sous un lit et qui jouait à la dînette, dévorant dans les petites assiettes ébréchées les histoires, les murmures et les râles de douleur dont les murs étaient lourds.

Prisonnière de quelques pages blanches, j'ai davantage rêvé sa vie que la mienne. Je le sais, mais qu'importe. Ce qui devait être rêvé l'a été.

La boîte ouverte le mois dernier ne m'appartient déjà plus.

Demain, Martirio la remettra à Françoise, sa fille aînée, pour que se perpétue la tradition.

Il ne nous reste qu'une prière du dernier soir, les autres ont été perdues. Une dernière prière, un lien ténu entre nous et l'au-delà.

L'envie me prend parfois de gaspiller ce sésame, de le dire aux quatre vents pour que les morts ne viennent plus jamais ronger nos vies. Plus d'héritage. Plus de douleur. Plus d'échos dans nos âmes. Plus rien qu'un présent étale.

N'est-ce pas la douleur de nos mères que nous nous léguons depuis la nuit des temps dans cette boîte en bois ?

La boîte pâle est à mes côtés, emplie de mots écrits, d'un récit décousu.

J'irai bientôt dans le désert de rocailles qui s'étend par-delà les terres cultivées. J'irai par-delà les montagnes, j'irai offrir tout cela au vent. Et je t'appellerai.

LE TAPIS

De ce long voyage, des paysages grandioses, des montagnes, de leurs villages et des oueds asséchés, des caravanes de chameaux, des tentes des nomades, des vastes étendues de terres rouges traversées, ma mère n'avait rien vu que sa fureur. Et voilà qu'elle s'éveillait nue, la matrice vide, étendue dans une pièce dépourvue de meubles, une pièce aux proportions étranges, longue et étroite comme un couloir et dont le sol était couvert de nattes et de petits tapis râpés. Voilà qu'elle était nue et qu'elle hurlait.

Profitant du moment de répit qui avait suivi ma naissance, Nour, la vieille Arabe aux mains rousses de henné, avait dévêtu cette femme pantelante qu'une blessure avait lancée par le monde. Elle l'avait séparée du vêtement de noces, endossé telle une seconde peau au début du voyage, de cette robe que ma mère n'avait sans doute jamais quittée depuis, sinon peut-être pour me concevoir. De la somptueuse robe brodée et parsemée de fleurs de tissu, il ne restait plus que quelques lambeaux d'étoffe attachés au corps sec de ma mère comme des plantes grimpantes à leur mur de pierre.

La robe était tombée pour la seconde fois. Dans un

nuage de poussière brune, le corps nu et maigre de la femme jouée, debout dans la grande bassine en zinc, avait accepté la caresse du gant de crin, violente, et la fraîcheur de l'eau. Nour avait coupé les longs cheveux emmêlés et sales de cette femme qu'elle avait arrêtée. Lentement, elle avait libéré les doigts des ongles qui s'y étaient presque enroulés et arraché du visage le masque de crasse et de sable qui le couvrait.

Une fois cette longue et méticuleuse toilette achevée, la vieille Mauresque avait introduit ma mère dans la salle au tapis.

La très ancienne maison de pierre et de pisé, dont Nour était, comme nous le comprîmes plus tard, davantage la gardienne que la propriétaire, comportait deux pièces : la plus petite où, dans un parfum d'épices et de café, s'entassaient les objets — le kanoun, le coke et la bassine en zinc —, et ce second espace vide où elle dormait et dont les trois fenêtres grillées s'ouvraient largement sur le ciel pour en capter la lumière. Architecture ô combien surprenante dans un pays où l'ombre est un bien aussi rare que précieux !

Nous étions là aussi, à ses côtés. Une femme et ses enfants, nus comme des vers, étendus dans la misérable demeure de cette vieille Arabe aux mains rousses de henné et qui dormaient enfin, couchés sur le sol d'un monde qu'ils ne connaissaient pas, bien qu'ils l'eussent déjà traversé de part en part.

Il fallut plusieurs jours de soins, de tendresse, de repos, plusieurs jours de peigne et de larmes avant que Nour ne nous laissât sortir et marcher dans les ruelles de la médina. Et encore n'y eut-il que nous, les enfants, qu'elle laissa sortir ! Ma mère, elle, demeura enfermée dans la pièce au tapis bien plus longtemps.

Très vite, sa fureur avait repris le dessus et elle

avait voulu poursuivre sa route. Mais Nour, redoutant qu'elle ne nous entraînât de nouveau sur les chemins dans un autre cercle, avait bloqué la porte à l'aide d'un linteau de bois et, du dehors, les passants pouvaient entendre ma mère frapper contre les murs et hurler qu'on la laissât marcher encore. Malgré ses cris et ses prières, aucun des enfants ne la libéra. Pas même Angela qui pourtant haïssait les cages. Tous faisaient confiance à cette Mauresque, à sa parole murmurée qui s'était levée mettant fin à leur marche forcée et, terrifié à l'idée de devoir repartir vers le désert, chacun préférait les hurlements de notre mère folle à la poursuite d'un infini voyage. Car chaque nuit nous marchions encore, nous marchions en dormant, incapables de nous arrêter vraiment. Chaque nuit, corps et esprits reprenaient la route et nos jambes s'agitaient bien que nous fussions couchés sur la terre. À l'aube, nous nous éveillions les lèvres desséchées, fendues par endroits, éclatées par nos rêves brûlants.

Un matin pourtant ma mère s'était tue.

Nour avait profité d'un étourdissement de la forcenée pour vider la chambre de ses petits tapis qu'elle avait vigoureusement battus dehors. Et dès lors, ma mère n'avait plus crié.

Les enfants pensèrent qu'elle avait peut-être perdu connaissance à force de se jeter contre les murs, ils s'inquiétèrent. Mais quand, quelques heures plus tard, Nour décida qu'il était temps de rouvrir la porte et de replacer les nattes élimées, ils découvrirent leur mère éveillée et sereine, plongée dans la contemplation du sol sur lequel elle s'était assise. Aucun d'eux n'avait remarqué jusque-là que, sous les carpettes râpées, un joyau de laine était caché. Et c'était lui qui absorbait ma mère.

Nour savait sans doute ce qu'elle faisait, quand elle ouvrit à ma mère cette fenêtre sur l'univers. La traversée devait se poursuivre là, dans cette pièce construite autour de et pour l'œuvre d'art qu'elle abritait depuis des siècles. Un tapis unique et oublié des hommes, un tableau de laine filé pour un roi et dans lequel le cosmos avait été enfermé comme le ciel étoilé et lointain vient se refléter dans l'eau d'un bassin.

Au centre d'un fond bleu nuit rayonnait un énorme médaillon rouge feu, plein comme un œuf de treillis déroulant leurs infinies ramures et leurs fleurs démesurées ordonnées en miroir. Le pourtour crénelé du motif central, soleil de laine au contour mouvant, offrait à l'œuvre entière une vibration proche de celle d'un tambour ou du battement d'un cœur. Oui, quelque chose palpitait — une énigme, un astre de feu — dans l'immensité du ciel nocturne enclos dans un tapis par un ornemaniste de génie !

Longtemps, ma mère poursuivit son voyage entre les lignes de la trame de laine rouge du tapis. Elle laissa son esprit errer sur chacune des pivoines constellant son ciel de velours. Son regard, ses mains, ses bras, ses pieds, son corps nu — car elle avait jusque-là refusé de se vêtir — sinuèrent sur les arabesques végétales, s'égarèrent dans l'obscurité du fond, parcoururent les fragments d'étoiles bleues découpées par le cadre mais que l'esprit de la couturière recomposait avec tant de force que les murs de la pièce disparaissaient, atomisés par cette pluie d'étoiles, par la force de cette œuvre colossale dont Nour était la dernière gardienne, elle qui n'avait pas eu d'enfants à qui confier sa tâche, elle, la femme stérile au visage creusé et au ventre flétri, répudiée par l'homme auquel on l'avait donnée pour que se perpétue la tradition du tapis, pour que soit sauvé ce savoir cosmique gravé sur de la laine et qu'en l'endroit le plus secret du monde vibre l'étoile centrale au pouvoir hypnotique, motif appelé à disparaître, à être remplacé par cette autre étoile dont les premières branches apparaissaient à la base du tapis, alors que traînaient encore en haut du champ les derniers rayons d'une première étoile absolument symétrique, reflet d'un pouvoir désormais aboli et bientôt disparu. Un tapis, quelques mètres carrés de fils liés ensemble, consignant l'infini mouvement des mondes et le transitoire de toute création. Les fils colorés du destin.

Le soir à la veillée, dans la grande cour où j'ai grandi, quand venait l'heure des contes et qu'Anita racontait cette histoire, elle affirmait dans un murmure que le tapis donnait à celui qui le regardait une telle sensation de vertige qu'on ne pouvait le fouler qu'avec peine. Pour parvenir à le traverser, les enfants se tenaient aux murs ou portaient leur regard ailleurs.

Ma mère arpenta l'infini à la recherche du fil, du point originel qui déferait tous les autres, sans même comprendre que ce tapis labyrinthique était un miroir et que, se penchant ainsi sur lui, l'interrogeant, elle se penchait sur elle-même et se cherchait une issue, la route à prendre quand le tapis aurait disparu.

Et le tapis disparut.

Un matin, nous nous éveillâmes dans une pièce vidée de son joyau.

Nour ne nous expliqua pas, ma mère, docile, fut couverte d'une longue tunique taillée dans une toile rayée et on nous conduisit en bordure du quartier indigène, dans cette cour face au terrain vague de poussière rouge.

Nous nous approchâmes du grand portail aux battants cassés prêtant l'oreille aux éclats d'espagnol qui s'en échappaient, aux mots hurlés de tous côtés, familiers. Dans un entrechoquement de langues des dizaines d'enfants vinrent à notre rencontre. On nous installa dans l'une des modestes maisons qui bordaient cette grande cour où vivait une quinzaine de familles, pour la plupart andalouses. Dans cet espace frontalier, ma mère pourrait refaire sa vie.

Nous ne sûmes jamais comment la gardienne du tapis était parvenue à nous procurer ce logement. Toujours est-il qu'on ne nous demanda pas un sou pendant un an. Quand le propriétaire se fit enfin connaître, la réputation de ma mère avait gagné la côte et nous étions en mesure de nous acquitter du loyer.

Nous n'avons jamais revu ni Nour ni son tapis. La baraque de la vieille femme, ses mains rousses de henné, l'incroyable chef-d'œuvre dont elle était la gardienne, tout cela avait comme disparu au détour d'une des ruelles tortueuses de la médina. Mais ma mère était lancée, telle une navette sur le métier : pour la première fois elle avait été mise en présence d'une œuvre d'art, et elle avait compris ce qu'il lui restait à faire du temps qu'on lui avait laissé.

LA SAISON DES AMOURS

« *¡ Pirouli caramelo qué rico y qué bueno !* »

Comme chaque semaine, le cri du vendeur ambulant traversait le terrain vague et agitait la cour. Les enfants harcelaient leurs mères, exigeaient un sou, se roulaient dans la poussière, pleuraient, priaient. Certains se tassaient dans l'ombre des murs, les mains sur les oreilles pour ne pas entendre. D'autres revenaient triomphants les poches pleines de graines de courge salées ou brandissant, planté sur un bâton, ce cône coloré, objet de toutes les convoitises, qu'ils léchaient lentement au soleil.

Dans les bras d'une de mes sœurs, j'écoutais les petits chanceux sucer leurs sucreries.

Et ma mère guettait, cherchant le moyen de survivre dans ce pays tout neuf.

Alors qu'elle observait le corps des jeunes filles de la cour, les regardant marcher, se mouvoir dans l'espace clos, une voisine s'approcha d'elle.

« Tu es couturière et tu causes peu, à ce qu'on dit. J'aimerais que tu viennes chez nous, ma fille a besoin de tes services et de ta discrétion.

— Je sais coudre, broder et me taire. Je viendrai. »

Manuela, la fille de cette voisine, avait le ventre si rond qu'aucune jupe ne pouvait plus cacher ce qui y poussait. Une nuit, elle s'était laissé entraîner dans le désert de terre rouge et le jeune Juan l'avait effleurée.

« Il m'a à peine parlé et voilà que je gonfle ! pleurnichait la jeune fille qui ne sortait plus de chez elle depuis bientôt trois semaines. Je ne me doutais pas que quelques paroles tendres me feraient ça.

— Arrête, veux-tu ! rageait la mère en giflant sa fille avec une régularité de métronome. Les mots n'engrossent pas les filles. Tout le monde sait ça ! Même le curé ! Tu aurais dû te tenir, voilà tout ! Ou, au moins, m'en parler plus tôt, au lieu de me jouer la sainte-nitouche. Une chance que ton Juan te veuille encore et qu'il ait réussi à hâter les noces ! Après l'église, vous partirez vivre dans le cabanon de tes tantes, le temps que ta faute te sorte du ventre. En attendant, il va falloir cacher tout ça. Le mariage a lieu dans quinze jours et Dieu seul sait comment tu vas encore t'épaissir d'ici là.

— Viens là que je te tâte le ventre ! » ordonna calmement ma mère.

La jeune fille s'approcha des mains de la couturière et leur livra son giron. Alors, après avoir palpé la chair tendue sous les tissus, Frasquita Carasco affirma sans changer de ton :

« Voilà bien sept mois que tu es grosse.

— Je sentais bien quelque chose qui s'agitait là-dedans, mais je faisais tous mes efforts pour l'oublier, lâcha la jeune fille dans un sanglot.

— Il est bien temps de pleurer, vraiment ! Tu vas pouvoir couper une robe qui cachera le péché de cette traînée ? demanda la voisine sans cesser de souffleter sa fille.

— Oui, mais je n'ai pas d'étoffe, il va falloir m'en fournir.

— C'est qu'on ne roule pas sur l'or.

— Donne-moi tous les bouts de tissu que tu dénicheras, je me charge du reste. Vous viendrez faire les essayages chez moi à la nuit, une fois que toutes les chaises seront rentrées.

— Et tu nous prendras combien ?

— Trouve du travail à mes filles aînées et donne-moi de quoi nourrir mes enfants dans l'intervalle.

— Elles pourront faire des ménages à la villa Paradis, chez les Cardinale, c'est un peu plus bas sur la grand-route. Je sais qu'ils embauchent. Mais la patronne n'est pas commode, j'aime autant te prévenir. Ma gamine y a travaillé un temps.

— Une garce, cette femme-là ! Et qui cause qu'en français ! Il va falloir que tes filles s'accrochent pour la satisfaire, lâcha Manuela en écrasant ses larmes.

— Quant à toi, casse ce soir une petite croûte de pain entre tes ongles et donne-lui la forme d'une croix, ordonna la couturière à sa jeune cliente. Tu me l'apporteras dans trois jours avec un fil volé à l'habit de ton fiancé.

— Pourquoi ? demanda Manuela.

— Parce que, le jour de tes noces, on te dira que tu es belle et si on ne te le dit pas, on le pensera », lui répondit Frasquita Carasco en sortant.

Le surlendemain, à l'aube, pour libérer Anita et Angela, on me confia, toute roulée dans le châle noir de ma mère, aux bras de Martirio qui n'avait pas neuf ans. Mes deux sœurs aînées traversèrent ensemble le terrain vague pour rejoindre la route et disparurent de mes journées. L'horizon me les avait prises, il avait avalé leurs baisers. Longtemps, elles n'existèrent plus. Elles m'avaient abandonnée de ce côté-ci du monde, pour faire briller vitres, dalles, parquets et argenterie sous le regard méfiant d'une patronne qui préférait encore les Espagnoles aux Arabes, bien qu'au bout du compte toutes fussent à ses yeux aussi voleuses.

Ma mère avait repris son aiguille et, en deux semaines, elle était parvenue à réaliser une robe somptueuse dont la coupe masquait parfaitement la faute de Manuela. Si bien que, le jour des noces, toute la cour s'émerveilla.

Prises dans la toile de la couturière, les filles rêvèrent de se marier, de parader elles aussi dans une robe de princesse, et les garçons furent bien contents. Baisers et gifles foisonnèrent. Les fleurs se laissèrent cueillir de bon cœur, ce fut une grande saison de noces précipitées et de secrets honteux. Toutes les jouvencelles en âge de procréer se trouvèrent un galant et comme tout le monde pouvait s'offrir les talents de la couturière, l'église ne désemplit pas. Le vieux curé de la paroisse maria tant de couples et baptisa tant de petits dans les mois qui suivirent les noces de Manuela qu'il en mourut d'épuisement.

Quelques guenilles, un peu de farine, de l'huile et du lard, une petite croûte de pain sculptée en forme de croix et Frasquita Carasco se mettait au travail.

Jour et nuit, elle sublimait des chiffons.

Ma mère réalisa même une robe pour Maria la bossue, une fille au corps tordu que le tissu parvint à redresser si bien qu'elle parut belle pour la première et la dernière fois de sa vie.

Quand toutes les filles de la cour furent mariées, il en vint de nouvelles, des cours voisines. Bientôt la couturière du faubourg Marabout eut tant d'ouvrage qu'elle put augmenter ses tarifs. Alors, peu à peu, sa clientèle changea.

Mes sœurs revinrent à la maison, je ne les reconnus pas, mais Anita m'apprivoisa en m'offrant l'une de ces sucreries proposées par Pirouli caramelo et Angela, dont les traits s'étaient cruellement épaissis, me donna en riant de grandes plumes blanches qu'elle disait cueillir sur son dos un peu rond.

LA COUTURIÈRE

En un an, la réputation de ma mère se propagea dans le désert du terrain vague, sauta de quartier en quartier et gagna toute la ville. Des filles de colons vinrent par dizaines lui commander leur robe de mariée. Chaque jour nous envoyait son lot de fiancées à vêtir. Chaque matin, des jeunes filles venaient s'échouer sur notre seuil et chercher chez nous la coquille qui abriterait leur corps de vierge ou tout au moins en porterait les couleurs. Ma mère mieux que quiconque savait sonder leurs ventres, ma mère mieux que quiconque savait cacher leurs formes.

Elles arrivaient escortées d'un bruyant troupeau de tantes, de sœurs, d'amies, le tout chargé de somptueux tissus. Des reines mages s'extasiaient en français autour de mon berceau... par politesse. Notre « étable » résonnait de rires, le chœur des belles dames vantait les talents de ma mère, les qualificatifs pleuvaient, les remerciements s'amoncelaient, l'air était saturé de parfums poudrés et la pénombre de la pièce tapissée d'armures de tissu blanc. Les mannequins de paille se multipliaient, petite armée sans visage en route pour des épousailles annoncées. Les fiancées suivaient ma mère dans la chambre de mes sœurs et en revenaient exsangues, réduites à quelques mesures, aussi pâles que leur robe à venir.

La vague de jupons pleins et colorés refluait à midi, laissant la maison à ses fantômes, à son calme blanc, et mes sœurs créaient un savant courant d'air pour purger la pièce des restes de cancans et d'odeurs de bonnes femmes.

Alors les robes s'agitaient sur les mannequins immobiles.

Dans la cour, de petits commerces virent le jour. Les voisines installèrent de minuscules étals où s'entassaient des douceurs, mantecaos, cornes de gazelle, oreillettes, beignets roulés dans le sucre, dont les mères et les tantes des riches promises se régalaient en attendant la fin des essayages.

À la suite des jeunes filles arrivèrent les marchands français. Alertés par le succès de la couturière, ils se déplacèrent en nombre pour lui vanter la qualité de leurs produits et l'enfouirent sous les échantillons. Peu à peu, la salle s'était drapée de blanc comme aux premiers jours du mariage de Frasquita, mais d'une blancheur souple et fraîche de coton, puis de satin, et, enfin, d'une blancheur de soie, d'hermine contenue par des liserés de fils d'or et d'argent.

Notre mère ne sut jamais que nous nous levions en silence la nuit pour la regarder broder, assis au sol, ramassés les uns contre les autres, éblouis tant par la concentration et les gestes de l'artiste que par la magnificence des étoffes dont elle couvrait notre misère.

Bientôt elle ne sortit plus de son cocon de fil blanc.

Elle observait les jeunes filles longtemps avant de fixer son choix sur les tissus qu'elles porteraient. Elle ne tenait plus compte du goût des mères, des préférences des filles, des somptueuses étoffes que les sérails traînaient à leur suite. Elle renvoyait le tout, imposait ses matières, exigeait telle nuance de bleu dans le blanc. Elle n'en faisait qu'à sa tête et les femmes se taisaient à son approche comme on se tait à l'approche d'une pythie. La rumeur s'était faite légende : Frasquita Carasco cousait les êtres ensemble. À la doublure, elle incorporait une petite croûte de pain en forme de croix censée protéger le couple de l'œil et ses mariés ne se séparaient plus.

Les marchands vinrent de plus en plus nombreux se disputer ses faveurs. Ils se bousculèrent, s'injurièrent, assiégèrent la maison à toute heure. On convint d'un jour pour les recevoir et bientôt ma mère ne daigna plus lever la tête de son ouvrage pour supporter leurs galanteries en mauvais espagnol, elle préféra déléguer cette tâche à Anita qui ne travaillait plus chez la Cardinale.

Dès lors, ma sœur aînée se chargea des fournisseurs. Elle leur servait l'anisette, leur offrait des mantecaos, les écoutait d'une oreille faussement distraite et maintenait l'ordre en français avec une autorité souriante qui lui était venue peu à peu.

Sachant que la personne qui choisissait les tissus de la plus grande couturière d'Afrique n'avait pas quinze ans, les marchands lui envoyèrent leurs fils les plus charmants et les plus beaux garçons qu'ils trouvèrent dans leur entourage. Mais rien n'y fit, la petite jeune fille resta de marbre. Elle congédiait sans états d'âme ceux dont les tarifs lui paraissaient prohibitifs, ceux dont la marchandise était de second choix. Aucune parole, aucun compliment, aucune œillade, aucun sourire, même le plus séduisant, ne parvenait à la détourner de sa tâche, à lui faire changer d'avis et accepter un prix qui n'était pas celui qu'elle avait fixé.

Très vite Anita sut déceler derrière un sourire ce qui mentait dans les êtres, elle apprit à négocier et devint maître dans l'art de gérer une affaire. Elle connut le juste prix de chaque étoffe et, bien qu'elle ne comprît pas pourquoi les vendeurs de tissu avaient soudain tellement rajeuni, elle profita grandement de cette saison où on ne lui envoya plus que des jeunes gens inexpérimentés pour apprendre le français, tester ses talents de négociatrice et connaître les limites des prix. Elle arriva même à les faire baisser de façon si considérable que les pères excédés renvoyèrent les godelureaux et décidèrent d'y aller eux-mêmes. Fils et neveux furent rangés dans les arrière-boutiques, mais ni l'âge ni la jeunesse n'avaient prise sur la jeune fille. Les vieillards chenus n'y purent rien.

Plus rien ne l'étonnait, les commerçants lui paraissaient être une race à part, très expressive et captivante, passionnante à observer. Ils furent ses professeurs : en voulant éliminer leurs concurrents, ils lui révélèrent peu à peu les ficelles d'un métier qu'elle ignorait.

Et tandis qu'Anita jonglait avec les chiffres, comptait et recomptait, tandis que ma mère caressait ses tissus, Angela attendait qu'il fût temps pour elle d'ouvrir la boîte que sa sœur aînée lui avait léguée à Pâques.

LE GRAND MIROIR

« Attention, sept ans de malheur à qui le brisera ! » serinaient les vieilles femmes lointaines et tragiques, assises sur leurs chaises à l'ombre des murs, tandis qu'on déballait la merveille dans la poussière de la cour pour que toute la petite communauté pût en profiter quelques instants.

« Mon Dieu, comme il est grand ! Il ne passera jamais la porte de la couturière !

— Vous verrez qu'elle devra nous le laisser au beau milieu de la cour !

— Ne rêve pas ! C'est du sur-mesure. Ils ont tout calculé.

— Regardez, les vieilles, c'est votre reflet qui passe ! On dirait un tableau, vous voilà enfermées dans un cadre doré !

— Elles se donnent des airs en se regardant. Toutes noires, assises sur le pas des portes, elles sont comme mortes !

— Pas encore, les morts n'aiment pas les miroirs ! »

Et les grand-mères clignaient des yeux, éblouies par le reflet du ciel que le grand miroir leur jetait au visage. Au moindre mouvement des porteurs, toute la cour basculait, confinée dans le champ du miroir. À mesure qu'on le déplaçait, il attrapait indifféremment le bleu du ciel, les poules, les fenêtres, les enfants tout autour, les vieilles engoncées et les faisait danser sur sa surface d'argent. Les visages filaient cherchant à se saisir au vol. Et tous s'extasiaient, pris de vertige.

Quand l'objet fut enfin immobile, l'assemblée cessa de gigoter de droite et de gauche et les vieilles elles-mêmes approchèrent leurs chaises.

« Ne poussez pas ! Prenez la queue, si tout le monde se précipite, on ne verra rien ! Pour une fois qu'on peut se regarder en entier.

— Mais je ne suis pas si creuse ! Ce miroir n'est pas juste !

— Il n'a pas tort, le miroir. Sûr que tu es maigre !

— Regardez comme je bouge, on dirait un roseau qui danse.

— Voilà, tu t'es assez vue. Cesse de faire tourner ta jupe. Maintenant c'est mon tour. Et toi, Ricardo, viens là ! Qu'on voie à quoi on ressemble quand on est côte à côte ! Quel joli couple on fait ! Tiens-moi par la taille ! Et vous derrière, calmez-vous ! Vous vous agitez tant que vous nous brouillez le reflet ! »

Tout au fond du miroir, la petite communauté se regardait avidement. Endimanchée pour l'occasion, sérieusement immobile, elle prenait des poses, se jetant des regards appuyés, essayant de domestiquer ses gestes et ses traits. Les enfants eux-mêmes n'osaient pas grimacer. Chacun se guindait, tentant de rassembler ses membres, pour se voir entier, et Clara riait en poursuivant des taches de lumière.

On expliqua que le soleil ternirait le miroir s'il restait trop longtemps dans la cour et il entra chez la couturière. Mais dans les jours qui suivirent, ma mère dut l'installer à l'étage pour qu'on cessât de passer chez elle à l'improviste afin d'y surprendre son reflet.

Le jour où arriva le grand miroir, Angela n'était pas de la fête. Elle s'était isolée pour ouvrir son coffret, sur la terrasse, là où les lessives étaient mises à sécher. Elle resta quelques instants silencieuse parmi les draps mouillés, face à la boîte en bois, avant de se pencher pour en scruter le fond. Quand elle releva la tête, une corneille, perchée sur le couvercle, la regardait l'œil gros de questions, comme on observe son reflet dans une glace et, dans son œil, le monde prit tout son sens. L'oiseau monta d'un bond sur l'épaule de ma sœur qui sentit des ailes battre dans son dos et, quand il prit son envol, une part d'Angela voleta à sa suite, si bien qu'elle vit la cour rectangulaire rétrécir peu à peu et le désert de terre rouge devenir minuscule à ses côtés. Elle vit la grand-route se déroulant jusqu'à la ville, les beaux quartiers, la place d'armes, la mer, le port et, comme le temps était clair, elle vit des champs lointains, des montagnes enneigées, elle vit le grand cercle laissé par Frasquita Carasco dans le désert de rocailles et la silhouette du voyageur qui suivait leurs traces depuis des mois déjà.

Elle put voir l'autre rive par les yeux de cet oiseau qui ne devait plus la quitter et qui la guiderait un matin jusqu'à la grande volière.

LA ROBE DE BAL

Frasquita Carasco, dont rien n'avait pu venir à bout jusque-là, ni la mer, ni la peine, ni les sables, Frasquita Carasco s'effondra en quelques semaines comme un château de cartes pour un détail, un faux pli, un fil rouge.

La belle Adélaïde qui entra un jour chez nous sans frapper n'avait pas besoin des talents de ma mère pour gagner en beauté. Sa splendeur fut un défi pour la couturière et c'est ainsi qu'Adélaïde l'entendait sans doute.

La porte fut poussée, elle ne grinça pas et Angela tressaillit face à la splendeur de cette créature, si fine, si blanche. La lumière des plus beaux tissus n'était rien comparée au grain de sa peau. Angela se dit que sa mère devrait filer de la nacre pour qu'une robe ne fût pas fade sur le blessant soleil de sa carnation.

Adélaïde entra donc et, fait étonnant, elle parut sans cortège, sans rires, sans l'encombrant équipage qui suivait habituellement une jeune fille de sa qualité. Son pouvoir se lisait dans ses manières : elle savait se faire obéir et Angela pensa qu'elle ne savait peut-être que cela. Son assurance était telle qu'elle avait traversé le terrain vague à pied, seule, habillée en altesse, pour venir jusque chez nous, dans cette cour plantée à la lisière de la médina, quartier dont elle aurait dû ignorer jusqu'à l'existence et qui passait pour l'un des plus misérables de la ville.

Mais qui aurait osé lui imposer de venir accompagnée ?

Le contre-jour ne parvenait pas même à lui faire de l'ombre dans le soleil matinal.

« Suis-je bien chez Frasquita Carasco, la couturière ? demanda-t-elle à ma sœur qui faisait de l'ordre dans la pièce en attendant les belles dames du matin.

— Vous êtes chez elle ! » lui répondit Angela aussi tranquillement qu'elle le put.

Adélaïde sourit et les perles qui parurent dans sa bouche blessèrent Angela. La belle Adélaïde sourit comme on mord, écartant un instant l'écrin carmin des lèvres. Le velours charnu livra ses dents. Angela rêva aussitôt de les briser une à une, de coudre les bords rouges, de celer à jamais ce sourire parfait qui l'avait offensée, qu'elle avait reçu comme une gifle.

« J'aimerais lui commander une robe rouge, une robe de bal ! »

Ma mère n'avait jusqu'alors réalisé que des robes de mariée. Les histoires qui circulaient à son propos parlaient d'une aversion pour la couleur, d'une passion pour le tissage, pour ce qu'on lie ensemble. Pour la couture, les serments...

Et voilà que cette étrange jeune fille à l'inquiétante beauté lui imposait ses couleurs.

Martirio entra dans la pièce, elle regarda froidement la visiteuse qui la salua comme une vieille connaissance avant de rejoindre ma mère à l'étage où la couturière tenterait de réduire sa splendeur à quelques mesures.

« Elle n'a pas vieilli ! » s'étonna Martirio dans un murmure.

Quand Adélaïde redescendit, elle n'avait rien perdu de sa superbe. Mais ma mère avait pâli.

Et dès lors le rouge envahit la salle du bas. Les marchands en apportèrent de toutes sortes pour que Frasquita Carasco pût faire son choix. Cotonnades amarante, cerise et coquelicot. Entrelacs de garance, de vermeil et grains de grenat. Velours cramoisi et taffetas pourpre. Boutons de porphyre et larmes de sang dans leur écrin doré. Éclat de rubis dans l'œil noir de la couturière. Coraux de soie sauvage et géraniums enflammés. Les quelques coupons qui restèrent éclataient dans la blancheur cotonneuse des robes de noces. La toilette rouge éclipsait par son mystérieux bouillonnement ses sœurs de tissu. Elle captait violemment le regard et, peu à peu, la couturière lui accorda une attention toute particulière.

En deux semaines, la robe fut prête et Adélaïde revint pour l'essayer.

Dans la chambre de notre mère où trônait le grand miroir que son succès lui avait permis d'acquérir, le reflet d'Adélaïde vacilla un instant. La belle, désarçonnée par le souffle de la robe rouge qu'elle venait d'enfiler, perdit de son arrogance et le temps fit une pause, légère, imperceptible. Une paix souffla sur le monde et toutes les agonies furent suspendues l'espace d'un regard. La beauté se sentait chez elle dans ce satin de soie aux couleurs violentes au milieu duquel seule sa carnation exceptionnelle pouvait survivre. Mais la trêve ne dura pas. Adélaïde revint aussitôt de son étonnement et, d'un geste du bras, cassa l'harmonie qui s'était faite malgré elle entre sa peau et le tissu. Alors une bataille s'engagea entre la jeune fille et sa robe sanglante : chacune voulait sa place et qu'on la regardât et qu'on ne vît plus qu'elle. L'équilibre se perdit, l'habit étouffait la femme qui en se débattant écrasait l'habit. L'écrin rouge devint vulgaire. Et Adélaïde débusqua l'erreur. Ce poil au menton de sa robe de bal, ce fil qui dépassait à peine, mais agaçait tant la chair de son avant-bras qu'elle l'attrapa entre ses ongles et l'arracha. Et, comme dans les œuvres de ma mère se glissait toujours quelque mystère, ce fil unique en se rompant brisa l'architecture de tissu et tout un pan de la jupe s'effondra aux pieds de la jeune beauté.

« Eh bien, cela ne va pas ! Ma robe ne tenait qu'à un fil ! Elle est à refaire, une valse aurait suffi à la faner ! » plaisanta la belle Adélaïde au sourire parfait.

Ma mère s'étonna de la fragilité de son ouvrage. Elle se remettrait au travail. Jamais elle n'avait failli jusque-là. Elle ne comprenait pas.

Ma mère était ferrée.

De détail en détail, nous vîmes, impuissants, notre mère se découdre. Obsédée par les minutieuses retouches imposées par Adélaïde, elle oublia de se nourrir, elle perdit le sommeil, éparpilla ses fils, sema ses boutons, ses aiguilles, ses épingles. Frasquita Carasco s'émiettait. Plus elle reprenait la toilette, plus son être se morcelait. À chaque nouvel essayage, les invisibles défauts se multipliaient sur le rouge sanglant de la robe de bal et le sourire parfait les soulignait avec une cruelle légèreté, tandis que le regard de ma mère s'égarait davantage dans le miroir baigné de tissu rouge.

Alors ses mains commencèrent à trembler, ses gestes se brisèrent et ses yeux se ternirent. Du bout des doigts la mort avait tiré sur le fil rouge et notre mère s'effilochait.

« Il faut nous préparer, affirma une nuit Martirio alors qu'elle me caressait le front dans le noir où nous dormions toutes ensemble.

— Nous préparer à quoi ? interrogea la voix d'Angela.

— Tu ne l'as donc pas reconnue ?

— Qui ? demanda une autre voix dans l'ombre.

— Ce visage peint par le sang de Salvador sur son drapeau, celui de la belle dame qui brodait aux côtés de notre mère, chuchota Martirio. La mort se fait faire une robe de bal.

— Adélaïde !

— Je déteste son sourire. Quand je la vois, il me vient des envies de meurtre.

— C'est ce qu'elle cherche à inspirer à certains. D'autres sont plus dociles.

— Il faut détruire cette robe empoisonnée !

— Notre mère n'y survivrait pas.

— C'est trop tard, son âme ne tient plus qu'à un fil, conclut Martirio. Bientôt nous serons seuls. Dormons. »

SOUS LE LIT

J'ai quatre ans à peine et j'écoute les derniers mots de ma mère à l'esprit décousu. Des phrases de laines nuancées, des paroles liées au point de chaînette, de la douleur réduite en fil. J'écoute les lourds manteaux de récits qu'elle se tisse, les blasons, les bannières colorées. J'écoute les cris, les larmes, les perles, les cabochons de pierres fines, les paillettes en métal précieux. J'écoute les longs silences comme des points coupés qui par leurs jours allègent l'air compact de la chambre encombrée de motifs fabuleux. Blancs soudains dans la lente agonie, *punto in aria*. J'écoute le souffle de ma mère, les fils tirés, le lacis, la dentelle, les ornements brodés par ses lèvres blanches sur les poches, les cols, les boutonnières et les boutons de gilets imaginaires en casimir écarlate.

Parfois, les mots de soie sont couchés à plat et n'entrent pas dans mon esprit tout à ses jeux, mais ils lui sont liés à jamais par des points invisibles. Mon âme est brodée au passé, couverte de couchures de plumes d'oiseaux minutieusement assemblées. Broderie-miroir, les mots de la couturière ajoutent des morceaux de verre argenté ou du mica à mon paysage intérieur. Ses longs monologues déversés dans la pièce perlent mes jeux d'enfant de souvenirs qui ne sont pas les miens. Les rêves de la couturière sont montés un à un à l'aide d'aiguilles invisibles, si fines qu'elles blessent à peine mes tissus délicats. Je me fais étoffe pour elle, je me tends à l'envers sur le métier de bois, moi qui ne suis que chair, os et sang. Je recueille clandestinement ce qui s'échappe du corps gondolé par les spasmes et s'agite dans le cocon humide de drap et de mots, j'engrange ce qui jaillit de ma mère.

Me voilà traversée par la lignée, emplie d'un réseau compliqué de mailles bouclées et tortillées se succédant rang par rang.

Je respire à peine pour qu'elle ne sente pas ma présence dans l'intimité de son agonie. Je manque d'air, je me noie dans l'entêtant parfum sécrété par son dernier souffle. J'étouffe parfois dans le bruissement de l'alfa dont le matelas est bourré et, d'autres fois, j'oublie et je chantonne des comptines apprises dans la cour, apprises au-dehors, dans l'air vif où irradiait le soleil. Mais ma voix n'atteint pas ma mère étendue sur l'autre versant du monde, derrière les ressorts, le matelas et les draps trempés. J'attends une réponse qui ne vient pas, le nœud qui m'achèvera, la miette de tendresse, le baiser. J'attends qu'au milieu de sa trame de mots et de fils, elle prononce mon prénom. Mais rien ne vient que des milliers de cristaux de Bohême, des bouts de ficelle et des perles de bois, rien ne vient que le satin sanglant craché à mes côtés dans le pot de chambre. Ce qu'elle m'offre avant de mourir n'a rien d'un baiser et je serre le corps à moitié vide de ma poupée percée, tentant d'endiguer le flot de sable qui lui sort du ventre.

J'étais venue pour cela, ça me revient maintenant, pour qu'elle me raccommode mon jouet. Je m'étais glissée sans un bruit dans le velours sombre de la chambre et je n'avais pas osé lui dire que ma poupée fuyait.

LE BAISER DE LA MORT

Si je me tiens au centre de cette cour, là où le soleil tape le plus fort, là où aucune ombre ne peut se glisser, à cette même place où ma sœur Clara demeurait, immobile, des jours entiers lapant la lumière du jour ; si je m'arrête sur les marques qu'ont laissées ses pieds, j'entends l'écho lointain de toutes les histoires dont Anita a empli nos êtres pendant quinze ans. Elles suintent des écorchures, des failles des murs, elles ruissellent jusqu'à moi. Elles sont vivantes et me possèdent. Rien n'est advenu que ces récits dans la nuit. Les chaises se disputaient leur place, pour être au premier rang, et les murs eux-mêmes vibraient, s'imaginaient de chair. La pierre s'incarnait pour rêver dans l'ombre à nos côtés, pour être du voyage, la terre sentait des jambes douloureuses lui pousser et nous suivions la voix d'Anita. Martirio écoutait son histoire à venir, Angela regardait son visage s'abîmer et Clara n'entendait jamais que le début des contes, son sommeil maladif lui volant la moitié de sa vie réelle et les trois quarts de sa vie racontée.

J'ai grandi au milieu des fables, sans chercher jamais à démêler les fils du temps, le réel du rêvé, mon corps de celui de ma mère. J'ai tout avalé et ce que je vomis aujourd'hui sur le papier, c'est ce nœud, gros de sang et de mots dont les murs de la cour me renvoient l'écho.

Martirio s'apprêtait à ouvrir à son tour la boîte en bois, quand la belle Adélaïde parut pour la dernière fois chez Frasquita Carasco. Les autres enfants veillaient leur mère à l'étage. La porte ne grinça pas et Martirio ne sentit aucune présence dans son dos alors qu'elle soulevait le couvercle. Mais soudain ses doigts laissèrent échapper la boîte : les mains chaudes d'Adélaïde, d'une suprême douceur, lui caressaient la nuque, le cou, l'épaule, se glissaient dans son corsage.

« Sais-tu pourquoi Dieu s'est fait pain ? lui souffla la voix de la mort. C'est que je l'ai mordu si fort qu'il a fui toute chair ! »

Ma sœur parvint à se retourner, mais elle ne put résister au sourire parfait de la visiteuse qui l'embrassa et glissa sa langue dans sa bouche.

« Je t'offre mon baiser », murmurèrent ensuite les lèvres rouges en lui mordillant le lobe de l'oreille et un souffle chaud lui traversa le corps de part en part. Ma sœur s'enfonça dans un sommeil épais. Elle ne vit pas la mort emporter sa robe de bal.

Le soir même, dans l'ombre où nous dormions, Martirio nous raconta comment Adélaïde était venue récupérer sa toilette rouge.

« Elle l'a payée au moins ? demanda la plus révoltée d'entre nous.

— Elle m'a offert son baiser ardent et m'a reniflé l'âme, répondit Martirio. Ses lèvres avait le goût du miel. J'ai peur. J'ai hérité du don terrible de la mort et c'était si agréable d'être ainsi léchée par cette chienne. Désormais, je connais les chemins qui mènent à sa niche. Elle se jette sur le monde comme sur un os et, ce soir, je l'entends hurler autour du lit de notre mère. Il nous faut embrasser Frasquita Carasco pour la dernière fois. »

Alors, on me fit sortir de la chaleur du lit et l'on me prit la main. J'entrai à la suite des autres dans la chambre de la couturière, effleurant de mes pieds nus le sol glacé, et, silencieuse, j'attendis mon tour, en serrant contre ma chemise ma poupée à moitié vide.

Mais mon tour ne vint pas. Martirio se pencha avant moi sur le front brûlant de ma mère et lui avala l'âme.

LES DESSINS DE SABLE

Notre mère était morte.

Les tissus nous furent repris, les marchands désertèrent notre cour. Les belles pleurèrent leurs robes inachevées, les voisines leurs florissants commerces de douceurs et nous, nous restions seuls, orphelins.

Martirio continua de s'occuper de la maison, de moi et de Clara. Pedro trouva de l'ouvrage chez un ferronnier arabe de la médina. Angela et Anita redevinrent bonnes à tout faire chez des Françaises et le grand miroir fut vendu. Nous mangions à notre faim, en tâchant de ne pas trop toucher à l'argent que notre sœur aînée avait réussi à économiser durant nos trois années d'opulence. Mais Anita n'était pas majeure. Une dénonciation aurait sans doute suffi à nous séparer. La petite cour se tut. Et malgré ce silence, notre père nous retrouva.

Quand il ne travaillait pas le métal rougi par les flammes, Pedro s'installait dans un coin de la cour et dessinait à même le sol des fresques bariolées. Il emplissait ses poches de couleurs, serrant dans de petits sacs de tissu son univers de pigments. Pierres et racines réduites en poudre, terres ocre, terres brunes, sables, craies, pétales séchés.

Pourtant, depuis quelques mois, Pedro ne parvenait plus à achever ses dessins. Mon frère était désormais un adolescent costaud et trapu aux mains énormes. Il n'avait pas encore quinze ans et tous les petits gars de seize ans et plus rêvaient de l'affronter. Mais Pedro s'avérait bien plus pacifique que ne le laissait présager son physique de jeune brute : personne ne se moquant ici de la couleur de sa tignasse ou des prétendues plumes de sa sœur, Pedro ne cherchait plus la bagarre. Pourtant, les jeunes gens du quartier s'étaient donné le mot : il existait un moyen infaillible de le pousser au combat, une provocation à laquelle il ne manquait jamais de répondre. Il suffisait d'attendre qu'il se concentrât sur l'une de ses images de poussière qu'il semait dans la cour et tout autour, sur les chemins, dans le désert rouge, et quand le tableau était bien avancé, d'entrer dans le cercle de couleurs et de s'y essuyer les savates. Alors cela ne manquait jamais, le jeune artiste s'enflammait et l'espace bariolé devenait espace de combat.

Après, c'était aux risques et périls du provocateur.

Pedro, absorbé par ses dessins et ses combats d'adolescent, ignorait qu'un homme était en route vers lui, pas un ogre cette fois, non, mais un homme portant pour tout bagage une petite charrette en bois rouge, un jouet qu'il lui avait taillé de ses mains des années auparavant. L'homme suivait la piste de la femme jouée et de sa caravane d'enfants, il suivait les histoires égrenées au désert sous les pierres, il questionnait les nomades et avançait pas à pas vers ce fils aux cheveux rouges, aussi rouges que les plumes du coq qu'il avait tant aimé. Et comme le monde est plus petit qu'il n'y paraît, comme les routes ne sont pas si nombreuses qui descendent vers le sud, comme les belles histoires ne s'oublient pas, mais se transforment au gré des époques, des régions, des conteuses, et que tout le monde se souvenait des fables que la petite Anita, assise sur sa boîte, racontait dans sa langue pour survivre, il avait retrouvé notre trace dans ce pays immense. Mais José n'écoutait rien que la direction à prendre.

Notre père arriva dans la cour quelques jours seulement après la mort de la couturière, il jeta un œil aux volailles et frappa à notre porte.

Martirio le conduisit dans la chambre vide, il s'allongea sur le matelas d'alfa et garda les yeux ouverts. Aucun mot ne vint quand ses enfants, grandis, rentrèrent à la nuit. Chacun buvait sa soupe en silence. Alors, à la fin du repas, José sortit les morceaux de la petite carriole de ses poches et, tandis qu'il s'appliquait à les assembler sous nos yeux, je compris enfin qui était cet homme que Martirio avait installé dans le lit vide de ma mère et qui ne semblait pas m'avoir vue encore.

« Dès demain je me chercherai du travail ! affirma-t-il en tendant la petite charrette rouge à Pedro. On a sûrement besoin de bras solides dans ce pays tout neuf.

— Demain, c'est dimanche ! lui répondit son fils avec cette nouvelle voix grave que José ne lui connaissait pas encore.

— Voilà que mon gamin parle comme un homme désormais ! Eh bien ! J'attendrai lundi. Il ne sera pas dit que je vis aux crochets de mes enfants. Ma folie est morte en même temps que mon coq. Jamais plus je ne vous abandonnerai ! »

Le lendemain matin au réveil, notre père jeta un œil par la fenêtre de sa chambre, il vit le soleil d'hiver déjà haut dans le ciel, il observa la cour et les pauvres gens qui y vivaient. Son regard glissa sur Clara, immobile dans la lumière, avant de s'arrêter sur son fils, ce jeune colosse aux cheveux rouges, recroquevillé au centre d'un cercle de couleurs bordé d'autres garçons plus âgés qui attendaient debout. Les trois plus grands se regardèrent, hésitèrent un instant, puis entrèrent ensemble dans le cercle. Alors, Pedro se leva d'un bond et fondit sur les intrus.

Sans doute José ne discerna-t-il qu'une dimension de la scène, il ne vit que la bataille et fut aveugle au pourquoi des choses. Il ne perçut que la rage de son fils et ses poings nus, la violence de ses coups, le sang au coin des lèvres. Il ne s'attacha qu'aux trois adversaires de Pedro, étendus dans la poussière, et ne prêta pas attention à l'œuvre que le combat avait effacée, réduite à rien.

Il avait fait tout ce chemin pour ce garçon furieux aux cheveux rouges et, de cet enfant roux, il ferait le plus grand combattant de ce côté-ci du monde. Puis il retraverserait la mer pour rentrer au pays, pour leur montrer à tous son champion, son nouveau Dragon rouge.

Il se sentit un homme neuf et descendit l'escalier quatre à quatre pour embrasser son fils.

Le lundi, notre père ne chercha pas de travail comme il nous l'avait promis, mais il nous parla longuement de ses projets, des grands espoirs qu'il fondait sur Pedro.

« J'irai dire à ton patron que tu ne reviendras plus. Je me charge de ton entraînement. Tu fais plus que ton âge, les adultes n'hésiteront pas à t'affronter. Votre mère a beaucoup gagné, nous investirons cette somme sur toi, mon fils. Je suis venu avec un jouet dans les poches, mais nous sillonnerons le monde avec cette même charrette grandeur nature, une charrette aussi rouge que ta crinière avec ton nom écrit en grosses lettres. Nous te chercherons des adversaires dans toutes les villes. Partout, nous dresserons notre chapiteau et les foules viendront te regarder combattre et t'acclamer ! prophétisait le père que nous écoutions bouche bée. Quant à vous, les filles, vous devrez trimer pour que la maison ne manque de rien et que votre frère accomplisse son destin ! Mais soyez certaines qu'il vous rendra au centuple ce que vous aurez fait pour lui ! Anita, donne-moi la bourse de ta mère et tes livres de comptes.

— Les voilà ! » lui dit ma sœur, et mon père se précipita sur les chiffres sans même remarquer que sa fille aînée parlait.

Pedro ne désirait pas combattre, mais il aimait ce regard dont José le couvait. Il aimait ce regard dont il avait manqué. Alors, il fit tout ce que son père décida, il devint un coq de combat pour lui plaire. Il s'épaissit à force d'épreuves, se durcit les paumes en frappant sur du bois, se laissa palper, masser, modeler par les mains du coqueleux enthousiaste qui jamais ne le quittait des yeux. Il avait rangé ses couleurs, mais se relevait la nuit pour les regarder dans leurs petits sacs de tissu et, chaque fois qu'il dormait, il se dessinait des scènes et des visages sous les paupières.

Un soir, mon père l'emmena sur le port, parmi les hommes en marcel, et il lui dit : « Bats-toi ! »

Pedro le regarda sans comprendre.

« Choisis-toi un adversaire parmi ces gars-là et bats-toi ! répéta le père.

— Pourquoi ? demanda le fils.

— Ton apprentissage est achevé, tu dois désormais te frotter à de vrais adversaires, lutter ailleurs que dans la cour, taper sur de l'os et de la chair et non plus sur de la pierre et du bois.

— Et comment m'y prendrai-je pour que l'un d'eux accepte de se battre ?

— Je me charge de le provoquer, à toi de me relayer ! Celui qui approche a l'air bien costaud, mais pas trop teigneux. Parfait. »

Alors le père se planta en plein sur la trajectoire de l'homme qui avançait en sifflant et il lui gueula : « Ta mère est une pute !

— C'est à moi que tu parles ? s'étonna le docker en s'arrêtant face à cet homme qu'il ne remettait pas.

— Oui, c'est à toi que je cause, bâtard... »

José ne put finir sa phrase, l'énorme main du docker s'était déjà refermée sur ses joues, les serrant dans un étau, et les pieds du coqueleux ne touchaient plus le sol. Pedro restait à quelques pas, il observait la scène en souriant. Le bonhomme offensé envoya son père au sol d'un unique geste du bras avant de reprendre sa route en sifflant.

Pedro s'approcha alors de José toujours au sol et lui tendit la main pour l'aider à se relever.

« Mais tu n'as rien fait ! Tu ne t'es pas battu ! Regarde, j'ai la mâchoire à moitié arrachée par ta faute ! bafouilla José indigné.

— C'était un bon gars, tu as insulté sa mère, il a réagi. Je n'ai pas senti la nécessité d'intervenir. Autant te l'avouer : je n'aime pas les coups, ni en prendre ni en donner.

— Pourtant je t'ai vu bondir sur trois garçons deux fois plus grands que toi ! Tu les as cognés bien fort pour quelqu'un qui n'aime pas se battre !

— Ils étaient entrés dans mon tableau. Ils s'essuyaient les pieds sur le visage de ma mère.

— Sur le visage de ta mère ?

— Au sol, j'avais enfin retrouvé son regard.

— Et ma gueule à moi, peu t'importe qu'on me la broie ! Rentrons, je crois que je vais crever ! Nous trouverons bien un moyen. »

LE COMBAT DE CRAIE

Anita n'aimait pas les projets du père, elle voyait les économies de la famille filer et regrettait amèrement d'avoir semé tant d'histoires au désert.

« Si mes mots avaient été dévorés par les oiseaux sans doute ne nous aurait-il jamais retrouvés, aimait-elle à répéter à Angela. L'instructeur qui passe tous les matins initier Pedro à la boxe française et à la savate nous coûte trop cher. Va savoir combien de temps nous pourrons tenir à ce rythme ! Et puis, il y a ce drôle de bonhomme à la gueule cassée qui mange chaque soir à la maison, ce dénommé Smith. Celui-là vient gratis, mais le père tient à ce qu'il ne manque jamais de vin, si bien qu'il coûte plus cher encore que le premier. »

Smith était un Américain qui avait bourlingué et parlait approximativement toutes les langues. En espagnol, il racontait à mon père ses combats clandestins. De son temps, on se battait sans gants, disait-il, sur des rings de fortune et le sang pissait.

« On s'amochait drôlement, comme ma gueule en témoigne, et les paris allaient bon train. Mais ces Français, quand ils montent sur un ring, ils sont si courtois que c'est tout juste s'ils se touchent. Pourtant, le public aime voir les hommes tomber, les lèvres exploser, il aime entendre le craquement des os. Ton fils, c'est chez moi qu'il devrait partir, là où les vrais combats peuvent encore avoir lieu.

— Ici, tout peut se faire, lui répondait José. Le pays est neuf, les autorités ne se mêleront pas de quelques combats à mains nues. On commencera de ce côté-ci des mers et quand on en aura les moyens, on traversera avec les mules, la charrette et les filles et on ira s'offrir une oliveraie en Amérique.

— Après ils nous ont mis des gants, c'était encore pire, poursuivait l'ancien boxeur comme pour lui-même. Les gants ne protégeaient que les mains, les visages étaient détruits. On pouvait frapper plus fort encore sans se casser les doigts. Maintenant, c'est des coussins qu'ils ont au bout des bras.

— Est-ce que tu as déjà tué un homme ? finit par demander Martirio qui écoutait depuis plus de quinze jours en silence les délires du vieil alcoolique.

— Il y a parfois de mauvais coups, c'est les risques du métier. Mais, fillette, je te jure que c'était sans haine. Moi, tu sais, j'ai perdu la plupart de mes dents, je ne vois plus que d'un œil, je ne pourrais pas écrire même si on m'avait appris, tellement mes doigts ont été mis en miettes. Il y a des jours où même tenir mon verre me fait souffrir et puis tous ces matins où je n'arrive pas à me lever tant la tête me tourne. Eh bien, croyez-moi si vous voulez, mais je n'en veux pas à ces petits gars qui m'ont frappé si fort dans la fumée et les hurlements des parieurs, c'était la règle ! Alors, j'imagine que ceux que j'ai envoyés là-haut ne m'en veulent pas non plus et je dors tranquille. Pour ça oui, je dors tranquille ! »

« Il y a une chose qui me turlupine, c'est que mon fils ne se bat que quand il a la rage, avoua un soir José.

— Ah ! ça, c'est le plus grand souci. Arriver à maîtriser sa rage. La rage et la peur des mauvais coups. Le plus grand souci !

— Il n'a peur de rien ! s'indigna le père. Il lui faut juste une bonne raison pour combattre. Vois-tu, ce garçon dessine et quand on touche à ses tableaux plus rien ne l'arrête. Alors, j'ai pensé qu'il pourrait peut-être peindre la piste avant le début des combats et lorsque son adversaire foulerait son espace, le match commencerait.

— Et les rounds ? Que fais-tu des rounds ? De la cloche ? De l'arbitre ? José, ton vin est bon et j'aime ta compagnie ! Et puis, autant te le dire, un gars de quinze ans costaud comme ton fils, je n'en avais encore jamais vu nulle part, alors si je suis là, c'est pas seulement pour manger et pour boire, c'est surtout parce que je suis curieux de voir ce que va devenir ton garçon. Pourtant, crois-moi, s'il ne maîtrise pas sa rage, tu ne pourras rien en faire qu'un phénomène de foire. Même de l'autre côté de l'Atlantique, ils ne voudront pas de lui !

— Tu as trop bu ce soir, répondit mon père dans un rictus après un long silence. Pedro va te raccompagner jusque chez toi. »

Et le vieux Smith, qui n'avait pas cinquante ans, mais avait encaissé tant de coups qu'il en paraissait vingt de plus, le vieux Smith qui vivait dans la médina, faute d'argent pour vivre autre part, le vieux Smith sortit au bras de Pedro en chantant des airs de chez lui et jamais plus mon père ne le réinvita.

Désormais, Pedro put dessiner ailleurs que sur ses toiles imaginaires, José lui offrit même des craies multicolores grâce à l'argent de notre mère. Mon frère en pleura de joie. Puis le père le mena de nouveau sur les quais et il lui demanda un dessin.

Aussitôt, le garçon s'installa et commença à réaliser un tableau pour son père, il se souvenait du deuxième combat du Dragon rouge, il se souvenait des mouvements des coqs, de la sauvagerie de leurs coups, il tenta de rendre tout cela avec ses quelques craies et il entra dans son tableau avec passion. Il voulait que son père l'admirât pour autre chose que pour ses poings, il voulait lui montrer ce dont ses doigts étaient capables et le dessin magnifique le cernait, l'envahissait. José attendit que l'œuvre fût presque achevée, puis il se débrouilla pour qu'un homme deux fois grand comme son fils entrât dans l'image. Alors Pedro bondit et le combat fit rage sur les plumes de craie. Les deux corps s'empoignèrent au-dessus du tableau, le Dragon rouge, prince des coqs, fut progressivement effacé, tout comme Olive, son éternel adversaire, les souvenirs partirent en poussière et le docker s'abattit dans un nuage de couleurs.

Pedro, les doigts et le nez en sang, pleurait son tableau. Il hurla à son père : « Tu l'as vu ? Dis, tu l'as vu mon dessin avant qu'on ne le piétine ? » Et le père ravi lui répondit : « Pas bien. J'attendais qu'il soit achevé pour l'admirer, mais tu n'as qu'à le refaire une fois encore, j'ai tout mon temps ! Tiens ! Voici d'autres craies ! »

Et la même scène se répéta si souvent que tout le monde sut que, sur le port, on pouvait voir un jeune gars combattre, un garçon d'une force hors du commun et que celui qui le battrait empocherait un beau magot.

Alors, les pires des brutes vinrent essuyer leurs pieds sur le combat de craie que le fils tentait de réaliser pour son père. Il était rare que l'enfant perdît, mais cela arriva. Deux fois, il fut laissé pour mort et ses sœurs aînées dirent les prières pour lui et le veillèrent. Le doux visage du jeune homme se bosselait, se boursouflait, son corps se couvrait d'ecchymoses, ses mains se gondolaient, mais Pedro ne renonçait pas, il voulait satisfaire son père, il voulait achever son combat.

Les paris allèrent bon train, jusqu'au jour où les gendarmes s'en mêlèrent. L'amende fut sévère et Pedro dut partir terminer son tableau ailleurs. Pourtant, il ne nous quitta pas si vite, il y avait d'autres quartiers.

Un dimanche matin, Angela observa son frère alors qu'il tenait sa cuillère maladroitement entre ses doigts blessés.

« Il est revenu pour notre malheur et tu l'as accueilli comme le père de la parabole accueille son fils prodigue, finit-elle par lui dire d'une voix blanche. Cet homme est ton père, non ton fils, et aucun père n'est censé faire endurer à son enfant ce qu'il te fait endurer.

— Ne parle pas ainsi de lui, lui répondit Pedro avec douceur. Il a confiance en moi, il m'aime. Et un fils doit obéir à son père.

— Voilà qu'il t'entraîne dans sa folie. Regarde tes mains, bientôt tu ne pourras plus dessiner.

— Mes tableaux gagnent en couleur et en violence ce qu'ils perdent en finesse. Je le vois bien, ma douleur fait partie de mon œuvre. Ma dernière toile était si belle que j'ai presque tué la brute qui l'a foulée. Il faut que tu viennes assister à mon prochain combat, tu comprendras. »

Angela et son oiseau virent le dernier combat que Pedro fit dans cette ville. Et tous deux furent sensibles à l'œuvre dessinée, à la souffrance des coqs, à la violence des hommes autour, à cette éternelle répétition, ce cercle, cette roue, cette ronde cernant les combattants. Ce jour-là, l'enfant prit des coups, mais il abattit deux hommes, il les foudroya.

Sur le sol, sang et craie se mêlaient.

Le matin du départ, Pedro descendit l'escalier en boitant.

« J'ai rêvé qu'un homme entrait dans mon cercle et que je me battais jusqu'à l'aube sans voir son visage et, au réveil, voilà que je boite comme Jacob, raconta-t-il à Angela en souriant.

— Je t'ai vu combattre hier et ton tableau m'a émue, lui répondit-elle en larmes. Je ne sais quand tu reviendras, mais sache que nous t'attendrons.

— Quand mon tableau sera parfait, aucun homme n'osera le fouler. Ce jour-là, mon père comprendra et je reviendrai. »

Avec l'argent restant, José avait acheté deux mules et la fameuse charrette de foire peinte en rouge. Sur la bâche, il avait fait inscrire en grosses lettres de feu : « José Carasco, le Dragon rouge ». Et le père était là, arborant son sourire de vainqueur, debout dans la cour, prêt à partir sur les routes avec son champion, ce fils retrouvé dont il allait faire le plus grand combattant de tous les temps.

« J'ai songé que tu devais porter mon nom : depuis toujours l'aîné des Carasco s'appelle José ! Qu'est-ce que vous en pensez, les filles ? »

Les filles ne pensaient rien. Nous regardâmes en silence notre frère boiteux passer le grand portail et Martirio serra fort Clara contre elle comme pour l'empêcher de partir à sa suite.

Grâce à son oiseau noir, Angela plana longtemps

au-dessus de la charrette rouge et elle put suivre notre frère jusqu'à ce qu'il disparaisse de l'autre côté de l'horizon. Alors, la corneille crailla un adieu sec et revint se percher sur l'épaule de sa maîtresse qui pleurait.

LE CHEF-D'ŒUVRE

Les plaies des murs me susurrent l'histoire de notre frère, cette histoire si souvent racontée par la voix d'Anita dans la nuit avant que mon choix de l'éternelle solitude ne la libère de sa promesse. Pedro était notre préféré et, le soir, dans la cour, au milieu des chaises, elle nous le rendait, vivant, pour quelques instants.

Elle commençait toujours ainsi, nous parlant de Smith, nous racontant qu'elle l'avait revu en ville, titubant, ivre comme à son habitude et qu'il l'avait reconnue. Elle disait qu'il s'était jeté sur elle pour lui donner des nouvelles de Pedro, de ce grand artiste qu'était son frère. Alors, il lui avait appris la fin de l'histoire du Dragon rouge et comment il avait croisé la route de la charrette écarlate.

C'était en hiver, il avait échoué quelque part dans les terres, dans une ville de garnison, pleine comme un œuf de légionnaires et de femmes légères. Il errait sans un sou, racontant sa vie contre quelques verres, se faisant inviter à grailler par de braves gars qu'il amusait, quand il tomba sur le chapiteau du Dragon rouge. À la suite des légionnaires qui l'avaient adopté pour la soirée, il y était entré comme on entre dans un cirque et, malgré son ivresse, avait reconnu notre frère. Pedro avait vieilli, les combats l'avaient salement amoché, il avait vu en lui un frère de souffrance et cette envie d'uriner, qu'il sentait monter depuis un moment, lui était passée d'un coup. Vêtu de rouge, d'un ridicule habit de plumes écarlates, Pedro s'appliquait au centre de la piste à achever une fresque sublime : des coqs en mouvement se dressaient face au monde, au milieu de visages colorés, aux contours approximatifs, déchirés par leurs grimaces, ravagés par leurs cris et, dans la matière de cette foule, deux regards surnageaient, deux regards fixés l'un sur l'autre dans cette boue de couleurs, de douleurs, dans ce monde en déliquescence, deux regards déposés là par ce combattant aux doigts brisés et aux yeux boursouflés qu'était devenu notre frère. Deux regards amoureux, comme un pont jeté au-dessus de la frénésie des parieurs.

Un homme monstrueux attendait en silence à la frontière de cet espace de combat, rouge de craie, et l'homme immense aux yeux vides s'apprêtait à entrer dans le cercle, tandis que notre père, un porte-voix plaqué sur la bouche, l'excitait, lui hurlait qu'il n'oserait jamais affronter son fils, son champion écarlate, blessé certes, mais invaincu. Et Pedro, minuscule et seul au centre de son œuvre grandiose, Pedro dévoré par la craie, Pedro recroquevillé dans son misérable costume de foire, continuait son dessin, imperturbable.

Alors un dernier nuage de couleur, soufflé par l'artiste meurtri, ouvrit la toile en deux, la déchira comme un ventre et le tableau prit vie. L'adversaire regarda l'image vibrante à ses pieds et ses yeux vides s'emplirent de larmes. Il recula. Dans le public, nul ne parlait, tous les regards étaient collés à l'œuvre, fascinés. Brisant le silence qui s'était fait, l'adversaire murmura qu'il ne foulerait pas ce pentacle, qu'il refusait d'y poser le pied, qu'il y perdrait son âme. Et notre père trépignait, cherchait un autre rival à son fils.

« Entrez à trois, à quatre contre un, entrez et battez-vous ! Si vous parvenez à l'emporter vous vous partagerez le magot ! Je remets en jeu tout ce que nous avons gagné jusqu'ici, tout ce que nous avons réussi à amasser en sept années de combats ! De quoi avez-vous peur, bande de lâches ? rugissait José tandis que son fils, enfermé au milieu du tableau, se relevait et regardait son œuvre en souriant. Peur d'abîmer ? Mais peur d'abîmer quoi ? Regardez, c'est de la craie, cela n'est pas fait pour durer ! Moi, j'y entre, dans ce tableau, à pieds joints, et je le piétine ! Voyez, ça s'efface, ce n'est que de la poudre de couleur ! De quoi diable avez-vous peur ? »

Alors Anita s'arrêtait de parler, pour respirer, pour reprendre son souffle, car quelque chose se brisait dans sa voix, à cet instant précis, chaque fois qu'elle racontait l'histoire de Pedro el Rojo. Elle se reprenait, comme on se retient de pleurer, puis continuait dans une tonalité légèrement différente.

Elle décrivait ensuite son frère, le regard de son frère sur ce père qui anéantissait son chef-d'œuvre, sur ce père qu'il avait suivi des années durant dans l'espoir de lui offrir un jour cette merveille qu'il venait d'achever enfin après tant de coups reçus, qu'il venait d'achever de ses mains brisées. Il regardait son propre père détruire la vaste fresque, cet espace de couleurs, de combat, qui était parvenu à annihiler toute violence, qui avait arrêté tout combat et dévié son destin. Il l'avait regardé quelques secondes, cet homme dont il avait tant désiré l'amour, le respect, la reconnaissance, il l'avait regardé avec tendresse avant de lui sauter à la gorge et de lui tordre le cou d'un geste sec, comme on tue un poulet.

LE CONDUCTEUR DE LOCOMOTIVE

Damnée ! Notre lignée est damnée ! Grouillante d'histoires sans queue ni tête dans lesquelles nous étouffons, grouillante de fantômes, de prières, de dons qui sont autant de plaies.

Nous voilà, nous avançons en marge de nos vies, en marge du monde, incapables d'exister pour nous-mêmes, portant des fautes que nous n'avons pas commises, pliant sous un destin de plomb, sous le fardeau des siècles de douleurs, de croyances, qui nous ont précédées ! La cour m'encercle, mes sœurs me cernent, les murmures me poursuivent, m'empoisonnent l'espace : échos, prières, râles de ma mère morte brodant ses délires sur l'envers de ma peau, mélodies pousse-au-crime de ma sœur-oiseau, craillement de sa corneille, chuchotement d'Anita la conteuse nous rejouant sans cesse la scène de la mort du père ou celle du départ de Clara, ajoutant chaque fois un détail inouï, inventant une réplique, un nouveau personnage.

Ne m'a-t-on pas raconté mon histoire avant que je ne la vive ? N'a-t-on pas influencé, inventé ma solitude ?

Le doute me vient sur la réalité de mes souvenirs. Suis-je bien celle qui a choisi d'être seule ? Ou celle à qui la solitude a été imposée, dictée par une mère, une sœur, une fable racontée depuis toujours dans la cour ? Suis-je seulement née ici, derrière un mur après cette traversée surhumaine ? Suis-je vraiment celle qui est restée si longtemps dans la matrice de sa mère ?

Dans les récits de ma sœur aînée, je m'en souviens, mon père était toujours un autre : parfois un homme au parfum d'olives, parfois un coqueleux fou, parfois un anarchiste au visage recousu, il est même arrivé que mon père ne soit qu'un de ces pauvres diables anonymes, errant, ballot sur l'épaule, rencontrés sur les chemins, un de ces braves gars qui auraient tiré quelque temps la charrette de ma mère en échange d'un peu de tendresse.

Je ne sais plus, les fables sortent des murs, jaillissent, se contredisent, me submergent. Ça parle partout autour de moi, ça me parle de nous, de cette mère qui jamais ne m'a aimée.

J'avais cinq ans quand la charrette rouge a disparu entre les deux battants du grand portail, j'avais cinq ans lorsque nous nous sommes retrouvées orphelines pour la seconde fois. Sans même un frère pour nous protéger. Et sans le sou.

Le soir du départ de Pedro, Anita ouvrit le double fond du grand coffre et nous montra les seules choses qui nous restaient de notre mère : des robes de mariée qu'elle avait réalisées pour ses filles. Des merveilles que notre sœur aînée avait cachées au père et qu'elle hésitait à vendre. La robe d'Anita était la plus simple, celle d'Angela arborait des dizaines de plumes blanches, tandis que Martirio héritait d'un vêtement bien trop ample pour son petit corps fluet. À Clara, la couturière avait brodé trois tenues de noces.

Il n'y avait rien pour moi, sans doute n'avait-elle pas eu le temps, disaient mes sœurs.

Dans les semaines qui suivirent, Pirouli caramelo ne chanta plus que pour les autres et je n'eus droit qu'aux éternelles plumes blanches d'Angela. Jusqu'à ce dimanche après-midi où un train traversa le désert de terre rouge pour s'arrêter dans notre cour. Un train dont nous devînmes les wagonnets et qui devait nous entraîner, sans espoir de retour, dans ce monde de fables et de fantasmes tissé sans répit par les mots de notre grande sœur Anita, tissé chaque soir pendant les quinze ans à ciel ouvert qui précédèrent sa lune de miel.

Juan déboula dans notre vie un sifflet dans la bouche, une montre de gousset en main et une kyrielle de gamins hilares collés aux basques. L'express Oran-Alger freina avec fracas sous nos fenêtres pour déposer l'un de ses petits passagers. Il s'apprêtait à repartir quand une dizaine de voyageurs de moins de douze ans se précipitèrent en gare, réclamèrent leurs billets et s'accrochèrent aux wagons en hurlant.

Anita sortit de la maison à notre suite pour assister au spectacle. En nage, Juan tirait à lui seul une centaine de bambins déchaînés, accrochés les uns aux autres à la queue leu leu et, bien que le jeu durât depuis longtemps et qu'il eût déjà parcouru la moitié de la ville à pied en traînant des wagons toujours plus nombreux sans même trouver le temps d'étancher sa soif, il souriait.

« J'ai les lèvres desséchées par la poussière. Vous n'auriez pas un peu d'eau à m'offrir ? demanda-t-il gaiement à ma sœur aînée qui cachait dans son dos le tablier qu'elle venait d'ôter précipitamment en le voyant. Jamais je n'ai tiré de train aussi long et pourtant, foi de conducteur de locomotive, je ne rechigne pas à la tâche. Mais ces petits sont insatiables et, quand je les vois si heureux de gambader derrière moi, je n'ai pas le cœur d'arrêter le jeu et de les laisser sur le quai. »

Ma sœur se précipita dans la maison pour lui remplir un grand verre d'eau. Je la vis remettre un peu d'ordre dans ses cheveux et lisser les plis de sa robe avant de le rejoindre dehors dans le joyeux tintamarre des gamins. L'homme-locomotive but l'eau d'un trait sans quitter des yeux sa bonne samaritaine et les voyageurs s'impatientèrent quand il en demanda encore. Sous la huée des passagers, les deux jeunes gens rirent ensemble de bon cœur en se dévorant les lèvres du regard.

« Merci, finit-il par lui dire dans un souffle. Quelle idée de passer mon jour chômé à faire le train pour de vilains garnements ! On ne m'y reprendra pas ! Enfin, je n'aurai pas perdu ma journée puisque je vous ai rencontrée et que vous riez ! Attention, attention, prenez garde au départ du train, éloignez-vous des voies ! »

Alors, il y eut un coup de sifflet et, du fond de la gorge du jeune homme, jaillirent les cris stridents d'une énorme machine à vapeur qui s'ébranla lentement dans un nuage de poussière, avant de prendre peu à peu de la vitesse, entraînant à sa suite sa farandole de pieds et de visages d'enfants. Juan se retourna une dernière fois pour envoyer un baiser à Anita et le tortillard poursuivit sa route en direction de la médina. Les cris de joie dans son dos mirent une éternité à se dissoudre.

D'invisibles traverses furent installées dans le terrain vague et le rire d'Anita devint le cœur d'un réseau de voies buissonnières. Tous les aiguillages du pays ne menaient plus qu'à elle. Dès que possible, Juan passait par la cour. Il nota les jours et les heures où elle s'y trouvait et, très vite, son itinéraire devint régulier. Toujours ponctuel, il frappait chez nous et, d'un bond, Anita sortait le rejoindre sur le pas de la porte. Ils restaient dehors, debout, laissant entre eux l'espace d'un ou de deux corps imaginaires, riant et chassant les enfants qui leur tournaient autour comme des mouches.

Au bout d'un mois, elle osa enfin lui offrir une chaise et ils s'assirent côte à côte contre la façade. Comme cette histoire devenait sérieuse, les mères grondèrent les gamins qui s'approchaient trop près de leur bonheur tout neuf. Car les voisines veillaient, elles parlaient à mi-voix de cette idylle naissante entre la fille aînée de la couturière et le jeune conducteur de locomotive. C'était un brave garçon, poli et serviable, qui les cajolait comme si elles étaient toutes ses futures belles-mères. Dans la cour, on aimait bien Juan, et pas seulement les enfants : il avait toujours une gentille attention pour chacun. Il trimbalait une sorte de joie simple à fleur de peau, offerte à tous ; il suffisait de le regarder, de lui sourire pour avoir droit à sa petite part de bonheur.

Plusieurs fois par semaine, il rapportait des légumes, des volailles qui amélioraient l'ordinaire des petites Carasco. Maintenant qu'il vivait seul, il n'avait personne d'autre à gâter. Son père, un tailleur de pierre, était arrivé de ce côté-ci de la Méditerranée quinze ans auparavant avec toute sa famille pour trouver de l'ouvrage. Mais il était tombé si gravement malade qu'il avait dû repartir d'où il venait. Une maladie dont on ne parlait pas, une maladie honteuse. C'était un brave homme pourtant, mais il aimait tant les femmes. Juan n'était pas rentré en Espagne.

« Jusqu'à ce jour où tu m'as souri, je n'avais jamais souhaité caresser que l'acier de ma locomotive. Maintenant, je te désire si fort que rester à tes côtés sans te toucher me brûle. Je te veux pour femme ! avoua-t-il d'un trait sans oser la regarder en face.

— Mais je suis mère déjà, lui répondit Anita après un long silence, mère de toutes mes sœurs, et je me dois de les élever avant de faire mes propres enfants. Si nous nous marions, tu souffriras plus encore, puisque nous ne pourrons pas nous toucher avant que la dernière de mes sœurs ne soit mariée. Quand tu me regardes, je sens comme une pointe qui me traverse le côté et j'ai envie de toi. Soledad n'a que cinq ans. Comment pourrons-nous résister ?

— Si telle est ta décision, nous nous blottirons l'un contre l'autre et nous nous aimerons en paroles.

— Si je te touchais ici juste au-dessus des lèvres ? Que voudrais-tu ?

— J'en voudrais plus.

— Plus de caresses, plus de baisers ?

— Je te voudrais nue à mes côtés.

— Et quand tu m'imagines nue à tes côtés ?

— Je me veux en toi.

— Tu vois, nous ne pourrons rien empêcher, si nous dormons ensemble, si nous nous embrassons, je me donnerai à toi et nous ferons des gamins à la pelle. Et je ne peux pas faire d'autres enfants, je ne peux pas faire ça. Je n'ai pas ta force, je ne saurais tirer plus de petits derrière moi. J'ai été mère trop tôt.

— Mais je serai là pour t'aider !...

— Les hommes ne comprennent pas cela, le poids d'un enfant.

— Comme votre famille est compliquée ! soupira Juan toujours souriant.

— Je te désire tant que j'ai comme envie de faire

pipi, lui chuchota-t-elle en saluant d'un geste une voisine qui sortait prendre le frais de l'autre côté de la cour.

— Idiote, qu'est-ce que tu racontes ?

— C'est vrai, ajouta-t-elle en riant. Ça me prend dans le bas du ventre, ça me tortille, ça m'agite et finalement ça remonte et c'est comme si mes seins éclataient.

— Eh bien moi, si tu veux tout savoir, je n'ose pas bouger de peur qu'on voie à travers le tissu de mon pantalon l'effet que tu me fais, lui avoua-t-il dans un éclat de rire. Je te renverserais bien tout de suite derrière un buisson toute mère que tu es !

— Imagine que nous sommes derrière ce buisson, où veux-tu que mes mains se posent ?

— Ces choses-là ne se disent pas.

— Dis !

— Sur mon sexe.

— Elles y sont, elles te caressent. Ferme les yeux !

— Arrête ou je te fais la même chose !

— Qui t'en empêche ? J'ai soulevé ma robe. Et tes doigts sont déjà entre mes cuisses.

— Pas seulement mes doigts. Tu n'as rien senti ?

— Eh bien ! Tu ne perds pas de temps. Mais alors je n'ai plus rien à embrasser que ta bouche.

— Tes mots sont des caresses.

— Tu crois qu'on nous voit. Les voisines ?

— Et que pourrait-on voir d'autre que deux jeunes gens bien sages assis côte à côte ? Personne n'est assez vicieux pour remarquer la petite tache que le plaisir que tu m'as donné vient de dessiner sur mon pantalon ! Maintenant, il va falloir attendre que ça sèche. Non, s'il te plaît, ne regarde pas.

— Et pourquoi pas ? Tu as honte, Juan Martinez ?

— Épouse-moi, je ne te toucherai pas, je t'en

donne ma parole. Je ne te toucherai pas pour de vrai avant que la dernière de tes sœurs ne soit mariée.

— Chez les Carasco, rien n'est dit à la légère. Les paroles sont magiques.

— Tes sœurs seront mes filles et ta voix mon seul plaisir. Je t'en fais le serment. Foi de conducteur de locomotive ! »

UNE FRONTIÈRE BLANCHE

Anita enfila la robe de noces que sa mère lui avait destinée, une robe droite et sérieuse, sans la moindre fioriture, épurée mais qui épousait ses formes avec une surprenante justesse. Aucune retouche ne fut nécessaire. La robe semblait avoir été cousue sur elle. Une ligne de tissu, un trait net soulignant ses contours, marquant le territoire de son corps sans le contraindre ni l'enfermer. Une frontière blanche.

Juan entra dans l'église au bras de la doyenne des voisines et Anita fut accompagnée jusqu'à l'autel par François, l'un des deux camarades que son futur mari avait conviés à la cérémonie. L'union fut bénite et, quand les lèvres des mariés s'effleurèrent, on crut que, malgré la lisière blanche du tissu, leurs corps n'allaient plus pouvoir se défaire l'un de l'autre. Que la chair de leurs lèvres s'était intimement mêlée à jamais. Le père André dut se racler la gorge et attraper gentiment le menton du marié pour que cessât cet indécent baiser. Les deux corps se déprirent l'un de l'autre et les jeunes époux en oublièrent ce qu'ils avaient à dire. Il leur fallut quelques mots crus, murmurés à la sortie de l'église, pour étancher leur désir.

Dans la grande cour, on avait dressé les tables sur des tréteaux et toute la petite communauté participa à la fête jusque tard dans la nuit. Des guitares et des cuivres avaient été loués par le marié pour l'occasion. On dansa, on chanta et Juan avait prévu assez de vin pour saouler tout le quartier. Contrairement à la coutume, les jeunes mariés ne quittèrent pas leurs invités. Dans le brouhaha de la noce, ils se murmurèrent des mots à l'oreille jusqu'au bout de la nuit. Les verres n'étaient jamais vides, les enfants eux-mêmes s'endormirent ivres de vin, de rires et de chants. Seul Hassan, l'un des deux amis et collègues que Juan avait conviés à la fête, remarqua que le jeune conducteur de locomotive n'était pas pressé de consommer son mariage. Mais Hassan était aussi discret que sobre.

« Toi aussi tu conduis une locomotive ? lui demandai-je avant qu'il s'en aille.

— Non, pour cela il faudrait que je sois français.

— Mais Juan est espagnol !

— Plus maintenant ! Il est devenu français.

— Pas toi ?

— Non, pas moi. Je suis toujours arabe.

— Et moi alors, qu'est-ce que je suis ? »

Hassan prit congé et aida son comparse François à rentrer chez lui. Tous les autres convives habitaient la cour.

Au bout de la nuit, Juan et Anita s'endormirent chacun sur leur chaise et aucun de ceux qui restaient ne se sentit la force de les porter jusqu'à la chambre nuptiale.

Quand le coq chanta dans la cour dévastée, il reçut des cailloux. Après une pareille nuit, tous aspiraient au calme.

Comme à son habitude en été, Clara s'éveilla la première et s'habilla en hâte pour jouir au plus vite des rayons du soleil. Dans les reliefs de la fête, elle vit sa grande sœur assise, les yeux clos, la tête basculée sur le côté, la bouche ouverte tout contre l'oreille de Juan, son mari, endormi lui aussi sur sa chaise et qui souriait en emplissant la cour d'un ronflement régulier. Alors, la petite fille caressa doucement la joue de son aînée affalée dans sa robe droite et sérieuse, sans savoir qu'elle allait devoir répéter ce même geste pendant des années, et que ce frôlement permettrait longtemps aux amants de garder leur secret. Chaque matin, à l'aube, elle secouerait le couple épuisé de désir, jusqu'à ce qu'elle-même quittât cette cour pour vivre, endormie, sa première nuit de noces.

Car, le soir même, Anita redevint conteuse.

Après le repas, toute la famille sortit prendre le frais et notre sœur aînée commença à nous raconter ces histoires qui devinrent notre pain quotidien.

Elle racontait jusqu'à ce que Clara ferme les yeux, puis continuait encore jusqu'à ce que les voisins rentrent leurs chaises, et poursuivait plus avant dans la nuit jusqu'à ce que Juan s'endorme à son tour, bercé par le son de sa voix, alors seulement elle demandait à Martirio de nous coucher, Clara et moi, tandis qu'elle-même enveloppait avec tendresse le corps de son mari dans une grosse couverture de laine avant de s'installer à ses côtés sur une chaise longue pour la nuit. Les rares fois où il plut et quand il faisait trop froid, la veillée avait lieu dans la salle du bas, mais tous les autres soirs, le couple dormait dehors sous les étoiles par peur de ne pouvoir respecter cette terrible promesse qu'il s'était faite, par peur de ne plus se contenter de mots et de succomber à ce désir qui les envahissait tous deux par bouffées chaque fois qu'ils s'approchaient trop près l'un de l'autre ou quand ils se trouvaient seuls dans une pièce.

Durant quinze ans, Anita et Juan se nourrirent de mots pour tenir parole.

Le premier soir, Anita nous raconta l'histoire de Frasquita Carasco et de l'homme à l'oliveraie, cet homme au désir recousu qui peut-être était mon père. Ce fut la première fois que j'entendis la fable de la femme jouée, jouée et perdue.

Puis, de soirée en soirée, les histoires se dévidèrent et je restais éveillée, la dernière, résistant au sommeil pour savoir ce qu'il adviendrait de Salvador ou de Lucia, la belle accordéoniste. Je vibrais, terrifiée par l'ogre, amusée par la description de l'homme-locomotive entrant par hasard dans notre cour avec sa longue traîne d'enfants, révoltée par la perversité du deuxième mari de Clara, surprise par les talents de ma mère, bouleversée par le destin de mon frère parricide. En grandissant, je compris mieux chacune de ces fables, sans pour autant parvenir à faire le tri dans ce qui était dit, sans me soucier de la véracité des événements. Pourtant, même si tout s'embrouille dans mes souvenirs, il me semble que Martirio n'avait pas quinze ans et qu'elle me tenait encore sur ses genoux quand Anita relata les grossesses à répétition de cette sœur assassine ; que Clara, la lumineuse, partageait toujours notre chambre quand fut racontée la malheureuse histoire de son deuxième mariage et que je n'étais qu'une enfant quand j'entendis pour la première fois parler de ma solitude à venir.

Oui, plus j'y pense, plus je suis certaine que tout cela recelait quelque magie. À moins que nous ne soyons pétris de mots.

À LA NUIT, DANS LA COUR

« Écoutez mes sœurs !

Écoutez cette rumeur qui emplit la nuit !

Écoutez... le bruit des mères !

Écoutez-le couler en vous et croupir dans vos ventres, écoutez-le stagner dans ces ténèbres où poussent les mondes !

Depuis le premier soir et le premier matin, depuis la Genèse et le début des livres, le masculin couche avec l'Histoire. Mais il est d'autres récits. Des récits souterrains transmis dans le secret des femmes, des contes enfouis dans l'oreille des filles, sucés avec le lait, des paroles bues aux lèvres des mères. Rien n'est plus fascinant que cette magie apprise avec le sang, apprise avec les règles.

Des choses sacrées se murmurent dans l'ombre des cuisines.

Au fond des vieilles casseroles, dans des odeurs d'épices, magie et recettes se côtoient. L'art culinaire des femmes regorge de mystère et de poésie.

Tout nous est enseigné à la fois : l'intensité du feu, l'eau du puits, la chaleur du fer, la blancheur des draps, les fragrances, les proportions, les prières, les morts, l'aiguille, et le fil... et le fil.

Parfois, des profondeurs d'une marmite en fonte surgit quelque figure desséchée. Une aïeule anonyme m'observe qui a tant su, tant vu, tant tu, tant enduré.

Les douleurs muettes de nos mères leur ont bâillonné le cœur. Leurs plaintes sont passées dans les soupes : larmes de lait, de sang, larmes épicées, saveurs salées, sucrées.

Onctueuses larmes au palais des hommes !

Par-delà le monde restreint de leur foyer, les femmes en ont surpris un autre.

Les petites portes des fourneaux, les bassines de bois, les trous des puits, les vieux citrons se sont ouverts sur un univers fabuleux qu'elles seules ont exploré.

Opposant à la réalité une résistance têtue, nos mères ont fini par courber la surface du monde du fond de leur cuisine.

Ce qui n'a jamais été écrit est féminin. »

LES BOUTONS DORÉS

Quand vint le tour de Clara, quand elle tacha sa robe pour la première fois, mes sœurs tinrent conseil et décidèrent que rien ne pourrait la pénétrer de nuit, que rien ne pourrait percer son sommeil de plomb. Aucun mot, aucune prière.

L'initiation devait se dérouler durant les soirées de la Semaine sainte et la nuit même devenait un obstacle.

Et puis Clara ne se souciait pas du monde qui l'entourait. Clara, limpide, se laissait traverser par le soleil des heures durant. Clara écoutait les histoires sans attendre la fin. Clara riait aux éclats en observant des reflets et caressait les quelques tignasses blondes qui passaient à sa portée. Clara aimait la surface argentée des miroirs sans voir le merveilleux visage qui s'y reflétait. À quoi lui auraient servi ces prières qui leur étaient déjà si peu utiles à elles-mêmes ?

Notre lumineuse Clara ne vivait pas tout à fait dans notre monde bien qu'elle en tînt le centre et que sa beauté attirât tous les regards. Elle passait le plus clair de son temps seule sous le soleil à ne rien faire. Quand ses rayons ne parvenaient plus à passer par-dessus nos maisons et que l'ombre commençait à gagner la cour, il arrivait qu'elle sorte pour le poursuivre dans le désert rouge et les hommes la guettaient, toujours surpris par sa beauté. Aucun d'eux n'osait l'aborder, la fascination qu'elle exerçait les tenait à distance.

Clara traversait la ville, tel un lumineux fantôme, sans reconnaître les chemins qu'elle prenait et qui pourtant étaient toujours les mêmes. Nous n'avions plus à la pister, sa course la menait inéluctablement au même endroit, devant l'hôtel de ville, sur cette place d'armes où nous savions que nous la retrouverions au crépuscule. Ceux d'entre nous chargés de la ramener la prenaient alors par la main et, bien que la traversée lui eût appris à marcher en dormant, il arrivait que ses jambes se dérobent sous elle. Nous devions alors la porter comme une jeune morte.

Ce fut lors d'une de ses fugues qu'elle rencontra le jeune officier qui devint son premier mari. Il avait des boutons dorés soigneusement astiqués. Des boutons qui accrochèrent le regard de notre bel héliotrope. Il lui sembla que le soleil était tombé en pluie sur ce grand jeune homme et quand, de sa voix claire, il lui demanda son prénom, elle lui répondit.

Il était parisien et ne comprenait pas un mot d'espagnol. Elle-même ne s'était jamais souciée d'apprendre le français ou l'arabe. Elle ne s'était d'ailleurs jamais souciée d'apprendre quoi que ce soit. Pourtant, comme moi, elle était allée chez les sœurs, pour y suivre des cours de lecture et d'écriture, mais les fenêtres de la salle de classe n'étaient pas assez grandes à son goût, les couloirs étaient trop sombres et les lettres noires dans les livres si nombreuses ! Seule la blancheur des pages la fascinait et il lui paraissait incongru de les noircir en y alignant des chiures de mouches avec tant d'application. Tandis que les plumes crissaient sur les feuilles ou que tous les petits morveux se laissaient absorber par le tableau noir, Clara, elle, suivait des yeux les reflets que projetaient les verres des lunettes de la bonne sœur qui leur faisait la classe, ou pis, la radieuse petite fille se détournait ostensiblement de l'estrade pour guetter le soleil à travers les vitres crasseuses. Et un tel comportement n'était pas acceptable ! En fait, de jour comme de nuit, Clara ne pouvait rien apprendre. Et les coups de règle se révélèrent inutiles. Ses professeurs s'étranglaient de rage, en vain. Bien vite, pour épargner les nerfs de ses enseignantes, on ne l'obligea plus à quoi que ce soit. Mes sœurs la laissèrent s'occuper à sa guise, s'emplir de chaleur et de lumière, autant qu'elle le souhaitait.

Clara grandit donc au centre de la cour, immobile sous le soleil, tandis que les garçons tournaient autour de sa beauté solaire, à la fois attirés et repoussés par son éclat, comme autant de petites planètes en orbite. Tous craignaient la sévère Martirio qui veillait jalousement sur sa petite lumière.

À mesure que Clara avait poussé, ses membres s'étaient allongés démesurément comme des ombres au soleil couchant et ses traits s'étaient affinés. Ses épais sourcils rehaussaient encore l'étrange clarté dorée de ses yeux pailletés et le rouge satiné de ses lèvres. Pourtant, la lumière qu'elle dégageait, et qu'elle avait comme accumulée pendant toutes ces années passées sous le soleil, éblouissait celui qui l'observait, si bien que son visage paraissait toujours un peu flou et qu'elle laissait sur les rétines une grande tache claire en étoile qui poursuivait les hommes jusque dans leur sommeil.

Clara, l'étincelante, chamboulait les rêves des garçons de la cour, elle illuminait leur chambrée plus encore que cette pièce où nous couchions à ses côtés. Les hommes prononçaient son nom en dormant et les voisines, furieuses, prétextant quelque ronflement, secouaient leurs maris radieux pour les arracher à l'irrésistible chaleur de ses bras.

L'hostilité des femmes monta progressivement à mesure que s'épanouit le désir masculin, elle atteint son zénith quand Clara eut dix-sept ans. On n'en pouvait plus dans la cour de la voir toujours en plein milieu, immobile, droite comme un piquet et insensible aux compliments des jeunes gens qui s'enhardissaient parfois jusqu'à lui dire deux mots, mots auxquels elle se contentait de répondre par un sourire ou un hochement de tête. On la disait évaporée, sotte et inutile, et les mères ajoutaient même qu'elle était cruelle.

Avec le temps, ce halo de lumière qu'elle dégageait la nuit avait perdu de son éclat, mais j'ai souvenir d'une légère luisance. Autour d'elle, l'ombre n'était jamais parfaite. Et encore je ne l'ai jamais vue nue, c'était toujours Martirio qui s'occupait de la coucher après la veillée.

En été, Clara se lavait et s'habillait avant que nous ne fussions debout ; en hiver, elle le faisait après mon départ pour l'école. Autour du solstice et les jours de pluie, il arrivait que le soleil ne dégageât pas suffisamment de lumière pour l'attirer au-dehors, alors elle jouait durant des heures avec la petite glace de poche que Martirio lui avait offerte. Son propre reflet ne l'intéressait pas, si peu qu'il n'est pas certain qu'elle l'ait jamais aperçu. Non, ce qu'elle aimait c'était la lumière qu'elle parvenait à concentrer dans le cercle d'argent et à renvoyer contre les murs de la pièce.

De Pierre, elle ne vit peut-être que ses boutons dorés.

Au détour du chemin qui la menait sur la place d'armes, ils étaient là merveilleusement alignés, à intervalles réguliers, démultipliant le soleil. Il y en avait tant qu'elle en fut charmée et en oublia de poursuivre son éternelle course vers l'ouest. Sa main caressa les petits astres un à un et le jeune officier, subjugué par cette apparition luminescente, ne bougea pas, de peur qu'elle ne s'évanouisse. Il goûta l'instant intensément. Jamais il n'avait vu une jeune femme de si près en plein jour. Finalement, elle leva son regard de paille vers le joli visage qui chapeautait tous ces petits disques étincelants et la blondeur du jeune officier la fit sourire. Encouragé par ce sourire, Pierre osa une question. Elle lui dit alors son prénom, comme on révèle un sésame, puis elle lui caressa les cheveux et lui prit le bras avec une spontanéité qui ajouta encore à son charme. En silence, il se laissa entraîner jusqu'à la place d'où elle aimait regarder le soleil se coucher.

Martirio et Angela n'en revinrent pas de voir leur sœur pendue au bras d'un inconnu. Comme le soleil frisait l'horizon et que Clara refusait de lâcher son galant, celui-ci les raccompagna toutes les trois. Ils marchèrent longtemps, sans que Pierre s'aperçût que notre sœur s'était endormie. Ce fut lui qui porta la petite lumière quand elle s'effondra à l'entrée du désert rouge.

La cour où nous vivions lui parut bien misérable, Martirio bien hostile et son sentiment pour cette jeune fille assoupie bien puissant. Il se crut en plein conte et se souvint de ceux que lui lisait sa mère. Alors, le dos bien droit, il se présenta poliment à Anita et lui baisa la main avant de prendre congé.

Quelques jours plus tard, tous les hommes de la cour pleuraient. Pierre avait demandé la main de celle autour de laquelle tournaient tous leurs rêves et on ne la lui avait pas refusée. Nous ne sûmes jamais lequel d'entre eux tenta d'immoler Clara, mais juste avant les fiançailles quelqu'un mit le feu au bas de sa robe alors qu'elle se tenait à son habitude immobile au centre de la cour, le regard tout encombré de soleil. Un coup de vent inouï, venu du sud-est, ramena soudain tant de sable du désert que le feu fut étouffé avant même que la lumineuse ne s'aperçût de quoi que ce soit. Ses jambes à moitié ensablées et les fines particules qui s'étaient collées sur son visage et ses bras lui donnaient assez l'air d'une statue inachevée.

L'ordre des choses était bouleversé. Angela et Martirio auraient dû partir avant elle. Angela, qui avait épousé son oiseau noir et accepté son visage ingrat et ses yeux trop ronds, ne se tourmentait pas d'être catherinette, mais Martirio se révolta contre ce mariage précipité avec un jeune inconnu. Elle ne s'était pourtant jamais intéressée à l'univers des porte-culottes, mais lui arracher sa sœur, c'était la condamner à se débattre dans les ténèbres. Elle s'opposa aux noces avec une violence qu'on ne lui connaissait pas et quand elle comprit qu'elle ne pourrait rien empêcher, que notre sœur lui échappait, que les raisons qu'elle donnait pour casser les fiançailles ne tenaient pas et faisaient sourire ses deux sœurs aînées, elle se débrouilla pour croiser Pierre alors qu'il traversait le désert rouge et lui parla seul à seule.

« Ainsi tu épouses une idiote qui n'aime que ce qui brille ? railla-t-elle. Le jour où tu ôteras ton costume et ses boutons dorés, elle se détournera de toi. Comment comptes-tu faire pour vivre avec une sotte qui s'endort à peine la nuit tombée ?

— J'ai compris les bizarreries de ta sœur dès notre première rencontre. Quant aux boutons, je me les ferai coudre sur la peau s'il le faut, je suis prêt à tout pour la garder et éclipser ce soleil qui la fascine. Mais quelques boutons n'auraient pas suffi. As-tu vu ce regard qu'elle porte sur moi ? Elle m'aime comme jamais personne ne m'a aimé. Clara n'est pas une idiote. C'est une poésie. Sache que j'ai moi-même la nuit en horreur. Elle m'a toujours fait peur. Que la lune et les étoiles disparaissent de ma vie, cela m'est bien égal ! Je vivrai au rythme de mon épouse et je me lèverai à l'aube pour jouir plus longtemps de ses yeux de paille.

— Je suis morte pour elle, une fois déjà.

— Tant que je vivrai en ville, tu la verras tous les jours si tu le souhaites. Je ne compte pas la couper de sa famille.

— Tu ne parles même pas l'espagnol !

— J'apprends vite. Écoute ! Je vais te parler comme un frère. Sais-tu que toi aussi tu pourrais être belle et qu'il suffirait d'un sourire sur ton visage pour qu'il devienne envoûtant ? Avec toute cette ombre dont tu te drapes et tes yeux froids, tu sembles être le négatif de Clara. Trouve-toi un mari qui aime la nuit et laisse ta sœur en paix !

— Je ne sais pas sourire et mes lèvres sont un poison ! » lui hurla Martirio avant de s'échapper en courant vers le grand portail.

La noce eut lieu à la caserne, en grande pompe. La famille était sur son trente et un. Juan portait le même costume que le jour de son propre mariage, mais il avait eu du mal à boutonner seul chemise et pantalon tant il avait forci et se sentait engoncé. Nous avions chacune une jolie robe neuve. Quant à Clara, elle portait l'une de ses trois tenues de noces. Anita avait choisi pour sa petite sœur celle qui correspondait le mieux à la saison et à la condition du marié. Frasquita Carasco avait réussi à deviner les mensurations à venir de son enfant solaire. Anita songea que la couturière lui avait sans doute réalisé trois robes pour que l'une d'elles au moins fût parfaitement ajustée.

La fête se déroula un après-midi d'été. Les voisins ne vinrent pas, ils avaient décliné l'invitation en bloc, prétextant qu'ils n'avaient rien à se mettre et que ce garçon n'était pas de leur milieu. En fait, le bruit courait déjà que seul le souffle du diable avait pu sauver la beauté de notre sœur et que les flammes qui avaient consumé le bas de la robe de Clara à l'annonce de ses noces n'auraient pas dû l'épargner.

Tout dans l'élégante assemblée était intimidant : les robes chamarrées des femmes, leurs volumineux chapeaux, les lumières électriques, la blancheur des nappes immenses, les postures des majordomes, les galons des hommes et même ces verres de cristal si fins qu'on osait à peine les toucher du bout des lèvres de peur de les briser. Le vin blanc qu'ils contenaient et dont les minuscules bulles semblaient vous remonter dans les narines recelait lui-même quelque traîtrise. Il exigeait qu'on le bût avec distinction.

Le regard de Clara s'affola : plusieurs centaines de lumineux petits boutons s'agitaient en tous sens, valsaient, s'esclaffaient, se dégrafaient. Les femmes portaient des bijoux étincelants, les hommes des chevelures d'argent, les murs d'immenses miroirs encadrés d'or. Des dizaines de verres de lunettes et des lustres de cristal brillaient de mille feux. De quoi la rendre folle ! Où était son mari parmi tous ces boutons ? Comment le distinguer au milieu de ces miroitements entremêlés ?

Enfin, il vint vers elle et elle reconnut cette lueur dans ses yeux qui le rendait unique.

Martirio observait la scène de loin. Elle vit le jeune marié tendre son bras à sa petite lumière vacillante et le regard émerveillé que Clara lui jeta la renseigna sur les sentiments de sa sœur. Ainsi Pierre avait raison, il n'y avait pas que l'uniforme, quelques boutons n'auraient jamais suffi.

Martirio portait une robe rouge dont la couleur criarde détonnait au milieu de l'élégance discrète des convives. Pourtant nul n'aurait osé la moindre remarque, tant les yeux de cette femme étaient formidables. Elle regardait le monde d'une telle hauteur, semblait-il, qu'on préféra ne pas lui prêter attention. Pierre la vit qui les observait depuis l'embrasure d'une porte-fenêtre et, tandis que sa femme dansait avec son père, son propre père qui avait fait le voyage depuis Paris pour assister au mariage de son plus jeune fils, tandis que Clara tournoyait en fixant le lustre qui pendait juste au-dessus de leurs têtes, il se dirigea vers la robe rouge.

« Ne t'inquiète pas, lui dit-il. Je ne soufflerai pas ta petite lumière. Tu souffres de la voir t'échapper, mais l'as-tu jamais vue aussi heureuse qu'aujourd'hui ? »

Martirio lui fit alors comprendre qu'elle désirait lui parler et elle attira le jeune officier derrière les rideaux de velours écarlate. Quand ils furent isolés, cachés du reste de la salle de bal, ma sœur assassine essaya un sourire. Puis, sans que Pierre eût le temps d'esquisser un geste, elle colla ses lèvres glacées contre sa bouche. Il ne se dégagea pas de cette étreinte inattendue.

Noyés dans les rideaux rouges, ils étaient invisibles.

MARTIRIO L'ASSASSINE

Les premières lueurs de l'aube se faufilèrent sous les rideaux qui défendaient la chambre nuptiale, débusquèrent leurs points faibles, les passages les moins bien gardés par l'étoffe, et s'infiltrèrent dans la pièce où dormaient les amants. Elles rampèrent jusqu'au lit et caressèrent tendrement les paupières closes de Clara pour l'éveiller. Ma sœur ouvrit les yeux et, avant même de se précipiter à la fenêtre pour jouir du jour nouveau, elle se souvint de Pierre, du regard vif de Pierre, et elle le chercha. Mais l'homme aux immenses yeux ouverts et ternes qui gisait là, à ses côtés, était gris et livide. Une tache rouge sur l'oreiller et sur les draps encadrait son triste visage exsangue. Déçue, Clara se rabattit sur la fenêtre et tira les rideaux en grand, livrant la pièce au soleil qui chaque matin tenait ses promesses. Pierre lui avait offert plusieurs robes claires qu'elle trouvait à son goût. Elle se drapa dans du jaune d'or et dévala les escaliers, pressée de rejoindre son astre amant dans les jardins de la caserne.

Mais où s'était donc enfui son mari à la voix claire ? Déjà, il l'abandonnait. Et qui était cet homme éteint qu'on avait glissé à ses côtés pendant son sommeil ? Pourtant, elle se souvenait de s'être endormie dans les bras chauds de Pierre, elle avait même tenté de résister à la fin du jour pour jouir plus longtemps de ses caresses. Il y avait eu tant de baisers précipités avant que le soleil ne fût couché... Et voilà que son lumineux amant avait disparu et qu'on lui avait substitué ce bonhomme gris et froid baignant dans sa flaque rouge.

Peu lui importait, puisque le soleil vibrait, fidèle, et que le ciel dégagé présageait une journée radieuse. Elle sourit sans plus songer à rien qu'au plaisir que lui offrait l'astre renaissant.

Pierre était mort le soir de ses noces, en pleine lune de miel. Il s'était vidé de son sang par l'oreille gauche pendant son sommeil. Une hémorragie cérébrale, dirent les experts. Pas un coup n'avait été porté. L'autopsie disculpait sa jeune épouse à moitié folle qui refusait de comprendre, de faire le lien entre le jeune officier à la voix claire et aux yeux pétillants qu'elle venait d'épouser et ce cadavre retrouvé à ses côtés le lendemain des noces. Bien qu'elle ne manifestât aucune peine et ne versât aucune larme, on la jugea trop affectée pour l'inquiéter outre mesure. La malheureuse, folle de douleur, sans doute, s'était enfermée dans un terrible mutisme. Elle passait toutes ses journées sous le soleil à ne rien faire, ne parlait plus qu'aux siens et ne parvenait à répondre aux questions des enquêteurs que par des sourires ou de simples hochements de tête. Mais sa beauté surtout avait frappé les esprits. On jugea l'affaire bien triste et le journal de la ville lui consacra une colonne.

Clara héritait d'une petite rente dont elle ne se souciait pas. Elle refusa de prendre le deuil et son beau-père, lui-même, ne s'offusqua pas de la voir arborer les robes lumineuses que son fils lui avait offertes. Comprenant que, dans l'esprit perturbé de la jeune femme, la mort de Pierre n'avait pas sa place, il proposa de l'emmener avec lui à Paris et de la faire soigner là-bas. Comme Anita s'y opposa, Clara reprit racine sous le soleil au centre de la cour et, longtemps, Martirio se cacha dans l'ombre pour pleurer.

Un automne et un hiver se passèrent, durant lesquels Martirio n'embrassa plus que des vieillards à l'agonie, abrégeant ainsi leurs souffrances. Elle offrait la mort dans un baiser à qui la réclamait et utilisait nos secrets pour soulager les vivants. De nous toutes, ce fut elle qui dit le plus souvent ces prières dont nous sommes les malheureuses dépositaires.

Moi-même, j'étais finalement devenue femme, j'avais dû marcher dans des chaussures garnies de noyaux d'olives, tenir la petite croix de bois, jeûner et répéter des paroles obscures. Moi-même, j'avais été initiée. Cette boîte dans laquelle je range aujourd'hui mon grand cahier et le nom brodé de ma mère m'avait été remise. Je l'avais glissée sous mon lit en attendant que le temps soit venu de l'ouvrir.

Pourquoi ai-je reporté ce moment pendant toutes ces années ?

Je n'étais pas pressée de percer le secret du coffret. Je voyais Martirio pleurer chaque jour la mort de son beau-frère. Je la savais incapable de nous embrasser, terrifiée à l'idée de cette mort qu'elle disait porter en elle, de ce venin qui errait sur ses lèvres, et je craignais le don que contenait la boîte, le présent empoisonné, l'oiseau noir croassant à mes côtés, la voix endormant chaque soir l'amant, le baiser mortel, les fils de couleurs et l'aiguille déchirant la couturière. J'avais si peur de cette chose tapie dans sa prison de bois sous mon lit et que la lignée maternelle m'imposait ! Le coffret était comme la promesse d'une grande douleur à venir, comme un poids à porter que je me refusais à partager avec mes sœurs. Il me semblait que, à force de n'y plus penser, le cube de bois disparaîtrait ou tout au moins qu'il se viderait de son funeste contenu. Le plus efficace aurait sans doute été de le forcer avant que le don ne fût mûr, mais de cela aussi j'avais été incapable.

Imaginant la somme de solitude qui pouvait être confinée dans ce banal écrin, j'ai donc repoussé le moment de l'ouvrir, tout comme j'avais déjà, au dire de la conteuse, différé ma naissance.

VITRIER !

« Vitrier, vitrier ! »

Le porteur de lumière hurlait et Clara riait aux éclats en suivant l'homme et ses cris stridents par la ville.

« ¡ Vidriero, vidriero ! »

Voilà que, pour la deuxième fois, elle s'était détournée du soleil pour pister un inconnu.

Concentré sur les façades et leurs fenêtres, il ne remarqua pas aussitôt la mignonne créature, vêtue de satin jaune, qui le suivait d'un pas joyeux. La journée touchait à sa fin et la recette était maigre. Le visage ruisselant et le dos cassé par sa charge de verre, il finit par s'arrêter et, avec précaution, dessangla son éblouissante armure. Il coinça les grands rectangles de lumière contre ses longues jambes maigres, avant de tirer de sa poche le mouchoir sale qu'il se passa sur le front. Face au soleil déclinant, les paupières closes, il épongea toute la sueur qui lui coulait dans les yeux. Quand il put voir clair de nouveau, il sursauta si fort qu'il faillit briser les pans de verre étincelants qui lui masquaient le bas du corps. Clara se tenait face à lui, immobile et souriante. Ses yeux de paille le fixaient avec une inquiétante intensité. Prise en étau entre le soleil couchant et la lumière indirecte renvoyée par les carreaux, ma sœur semblait irréelle.

« Vous avez fait exprès de me fiche les jetons ? Ça vous amuse ? C'est une mauvaise blague à faire à un vitrier ! Si je casse ma marchandise par votre faute, qui payera ? La vérité, c'est que j'aurai plus que mes yeux pour pleurer ! C'est fragile tout ça, vous savez, et c'est mon gagne-pain ! la houspilla-t-il en français, et comme elle continuait à le fixer sans lui répondre, il poursuivit : Et pourquoi vous me souriez de toutes vos dents sans parler ? Vous avez perdu votre langue ou quoi ? »

Sans qu'il le lui ait demandé, ma sœur lui dit qu'elle s'appelait Clara et le vitrier en déduisit qu'elle était espagnole et qu'elle ne comprenait peut-être pas bien le français.

Cela le rassura un peu d'entendre le son de sa voix. Comment avait-il pu s'imaginer être face à un fantôme ? Décidément, il était trop émotif. Il se baissa pour hisser sur ses épaules osseuses sa charge de lumière et, comme Clara n'avait pas bougé et qu'elle observait chacun de ses gestes avec attention, il lui demanda :

« Mais pourquoi tu me reluques comme ça avec tes calots de miel ? »

Elle aimait la carapace de verre et les yeux limpides de cet homme dégingandé. Les vitres, que ses épaules ne parvenaient pas à masquer, débordaient de tous côtés, auréolant de lumière son corps et son visage anguleux. Elle le suivait depuis longtemps déjà et elle s'était perdue. Il fallait qu'il l'aide à retrouver son chemin. Elle vivait dans le quartier Marabout, cité Gambetta.

« Eh ben, t'es pas rendue ! s'exclama-t-il. Et j'ai pas trop envie de faire un détour avant de me rentrer et de poser mon barda. Même pour tes beaux yeux ! T'as qu'à prendre tout droit par là, tu finiras bien par trouver une bonne poire qui te ramènera au bercail ! Salut beauté, à la revoyure ! »

Le soleil commençait à disparaître derrière l'horizon et Clara sentait ses forces décliner. Elle rattrapa le vitrier qui s'éloignait en sifflant et se plaça juste devant lui.

« T'es bizarrement collante comme môme ! Qu'est-ce que tu veux de moi ? Moi, les nigaudes dans ton genre, je les tâte la nuit, quand la ville dort, mais la journée je trime et je pense pas trop à la bagatelle. Remarque que t'as pas l'air d'en être. C'est la sorgue qui te fiche les foies blancs comme ça ? Faut pas, tu sais, la nuit c'est encore le meilleur moment de la journée et pas seulement pour les fripons. Allez, si tu me promets une fricassée de museaux, je te raccompagne ! Mais sinon, c'est peau de balle ! »

Clara promit sans vraiment comprendre le langage fleuri du vitrier. Elle lui prit le bras et, rassurée par sa chaleur, s'endormit sans ralentir le pas.

Il continua à causer sans s'apercevoir qu'elle avait les yeux clos et qu'elle n'entendait pas un mot de son long monologue.

On le surnommait Lunes parce qu'il était né un lundi et que ce jour lui avait toujours porté chance. Il connaissait la ville comme sa poche et la parcourait en tous sens depuis l'enfance.

Heureusement pour lui, les jambes de ma sœur ne flanchèrent pas. Quand ils furent au beau milieu du désert rouge, il s'arrêta et réclama son baiser.

« On y est presque, tu peux me payer, je ne crois pas qu'on considérera ça comme une avance, vu tout ce qu'on a marché déjà. »

Il lâcha le bras de ma sœur pour dessangler l'armature de bois garnie de feutre où étaient logés ses carreaux et s'essuya une nouvelle fois le visage avant de se tourner vers Clara.

La lune à peine croquée diffusait sa douce lumière blanche, mais il lui sembla qu'elle n'était pas seule à briller ainsi dans la nuit et que la jeune fille diaphane, immobile à ses côtés, luisait elle aussi. Sur sa peau, une légère lueur perlait. Surpris, il l'observa un moment et comprit à ses yeux fermés et à sa respiration régulière qu'elle dormait.

« C'est la lune qui te fait briller comme ça ? Je me vois mal t'embrasser alors que tu roupilles, même si tu m'as promis ce baiser, ce serait pas correct. Et puis que tu fasses de la lumière, ça me donne la chair de poule ! T'es une drôle de gosse, mais bon Dieu ce que t'es jolie ! Tu me le revaudras de t'endormir pendant que je te cause et de ne pas payer tes dettes. Tu t'en tireras pas à si bon compte, crois-moi ! »

Loin d'abandonner la belle endormie, il entra dans la cour et les voisins qui prenaient le frais lui indiquèrent notre maison.

« Tu aurais dû la laisser où tu l'as trouvée, cette grue ! lui dit-on.

— Eh bien, c'est pas la charité qui vous étouffe dans le coin ! répondit Lunes.

— Mêle-toi de ce qui te regarde. Tu peux frapper chez la couturière, c'est la porte juste en face.

— Merci quand même. »

Martirio ouvrit la porte et le regarda avec une telle froideur qu'il dut baisser les yeux.

« Elle m'a demandé de la ramener chez elle. Alors la voilà rendue, à ce qu'on me dit ! C'est quand même étrange qu'elle pionce en marchant. Faudrait peut-être l'emmener voir un médecin, non ?

— Elle est comme ça depuis sa naissance, y a rien à faire, lui répondit Martirio. Ma sœur aînée et son mari sont partis à sa recherche. Tu ne les as pas croisés en chemin depuis la place d'armes ?

— C'est pas du tout de ce côté-là que je l'ai trouvée. Elle me suivait comme un petit chien et elle riait de me voir trimer.

— Merci de nous l'avoir ramenée, mais maintenant va-t'en et ne t'avise pas de revenir !

— Et pourquoi pas ? répondit Lunes qui détestait les interdits. D'autant qu'elle a une dette envers moi. Elle m'a fait une promesse.

— Une promesse ?

— Si t'es sa frangine, je peux bien te le dire : elle m'a promis un baiser. Et, crois-moi, j'ai pas dû beaucoup insister, elle me regardait avec ses immenses mirettes comme si j'étais la plus belle chose qu'elle ait jamais croisée. Sûr qu'elle m'a dans la peau. J'ai même pas demandé à être payé d'avance tant elle avait l'air d'en pincer pour moi. »

Martirio sentit la haine la submerger, mais elle hésita. Il y avait du monde dehors, on pouvait la voir.

« Et si je paye la dette à sa place ? proposa-t-elle à voix basse.

— Affaire conclue ! répliqua Lunes qui osait désormais la regarder dans les yeux.

— Va m'attendre dans le terrain vague derrière le plus gros des buissons. J'arrive dès que possible », conclut-elle en lui claquant la porte au nez.

Alors, guilleret, le vitrier alla allonger son grand corps maigre sur la terre rouge. Ses carreaux soigneusement étendus sur une couverture à ses côtés, il attendit en songeant aux deux sœurs.

L'ombre et la lumière vivaient sous le même toit !

Ses lèvres auraient leur dû, mais ses mains pourraient peut-être avoir leur part aussi. Il suffirait de dire que la cadette avait promis. Non, il se contenterait d'un baiser, c'était déjà ça de pris et il reviendrait voir s'il pouvait en glaner davantage un autre jour. Une gamine qui s'endormait sans prévenir et qui suait de la lumière, ça ne lui plaisait pas trop ! Mais il n'y aurait qu'à obtenir sa promesse et à faire payer l'autre, celle qui prenait son monde de haut et se donnait dans l'ombre. Sûr qu'elle ne devait pas être si froide qu'elle le laissait croire. À chaque jour sa peine et à chaque nuit ses plaisirs !

Le dos sur la terre sèche et le nez dans les étoiles, il se laissait envahir par sa rêverie nocturne. Se pourrait-il qu'elle ne vînt pas ?

À plusieurs reprises, il entendit des pas, mais aucune des silhouettes sombres qui cheminaient sur les sentiers traversant le grand terrain vague ne se dirigea vers son buisson.

Ses muscles fins se relâchaient peu à peu, son corps s'enfonçait dans le sol, lourd de fatigue et de désir. Il ne devait pas s'endormir, juste fermer les yeux un court instant pour les reposer. Un instant seulement. Mais que ses paupières étaient lourdes ! Jamais il ne pourrait les rouvrir ! Il se sentit happé par le vide et crut basculer en arrière, tomber...

Alors son corps entier tressaillit et il se ressaisit, enfonçant ses ongles dans la terre pour ralentir sa chute. Son cœur bondissait dans sa poitrine. Affolé, il regarda autour de lui. Martirio était assise à ses côtés, plus sombre que la nuit. Il s'appuya sur les coudes, puis s'assit et passa ses longues mains fines sur son visage presque imberbe pour en chasser autant le sommeil que la peur. Son cœur redevint léger.

« Tu es là depuis longtemps ? demanda-t-il à ma sœur dans un bâillement.

— Quelque temps, j'allais partir, lui répondit-elle froidement.

— Tu aurais dû me secouer. Les journées sont longues à mourir. L'été, ça ne devrait pas exister. Le soleil est trop lourd à porter. Et puis, qu'est-ce que ta frangine m'a fait cavaler ! Allez, viens près de moi qu'on se bécote ! N'aie pas peur, je ne vais pas te manger ! Là, dans mes bras ! Voilà ! Mais tu as froid, tu frissonnes ! Je vais te réchauffer, ne crains rien !

— Tu es bien sûr de le vouloir, ton baiser ?

— Et comment que je le veux ! Tu renifles la nuit si fort que j'en crève d'envie. Et puis on est encore lundi, tout est toujours meilleur pour moi le lundi. C'est mon jour de chance. Alors je ne te lâcherai pas tant que t'auras pas posé tes babines sur les miennes. Tu verras, tu en redemanderas : mes baisers, c'est du sucre.

— Tu l'auras voulu !

— Ça oui ! Tu peux le dire ! Depuis le temps que je fais le poireau ! Au train où on va, ce sera bientôt mardi. »

Alors Martirio approcha sa bouche et Lunes la lui attrapa goulûment. Les longues mains féminines aux ongles terreux du vitrier encadrèrent tendrement le visage glacé de ma sœur avant de descendre plus bas et de se frayer un passage dans son décolleté sombre. Martirio agita soudain la nuit en tous sens pour se dégager et, une fois libérée des bras de Lunes, elle courut à perdre haleine en pleurant dans le désert lunaire balayé par les ombres.

Elle passa le grand portail et, arrivée dans notre chambre, s'enfouit dans le lit de Clara dont elle observa longtemps le lumineux sourire.

Voilà que, pour la deuxième fois, elle offrait la mort à un homme qui ne la désirait pas.

Malgré les larmes, elle sentait encore sur son

visage et sur ses seins le sillage des mains chaudes du vitrier. Des mains fines et douces. Des mains de femme, presque...

Le lendemain en fin de journée, Clara s'enfuit à la poursuite du soleil et arrêta sa course à l'endroit où elle avait croisé Lunes la veille. Mais elle attendit en vain, l'homme à la carapace de verre ne parut pas.

Martirio fut chargée de retrouver sa sœur avant la nuit.

Sur la place d'armes, Clara, radieuse, tournait le dos au soleil.

Il était là, auréolé de carreaux, riant aux côtés de Clara. Il lui faisait promettre des centaines de baisers et de caresses tout en guettant la nuit.

« Ton maudit baiser m'a mis les sens en émoi, murmura-t-il à l'oreille de Martirio qui les avait rejoints, j'ai écumé les bouges toute la nuit, fiévreux.

— Qu'est-ce que tu fais là ? lui demanda ma sœur, livide.

— Tu me regardes comme un revenant, s'étonna-t-il. Faut pas croire, j'ai des sentiments, j'ai pas l'air comme ça. Mais j'ai bien envie de remettre ça, ce soir. Ton corps frais contre le mien... Moi, j'ai toujours trop chaud, je sue tant que j'ai peur de me liquéfier ces jours où le monde vibre dans l'air surchauffé. Alors avant que ta jolie frangine ne s'endorme, dis-moi si ce soir encore tu comptes payer à sa place toutes les bonnes choses qu'elle m'a promises. Parce que sinon je me fais dédommager de suite par cette coquine aux yeux de paille qui n'attend que ça.

— Reviens à minuit dans le buisson et je payerai. Mais pour l'instant laisse-nous ! Va-t'en avec tes sales carreaux !

— Alors à tantôt, ma neuille ! »

La mort n'avait pas prise sur Lunes. Le venin de Martirio devenait miel sous sa langue. Tout l'été, il s'engouffra dans la nuit, caressa ses ombres, pleura de plaisir, s'enflamma contre le corps froid de ma sœur assassine dont il aimait tant le parfum nocturne. Et Clara promettait toujours plus, jusqu'au jour d'automne où Martirio sentit un battement chaud dans son ventre. Un souffle nouveau la happa en son centre et elle sourit seule dans son coin, elle sourit pour la première fois.

Elle n'en parla pas à Lunes, mais il finit par remarquer la métamorphose qui s'opérait : sa neuille était pleine, elle s'arrondissait comme la lune. Le gaillard voulut s'enfuir, décamper du désert rouge, ne plus jamais revoir cette jeune femme au regard froid cerclée d'ombres qui reniflait la nuit. Il ne parvint pas à échapper à son désir. Le corps frais de cette femme, livré chaque soir dans les buissons, lui était devenu nécessaire. Un jour seulement, il disparut et alla noyer son désir ailleurs. Martirio songea qu'il était sans doute mort enfin, lui laissant cette vie au fond du corps.

Mais, dès le lendemain soir, Lunes était de retour.

« Tu es ma neuille, lui avoua-t-il. Autant te cracher le morceau : ta sœur ne m'intéresse pas. Elle souffle du chaud sur mes yeux fatigués. C'est ton ombre que j'attends tout le jour, cette ombre fraîche qui jaillit des profondeurs et caresse mes membres brûlants. Tu es en cloque, je le vois bien. J'avais pas envie de ça, d'une famille à faire grailler, de chiards sur le dos en plus de ces maudits carreaux. Mais maintenant, il n'y a que toi dans mes rêves, tu as chassé les autres, les vulgaires, les putains. Et sans toi, mes nuits sont vides à hurler. Oui, tu es ma neuille. Alors voilà, je crois qu'on devrait peut-être penser à s'aimer rien que nous deux et à vivre ensemble dans un coin. Si tu me veux, j'irai voir ta sœur aînée demain.

— Je te veux bien », lui murmura Martirio dans la nuit.

On les maria aussi vite que possible, sans grande fête cette fois car Clara nous avait rendus impopulaires. Et Anita comprit pourquoi la robe de noces destinée à notre sœur était si large.

Une des maisons de la cour se libéra. Lunes et Martirio s'y installèrent et leur premier fils y vit le jour. Martirio n'osa jamais l'embrasser, mais elle le berça infiniment dans ses bras sombres et ressentit le besoin d'en avoir d'autres, beaucoup d'autres. Elle s'aimait le ventre plein, agité par la vie. Elle s'offrit sans retenue à Lunes, son grand dévoreur d'ombres aux longues mains féminines, qui jamais n'était rassasié et lui faisait petit sur petit. La mort était fertile, elle s'arrondissait et engendrait des enfants joyeux qui couraient en tous sens et hurlaient au soleil. Ils leur donnèrent des prénoms français. Jean, Pierre, Françoise, Richard, Claire, Anne et Yvonne se bousculaient dans la petite maison, la vie entre les dents, et tous vivaient sur le dos du vitrier gouailleur, toujours surpris de les voir si nombreux.

LA PAGE BLANCHE

Le silence de la nuit s'est posé sur ma page.
Du silence et rien d'autre.
J'entends, dans le désert de ma vie, battre mon cœur ensablé.

LA VOLIÈRE

La conteuse s'est tue, les contes ne sont plus que souvenirs enkystés dans mon âme. Ils errent dans ma carcasse vide et je les déterre un à un pour les jeter sur le papier.

Mais voilà plusieurs nuits que plus rien ne suinte, plus un mot. Les contes se cachent, sans voix, enfouis dans ma chair, et ma page reste blanche. Les murmures se sont tus. Seule la douleur me montre encore le chemin. J'ai gardé les pires pour la fin. Ils font mine de disparaître, mais je les sens, tapis dans l'ombre que j'incise, ensevelis.

Je presse mon esprit malade entre mes ongles et les mots sortent, jaunâtres, épais.

J'ai gardé la volière.

Souvenirs et fables mêlés, bus avec le lait, avec les larmes, coulant dans mon sang.

J'ai gardé Angela et cet homme qui aimait tant sa voix.

Souvenirs et fables, jetés au visage de cette femme lointaine, sourde à mes suppliques, de cette grande absente qui m'a si mal aimée et m'a abandonnée, solitaire, dans un monde où rien ne m'attend que des douleurs anciennes qui ne sont même pas les miennes !

Que les fantômes qui m'habitent regagnent leur nuit, me laissant goûter mon vide intérieur !

Que les échos se taisent des murmures d'antan !

Et qu'enfin je crève comme ma sœur Angela aux yeux trop ronds dont un imbécile a charcuté l'âme pour en extraire un diable chimérique. Il l'a bâillonnée pour cesser de l'aimer, il l'a poussée à disparaître, puis, comprenant enfin que sa lutte était vaine et qu'il n'était qu'un homme, il s'est jeté dans la terre ouverte et s'est roulé sur son cadavre.

Depuis le visage déchiqueté de Salvador, Angela ne chantait plus. Elle écoutait la ville bigarrée murmurer. Elle entendait la diversité des langues, les prières des juifs, des musulmans, des chrétiens. Elle écoutait, mais ne chantait plus depuis qu'une épine s'était plantée dans sa gorge sur l'autre rive, depuis que tant de sang avait coulé par sa bouche, inondant les rues d'un bourg inconnu, enflammant les âmes de miséreux muets soudain lancés par sa faute dans une bataille qui les dépassait.

Son chant ici aurait détruit la ville.

Sa corneille l'avait guidée un après-midi jusqu'à ce jardin d'où s'échappaient des pépiements innombrables. Des oiseaux vivaient derrière ces murs.

Alors, comme les portes de la propriété étaient ouvertes, elle était entrée.

Dans une immense volière, des oiseaux, par dizaines, s'ébattaient et lâchaient leurs longues phrases musicales.

Soudain, l'envie lui était venue de leur répondre, de chanter elle aussi, malgré l'épine.

Sa voix avait fusé, intacte. Sa voix de cristal, écorcheuse d'âmes.

Elle n'avait pas remarqué les gens qui déjeunaient dans le parc de l'autre côté de l'oisellerie.

L'homme était là dans ce jardin en proie à ses doutes, invité à la table des grands pour la première fois. Il mangeait en silence, tentant de faire oublier la misère de sa paroisse par sa retenue et ses bonnes manières.

On s'extasia sur la beauté de cette voix qui semblait s'échapper de la volière et on en chercha la source.

Angela fut conduite devant la grande table chargée de mets fins, de cristal et de porcelaine. Qui était-elle ? Que faisait-elle là ? Qui lui avait permis d'entrer sans rien demander ? Il fallait pour s'amender qu'elle leur chantât un air.

Décontenancée par les mines amusées qui démentaient les remontrances de ses accusateurs, Angela ne se rebella pas. Elle s'exécuta en regardant cet homme, le seul qui n'avait rien dit, bien en face. Troublé, il baissa la tête et plongea ses yeux grands ouverts dans son assiette encombrée d'oiseaux peints. Mais la jeune chanteuse aux traits ingrats y était aussi au milieu des os de poulet soigneusement dépiautés, elle y était encore et y chantait l'amour geôlier.

Les convives applaudirent, enthousiastes. Une femme ivre éclata, soudain révoltée par cette accumulation de petits êtres captifs, elle voulait à toute force ouvrir la volière pour relâcher les oiseaux. Le maître des lieux, un élégant vieillard vêtu d'un costume blanc, arrêta la capricieuse alors que ses bottines titubaient déjà au milieu des plates-bandes et, avec douceur, la ramena dans l'allée. S'ensuivit une longue dispute entre les convives avinés sur les bienfaits de la captivité, dispute à laquelle l'homme qui fixait toujours son assiette ne prit pas part.

Mettant fin à la querelle, la corneille vint se poser sur l'épaule d'Angela et tous voulurent la toucher. L'hôte aux cheveux d'argent, grand amateur d'oiseaux, ravi d'en ajouter un d'un genre nouveau à sa collection, proposa à ma sœur de travailler pour lui, de s'occuper de cette volière et de ses habitants, du petit peuple ailé qui y vivait musicalement.

On lui demanda où elle habitait, dans quel quartier, et, quand elle eut répondu à leurs questions, on se tourna vers cet homme muet qui gardait le nez dans son assiette. N'avait-elle pas déjà vu le père André ? Un homme de Dieu et un grand musicien. Il officiait là justement, à Notre-Dame d'A., dans ce quartier où vivaient tant d'émigrés espagnols. Ces crève-la-faim venus en nombre de ce côté de la Méditerranée pour survivre. Angela avoua ne pas l'avoir reconnu. Quelle hypocrisie ! Comment pouvait-on ne pas reconnaître un si bel homme ? lâcha la dame ivre dans un éclat de rire.

M. D. enchaîna :

« Vous ne chantez donc pas à l'église ? Il n'est pas charitable de garder une telle voix pour vous seule et de ne pas en faire profiter Dieu et les hommes ! Votre timbre se marierait si bien avec le son d'un orgue... Connaissez-vous des cantiques ? Peu importe, le père André vous en apprendra. Dès dimanche, nous viendrons tous vous écouter. »

En s'éloignant Angela avait le cœur en fête, elle ne prêta pas attention aux commentaires qu'elle avait suscités. La dame aux bottines parlait pourtant sans retenue de la laideur de leur jeune visiteuse, de sa silhouette lourde et courte, de son rictus, de ses traits épais, de ses énormes yeux vitreux.

« Ne trouvez-vous pas qu'elle tient de la poule ? Comment imaginer que Dieu ait choisi de cacher tant de beauté dans la gorge d'une telle femme ! Comme une perle dans la grisaille d'une huître !

— Tu noircis le tableau, lui rétorqua M. D. Elle n'est pas laide. Tout juste commune.

— Non, elle est vilaine et Dieu est un petit plaisantin, voilà tout ! Il aime surprendre son public ! N'est-ce pas, mon père ? poursuivit la jeune éméchée en s'approchant du curé. Condamner un homme tel que vous au célibat ! Quel gâchis ! Dieu ne serait-il pas diaboliquement pervers ?

— Mais tais-toi donc ! Tu vas finir par faire fuir mon jeune invité ! » la coupa leur hôte.

Ainsi, Angela se retrouvait projetée dans le chant. Et rien de grave, rien de funeste ne semblait couler dans ses notes. La ville ne s'était pas embrasée.

Une nouvelle vie commençait. Elle passerait ses journées dans la volière de M. D., à prendre soin de ses occupants, à répondre à leurs trilles et, puisqu'on l'en priait, elle chanterait à l'église aussi, pour les hommes, comme elle le faisait autrefois à Santavela, dans l'oliveraie de Heredia, où les *palmas flamencas* répondaient à sa voix.

Le lendemain, elle s'enfonçait dans la fraîcheur de cette petite église dont la nef était joyeusement traversée de toutes parts de rayons colorés. La lumière du soleil, filtrée par les vitraux, prenait des teintes vives et espiègles et l'endroit n'avait rien de solennel. L'église était plus chaleureuse que son curé. Bien qu'Angela connût ces lieux depuis son arrivée de ce côté du monde, il lui sembla qu'elle y entrait pour la première fois.

Le chœur répétait un Ave Maria. Sans l'interrompre, le père André fit signe à ma sœur de s'approcher. Il avait malheureusement l'âme musicienne et dirigeait lui-même sa chorale. Il y consacrait beaucoup de temps. Quand le silence se fit, il présenta Angela que les choristes connaissaient toutes, au moins de nom, puis lui demanda de chanter quelque chose, afin qu'on pût entendre le timbre de sa voix dans la maison de Dieu. N'importe quoi, pourvu que cela ne fût pas sacrilège.

La voix jaillit, haute et claire, et se ficha dans leurs chairs.

Le père André, les yeux égarés entre les dalles de pierre, entendait l'épine vibrer dans le gosier d'Angela, il entendait cette douleur. Cette magnifique douleur !

Comment ne pas être fasciné par la douleur quand on est chrétien, quand les églises sont édifiées sur les ossements des martyrs, quand les catéchèses érigent en modèle des enfants sacrifiées, quand les prières des croyants s'appuient sur l'image d'une mère pleurant son fils mort en croix ? Comment ne pas admirer la souffrance, quand un Dieu nous a montré l'exemple, sacrifiant son fils, le laissant pleurer des larmes de sang et arborer ses stigmates ? La couronne d'épines, la croix, la rédemption des saints, il fallait souffrir pour que le monde tînt en équilibre, payer pour que les autres pussent continuer de marcher.

Oui, le père André vivait la douleur comme le sel du monde ! Et voilà que la voix de cette petite femme déversait dans son église une peine qui emplissait son corps d'une douceur inouïe. Sa peau vibrait. Le chant d'Angela, affilé, lui écorchait la chair, le pénétrait, lui excitait les sens. Alors le prêtre tenta de se défendre, il voulut noyer cette voix parmi celles des autres choristes, mais elle détonnait tant qu'elle brisait l'harmonie du chœur. Seul l'orgue pouvait la suivre.

« Tu chanteras en soliste, tu n'es bonne qu'à ça ! » conclut-il sèchement avant de dissoudre la petite assemblée.

Le dimanche suivant, M. D., vêtu encore d'un costume d'une blancheur éblouissante, vint avec ses amis écouter chanter sa jeune protégée.

Sur le parvis, Clara, drapée de soleil, attendait. Elle vit ce vieil homme blanc de pied en cap descendre de son élégante voiture, elle lui sourit et se pendit à son bras le plus naturellement du monde comme s'il était justement celui qu'elle attendait. Si le vieillard fut surpris, il ne le montra pas et entra dans le jeu de cette belle inconnue. Ensemble, ils passèrent sous le porche et ils marchèrent côte à côte dans la travée centrale. Les amis du riche armateur eux-mêmes ne surent que penser, ils s'interrogèrent à mi-voix, tâchant de savoir qui était cette nouvelle conquête. D'ordinaire, M. D. n'était pas si cachottier.

Arrivé vers le milieu de la nef, il se sépara de ma sœur pour la laisser prendre place du côté des femmes et, lui jetant un bref regard de jeune homme, il vit passer dans les yeux pailletés qui le fixaient un amour si grand qu'il trembla à l'idée que cette splendide créature ne s'échappât. Alors Angela commença à chanter et les sentiments du barbon en furent comme décuplés. Il s'installa loin de ses amis au bout d'un banc pour pouvoir contempler Clara tout son soûl, pour s'enivrer de sa beauté démesurée. Saisis par la voix d'Angela, les fidèles ne remarquèrent pas cette idylle naissante. Le prêtre, lui-même, dut s'arracher à son émotion pour parvenir à célébrer la messe.

Après la bénédiction, la voix réinvestit les lieux et les âmes, y versant une douleur si suave que personne ne pensa à sortir avant qu'elle ne se fût tue. Personne, pas même Clara pourtant pressée de regagner la lumière et cet homme aux boucles d'argent.

Une fois dehors, dans le soleil, Clara entraîna M. D. vers le clan Carasco qui s'était regroupé sur le parvis. Tous attendaient Angela pour la féliciter.

Martirio portait son premier-né dans les bras, tandis que, sous ses jupes, son ventre s'arrondissait de nouveau. Clara pouvait bien faire ce qui lui plaisait désormais, elle ne s'en souciait plus et gardait ses baisers venimeux pour son homme. Elle s'étonna seulement de la voir s'amouracher d'un vieillard.

La cour de M. D se tenait à distance, médisant à mi-voix.

Angela finit par sortir avec le groupe des choristes et le vieil homme fut ravi d'apprendre que Clara était sa sœur. Il baisa la main de cette jolie fille qui lui avivait les sens.

« Venez donc admirer ma volière quand vous le souhaiterez, lui proposa-t-il. Votre sœur connaît le chemin ! »

Il prit congé des Carasco et, après être allé féliciter le père André, il monta dans la voiture qui l'attendait et disparut.

« Eh bien, votre luisante s'est trouvé un nouveau galant et cette fois elle ne l'a pas choisi vitrier ! En voilà un qui pète dans la soie ! Et toi, ma neuille, ne t'avise plus de rien payer à la place de ta sœur ! » s'exclama Lunes en riant alors que nous levions le camp pour regagner notre cour.

Sur le chemin, je tenais la main de Clara, celle où l'homme en blanc avait déposé son baiser.

LA VOIX DU DIABLE

C'est dimanche.

L'église est grosse de bouches emplies d'un Dieu à moitié fondu. À la suite des autres membres de la chorale, Angela s'approche à petits pas de l'autel.

De répétition en répétition, le père André l'a domestiquée. Elle se plie à ses volontés désormais et tient compte de ses critiques. Mais cette voix, qui se soumet, submerge le prêtre chaque jour davantage. Des sens lui poussent, des émotions anciennes resurgissent, des tendresses, des baisers... À mesure qu'il tire les fils de cette femme-oiseau, il sent les nœuds qui la tiennent se resserrer autour de sa propre gorge. Il commande, elle obéit. Pourtant, il se sent possédé par cette femme, par cette voix, par cette douleur.

Le père André présente l'hostie à Angela. L'enfant de chœur tient machinalement son petit plateau doré bien haut sous le menton de la communiante, afin qu'aucune miette divine ne tombe au sol.

Mais ce n'est pas une miette qui chute. C'est Dieu entier qui dégringole. Le prêtre L'a lâché. La main de l'officiant s'est égarée un instant, effleurant les lèvres entrouvertes d'Angela. Elle a tressailli sous la caresse et Dieu est tombé à la renverse. Malgré cela, les yeux du prêtre sont restés fixés trop longtemps sur les traits épais de la jeune femme et l'assemblée des fidèles, tirée de sa prière par le cri de l'enfant de chœur, a surpris le regard lascif du prêtre. Durant quelques secondes le masque dur du curé est tombé comme au théâtre et tous ont vu un homme amoureux revêtu des oripeaux du divin.

Après l'office, les langues se délient, on cause, on chuchote, on raille. Elle n'est même pas belle ! Les grenouilles de bénitier se scandalisent. Le père André a regardé cette femme d'une façon proprement indécente !

Il est question d'aller à la messe dans une autre paroisse pour éviter ce prêtre sacrilège. Angela se fraye à grand-peine un passage parmi les médisances épaisses qui refusent de s'effacer devant elle. Car le verdict est tombé : cette fille a la voix du diable !

Pourtant, dès le lendemain, ces mêmes commères qui complotaient se bousculent devant le confessionnal du père André. Son désir supposé lui attire d'étranges aveux. Toutes ces amours interdites qu'on avait tues par peur du jugement du saint homme se racontent en détail. Les femmes surtout viennent confesser leurs frasques. Les vieilles s'émerveillent de leurs anciennes infidélités, de leurs lointains désirs, et, sans fausse pudeur, laissent remonter les caresses en surface. Sur les peaux ridées, sur les ventres flasques des paumes chaudes se promènent. Quelques jeunettes lui glissent à l'oreille leurs ébats dans le désert rouge, d'autres en profitent même pour lui faire les yeux doux entre les barreaux de bois. Derrière les mots, il aperçoit certaines mains qui jouent dans des trous d'ombre. Il les entend toutes respirer de l'autre côté de la grille. L'air qui entre et sort de leurs bouches entrouvertes, il le voit courir sur la pulpe de leurs lèvres humides. Il sent l'entêtant parfum de leurs corps que les barreaux ne contiennent plus...

Dans leurs récits, nulle trace de repentir. On décrit les frôlements pour les revivre dans la nuit du petit confessionnal, pour ne pas oublier le goût des amours interdites.

Le père André, paniqué, découvre tout un réseau amoureux dans sa sage paroisse, une toile de désir où il se sent englué. Il prie en vain. Sa prière s'assèche et les vierges de verre elles-mêmes lui sourient.

« Tu dois disparaître derrière la douleur, exige sèchement le prêtre. Comment oses-tu te mettre ainsi en avant ? Ce que tu portes te dépasse. Parviendras-tu un jour à ne plus penser à ta misérable petite voix ? Parviendras-tu à t'oublier ?

— Laissez-moi reprendre une fois encore.

— Pas aujourd'hui. Tu nous as suffisamment fatigués avec tes roucoulades. Je te l'ai dit cent fois, une ligne, cherche la ligne. »

Le samedi suivant, alors qu'il se prépare à officier, le père André surprend les regards langoureux des fidèles réunis dans son église, il déchiffre les gestes. Il se perd dans les œillades et cette récente connaissance des secrets des cœurs lui pèse.

Soudain la voix d'Angela ouvre le ciel en deux, et dans la travée centrale, à pas lents, s'avance le soleil.

Clara, qui porte sa deuxième robe de noces, une splendeur pailletée d'argent et de nacre, s'approche de l'autel au bras de Juan, le mari d'Anita, désormais bedonnant dans son éternel costume de cérémonie. Arrive ensuite M. D. Aussi blanc que sa jeune fiancée, il marche seul dans le chant d'Angela.

Le père André contemple Clara, cherchant la source de cette lumière qui semble embraser sa silhouette. Il finit par renoncer et accepte ses étranges visions sans en chercher la cause. Son église est emplie d'amants, le soleil vient y épouser un vieillard dénaturé alors que la plus jolie voix du monde, fruit d'une femme sans charme, lui vrille les sens. Soit, qu'il en soit ainsi si telle est sa volonté !

Angela ne vient pas communier, il l'attend, la guette en vain parmi cette longue file de visages sérieux qui s'approchent de l'autel. Cette proximité de ses lèvres lui manque ! Pourquoi refuse-t-elle ainsi le corps du Christ ? Quel péché recèle-t-elle ?

« Que la paix soit avec vous !

— Et avec votre esprit !

— Allez dans la paix du Christ ! »

Si elle ne chantait pas, qui la remarquerait ? Mais elle chante ! N'est-elle pas la tentation ? Derrière cette voix, il y a le corps d'une femme qui frémit quand elle réussit à faire ce qu'il lui demande, exactement. Ils communient à travers la musique. Il exige, elle obéit. Mais au bout du compte, qui tire les fils ?

Il a appris avec le temps à résister à la beauté des femmes. Mais il ne s'est pas méfié d'un visage si commun. N'aurait-elle pas la voix du diable, comme le disent ses paroissiennes ?

On murmure que sa mère était sorcière et que toute sa lignée est maudite. Des sans-âme ! Si le diable est là-dessous, il le reniflera !

« Non, cela ne va pas ! Incapable, tu es incapable de chanter la joie ! tempête le prêtre. Cette allégresse du cantique t'échappe. Ton registre de cœur est beaucoup trop limité.

— Donnez ce morceau à quelqu'un d'autre ! Moi, je n'en peux plus !

— Arrête de nous jouer la martyre, veux-tu ? Et reprends, une fois encore. »

Depuis les noces de Clara, le soleil se lève de plus en plus tard. L'astre de la cour Gambetta s'est éclipsé, son centre est vide. Plus rien qu'une petite trace sur le sol, l'empreinte à peine visible de la lumière disparue. Clara demeure désormais dans la villa de son mari et le ciel de la ville se charge d'ombres.

Voilà quelque temps qu'Angela n'a pas croisé sa jeune sœur dans le parc de la propriété. Obsédée par son chant, absorbée par la peine, elle ne s'en inquiète pas et se rend à l'église pour répéter. L'orage approche.

La nef est vide, le père André qui, ce jour-là, a renvoyé les autres choristes l'attend dans le confessionnal. Pour l'informer de sa présence, il frappe à la lucarne. Un bruit énorme.

Elle s'agenouille dans la cabane de bois. Le visage du prêtre est si proche qu'elle l'entend respirer. L'église semble murée, même les vitraux sont muets. Leurs couleurs se sont tues. Le silence du père André la questionne. Sans doute a-t-il les yeux baissés comme chaque fois qu'il l'écoute chanter, sans doute regarde-t-il ses pieds !

La corneille, perchée sur un banc, s'impatiente.

Que pourrait-elle lui dire, à cet homme qui regarde ses pieds ? Rien.

Pourtant, peu à peu, leurs deux souffles se mêlent.

Elle voudrait chanter, mais rien ne vient et c'est son oiseau qui le fait à sa place.

Le monde entre dans la nuit. Dehors, une pluie violente pénètre les corps jusqu'à l'os et l'ombre épaisse noie toute joie.

Le croassement de l'oiseau traverse leur intimité. Les voilà désunis.

« Pourquoi ne communies-tu plus, mon enfant ? finit par demander le prêtre.

— J'ai peur de vos mains.

— Qu'ont-elles de si terrible ?

— Elles sont douces.

— Douces..., répète le père André. Mais, ma fille, comment les mains d'un prêtre pourraient-elles effrayer une âme pure ?

— Chanter pour vous me bouleverse. Peut-être mon âme n'est-elle pas si pure ?

— Les autres disent que ta voix est sorcière.

— Les autres ont sans doute raison.

— Que ressens-tu quand tu chantes ?

— Nos deux présences. Je ne chante plus que pour vous. Le reste du monde s'est effondré. Vous m'écoutez et je sais que j'existe.

— Il ne te reste qu'à prier pour lutter contre ce qui t'habite.

— Pour me battre contre mon amour ?

— Pour te battre contre celui qui a fait de toi son instrument !

— Je ne comprends pas.

— Tu es l'adversaire ! Ne vois-tu pas que celui qui t'habite cherche à nous duper tous deux ? Sa voix se fraye un chemin jusqu'à ma foi, sa voix tente de me fasciner, de m'éloigner de la lumière.

— Mais ce chant est le mien !

— As-tu remarqué comme le ciel s'est soudain obscurci ? Le diable chante par ta bouche. Il cherche à me séduire. Tu dois le faire taire, ne plus chanter.

— Alors je cesserai d'exister.

— Il aura perdu ! Si tu n'as pas d'autres fautes à confesser, récite ton acte de contrition ! Ta pénitence sera ce silence que Dieu t'impose.

Ma sœur s'exécuta, monocorde.

« Tais-toi maintenant, ma fille, et emporte ton oiseau : il n'a pas sa place dans ce lieu de prière. »

Quelques jours plus tard, Angela a revêtu sa robe de noces aux immenses emmanchures blanches, celle que notre mère avait brodée pour elle, et elle est allée se pendre dans l'obscurité du petit matin à l'un des barreaux de la grande volière. Son oiseau noir lui a affectueusement mangé les yeux.

À la regarder se balancer au bout de sa corde, sous un ciel tout chargé de violence immobile, on aurait pu croire qu'elle volait.

Dans la cour, le bruit courut que, quelques heures après qu'on eut décroché le cadavre d'Angela, une femme avait pris place en robe de noces dans le confessionnal du père André. Une femme dont, disait-on, il avait aussitôt reconnu la voix. Elle avait trouvé les mots justes pour exprimer son amour, avant d'ajouter qu'il n'avait plus rien à craindre de son corps désormais, mais qu'elle lui laissait sa voix pour habiter sa solitude.

Bouleversé, le prêtre n'avait pu poursuivre cette apparition qui s'était dissoute dans la lumière du dehors car, déjà, le chant d'Angela s'élevait dans l'église, ce même chant triste qui résonnait en lui depuis le premier jour et qui devait désormais le hanter à jamais.

Il ne restait plus que moi. Seul obstacle entre les amants.

J'étais comme couchée en travers du lit de ma sœur aînée et de son conducteur de locomotive. La dernière sœur à marier avant que leur désir l'un de l'autre, attisé par les années, pût enfin se satisfaire d'autres choses que de mots et de fables.

Ni le soleil ni Clara n'avaient reparu et les contes dans la cour devenaient noirs et grinçants. Jamais nous n'avions connu pareil hiver !

À la nuit, Anita nous racontait des fables dures. Elle disait que les servantes arabes longeaient les murs chaque fois qu'elle se rendait à la villa de M. D. pour tenter de voir Clara. Elle affirmait lire sur leurs visages une angoisse muette, tandis que la gouvernante lui répondait d'un ton cassant que sa jeune patronne n'était pas en état de la recevoir.

« On leur impose le silence », nous murmurait-elle dans l'épaisseur de la nuit.

Selon elle, l'ordre avait été donné et les ordres de M. D. ne se discutaient pas. Clara était malade, il lui fallait de l'ombre et du repos, aucune lumière du dehors ne devait perturber son sommeil.

Dès le lendemain des noces, le vieillard aurait exigé que le soleil n'entrât pas dans la chambre de sa jeune épouse avant qu'il ne l'eût décidé. Tout avait été aménagé dans ce but et, incapable de jouir de la beauté démesurée de notre sœur, il tirait les lourds rideaux de plus en plus tard dans la matinée, afin de la garder toujours plus longtemps en son pouvoir.

« Bien vite, il n'a laissé entrer le faible soleil d'hiver qu'une fois le repas de Clara servi, racontait la voix d'Anita. Puis il ne l'a plus éveillée qu'à l'heure du thé, au moment où l'astre pâle commence déjà à disparaître derrière la grande volière. Notre petite lumière se précipitait alors sur la terrasse qui surplombait la ville tandis que le soleil, sentant sa présence, s'extirpait avec peine de sa gangue de nuages pour la rejoindre un instant avant de sombrer de nouveau. »

Le mari finit par ne plus l'éveiller du tout. Ainsi pouvait-il vaquer à ses occupations, se lisser les traits devant son grand miroir pendant des heures, faire venir son tailleur, son coiffeur, sa multitude d'amis sans craindre que sa femme n'en profitât pour s'enfuir. La nuit lui semblait la plus sûre des prisons.

Fou d'amour et incapable de se rassasier d'elle, il avait choisi de la garder ainsi à sa merci. Il suffisait pour cela que le jour ne s'en mêlât pas. Le soleil avait tourné le dos à la ville, si bien qu'il n'avait pas été si difficile de s'en prémunir.

Chaque matin, en présence de ce mari insomniaque et méfiant, les femmes de chambre changeaient les draps et lavaient, à la lueur des bougies, le corps à peine tiède de leur jeune maîtresse inconsciente. Peu à peu, elles remarquèrent les traces laissées par les nuits. Mais, les draps souillés, l'odeur de sueur et de foutre, les morsures, les griffures sur le corps de Clara n'altéraient pas son sourire parfait. Comme les signes se multipliaient, elles prirent peur et se sentirent complices d'une horreur qui les dépassait.

Un soir, l'une d'elles surprit une longue file d'hommes inconnus debout devant la chambre de la jeune femme et elles comprirent alors que des grappes d'hommes se succédaient la nuit dans le lit de la jeune mariée. Son époux impuissant utilisait d'autres membres pour tenter de la posséder. Mais le mystère demeurait entier, la beauté de la jeune fille endormie était intacte et M. D., ne parvenant pas à jouir pleinement de cette femme qui était sienne, regardait avec horreur ses propres traits se flétrir et sa silhouette se courber. Il essayait de l'aimer et chaque nouvel échec l'étiolait, le rendait plus cruel, plus malade, plus impuissant. Toujours plus nombreux devaient être les hommes qui attendaient leur tour dans les couloirs pour se glisser dans le corps lumineux. Et, à mesure que la petite lumière était ainsi offerte, le soleil au-dehors perdait ses forces et le mari s'assombrissait.

Alors la conteuse souriait légèrement et tenait un instant son auditoire en haleine avant de reprendre le fil de son récit.

Il suffit d'un filet de lumière pour ranimer notre sœur endormie depuis presque une semaine. Un rayon épuisé par sa course dans les longs couloirs sombres parvint un jour, grâce aux maladresses concertées de l'armée de femmes de chambre arabes, à caresser le visage de Clara. Plusieurs portes entrouvertes l'avaient laissé filer jusqu'à sa maîtresse. Il avait flairé sa présence et, tendrement, s'était allongé sur sa joue pâle. Le rayon raviva la clarté de son teint, chatouilla ses paupières. Alors, sans même remarquer ni sa faiblesse ni le désordre de son lit, Clara s'enveloppa dans une couverture éclatante et, s'appuyant aux murs, se traîna jusqu'à la terrasse où les servantes avaient laissé à son intention un plateau garni de gâteaux au miel et du lait chaud.

Tandis qu'elle mangeait lentement dans la lumière du jour, léchant les fils de miel qui dégoulinaient le long de ses doigts, le soleil mourant parvint à cracher un unique rayon sur les rues de la ville. Il illumina la dague d'argent qu'un majestueux passant arabe portait au côté. Clara se pencha tant pour suivre les faits et gestes de cet homme, élu par l'astre, qu'elle faillit se précipiter dans le vide. Le jeune chef de tribu portait l'habit traditionnel des caïds, un lourd burnous de drap rouge écarlate. Il finit par lever les yeux et bien que, selon la coutume saharienne, son chèche blanc lui masquât à moitié le visage, Clara perçut à son regard aiguisé qu'il lui souriait. Elle répondit aussitôt, sans retenue, à ce sourire.

L'homme ordonna à l'un de ses domestiques soudanais de se renseigner sur la roumia qui vivait dans cette demeure. Les servantes de M. D., sachant qui était son maître, lui racontèrent l'étonnante captivité de la malheureuse et ce que son mari lui faisait endurer pendant son sommeil.

Le jeune cheik décida d'enlever cette enfant du soleil.

Le soir même, il fut introduit dans la villa de M. D. Le murmure des femmes de chambre et la caresse de leurs babouches sur le marbre le guidèrent jusqu'aux appartements de ma sœur où son époux, assis dans un fauteuil, guettait nerveusement sur ses mains soignées la floraison des marques brunes du temps.

Le jeune homme plongea sa dague dans l'habit blanc du mari épuisé d'amour et toute vieillesse s'en fut.

LA LUNE DE MIEL D'ANITA

Après l'enlèvement de Clara, j'ai nourri quelque temps l'espoir secret d'hériter de sa troisième robe de noces. J'ai même voulu l'essayer en secret. Mais, incapable d'arranger cet étrange costume d'influence mozabite et ne sachant comment fixer les fibules ajourées sur le péplum et le ksa de laine blanche, j'ai dû y renoncer.

Une femme, enveloppée dans un haouli uniformément blanc dont seul un œil noir émergeait, est venue un soir nous réclamer cette dernière parure nuptiale. Notre petite lumière, qui vivait désormais à l'extrême sud du monde, face à l'immensité du Sahara, tenait à la porter au sixième jour de ses noces.

Après le départ de la messagère, je me suis rabattue sur mon châle noir, enveloppée dans mon destin.

Dans la cour, nous n'étions plus fréquentables. Lunes par bravade se moquait des vieilles qui l'avaient si mal accueilli le premier soir et ses fils étaient les pires garnements que la terre eût portés. On les soupçonnait de jeter des cailloux dans les vitres pour donner plus d'ouvrage à leur père. Mais le comportement de mes neveux était sans doute le moindre des reproches que l'on pouvait nous faire.

Les voisines nous associaient au diable depuis qu'un vent de sable avait sauvé des flammes l'étrange beauté de Clara. Le suicide d'Angela, la folie du père André et la mort des deux premiers maris de notre petite lumière n'avaient fait que confirmer leurs suppositions. On n'aimait plus, on craignait même, les héritiers de cette couturière décousue par la mort.

Les petits des voisines devaient se cacher pour écouter les histoires sans cesse répétées et réinventées par Anita. Leurs mères leur interdisaient de goûter à ce qu'elles appelaient notre tissu de mensonges.

C'était l'automne.

Un bruit d'étoffe déchirée a marqué la fin des contes.

Ma sœur m'avait entendue.

« Anita, je veux rester fille, lui avais-je murmuré au lavoir. Tu n'as plus à attendre le mariage de la dernière de tes sœurs. Va, fais tes propres enfants ! Je veux assumer ce prénom de solitude que ma mère m'a donné. Je te libère de ta promesse car jamais je ne me marierai. »

Le soir même, juste avant que ma beauté ne se fane, Martirio et ses enfants ont attendu la conteuse en vain.

Dans la cour, à la nuit, seuls des cris de plaisir ont résonné, les hurlements d'un amour inouï où les mots n'avaient plus leur place.

Les voisines, gênées, ont toutes rentré leurs chaises. Malgré la douceur de la soirée, personne n'a pris le frais.

En silence, Anita avait caressé la main de Juan et l'avait attiré dans la nuit absolue de leur chambre nuptiale désertée pendant quinze ans.

ÉPILOGUE

Depuis combien de temps ai-je rebroussé chemin, reprenant à l'envers le fil du temps, afin de retrouver les traces laissées par ma mère trente ans auparavant dans le sable de ce pays ?

Je ne sais où me conduiront mes jambes et il me semble que la boîte que je porte me murmure des mots dans la solitude éblouissante du désert.

Je n'ai rien volé à ma nièce qu'une douleur promise. La boîte restera au désert, je ne la lui remettrai pas à Pâques comme le veut la tradition. Elle ne passera plus de main en main. Sa course s'arrête ici, à mes pieds, dans l'immensité absurde de cette étendue blanche. Ce cahier décousu où reposent les débris rêvés de nos existences, je le rends feuille à feuille au vent dont il est issu...

Mes pages s'envolent une à une...

Je n'ai plus qu'à gaspiller la dernière des prières du troisième soir. Alors, se lèveront les morts pour la dernière fois avant de regagner le néant à tout jamais et le fil sera coupé.

Et maintenant, que, par ma prière, surgisse la voix des mères :

Mon nom est Frasquita Carasco. Mon âme est une aiguille.

Tes feuilles lancées au désert, les voici réunies, reliées dans un livre que tu pourras refermer à jamais sur mon histoire.

Soledad, ma fille, sens ce vent sur ton visage.

C'est mon baiser.

Celui que jamais je ne t'ai donné.

DEUXIÈME LIVRE

LA TRAVERSÉE

TROISIÈME LIVRE

L'AUTRE RIVE

DU MÊME AUTEUR

Aux Éditions Gallimard

LE CŒUR COUSU (Folio nº 4870)

DU DOMAINE DES MURMURES

Composition CMB Graphic
Réalisé par Cosfibel Premium en Chine
Achevé d'imprimer le 25 Janvier 2013
Dépôt légal : Janvier 2013
1er dépôt légal dans la collection : février 2009

ISBN 978-2-07-037949-1

163964